Prix : **60** centimes

AUTEURS CÉLÈBRES

Alexandre **DUMAS**

LES
BORGIA

PARIS
LIBRAIRIE MARPON & FLAMMARION
E. FLAMMARION, ÉDITEUR

26, RUE RACINE, PRÈS L'ODÉON

LES BORGIA

DANS LA MÊME COLLECTION

OUVRAGES DU MÊME AUTEUR

LA MARQUISE DE BRINVILLIERS

Un volume

LES MASSACRES DU MIDI

URBAIN GRANDIER

Un volume

MARIE STUART

KARL — LUDWIG SAND — MURAT

Un volume

PARIS. — IMP. C. MARPON ET E. FLAMMARION, RUE RACINE, 26.

ALEXANDRE DUMAS

LES BORGIA

LA MARQUISE DE GANGES — LES CENCI

NOUVELLE ÉDITION

PARIS

LIBRAIRIE MARPON & FLAMMARION

E. FLAMMARION, SUCCr

26, RUE RACINE, PRÈS L'ODÉON

LES BORGIA

1492-1507

Le 8 avril 1492, dans une chambre à coucher du palais de Carreggi, situé à une lieue à peu près de Florence, trois hommes étaient groupés autour d'un lit où agonisait un quatrième.

Le premier de ces trois hommes, qui était assis au pied de la couche mortuaire, et à moitié enveloppé dans des rideaux de brocart d'or, afin de cacher ses larmes, était Ermolao Barbaro, l'auteur du traité *du Célibat* et des *Études sur Pline*, qui, l'année précédente, étant à Rome en qualité d'ambassadeur de la république de Florence, avait été nommé patriarche d'Aquilée par Innocent VIII.

Le second, qui était agenouillé, et qui tenait une main du mourant entre les siennes, était Ange Politien, le Catulle du quinzième siècle, esprit antique et fleuri, et qu'on eût pris à ses vers latins pour un poëte du temps d'Auguste.

Enfin, le troisième, qui était debout, appuyé contre une des colonnes torses du chevet, et qui suivait avec une profonde mélancolie les progrès du mal sur le visage du moribond, était le fameux Pic de la Mirandole, qui à l'âge de vingt ans parlait vingt-deux langues, et qui offrait de répondre dans chacune d'elles à sept cents questions qui lui seraient faites par les vingt hommes les plus instruits du monde entier, si l'on pouvait les réunir à Florence.

Quant au mourant, c'était Laurent le Magnifique, qui,

atteint depuis le commencement de l'année d'une fièvre âcre et profonde, à laquelle s'était jointe la goutte, maladie héréditaire dans sa famille, et voyant enfin que les boissons de perles dissoutes que lui faisait prendre le charlatan Leoni de Spolète, comme s'il eût voulu proportionner ses remèdes à la richesse plutôt qu'aux besoins du malade, étaient inutiles et impuissantes, avait compris qu'il lui fallait quitter ses femmes aux tendres paroles, ses poëtes aux doux chants, ses palais aux riches tentures, et avait fait demander, pour lui donner l'absolution de ses péchés, que chez un homme moins haut placé on eût peut-être appelés des crimes, le dominicain Jérôme-François Savonarole.

Au reste, ce n'était pas sans une crainte intérieure, contre laquelle étaient impuissantes les louanges de ses amis, que le voluptueux usurpateur attendait le prédicateur sombre et sévère dont la parole remuait Florence, et sur le pardon duquel reposait désormais tout son espoir d'un autre monde. En effet, Savonarole était un de ces hommes de marbre, qui, pareils à la statue du commandeur, viennent frapper à la porte des voluptueux au milieu de leurs fêtes et de leurs orgies, pour leur dire qu'il est cependant bien l'heure qu'ils commencent à penser au ciel. Né à Ferrare, où sa famille, l'une des plus illustres de Padoue, avait été appelée par le marquis Nicolas d'Est, il s'était, à l'âge de vingt-trois ans, emporté par une vocation irrésistible, enfui de la maison paternelle, et avait fait profession dans le cloître des religieux dominicains de Florence. Là, destiné par ses supérieurs à donner des leçons de philosophie, le jeune novice avait eu à lutter tout d'abord contre les défauts d'un organe faible et dur, contre une prononciation défectueuse, et surtout contre l'abattement de ses forces physiques, épuisées par une abstinence trop sévère.

Savonarole se condamna dès lors à la retraite la plus absolue, et disparut dans les profondeurs de son couvent, comme si la pierre de la tombe était déjà retombée sur lui. Là, agenouillé sur les dalles, priant sans cesse devant un crucifix de bois, exalté par les veilles et par les pénitences, il passa bientôt de la contemplation à l'extase et commença de sentir en lui-même cette impulsion secrète et prophétique qui l'appelait à prêcher la réformation de l'Église.

Cependant, la réformation de Savonarole, plus respectueuse que celle de Luther, qu'elle précédait de vingt-cinq ans à peu près, respectait les choses tout en attaquant les hommes, et avait pour but de changer les dogmes humains, mais non la foi divine. Il ne procédait pas, comme le moine allemand, par la raison, mais par l'enthousiasme. La logique chez lui cédait toujours à l'inspiration; ce n'était pas un théologien, c'était un prophète.

Néanmoins son front, courbé jusque-là devant l'autorité de l'Église, s'était déjà relevé devant la puissance temporelle. La religion et la liberté lui paraissaient deux vierges également saintes; de sorte que dans son esprit Laurent lui semblait aussi coupable en asservissant l'une que le pape Innocent VIII en déshonorant l'autre. Il en résultait que, tant que Laurent avait vécu, riche, heureux et magnifique, Savonarole n'avait jamais voulu, quelques instances qui lui eussent été faites, sanctionner par sa présence un pouvoir qu'il regardait comme illégitime. Mais Laurent au lit de mort le faisait appeler, c'était autre chose. L'austère prédicateur s'était aussitôt mis en route, les pieds et la tête nus, espérant sauver non-seulement l'âme du moribond, mais encore la liberté de la république.

Laurent, comme nous l'avons dit, attendait l'arrivée de Savonarole avec une impatience mêlée d'inquiétude; de sorte que, lorsqu'il entendit le bruit de ses pas, son visage pâle prit une teinte plus cadavéreuse encore, tandis qu'en même temps il se soulevait sur le coude, ordonnant par un geste à ses trois amis de s'éloigner. Ceux-ci obéirent aussitôt, et à peine étaient-ils sortis par une porte, que la portière de l'autre se souleva, et que le moine, pâle, immobile et grave, apparut sur le seuil. En l'apercevant, Laurent de Médicis, lisant sur son front de marbre l'inflexibilité d'une statue, retomba sur son lit en poussant un soupir si profond, que l'on eût pu croire que c'était le dernier.

Le moine jeta un coup d'œil autour de l'appartement, comme pour s'assurer qu'il était bien seul avec le mourant;

puis il s'avança d'un pas lent et solennel vers le lit. Laurent le regarda s'approcher avec terreur ; puis, quand il fut à ses côtés :

— O mon père, j'étais un bien grand pécheur! s'écria-t-il.

— La miséricorde de Dieu est infinie, répondit le moine, et je suis chargé de la miséricorde divine vis-à-vis de toi.

— Vous croyez donc que Dieu me pardonnera mes péchés? s'écria le mourant, se reprenant à l'espoir en entendant des paroles si inattendues sortir de la bouche du moine.

— Tes péchés et tes crimes, Dieu te pardonnera tout, répondit Savonarole. Dieu te pardonnera tes plaisirs frivoles, tes voluptés adultères, tes fêtes obscènes : voilà pour les péchés. Dieu te pardonnera d'avoir promis deux mille florins de récompense à qui t'apporterait la tête de Dietisalvi, de Nerone Nigi, d'Angelo Antinori, de Nicolo Soderini, et le double à qui te les livrerait vivants ; Dieu te pardonnera d'avoir fait mourir sur l'échafaud ou sur le gibet le fils de Papi Orlandi, Francesco de Brisighella, Bernardo Nardi, Jacob Frescobaldi, Amoretto Baldovinetti, Pierre Balducci, Bernardo de Baudino, Francesco Frescobaldi, et plus de trois cents autres dont les noms, pour être moins célèbres que ceux-ci, n'en étaient pas moins des noms chers à Florence : voilà pour les crimes.

Et à chacun de ces noms, que Savonarole prononça lentement, les yeux fixés sur le moribond, celui-ci répondit par un gémissement qui prouvait que la mémoire du moine n'était que trop fidèle. Puis enfin, lorsqu'il eut fini :

— Et vous croyez, mon père, répondit Laurent avec l'accent du doute, que, péchés et crimes, Dieu me pardonnera tout ?

— Tout, dit Savonarole, mais à trois conditions.

— Lesquelles? demanda le mourant.

— La première, dit Savonarole, c'est que tu sentiras une foi entière dans la puissance et dans la miséricorde de Dieu.

— Mon père, répondit Laurent avec vivacité, je sens cette foi dans le plus profond de mon cœur.

— La seconde, dit Savonarole, c'est que tu rendras la propriété d'autrui que tu as injustement confisquée et retenue.

— Mon père, en aurai-je le temps? demanda le moribond.

— Dieu te le donnera, répondit le moine.

Laurent ferma les yeux comme pour réfléchir plus à l'aise; puis, après un instant de silence :

— Oui, mon père, je le ferai, répondit-il.

— La troisième, reprit Savonarole, c'est que tu rendras à la république son ancienne indépendance et son antique liberté.

Laurent se dressa sur son lit, soulevé par un mouvement convulsif, interrogeant des yeux les yeux du dominicain, comme pour savoir s'il ne s'était pas trompé et s'il avait bien entendu. Savonarole répéta les mêmes paroles.

— Jamais! jamais! s'écria Laurent en retombant sur son lit et en secouant la tête... Jamais!

Le moine, sans répondre une seule parole, fit un pas pour se retirer.

— Mon père! mon père! dit le moribond, ne vous éloignez pas ainsi : ayez pitié de moi!

— Aie pitié de Florence, dit le moine.

— Mais, mon père, s'écria Laurent, Florence est libre, Florence est heureuse.

— Florence est esclave, Florence est pauvre, s'écrie Savonarole, pauvre de génie, pauvre d'argent et pauvre de courage. Pauvre de génie, parce qu'après toi, Laurent, viendra ton fils Pierre; pauvre d'argent, parce que des deniers de la république tu as soutenu la magnificence de ta famille et le crédit de tes comptoirs; pauvre de courage, parce que tu as enlevé aux magistrats légitimes l'autorité que leur donnait la constitution, et détourné tes concitoyens de la double voie militaire et civile, dans laquelle, avant que tu ne les eusses amollis par ton luxe, ils avaient déployé des vertus antiques : de sorte que, lorsque le jour se lèvera, qui n'est pas loin, continua le moine, les yeux fixes et ardents comme s'il lisait dans l'avenir, où les barbares descendront des montagnes, les murailles de nos villes, pareilles à celles de Jéricho tomberont au seul bruit de leurs trompettes.

— Et vous voulez que je me dessaisisse au lit de mort de cette puissance qui a fait la gloire de toute ma vie! s'écria Laurent de Médicis.

— Ce n'est pas moi qui le veux, c'est le Seigneur, répondit froidement Savonarole.

— Impossible! impossible! murmura Laurent.

— Eh bien! meurs donc comme tu as vécu! s'écria le moine, au milieu de tes courtisans et de tes flatteurs, et qu'ils perdent ton âme comme ils ont perdu ton corps!

Et à ces mots, le dominicain austère, sans écouter les cris du moribond, sortit de la chambre avec le même visage et du même pas qu'il y était entré, tant il semblait, esprit déjà détaché de la terre, planer au-dessus des choses humaines.

Au cri que poussa Laurent de Médicis en le voyant disparaître, Ermolao, Politien et Pic de la Mirandole, qui avaient tout entendu, rentrèrent dans la chambre, et trouvèrent leur ami serrant convulsivement entre ses bras un crucifix magnifique qu'il venait d'arracher du chevet de son lit. En vain essayèrent-ils de le rassurer par des paroles amies : Laurent le Magnifique ne leur répondit que par ses sanglots, et une heure après la scène que nous venons de raconter, les lèvres collées aux pieds du Christ, il expira entre les bras de ces trois hommes, dont le plus privilégié, quoiqu'ils fussent jeunes tous trois, ne devait pas lui survivre plus de deux ans.

— Comme sa perte devait entraîner beaucoup de calamités, le ciel, — dit Nicolas Machiavel, — en voulut donner des présages trop certains : la foudre tomba sur le dôme de l'église de Santa-Reparata, et Roderic Borgia fut nommé pape.

Vers la fin du quinzième siècle, c'est-à-dire à l'époque où s'ouvre ce récit, la place de Saint-Pierre de Rome était loin d'offrir l'aspect grandiose sous lequel elle se présente de nos jours à ceux qui y arrivent par la place *dei Rusticucci*.

En effet, la basilique de Constantin n'existait plus et celle de Michel-Ange, chef-d'œuvre de trente papes, travail de trois siècles, et dépense de deux cent soixante millions, n'existait pas encore. L'ancien édifice, qui avait duré onze cent quarante-cinq ans, avait menacé ruine vers 1440, et Nicolas V, ce précurseur artistique de Jules II et de Léon X, l'avait fait démolir, ainsi que le temple de Probus Anicius qui y attenait, et avait fait jeter à leur place, par les architectes Rosselini et Baptiste Alberti, les fondations d'un nouveau temple; mais quelques années après, Nicolas V étant mort, et le Vénitien Paul II n'ayant pu donner que cinq mille écus pour continuer le projet de son prédécesseur, le monument s'arrêta à peine sorti de terre, et offrit l'aspect d'un édifice mort-né, aspect plus triste encore que celui d'une ruine.

Quant à la place elle-même, elle n'avait encore, comme on le comprend bien par l'explication que nous venons de donner, ni sa belle colonnade du Bernin, ni ses fontaines jaillissantes, ni son obélisque égyptien, qui, au dire de Pline, fut élevé par le pharaon Nuncore dans la ville d'Héliopolis et transporté à Rome par Caligula, qui le plaça dans le cirque de Néron, où il resta jusqu'en 1586 : or, comme le cirque de Néron était situé sur le terrain même où s'élève aujourd'hui Saint-Pierre, et que cet obélisque couvrait de sa base la place où est la sacristie actuelle, on le voyait comme une aiguille gigantesque s'élancer au milieu des colonnes tronquées, des murs inégaux et des pierres à moitié taillées.

A droite de cette ruine au berceau, s'élevait le Vatican, splendide tour de Babel, à laquelle tous les architectes célèbres de l'école romaine ont travaillé depuis mille ans; il n'avait point encore à cette époque ses deux magnifiques chapelles, ses douze grandes salles, ses vingt-deux cours, ses trente escaliers et ses deux mille chambres; car le pape Sixte-Quint, ce sublime gardeur de pourceaux, qui, en cinq ans de règne, a fait tant de choses, n'avait pu encore y faire ajouter l'édifice immense qui, du côté oriental, domine la cour de Saint-Damase; mais c'était déjà le vieux et saint palais aux antiques souvenirs, dans lequel Charlemagne reçut l'hospitalité lorsqu'il se fit couronner empereur par le pape Léon III.

Au reste, le 9 août 1492, Rome tout entière, depuis la porte du Peuple jusqu'au Colysée, et depuis les Thermes de Dioclétien jusqu'au château Saint-Ange, semblait s'être donné rendez-vous sur cette place : la multitude qui l'encombrait était si grande, qu'elle refluait dans toutes les rues environnantes, se

rattachant au centre comme les rayons d'une étoile, et qu'on
la voyait, pareille à un tapis mouvant et bariolé, monter dans
la basilique, se grouper sur les pierres, se suspendre aux colonnes, s'étager sur les murs, entrer par les portes des maisons
et reparaître à leurs croisées, si nombreuse et si pressée, qu'on
eût dit que chaque fenêtre était murée avec des têtes. Or,
toute cette multitude avait les yeux fixés sur un seul point du
Vatican, car le Vatican renfermait le conclave, et comme Innocent VIII était mort depuis seize jours, le conclave était en
train d'élire un pape.

Rome est la ville des élections : depuis sa fondation jusqu'à
nos jours, c'est-à-dire pendant l'espace de vingt-six siècles à
peu près, elle a constamment élu ses rois, ses consuls, ses
tribuns, ses empereurs et ses papes : aussi Rome, pendant les
jours de conclave, semble-t-elle atteinte d'une fièvre étrange,
qui pousse chacun vers le Vatican ou vers Monte-Cavallo,
selon que l'assemblée écarlate se tient dans l'un ou l'autre de
ces deux palais : c'est qu'en effet l'exaltation d'un nouveau
pontife est une grande affaire pour tout le monde ; car, comme,
d'après la moyenne établie depuis saint Pierre jusqu'à Grégoire XVI, chaque pape dure à peu près huit ans, ces huit ans
sont, selon le caractère de celui qui est élu, une période de
tranquillité ou de désordre, de justice ou de vénalité, de paix
ou de guerre.

Or, jamais peut-être, depuis le jour où le premier successeur de saint Pierre s'assit au trône pontifical, jusqu'à l'interrègne où l'on était arrivé, l'inquiétude ne s'était manifestée
aussi grande qu'elle l'était au moment où nous avons montré
tout ce peuple se pressant sur la place Saint-Pierre et dans
les rues qui y conduisaient. Il est vrai que ce n'était pas sans
raison, car Innocent VIII, que l'on appelait le père de son
peuple, parce qu'il avait augmenté le nombre de ses sujets
de huit fils et d'autant de filles, après avoir passé sa vie dans
la volupté, venait, comme nous l'avons dit, de mourir, à la
suite d'une agonie pendant laquelle, s'il faut en croire le
journal de Stefano Infessura, deux cent vingt meurtres avaient
été commis dans les rues de Rome. Le pouvoir était donc échu
comme d'habitude au cardinal camerlingue, qui devient sou-

verain dans l'interrègne; mais comme celui-ci avait dû remplir tous les devoirs de sa charge, c'est-à-dire faire battre monnaie à son nom et à ses armes, ôter l'anneau du pécheur du doigt du pape mort, habiller, raser, farder et faire embaumer le cadavre, descendre après les neuf jours d'obsèques le cercueil dans la niche provisoire où doit se tenir le dernier pape trépassé jusqu'à ce que son successeur vienne y prendre sa place et le renvoyer dans sa tombe définitive; enfin, comme il lui avait fallu murer la porte du conclave et la fenêtre du balcon où l'on proclame l'élection pontificale, il n'avait pas eu un seul moment pour s'occuper de la police, de sorte que les assassinats avaient continué de plus belle, et que l'on appelait à grands cris une main énergique qui fît rentrer dans le fourreau toutes ces épées et tous ces poignards.

Les yeux de cette multitude étaient donc fixés, comme nous l'avons dit, sur le Vatican, et particulièrement sur une cheminée de laquelle devait partir le premier signal, quand tout à coup, au moment de l'*Ave Maria*, c'est-à-dire à l'heure où le jour commence à s'éteindre, de grands cris mêlés d'éclats de rire s'élevèrent de toute cette foule, murmure discordant de menaces et de railleries : c'est qu'on venait d'apercevoir au sommet de la cheminée une petite fumée qui semblait, comme un léger nuage, monter perpendiculairement dans le ciel. Cette fumée annonçait que Rome était toujours sans maître, et que le monde n'avait pas encore de pape ; car cette fumée était celle des billets de scrutin que l'on brûlait; preuve que les cardinaux n'étaient point tombés d'accord.

A peine cette fumée eut-elle paru, pour se dissiper presque aussitôt, que tout ce peuple innombrable, sachant bien qu'il n'avait plus rien à attendre, et que tout était dit jusqu'au lendemain dix heures du matin, moment auquel les cardinaux faisaient leur premier tirage, se retira tumultueux et railleur, comme après la dernière fusée d'un feu d'artifice ; si bien qu'au bout d'un instant il ne resta plus là, où un quart d'heure auparavant s'agitait tout un monde, que quelques curieux attardés, qui, demeurant dans les environs ou sur la place même, étaient moins pressés que les autres de regagner leur logis ; encore peu à peu les derniers groupes diminuèrent-ils insensiblement; car neuf heures et demie venaient de sonner, et à cette heure déjà les rues de Rome commençaient à n'être point sûres; puis à ces groupes succéda quelque passant solitaire et hâtant le pas; les portes se fermèrent successivement, les fenêtres s'éteignirent les unes après les autres; enfin, comme dix heures sonnaient, à l'exception d'une des croisées du Vatican, où l'on voyait veiller une lampe obstinée, maisons, places et rues, tout était tombé dans la plus profonde obscurité.

En ce moment, un homme enveloppé d'un manteau se dressa comme une ombre contre une des colonnes de la basilique inachevée, et, se glissant lentement et avec précaution entre les pierres gisantes autour des fondations du nouveau temple, s'avança jusqu'auprès de la fontaine qui formait le centre de la place, et qui s'élevait à l'endroit même où est dressé aujourd'hui l'obélisque dont nous avons déjà parlé; arrivé là, il s'arrêta, doublement caché par l'obscurité de la nuit et par l'ombre du monument, et après avoir regardé autour de lui pour voir s'il était bien seul, il tira son épée, et frappant trois fois de sa pointe le pavé de la place, il en fit jaillir chaque fois des étincelles. Ce signal, car c'en était un, ne fut point perdu; la dernière lampe qui veillait encore au Vatican s'éteignit, et au même instant un objet lancé par la fenêtre tomba à quelques pas de l'homme au manteau, qui, guidé par le son argentin qu'il avait rendu en touchant les dalles, ne tarda point à mettre la main dessus malgré les ténèbres, et dès qu'il l'eut en sa possession s'éloigna rapidement.

L'inconnu marcha ainsi et sans se retourner jusqu'à la moitié de Borgo-Vecchio; mais là, ayant tourné à droite et pris une rue à l'autre extrémité de laquelle était une madone avec sa lampe, il s'approcha de la lumière, et tira de sa poche l'objet qu'il avait ramassé, et qui n'était rien autre chose qu'un écu romain; seulement cet écu se dévissait, et dans une cavité pratiquée dans son épaisseur renfermait une lettre, que celui à qui elle était adressée commença de lire, au risque d'être reconnu, tant il avait hâte de savoir ce qu'elle contenait.

Nous disons au risque d'être reconnu, car dans son empres-

sement le correspondant nocturne avait rejeté le capuchon de
son manteau en arrière, et comme sa tête était tout entière
dans le cercle lumineux projeté par la lampe, il était facile
de distinguer à la lumière un beau jeune homme de vingt-
cinq à vingt-six ans à peu près, vêtu d'un justaucorps violet
ouvert aux épaules et aux coudes pour laisser sortir la chemise, et coiffé d'une toque de même couleur dont la longue
plume noire retombait jusque sur son épaule. Il est vrai que la
station ne fut pas longue ; car à peine eut-il achevé la lettre ou
plutôt le billet qu'il venait de recevoir d'une manière si mys-
térieuse et si étrange, qu'il le replaça dans son portefeuille
d'argent, et que, rajustant son manteau de manière à s'en
voiler tout le bas de la figure, il reprit sa route d'un pas rapide, traversa Borgo-San-Spirito et prit la rue della Longara,
qu'il suivit jusqu'au-dessus de l'église de Regina-Cœli. Arrivé
à cet endroit, il frappa rapidement trois coups à la porte
d'une maison de belle apparence, qui s'ouvrit aussitôt ; puis,
montant lestement l'escalier, il entra dans une chambre où
l'attendaient deux femmes avec une impatience si visible,
que toutes deux en l'apercevant s'écrièrent ensemble :

— Eh bien ! Francesco, quelles nouvelles?

— Bonnes, ma mère, bonnes, ma sœur, répondit le jeune
homme en embrassant l'une et en tendant la main à l'autre :
notre père a gagné trois voix aujourd'hui ; mais il lui en manque encore six pour avoir la majorité.

— N'y a-t-il donc pas moyen de les acheter ? s'écria la plus
âgée des deux femmes, tandis que l'autre, à défaut de la parole, interrogeait du regard.

— Si fait, ma mère, si fait, répondit le jeune homme, et
c'est bien à quoi mon père a pensé. Il donne au cardinal Orsini son palais de Rome avec ses deux châteaux de Monticello
et de Soriano ; il donne au cardinal Colonna son abbaye de
Subiaco ; il donne au cardinal de Saint-Ange l'évêché de Porto
avec son mobilier et sa cave, au cardinal de Parme la ville
de Nepi, au cardinal de Gênes l'église de Santa-Maria in via
Lata, et enfin au cardinal Savelli l'église de Sainte-Marie-Ma-
jeure et la ville de Civita-Castellana : quant au cardinal Ascanio Sforza, il sait déjà que nous avons envoyé avant-hier

chez lui quatre mulets chargés d'argent et de vaisselle, et sur cet argent il s'est engagé à donner cinq mille ducats au cardinal patriarche de Venise.

— Mais comment ferons-nous connaître aux autres les intentions de Roderic? demanda la plus âgée des deux femmes.

— Mon père a tout prévu, et nous ouvre un moyen facile : vous savez, ma mère, avec quel cérémonial on porte le dîner des cardinaux.

— Oui, sur un brancard, dans un grand panier aux armes de celui à qui le repas est destiné.

— Mon père a acheté l'évêque qui le visite; c'est demain jour gras : on enverra aux cardinaux Orsini, Colonna, Savelli, de Saint-Ange, de Parme et de Gênes, des poulets pour rôti, et chaque poulet contiendra une donation en bonne forme, faite par moi au nom de mon père, des maisons, palais ou églises qui leur sont destinés.

— A merveille, dit la plus âgée des deux femmes; maintenant, j'en suis sûre, tout ira bien.

— Et, par la grâce de Dieu, répondit la plus jeune avec un sourire étrangement railleur, notre père sera pape.

— Oh! ce sera un beau jour pour nous! s'écria François.

— Et pour la chrétienté, répondit sa sœur avec une expression plus ironique encore.

— Lucrèce, Lucrèce, dit la mère, tu ne mérites pas le bonheur qui nous arrive.

— Qu'importe, puisqu'il vient tout de même? D'ailleurs, vous connaissez le proverbe, ma mère : Les nombreuses familles sont bénies du Seigneur : à plus forte raison, la nôtre, qui a tant de ressemblance avec celle des patriarches.

Et en même temps elle jeta à son frère un regard d'une telle lasciveté, que le jeune homme en rougit; mais comme pour le moment il avait à penser à autre chose qu'à ses amours incestueuses, il ordonna de réveiller quatre domestiques, et tandis que ceux-ci s'armaient pour l'accompagner, il rédigea et signa les six donations qui devaient le lendemain être envoyées aux cardinaux; car, ne voulant pas être vu chez eux, il comptait profiter de la nuit pour les remettre lui-même aux différentes personnes de confiance qui devaient

les leur faire passer, ainsi qu'il avait été convenu, à l'heure
du diner. Puis, lorsque les donations furent en bon ordre
et les serviteurs prêts, François sortit avec eux, laissant
les deux femmes faire des rêves dorés sur leur grandeur
future.

Dès le point du jour, le peuple se précipita de nouveau,
aussi ardent et aussi empressé que la veille, sur la place du
Vatican, où, au moment accoutumé, c'est-à-dire à dix heures
du matin, la fumée vint encore, comme d'habitude, éveillant
les rires et les murmures, annoncer qu'aucun des cardinaux
n'avait réuni la majorité. Cependant le bruit commençait à
se répandre que les chances étaient réparties sur trois candi-
dats, qui étaient Roderic Borgia, Julien de la Rovère et Ascanio Sforza ; car le peuple ignorait encore la circonstance des
quatre mulets chargés de vaisselle et d'argent qui avaient
été conduits chez ce dernier, et moyennant lesquels il avait
cédé ses voix à son concurrent. Au milieu de l'agitation qu'a-
vait excitée dans la foule cette déception nouvelle, on entendit des chants religieux : c'était une procession, commandée
par le cardinal camerlingue pour obtenir du ciel la prompte
élection d'un pape, et qui, partie de l'église d'Ara-Cœli au
Capitole, devait faire des stations devant les principales madones et dans les basiliques les plus fréquentées. Dès qu'on
aperçut le crucifix d'argent qui la précédait, le silence le plus
profond se rétablit, et chacun se mit à genoux : de sorte
qu'un recueillement suprême succéda au tumulte et au bruit
qui quelques minutes auparavant se faisait entendre, et qui à
chaque fumée nouvelle prenait un caractère plus menaçant.
Aussi beaucoup pensèrent-ils que la procession, en même
temps que son but religieux, avait un but politique , et que
son influence devait être aussi grande sur la terre qu'au ciel.
En tout cas, si tel avait été le dessein du cardinal camerlingue,
il ne s'était pas trompé, et l'effet produit fut tel qu'il le désirait : la procession passée, les rires et les plaisanteries continuèrent ; mais les cris et les menaces avaient complétement
cessé.

Toute la journée s'écoula ainsi ; car à Rome personne ne
travaille : on est cardinal ou laquais, et chacun vit on ne sait

omment. La foule était donc toujours des plus nombreuses, lorsque, vers les deux heures de l'après-midi, une autre procession, mais qui avait, celle-là, le privilége de provoquer autant de bruit que l'autre commandait de silence, traversa à son tour la place Saint-Pierre : c'était la procession du dîner. Le peuple l'accueillit avec ses éclats de rire habituels, sans se douter, irrévérencieux qu'il était, qu'avec cette procession, plus efficace que la première, le nouveau pape venait de passer.

L'heure de l'*Ave Maria* vint comme la veille, mais, comme la veille, l'attente de toute la journée fut perdue, et à huit heures et demie sonnant, la fumée quotidienne reparut au sommet de la cheminée. Mais, comme au même moment des bruits qui venaient de l'intérieur du Vatican se répandirent, annonçant que, selon toute probabilité, l'élection aurait lieu le lendemain, ce bon peuple prit patience. D'ailleurs il avait fait très-chaud ce jour-là, et il était si écrasé de fatigue et si brûlé par le soleil, lui qui vit d'ombre et de paresse, qu'il n'avait plus même la force de crier.

La journée du lendemain, qui était celle du 11 août 1492, se leva orageuse et sombre; ce qui n'empêcha pas la multitude d'encombrer places, rues, portes, maisons, basiliques. D'ailleurs, cette disposition du temps était une véritable bénédiction du ciel; car s'il y avait de la chaleur, du moins il n'y aurait pas de soleil.

Vers les neuf heures un orage terrible s'amoncela sur tout le Transtevère; mais qu'importaient à cette foule pluie, éclairs et foudre ? elle était préoccupée d'un bien autre soin, elle attendait son pape; on le lui avait promis pour ce jour-là, et l'on pouvait voir aux dispositions de chacun que, si la journée se passait sans qu'il y eût élection, alors il pourrait bien y avoir émeute : aussi, à mesure que l'heure s'avançait, l'agitation devenait-elle plus grande. Neuf heures, neuf heures et demie, dix heures moins un quart sonnèrent, sans que rien vînt confirmer ou détruire ses espérances; enfin le premier coup de dix heures se fit entendre : tous les yeux se portèrent vers la cheminée; dix heures sonnèrent lentement, chaque coup retentissant dans le cœur de la multitude. Enfin

le dixième coup vibra, puis s'évanouit frémissant dans l'espace, et un grand cri, parti de cent mille poitrines à la fois,
succéda à ce silence. — *Non v'è fumo !* Il n'y a pas de
fumée !... — C'est-à-dire : Nous avons un pape.

En ce moment, la pluie commença de tomber ; mais on ne
fit point attention à elle, tant étaient grands les transports de
joie et d'impatience de tout ce peuple. Enfin une petite pierre
se détacha de la fenêtre murée donnant sur le balcon, et vers
laquelle tous les yeux étaient fixés : une acclamation générale
accueillit sa chute ; peu à peu l'ouverture s'agrandit, et en
peu de minutes elle fut assez large pour permettre à un homme
de s'avancer sur le balcon.

Alors le cardinal Ascanio Sforza parut ; mais au moment où
il allait sortir, effrayé par la pluie et les éclairs, il hésita un
instant, et finit par reculer : aussitôt toute la multitude éclata
à son tour comme une tempête, avec des cris, des impréca-
tions, des hurlements, menaçant de démolir le Vatican et
d'aller chercher elle-même son pape. A ce bruit, le cadinal
Sforza, plus épouvanté de l'orage populaire que de l'orage céleste, s'avança sur le balcon, et entre deux coups de tonnerre,
au moment d'un silence incompréhensible à qui venait d'entendre les rumeurs qui l'avaient précédé, il fit la proclamation
suivante :

— Je vous annonce une grande joie : l'éminentissime et ré-
vérendissime seigneur Roderic Lenzuolo Borgia, archevêque
de Valence, cardinal-diacre de San-Nicolao in Carcere, vice-
chancelier de l'Église, vient d'être élu pape, et s'est imposé
le nom d'Alexandre VI.

La nouvelle de cette nomination fut accueillie avec une
joie étrange. Roderic Borgia avait la réputation d'un homme
dissolu, il est vrai, mais le libertinage était monté sur le trône
avec Sixte IV et Innocent VIII ; de sorte qu'il n'y avait rien de
nouveau pour les Romains dans cette singulière position d'un
pape ayant une maîtresse et cinq enfants. L'important pour
l'heure était que le pouvoir tombât dans des mains fermes, et
il était encore plus important pour la tranquillité de Rome
que le nouveau pape héritât de l'épée de saint Paul que des
clefs de saint Pierre.

Aussi, dans les fêtes qui furent données en cette occasion, le caractère qui domine est-il un caractère bien plus guerrier que religieux, et semble-t-il plutôt appartenir à la nomination d'un jeune conquérant qu'à l'exaltation d'un vieux pontife : ce n'étaient que jeux de mots et inscriptions prophétiques sur le nom d'Alexandre, qui, pour la seconde fois, semblait promettre aux Romains l'empire du monde, et le même soir, au milieu des illuminations ardentes et des feux de joie, qui semblaient faire de la ville un lac de flamme, on lut, au milieu des acclamations de la populace, l'inscription suivante :

> Sous César, autrefois, Rome par la victoire
> Se fit reine chez elle et maîtresse en tout lieu :
> Mais Alexandre encor fera plus pour sa gloire ;
> César n'était qu'un homme, Alexandre est un dieu.

Quant au nouveau pontife, à peine avait-il rempli les formalités d'étiquette que lui imposait son exaltation, et payé à chacun le prix de sa simonie, qu'il jeta du haut du Vatican les yeux sur l'Europe, vaste échiquier politique, qu'il avait l'espérance de diriger au gré de son génie.

Le monde en était arrivé à une de ces époques suprêmes où tout se transforme, entre une période qui finit et une ère qui commence : à l'orient la Turquie, au midi l'Espagne, à l'occident la France, au nord l'Allemagne, allaient prendre, avec le titre de grandes nations, cette influence qu'elles devaient exercer dans l'avenir sur les États secondaires.—Nous allons donc jeter, avec Alexandre VI, un coup d'œil rapide sur elles, et voir quelle était leur situation respective à l'égard de l'Italie, qu'elles convoitaient toutes comme une proie.

Constantin Paléologue Dragozès, assiégé par trois cent mille Turcs, après avoir appelé en vain toute la chrétienté à son secours, n'ayant pas voulu survivre à la perte de son empire, avait été trouvé au milieu des morts, près de la porte Tophana, et le 30 mai 1453, Mahomet II avait fait son entrée à Constantinople, où, après un règne qui lui avait mérité le surnom de Fatile, ou le vainqueur, il était mort laissant deux fils, dont l'aîné était monté sur le trône sous le nom de Bajazet II.

Cependant l'avénement du nouveau sultan ne s'était point accompli avec la tranquillité que son droit d'aînesse et le choix de son père devaient lui promettre. D'jem, son frère cadet, plus connu sous le nom de Zizime, avait argué de ce qu'il était Porphyrogénète, c'est-à-dire né pendant le règne de Mahomet, tandis que Bajazet, antérieur à cette époque, n'était que le fils d'un simple particulier. C'était une assez mauvaise chicane; mais là où la force est tout et où le droit n'est rien, elle était suffisante pour soulever une guerre. Les deux frères, chacun à la tête d'une armée, se rencontrèrent donc en Asie en 1482; D'jem fut défait après un combat de sept heures, et poursuivi par son frère, qui ne lui donna pas le temps de rallier son armée, il fut obligé de s'embarquer en Cilicie, et se réfugia à Rhodes, où il implora la protection des chevaliers de Saint-Jean, qui, n'osant lui donner asile dans leur île si proche de l'Asie, l'envoyèrent en France, où ils le firent garder avec soin dans une de leurs commanderies, malgré les instances de Bait Cay, soudan d'Égypte, lequel s'étant révolté contre Bajazet, désirait, pour donner à sa rébellion une apparence de guerre légitime, avoir le jeune prince dans son armée. Même demande, au reste, avait été faite successivement, et dans un même but politique, par Mathias Corvinus, roi de Hongrie, par Ferdinand, roi d'Aragon et de Sicile, et par Ferdinand, roi de Naples.

De son côté, Bajazet, qui savait toute l'importance d'un pareil rival, si une fois il était allié soit de l'un, soit de l'autre des princes avec lesquels il était en guerre, avait envoyé des ambassadeurs à Charles VIII, lui offrant, s'il s'engageait à retenir D'jem auprès de lui, une pension considérable et la souveraineté de la terre sainte pour la France, dès que Jérusalem serait conquise sur le soudan d'Égypte. Le roi de France avait accepté.

Mais alors Innocent VIII était intervenu et avait réclamé D'jem à son tour, en apparence pour appuyer des droits du proscrit une croisade qu'il prêchait contre les Turcs, mais en réalité pour toucher la pension de quarante mille ducats due par Bajazet à celui des princes chrétiens, quel qu'il fût, qui se chargerait d'être le geôlier de son frère. Charles VIII n'avait point osé refuser au chef spirituel de la chrétienté une demande appuyée sur de si saintes raisons ; de sorte que D'jem avait quitté la France, accompagné du grand maître d'Aubusson, sous la garde directe duquel il était, et qui, moyennant un chapeau de cardinal, avait consenti à céder son prisonnier. De sorte que, le 13 mars 1489, le malheureux jeune homme, point de mire de tant d'intérêts divers, fit son entrée solennelle à Rome, monté sur un superbe cheval, revêtu d'un magnifique costume d'Orient, entre le prieur d'Auvergne, neveu du grand maître d'Aubusson, et François Cibo, fils du pape.

Depuis cette époque, il y était resté, et Bajazet, fidèle à des promesses qu'il avait si grand intérêt à remplir, avait exactement payé au souverain pontife une pension de quarante mille ducats.

Voilà pour la Turquie.

Ferdinand et Isabelle régnaient en Espagne, et jetaient les fondements de cette vaste puissance qui devait, vingt-cinq ans plus tard, faire dire à Charles-Quint que le soleil ne se couchait point sur ses États. En effet, ces deux souverains, auquel l'histoire a conservé le nom de catholiques, avaient conquis successivement presque toutes les Espagnes et chassé les Maures de Grenade, leur dernier retranchement ; tandis que deux hommes de génie, Barthélemy Diaz et Christophe Colomb, venaient, à leur profit, l'un de retrouver un monde perdu, l'autre de conquérir un monde ignoré. Ils avaient donc, grâce à leurs victoires dans l'ancien monde et à leurs découvertes dans le nouveau, acquis à la cour de Rome une influence dont n'avait joui aucun de leurs prédécesseurs.

Voilà pour l'Espagne.

En France, Charles VIII avait succédé, le 30 août 1483, à son père Louis XI, qui, à force d'exécutions, lui avait fait un royaume tranquille et tel qu'il convenait à un enfant montant sur le trône sous la régence d'une femme. Au reste, régence glorieuse et qui avait contenu les prétentions des princes du sang et terminé les guerres civiles, en réunissant à la cou-

ronne tout ce qui restait encore de grands fiefs indépendants. Il en résultait qu'à l'époque où nous sommes arrivés,
Charles VIII, âgé de vingt-deux ans à peu près, était, s'il
faut en croire la Trémouille, — un prince petit de corps et
grand de cœur ; — s'il faut en croire Commines, — un enfant ne faisant que sortir du nid, dépourvu de sens et d'argent, faible de sa personne, plein de son vouloir et accompagné de fous plutôt que de sages gens ; — enfin, s'il faut en
croire Guicciardini, qui, en sa qualité d'Italien, pourrait bien
en avoir porté un jugement un peu partial, — un jeune
homme peu intelligent des actions humaines, et transporté
par un ardent désir de régner et d'acquérir de la gloire, désir
bien plus fondé sur sa légèreté et sur son impétuosité que sur
la conscience de son génie ; ennemi de toute fatigue et de
toute affaire, lorsqu'il essayait d'y donner son attention, il se
montrait presque toujours dépourvu de prudence et de jugement. Si quelque chose paraissait en lui digne de louange au
premier coup d'œil, en y regardant de plus près, on trouvait
que ce quelque chose était encore moins éloigné du vice que
de la vertu. Il était libéral, il est vrai, mais inconsidérément,
sans mesure et sans distinction. Il était quelquefois immua-
ble dans sa volonté, mais par obstination et non par constance, et ce que ses flatteurs appelaient en lui bonté méritait
bien mieux le nom d'insensibilité aux injures ou de faiblesse
d'âme.

Quant à son portrait physique, s'il faut en croire le même
auteur, il était encore moins avantageux, et répondait merveilleusement à cette faiblesse d'esprit et de caractère. — Il
était petit, avait la tête grosse, le cou gros et court, la poitrine et les épaules larges et élevées, les cuisses et les jambes
longues et grêles ; et comme avec cela son visage était laid,
à l'exception de son regard, qui avait de la dignité et de la
vigueur, et que tous ses membres étaient disproportion-
nés entre eux, il avait plutôt l'air d'un monstre que d'un
homme.

Tel était celui dont la fortune devait faire un conquérant,
et auquel le ciel réservait plus de gloire qu'il n'en pouvait
porter.

Voilà pour la France.

L'empire était occupé par Frédéric III, que l'on avait à bon droit appelé le Pacifique, par la raison, non pas qu'il avait toujours maintenu la paix, mais qu'ayant constamment été battu, il avait toujours été contraint de la faire. La première preuve qu'il avait donnée de cette longanimité toute philosophique avait été pendant son voyage à Rome, où il se rendait pour être sacré. En traversant les Apennins, il fut attaqué par des brigands, qui le pillèrent, et contre lesquels il ne fit aucune poursuite. Aussi, encouragés par l'exemple et l'impunité des petits voleurs, les grands s'en mêlèrent-ils bientôt. Amurath s'empara d'une partie de la Hongrie; Mathias Corvin prit la basse Autriche, et Frédéric se consola de ces envahissements en répétant cette maxime : *L'oubli est le remède des choses que l'on a perdues.* Au moment où nous en sommes arrivés, il venait, après un règne de cinquante-trois ans, de fiancer son fils Maximilien à Marie de Bourgogne, et de mettre au ban de l'empire son gendre Albert de Bavière, qui prétendait à la propriété du Tyrol. Il était donc trop occupé de ses affaires de famille pour pouvoir s'inquiéter de l'Italie. D'ailleurs, il était en train de chercher une devise à la maison d'Autriche, occupation des plus importantes pour un homme du caractère de Frédéric III. Enfin, cette devise, que devait presque réaliser Charles-Quint, fut trouvée, à la grande joie du vieil empereur, qui, jugeant qu'il n'avait plus rien à faire sur la terre après cette dernière preuve de sagacité, mourut le 19 août 1493, laissant l'empire à son fils Maximilien.

Cette devise était tout bonnement les cinq voyelles A, E, I, O, U, initiales de ces cinq mots :

AUSTRIÆ EST IMPERARE ORBI UNIVERSO.

Ce qui veut dire :

C'est le destin de l'Autriche de commander au monde entier.

Voilà pour l'Allemagne.

Maintenant que nous avons jeté les yeux sur les quatre na-

tions qui tendaient, comme nous l'avons dit, à devenir des
puissances européennes, ramenons nos regards sur les États
secondaires qui formaient un cercle plus rapproché autour
de Rome, et qui devaient, pour ainsi dire, servir d'armure
la reine spirituelle du monde, s'il plaisait à quelqu'un des
géants politiques que nous avons décrits d'enjamber, pour venir l'attaquer, les mers ou les montagnes, le golfe Adriatique
ou les Alpes, la Méditerranée ou les Apennins.

C'était le royaume de Naples, le duché de Milan, la magnifique république de Florence, ou la sérénissime république
de Venise.

Le royaume de Naples était aux mains du vieux Ferdinand,
dont la naissance était non-seulement illégitime, mais probablement même incestueuse. Son père, Alphonse d'Aragon,
tenait sa couronne de Jeanne de Naples, qui l'avait adopté
pour son successeur. Mais comme, par crainte de manquer
d'héritier, la reine à son lit de mort en avait nommé deux
au lieu d'un, Alphonse eut à soutenir ses droits contre René.
Les deux prétendants se disputèrent quelque temps la couronne. Enfin, la maison d'Aragon l'emporta sur celle d'Anjou, et, pendant l'année 1442, Alphonse s'affermit définitivement sur le trône. Ce sont les droits du prétendant expulsé
que nous verrons Charles VIII réclamer bientôt.

Ferdinand n'avait ni la valeur ni le génie de son père, et
cependant il triompha successivement de ses ennemis; il eut
deux compétiteurs, qui tous deux lui étaient fort supérieurs
en mérite. L'un était le comte de Viane, son neveu, qui,
arguant de la naissance honteuse de son oncle, disposait de
tout le parti aragonais; l'autre était le duc Jean de Calabre,
qui disposait de tout le parti angevin. Cependant il les écarta
tous les deux, et se maintint sur le trône, fort de sa prudence, qui allait souvent jusqu'à la duplicité. Il avait l'esprit
cultivé, avait étudié les sciences, et surtout la législation. Il
était d'une taille médiocre, avait la tête grande et belle, le
front ouvert et admirablement encadré dans de beaux cheveux blancs qui lui tombaient jusque sur les épaules. Enfin,
quoiqu'il eût rarement exercé sa force physique par les armes,
cette force était si grande, qu'un jour qu'il se trouvait sur la

place du marché Neuf, à Naples, il saisit par la corne un taureau qui s'était échappé, et l'arrêta court, quelques efforts
que celui-ci tentât pour s'échapper de ses mains. Au reste,
l'élection d'Alexandre lui avait causé une grande inquiétude,
et malgré sa prudence, il n'avait pu s'empêcher de dire, devant celui qui lui avait apporté cette nouvelle, que non-seulement il ne se réjouissait pas de cette élection, mais encore
qu'il ne pensait pas qu'aucun chrétien pût s'en réjouir, attendu
que Borgia, ayant toujours été un méchant homme, serait cer-
tainement un mauvais pontife. Au reste, ajouta-t-il, ce choix
fût-il excellent, et cette élection dût-elle plaire à tous les autres, elle n'en serait pas moins fatale à la maison d'Aragon,
encore qu'il en soit né sujet, et qu'il lui doive la source et
les progrès de sa fortune ; car là où entrent les raisons d'État,
elles ont bientôt exilé les affections du sang et de la parenté,
à plus forte raison, par conséquent, les simples relations de
sujet et d'obligé.

Ainsi qu'on le voit, Ferdinand jugeait Alexandre VI avec sa
perspicacité habituelle ; ce qui ne l'empêcha pas, ainsi que
nous le verrons bientôt, d'être le premier qui contracta alliance
avec lui.

Le duché de Milan appartenait nominativement à Jean Galéas, petit-fils de François Sforza, qui s'en était emparé par
violence, le 26 février 1450, et l'avait légué à Galéas Marie,
son fils, père du jeune prince régnant : nous disons nominativement, parce que le véritable maître du Milanais était à
cette heure, non pas l'héritier légitime, qui était censé le posséder, mais son oncle Ludovic, surnommé *il Moro*, à cause
du mûrier qu'il portait dans ses armes. Exilé avec ses deux
autres frères, Philippe, qui mourut empoisonné en 1479, et
Ascagne, qui devint cardinal, il rentra dans Milan quelques
jours après l'assassinat de Galéas Marie, qui eut lieu le 26 dé
cembre 1476 dans la basilique de Saint-Étienne, et s'empara
de la régence du jeune duc, qui n'avait alors que huit ans.
Depuis cette époque, et quoique son neveu eût atteint l'âge
de vingt-deux ans, Ludovic avait continué de gouverner, et
selon toutes probabilités, devait gouverner longtemps encore ;
car quelques jours après avoir manifesté le désir de reprendre

le pouvoir, le pauvre jeune homme était tombé malade, et
l'on disait tout haut qu'il avait pris un de ces poisons lents,
mais mortels, dont les princes de cette époque faisaient un
usage si fréquent, que, lors même qu'une maladie était naturelle, on lui cherchait toujours une cause que l'on pût rattacher à quelque grand intérêt. Quoi qu'il en soit, Ludovic
avait relégué son neveu, trop faible pour s'occuper désormais
des affaires de son duché, dans le château de Pavie, où il lan-
guissait sous les yeux de sa femme Isabelle, fille du roi Ferdinand de Naples.

Quant à Ludovic, c'était un ambitieux à la fois plein de
courage et d'astuce, familier avec l'épée et le poison, qui, selon les occasions, sans avoir de prédilection ni de répugnance
pour l'une ou pour l'autre, les employait alternativement, et
qui, au reste, était bien décidé à hériter de son neveu, soit
qu'il mourût ou soit qu'il ne mourût pas.

Florence, quoique ayant conservé le nom d'une république,
en avait peu à peu perdu toutes les libertés, et appartenait de
fait, sinon de droit, à Pierre de Médicis, à qui Laurent l'avait,
ainsi que nous l'avons vu, au risque du salut de son âme,
léguée comme un bien paternel. Malheureusement le fils était
loin d'avoir le génie du père : il était beau, il est vrai, tandis
qu'au contraire, Laurent était d'une laideur remarquable ; il
avait une voix agréable et harmonieuse, tandis que Laurent
avait toujours nasillé ; il était instruit dans les langues grec-
que et latine, il avait la conversation agréable et facile, et im-
provisait des vers presque aussi bien que celui qu'on avait
nommé le Magnifique ; mais il était, quoique ignorant aux
affaires politiques, orgueilleux et insolent envers ceux qui en
avaient fait une étude. Au reste, ardent aux plaisirs, passionné pour les femmes, incessamment occupé des exercices
du corps qui pouvaient le faire briller à leurs yeux, et surtout
de la paume, jeu auquel il était d'une grande force, et se promettant bien, aussitôt que son deuil serait passé, d'occuper
non-seulement Florence, mais encore l'Italie tout entière, par
la splendeur de sa cour et par le bruit de ses fêtes. Ainsi du
moins l'avait résolu Pierre de Médicis ; mais le ciel en décida
autrement.

Quant à la sérénissime république de Venise, dont Augustin Barbarigo est le doge, elle est parvenue, à l'heure où nous sommes arrivés, à son plus haut degré de puissance et de splendeur. Depuis Cadix jusqu'aux Palus-Méotides, elle n'a pas un port qui ne soit ouvert à ses mille vaisseaux ; elle possède en Italie, outre le littoral des lagunes et l'ancien duché de Venise, les provinces de Bergame, de Brescia, de Crème, de Vérone, de Vicence et de Padoue ; elle a la Marche Trévisane, qui comprend le Feltrin, le Bellunois, le Cadorin, la Polésine de Rovigo, et la principauté de Ravenne ; elle a le Frioul, moins Aquilée ; l'Istrie, moins Trieste ; elle a, sur la côte orientale du golfe, Zara, Spalatro, et le littoral de l'Albanie ; elle a dans la mer Ionienne les îles de Zante et de Corfou ; elle a en Grèce Lépante et Patras ; elle a dans la Morée Modon, Coron, Napoli di Romanie et Argos ; enfin, dans l'Archipel, outre plusieurs villes et des établissements sur les côtes, elle a Candie et le royaume de Chypre.

Ainsi, depuis l'embouchure du Pô jusqu'à l'extrémité orientale de la Méditerranée, la sérénissime république est maîtresse de tout le littoral, et l'Italie et la Grèce semblent le faubourg de Venise.

Dans les intervalles laissés libres entre Naples, Milan, Florence et Venise, de petits tyrans se sont établis, exerçant une souveraineté absolue sur leur territoire : ainsi les Colonna sont à Ostie et à Nettuno, les Montefeltri à Urbin, les Manfredi à Faenza, les Bentivogli à Bologne, les Malatesta à Rimini, les Vitelli à Città di Castello, les Baglioni à Pérouse, les Orsini à Vicovaro, et les princes d'Est à Ferrare.

Enfin, au centre de ce cercle immense, composé de grandes puissances, d'États secondaires et de petits tyrans, s'élève Rome, placée en haut de la spirale ; la plus élevée, mais la plus faible de tous, sans influence, sans territoire, sans armée et sans argent.

Il s'agit pour le nouveau pontife de lui rendre tout cela ; voyons donc quel homme c'était qu'Alexandre VI, pour entreprendre et accomplir un pareil projet.

Roderic Lenzioli était né à Valence en Espagne en 1430 ou 1431, et descendait par sa mère d'une famille issue, à ce

que prétendent plusieurs auteurs, de race royale, et qui, avant
de jeter les yeux sur la tiare, avait eu des prétentions aux
couronnes d'Aragon et de Valence ; dès son enfance il avait
donné des marques d'une vivacité d'esprit merveilleuse, et
en grandissant il avait montré un génie très-apte aux sciences,
et surtout à celles du droit et de la jurisprudence : il en résulta qu'il acquit ses premières distinctions comme avocat,
profession dans laquelle son habileté à discuter les affaires
les plus épineuses lui fit bientôt une grande réputation.
Cependant il ne tarda point à se lasser de cette carrière,
qu'il abandonna tout à coup pour celle des armes, qu'avait
suivie son père ; mais, après quelques actions qui prouvaient
son sang-froid et son courage, il se dégoûta de celle-ci, ainsi
que de l'autre ; et comme, au moment où ce dégoût commençait à le prendre, son père mourut, laissant une fortune considérable, il résolut de ne plus rien faire, et de vivre en se
laissant aller à son caprice et à sa fantaisie. Vers cette époque, il devint l'amant d'une veuve qui avait deux filles. La
veuve mourut ; Roderic prit les filles sous sa tutelle, mit l'une
d'elles dans un couvent, et comme l'autre était une des plus
belles femmes qui se pussent voir, il la garda pour sa maîtresse. C'était la fameuse Rosa Vanozza, dont il eut cinq enfants : François, César, Lucrèce et Guiffry ; on ignore le nom
du cinquième.

Roderic, retiré des affaires publiques, était tout entier à
ses amours et à sa paternité, lorsqu'il apprit que son oncle,
qui l'affectionnait comme s'il eût été son fils, avait été élu
pape sous le nom de Calixte III. Mais le jeune homme était
si amoureux à cette heure, que l'amour faisait taire en lui
l'ambition, et qu'il fut presque effrayé de l'exaltation de son
oncle, exaltation qui allait sans doute le forcer de rentrer
dans les affaires publiques. En conséquence, au lieu d'accourir à Rome, comme tout autre eût fait à sa place, il se
contenta d'écrire à Sa Sainteté une lettre dans laquelle il lui
demandait la continuation de ses bontés, et lui souhaitait un
long et heureux pontificat.

Cette retenue d'un de ses parents, au milieu des ambitions
que le nouveau pontife rouvait à chaque pas sur son che-

min, frappa singulièrement Calixte III : il savait la valeur du
jeune Roderic, et au moment où les médiocrités l'assiégeaient
de tous côtés, cette capacité qui se tenait modestement à l'é-
cart grandit encore à ses yeux : aussi répondit-il à l'instant
même à Roderic qu'au reçu de sa lettre il eût à quitter l'Espagne pour l'Italie, et Valence pour Rome.

Cette lettre déplaçait Roderic du centre de bien-être qu'il
s'était fait, et dans lequel il se fût peut-être endormi comme
un homme ordinaire, si la fortune n'était pas ainsi venue l'en
tirer par la main. Roderic était heureux, Roderic était riche ;
les mauvaises passions qui lui étaient naturelles s'étaient sinon éteintes, du moins assoupies ; il s'effraya lui-même à
l'idée de changer la vie douce qu'il menait contre la vie ambitieuse et agitée qui lui était promise ; et, au lieu d'obéir à
son oncle, il retarda les préparatifs de son départ, espérant
que Calixte l'oublierait. Il n'en fut pas ainsi : deux mois
après la lettre pontificale, un prélat romain, porteur de la
nomination de Roderic à un bénéfice valant vingt mille ducats par an, et d'un ordre positif au titulaire de venir prendre au plus tôt possession de sa charge, arriva à Valence.

Il n'y avait plus à reculer ; aussi Roderic obéit-il : mais,
comme il ne voulait pas se séparer de la source où il avait
puisé son bonheur depuis huit ans, Rosa Vanozza partit de
son côté, et tandis qu'il se rendait à Rome elle se rendit à
Venise, accompagnée de deux domestiques de confiance, et
sous la garde d'un gentilhomme espagnol nommé Manuel
Melchiori.

La fortune tint vis-à-vis de Roderic les promesses qu'elle
lui avait faites : le pape le reçut comme un fils, et le fit tour
à tour archevêque de Valence, cardinal-diacre et vice-chancelier. A toutes ces faveurs Calixte ajouta un revenu de quarante mille ducats ; de sorte qu'à l'âge de trente-cinq ans à
peine Roderic se trouva riche et puissant à l'égal d'un prince.

Roderic avait eu quelque peine à accepter le cardinalat,
qui l'enchaînait à Rome, et eût préféré être général de l'Église,
position qui lui eût donné plus grande liberté de voir sa maîtresse et sa famille ; mais son oncle Calixte lui fit entrevoir la
possibilité de lui succéder un jour, et, de ce moment, l'idée

d'être le chef suprême des rois et des peuples s'empara tellement de Roderic, qu'il n'eut plus devant les yeux que le but
que son oncle lui avait fait entrevoir.

Alors, à compter de ce jour, naquit chez le jeune cardinal
cette puissance d'hypocrisie qui fit de lui la plus parfaite incarnation du démon qui ait peut-être jamais existé sur la
terre; et Roderic ne fut plus le même homme : les paroles
d'humilité et de repentir à la bouche, le front baissé comme
s'il eût porté le poids de ses fautes passées, dédaigneux des
richesses qu'il avait acquises, et qui, étant, disait-il, le bien
des pauvres, devaient retourner aux pauvres, il passait sa vie
dans les églises, dans les monastères ou dans les hôpitaux,
acquérant, dit son historien, aux yeux même de ses ennemis,
la réputation d'un Salomon pour la sagesse, d'un Job pour la
patience, et d'un Moïse pour la publication de la parole de
Dieu : seule au monde, Rosa Vanozza pouvait estimer ce que
valait la conversion du pieux cardinal.

Bien en prit à Roderic de s'être posé aussi saintement; car
son protecteur mourut après un règne de trois ans trois mois
et dix-neuf jours, et il ne fut plus soutenu que par son propre
mérite contre les ennemis nombreux que lui avait faits sa
rapide fortune ; aussi, pendant tout le règne de Pie II, de-
meura-t-il constamment éloigné des affaires, et ne le vit-on
reparaître que sous Sixte IV, qui lui fit don de l'abbaye de
Subiaco, et l'envoya en qualité de légat près des rois d'Aragon
et de Portugal. A son retour, qui eut lieu sous le pontificat
d'Innocent VIII, il se décida à faire enfin venir sa famille à
Rome : elle y fut conduite par don Melchiori, qui, dès ce
moment, passa pour le mari de Vanozza, et prit le nom du
comte Ferdinand de Castille. Le cardinal Roderic reçut le
noble Espagnol comme un compatriote et un ami : celui-ci,
qui comptait mener une vie fort retirée, loua une maison dans
la rue della Lungara, proche de l'église de Regina-Cœli et
sur les bords du Tibre. C'est là qu'après avoir passé la journée en prières et en œuvres pieuses, le cardinal Roderic allait
chaque soir déposer son masque. Alors, disait-on, quoique
personne n'en pût donner la preuve, il se passait dans cette
maison des choses infâmes : on parlait d'inceste entre le père

et la fille et entre les deux frères et la sœur ; de sorte que, pour faire cesser ces bruits qui commençaient à se répandre, Roderic envoya César étudier à Pise, et maria Lucrèce à un jeune gentilhomme aragonais ; si bien qu'il ne resta plus à la maison que la Vanozza et ses deux fils : tel était l'état des choses quand Innocent VIII mourut, et que Roderic Borgia fut proclamé pape.

Nous avons vu par quels moyens la nomination s'était faite ; aussi les cinq cardinaux qui n'avaient point participé à cette simonie, et qui étaient les cardinaux de Naples, de Sienne, de Portugal, de Sainte-Marie in Porticu et de Saint-Pierre aux Liens, protestèrent-ils tout haut contre cette élection, qu'ils traitèrent de maquignonnage ; mais Roderic n'en avait pas moins, n'importe par quel moyen, réuni la majorité ; Roderic n'en était pas moins le deux cent seizième successeur de saint Pierre.

Cependant, tout arrivé qu'il était à son but, Alexandre VI n'osa point dès l'abord quitter le masque qu'avait porté si longtemps le cardinal Borgia, quoique en apprenant sa nomination il ne pût dissimuler la joie qu'elle lui causa, si bien qu'il s'écria en levant les mains au ciel, et avec l'accent de l'ambition satisfaite, lorsqu'on lui annonça que le scrutin venait de décider en sa faveur : — Suis-je donc pape ? Suis-je donc le vicaire du Christ ? Suis-je donc la clef de voûte du monde chrétien ?

— Oui, saint-père, lui répondit le cardinal Ascanio Sforza, — le même qui avait vendu à Roderic les neuf voix dont il disposait au conclave pour quatre mulets chargés d'argent ; — et nous espérons par votre élection donner la gloire à Dieu, le repos à l'Église et la joie à la chrétienté, attendu que vous êtes choisi par le Tout-Puissant lui-même, comme le plus digne de tous vos frères.

Mais, si courte qu'avait été cette réponse, le nouveau pape avait déjà repris son empire sur lui-même, et d'une voix humble et les mains croisées sur la poitrine :

— Nous espérons, dit-il, que Dieu nous accordera son puissant secours, nonobstant notre faiblesse, et qu'il fera pour nous ce qu'il fit pour l'apôtre, lorsqu'il lui mit autrefois les

clefs du ciel entre les mains, et qu'il lui confia le gouvernement de l'Église, gouvernement qui, sans l'aide divine, serait une trop lourde charge pour un mortel : mais Dieu lui
promit que son esprit le dirigerait; il en fera ainsi pour nous,
je l'espère; et, de votre côté, nous ne doutons pas que vous
n'ayez tous cette sainte obéissance qui est due au chef de l'Église, en imitation de celle que le troupeau du Christ était
obligé d'avoir pour le prince des apôtres.

Aussitôt ce discours terminé, Alexandre se revêtit des habits
pontificaux, et fit jeter par les fenêtres du Vatican des bandes de
papier sur lesquelles son nom était écrit en latin, et qui, enlevées par le vent, semblèrent porter au monde entier la nouvelle du grand événement qui allait changer la face de l'Italie.

Le même jour, des courriers furent expédiés dans toutes
les cours de l'Europe.

César Borgia apprit la nouvelle de l'élection de son père, à
l'université de Pise, où il étudiait : son ambition avait rêvé
parfois une telle fortune, et cependant sa joie en fut presque
insensée. C'était alors un jeune homme de vingt-deux à vingt-
quatre ans, adroit à tous les exercices du corps et surtout aux
armes; montant sans selle les chevaux les plus fougueux, et
tranchant la tête d'un taureau d'un seul coup d'épée; d'ailleurs, arrogant, jaloux, dissimulé, et, au dire de Tomasi,
grand parmi les impies, comme son frère François était bon
parmi les grands. Quant à son visage, les auteurs même contemporains en ont laissé une description tout à fait diverse;
car les uns l'ont peint comme un monstre de laideur, tandis
que les autres vantent, au contraire, sa beauté : cette contradiction tient à ce que, dans certains moments de l'année et
au printemps surtout, sa figure se couvrait de pustules qui
en faisaient, tant qu'elles duraient, un objet d'horreur et
de dégoût, tandis que, pendant tout le reste du temps, c'était
le sombre cavalier aux cheveux noirs, au teint pâle et à la
barbe fauve, que nous a montré Raphaël dans le beau portrait qu'il a fait de lui. Au reste, historiens, chroniqueurs et
peintres sont d'accord sur son regard fixe et puissant, au fond
duquel brillait une flamme incessante, qui lui donnait quelque chose d'infernal et de surhumain. Tel était l'homme dont

le sort venait de combler toutes les espérances, et qui avait pris pour devise : *Aut Cæsar, aut nihil :* — César, ou rien.

César prit la poste avec quelques-uns de ses familiers, et à peine eut-il été reconnu aux portes de Rome, que les respects qu'on lui rendit témoignèrent aussitôt de son changement de fortune : au Vatican les respects redoublèrent, les grands s'inclinèrent devant lui, comme devant un plus grand qu'eux. Aussi, dans son impatience, sans visiter sa mère ni aucune autre personne de sa famille, il monta droit chez le pape pour lui baiser les pieds ; et comme celui-ci avait été prévenu de son arrivée, il l'attendait au milieu d'une assemblée brillante et nombreuse de cardinaux, et ayant ses trois autres frères debout derrière lui. Sa Sainteté le reçut d'un visage favorable, mais cependant sans se laisser aller aux démonstrations de son amour paternel, se baissa vers lui, le baisa au front, et lui demanda comment il se portait et de quelle façon s'était passé son voyage. César répondit qu'il se portait à merveille et tout au service de Sa Sainteté ; que, quant au voyage, ses petites incommodités et sa courte fatigue avaient été compensées, et bien au delà, par la joie qu'il éprouvait de pouvoir adorer sur le saint-siége pontifical celui qui en était si digne. A ces mots, laissant César à genoux comme il était, et se rasseyant lui-même, car pour l'embrasser il s'était soulevé de son siége, le pape donna à son visage un air grave et composé, et parla ainsi qu'il suit, assez haut pour être entendu de tous, et assez lentement pour que chacun des assistants pût peser et retenir la moindre de ses paroles :

— Nous sommes bien persuadé, César, que vous êtes singulièrement joyeux de nous voir à ce faîte suprême, si élevé au-dessus de nos mérites, et auquel il a plu à la bonté divine de nous faire monter. Cette joie nous était due d'abord en échange de l'amour que nous vous avons toujours porté et que nous vous portons encore, et ensuite pour votre propre intérêt, puisque vous pouvez vous promettre de recevoir désormais de notre main pontificale les bienfaits dont vos bonnes œuvres vous rendront digne ; mais si votre joie, et ceci nous le disons à vous comme nous l'avons dit à votre frère, s'est fondée sur d'autres bases, vous vous êtes grandement

trompé, César, et vous vous trouverez tristement déçu. Nous
avons aspiré peut-être, et nous le confessons humblement à
la face de tous, avec une passion immodérée, à la souveraineté du pontificat, et nous avons suivi pour y parvenir tous
les chemins qu'a pu nous ouvrir l'industrie humaine; mais
nous avons agi ainsi, en nous jurant à nous-même qu'une
fois arrivé à notre but, nous ne suivrions plus d'autre voie
que celle qui conduit au meilleur service de Dieu, à la plus
grande exaltation du saint-siége, afin qu'une glorieuse mémoire des choses que nous ferons efface le souvenir honteux
des choses que nous avons faites. Si bien que nous en vien-
drons à laisser, je l'espère, à nos successeurs une route où,
s'ils ne trouvent pas les traces d'un saint, ils pourront
suivre au moins les pas d'un pontife. Dieu, qui nous a secondé dans les moyens, réclame de nous le résultat, et nous
sommes disposé à satisfaire pleinement à cette grande dette
que nous avons contractée envers lui; c'est pourquoi nous ne
voulons pas éveiller par nos fraudes les rigueurs de sa justice.
Un seul empêchement pourrait donc traverser nos bonnes intentions; ce serait si nous éprouvions un intérêt trop vif pour
votre fortune. Aussi nous sommes-nous cuirassé d'avance
contre notre amour, et avons-nous prié Dieu qu'il nous sou-
tienne, afin que nous ne bronchions pas à votre sujet; car,
dans le chemin du favoritisme, un pontife ne peut glisser
sans tomber, et ne peut tomber sans porter un grand préjudice à l'honneur du saint-siége. Nous pleurerons jusqu'à la
fin de notre vie les fautes auxquelles nous devons l'expérience
de cette vérité, et plaise à Dieu que l'heureuse mémoire de
Calix notre oncle ne porte pas aujourd'hui dans le purgatoire
le poids de nos péchés plus encore que des siens! Hélas! il
était riche de toutes les vertus, il était plein de bonnes
intentions; mais il aimait trop les siens, et, parmi les siens,
nous particulièrement : de sorte que, se laissant mener
aveuglément par cet amour, et par celui qu'il avait pour
ses parents, dont il avait trop fait sa propre chair, il accu-
mula sur quelques têtes seulement, les moins dignes peut-
être, les bénéfices qui devaient récompenser les mérites
d'un grand nombre. En effet, il déposa dans notre maison ces

trésors qu'il ne fallait pas amasser aux dépens des pauvres,
ou qu'il fallait convertir en un meilleur usage. Il démembra
de l'État ecclésiastique, déjà si faible et si restreint, le duché
de Spolette, ainsi que d'autres riches domaines, afin de nous en
faire des fiefs; il appuya sur notre faiblesse la vice-chancellerie,
la vice-préfecture de Rome, le généralat de l'Église, et toutes
les autres charges les plus considérables, qui, au lieu d'être
accaparées ainsi par nous, devaient être conférées à ceux-là
que leurs mérites en avaient rendus les plus dignes. Il y en
eut alors qui, à notre recommandation, furent élevés à de suprêmes dignités, qui n'avaient d'autre mérite pour arriver là
que la protection trop partiale que nous leur accordions;
tandis que d'autres furent écartés, qui n'avaient d'autre
cause pour ne point parvenir que la jalousie que nous inspirait leur mérite. Pour dépouiller Ferdinand d'Aragon du
royaume de Naples, il alluma une terrible guerre, dont l'issue heureuse n'avait d'autre résultat que d'augmenter notre
fortune, et dont l'issue malheureuse ne pouvait amener que
honte et dommage au saint-siége. Enfin, en se laissant gouverner par ceux qui sacrifiaient le bien public à leurs intérêts
particuliers, il porta un notable préjudice, non-seulement au
trône pontifical, non-seulement à sa renommée, mais encore,
et ce qui est bien plus fatal, à sa conscience. Et cependant,
ô sagesse des jugements de Dieu! si fort et si constamment
qu'il se fût employé pour établir notre fortune, à peine eut-il
laissé vide la place suprême que nous occupons aujourd'hui,
que nous nous trouvâmes renversé du faîte où nous étions
monté, abandonné à la furie du peuple et aux haines vindica-
tives de ces barons romains, qui se regardaient comme offen-
sés par notre bienveillante partialité pour leurs ennemis. De
sorte que, non-seulement comme je vous le dis, César, il nous
fallut tomber précipitamment du haut de notre grandeur, et
de ces biens et de ces dignités que notre oncle avait accumu-
lés sous nos pieds, mais encore, pour ne pas perdre la vie,
nous condamner, nous et nos amis, à un volontaire exil,
grâce auquel seulement nous parvînmes à nous dérober à
l'orage soulevé par notre trop grande fortune. Cela nous fut
une preuve évidente que Dieu, sachant se jouer des desseins

des hommes dès que ces desseins sont injustes, c'est une
grande erreur aux pontifes que de s'appliquer davantage au
bien d'une maison, qui ne peut durer que quelques années, qu'à la gloire de l'Église, qui est éternelle, et que c'est
une grande folie à ces politiques qui, ayant le gouvernement
d'un domaine qui n'est héréditaire ni pour eux ni pour leurs
successeurs, appuient l'édifice de leur grandeur sur d'autres
bases que sur les hautes vertus exercées au profit de tous, et
croient assurer la durée de leur fortune par d'autres moyens
que par ceux qui compriment ces tourbillons inattendus qui,
s'élevant au milieu du calme, peuvent soulever une tempête,
c'est-à-dire leur créer une masse d'ennemis, dont un seul
agissant sérieusement leur causera plus de dommages que ne
peuvent leur apporter de secours les démonstrations trom-
peuses de cent amis. — Si vous et vos frères cheminez par la voie
louable dont nous vous ouvrons l'entrée, vous ne formerez pas
un désir qu'il ne soit à l'instant même accompli; mais si
vous prenez le chemin contraire, si vous avez espéré que
notre affection se fera la complaisante de vos désordres, vous
aurez bientôt la preuve que nous sommes pontife pour l'Église
et non pour la maison, et que, comme vicaire du Christ, nous
voulons faire ce que nous jugerons être le bien de la chrétienté, mais non ce que vous aurez jugé, vous, être votre
bien à vous; — et ceci bien entendu, César, recevez notre
bénédiction pontificale.

Et à ces mots Alexandre VI se leva, imposa les mains à son
fils, toujours agenouillé, et se retira dans ses appartements
sans l'inviter à le suivre.

Le jeune homme était resté stupéfait de ce discours, auquel il s'attendait si peu, et qui détruisait d'un seul coup ses
plus chères espérances. Aussi, se relevant étourdi et chance-
lant comme un homme ivre, et sortant du Vatican à l'instant
même, il courut chez sa mère, à laquelle il n'avait pas pensé
d'abord, et vers laquelle il revenait dans son abandon. — La
Vanozza avait à la fois tous les vices et toutes les vertus
d'une courtisane espagnole : dévote envers la madone jusqu'à la superstition, tendre envers ses enfants jusqu'à la faiblesse, complaisante envers Roderic jusqu'à la débauche,

mais confiante au fond de l'âme dans la force d'un pouvoir
qu'elle exerçait depuis près de trente ans, et certaine, comme
le serpent, d'étouffer dans ses replis quand elle ne pouvait
pas fasciner par son regard. Vanozza connaissait la profonde
hypocrisie de son vieil amant, et, par conséquent, elle n'eut
pas de peine à rassurer César.

Lucrèce était près de la Vanozza quand César était arrivé ;
les deux jeunes gens échangèrent sous les yeux mêmes de
leur mère un baiser incestueux ; et, avant de se retirer, César
avait pris pour le soir même rendez-vous avec Lucrèce, qui,
séparée de son mari, à qui Roderic payait une pension, vivait
en toute liberté dans son palais de la Via del Pellegrino, situé
en face du Champ des Fleurs.

Le soir, à l'heure convenue, César se rendit chez Lucrèce ;
mais il y trouva son frère François. Les deux jeunes gens ne
s'étaient jamais aimés. Cependant, comme leurs cœurs étaient
bien différents, la haine, chez François, était la crainte instinctive que le daim éprouve pour le chasseur ; tandis que la
haine, chez César, était ce besoin de vengeance et ce désir
de sang qui vit incessamment dans le cœur du tigre. Les deux
frères ne s'en embrassèrent pas moins, l'un par bienveillance,
l'autre par hypocrisie ; mais, en s'apercevant, le sentiment de
leur double rivalité dans les bonnes grâces de leur père et de
leur sœur avait fait monter la rougeur au visage de François
et la lividité à celui de César. Les deux jeunes gens s'assirent donc, décidés à ne pas sortir l'un sans l'autre, lorsqu'on
frappa à la porte, et qu'on annonça un rival devant lequel
l'un et l'autre devaient se retirer : c'était leur père.

Vanozza avait eu raison de rassurer César. En effet, Alexandre VI, tout en se déchaînant contre les abus de la famille,
avait déjà compris le parti politique qu'il pouvait tirer de ses
fils et de sa fille ; car il savait que pour toutes choses il pouvait compter, sinon sur François et sur Guiffry, mais sur Lucrèce et sur César. En effet, de ce côté, la sœur était le digne
pendant du frère. Libertine par imagination, impie par tempérament, ambitieuse par calcul, Lucrèce avait un âpre besoin de plaisirs, de louanges, d'honneurs, d'or, de pierreries,
d'étoffes soyeuses et de palais magnifiques. — Espagnole sous

ses cheveux blonds, courtisane sous son air candide, elle avait la tête d'une madone de Raphaël et le cœur de Messaline; aussi était-elle chère et comme fille et comme maîtresse à Roderic, qui voyait se réfléchir en elle, comme en un miroir magique, toutes ses passions et tous ses vices. Lucrèce et César étaient donc les bien-aimés de son cœur, et composaient la trinité diabolique qui demeura onze ans sur le trône pontifical, comme une sacrilége parodie de la Trinité céleste.

Au reste, rien ne démentit d'abord les principes émis par Alexandre dans le discours qu'il avait fait à César, et la première année de son pontificat dépassa les espérances qu'avaient conçues les Romains lors de son élection. Il pourvut à l'approvisionnement des greniers publics avec une si grande libéralité, que de mémoire d'homme on n'avait joui d'une si merveilleuse abondance, et afin que le bien-être descendît jusqu'aux dernières classes, de nombreuses aumônes, prélevées sur sa fortune particulière, permirent aux pauvres mêmes de participer à ce banquet général, dont depuis si longtemps ils étaient exclus. Quant à la sûreté de la ville, elle avait été rétablie, dès les premiers jours de son avénement à la tiare, par une police ferme et vigilante et par un tribunal composé de quatre docteurs de réputation irréprochable, chargés de poursuivre tous les crimes nocturnes si communs sous le précédent pontificat, que leur nombre même leur assurait l'impunité, et qui donnerent dès leurs premiers jugements l'exemple d'une sévérité que ne purent adoucir ni le rang ni la fortune des coupables. Cela faisait un si grand contraste avec la corruption du règne précédent, pendant lequel le vice-camérier répondait publiquement à ceux qui lui reprochaient la vénalité de la justice : — Dieu ne veut pas la mort du pécheur; mais qu'il vive et qu'il paye, — que la capitale du monde chrétien se crut ramenée un instant aux beaux jours du pontificat. Aussi, au bout d'un an de règne, Alexandre VI avait déjà reconquis le crédit spirituel perdu par ses prédécesseurs. Restait, pour accomplir la première partie de son plan gigantesque, à établir son crédit politique. Il avait, pour arriver à ce but, deux moyens à employer : les alliances ou les conquêtes. Il dut commencer par tenter les alliances. Le gentilhomme aragonais qui avait épousé Lucrèce quand elle n'était que la fille du cardinal Roderic Borgia n'était pas un homme assez puissant ni par la naissance, ni par la fortune, ni par le génie, pour entrer avec quelque influence dans les combinaisons du pape Alexandre VI : la séparation fut donc convertie en divorce, et Lucrèce Borgia se trouva libre de se remarier.

Alexandre VI entama deux négociations à la fois; il avait besoin d'un allié qui pût veiller pour lui sur la politique des États qui l'entouraient. Jean Sforza, petit-fils d'Alexandre Sforza, frère du grand François Ier, duc de Milan, était seigneur de Pesaro; la situation topographique de cette place, située au bord de la mer, entre Florence et Venise, lui convenait donc merveilleusement; aussi jeta-t-il d'abord les yeux sur lui, et comme les intérêts étaient les mêmes des deux côtés, Jean Sforza devint bientôt le second mari de Lucrèce.

En même temps, des ouvertures avaient été faites à Alphonse d'Aragon, héritier présomptif de la couronne de Naples, pour entamer un mariage entre dona Sancia, sa fille naturelle, et Guiffry, troisième fils du pape; mais comme le vieux Ferdinand voulait tirer le meilleur parti possible de cette alliance, il traîna les négociations en longueur, objectant que les deux enfants n'étaient point encore nubiles, et que, par conséquent, quelque honneur que dût lui faire une pareille alliance, rien ne pressait à l'endroit de leurs fiançailles. Les choses en restèrent là, au grand mécontentement d'Alexandre VI, qui ne se trompa point à cet ajournement, et prit la défaite qui lui était donnée pour ce qu'elle était réellement, c'est-à-dire pour un refus. Alexandre et Ferdinand demeurèrent donc dans la même situation qu'auparavant, joueurs politiques d'égale force, et attendant que les événements se déclarassent pour l'un ou pour l'autre. La fortune fut pour Alexandre.

L'Italie, quoique tranquille, sentait instinctivement que ce calme n'était rien autre chose que la torpeur qui précède l'orage. Elle était trop riche et trop heureuse pour n'être point enviée par toutes les autres nations. En effet, la négligence et la jalousie de la république florentine n'avaient point encore fait un marais des plaines de Pise, les guerres des Colonna et des Orsini n'avaient point encore changé les riches campagnes de Rome en un désert inculte, le marquis de Marignan n'avait point encore rasé, dans la seule république de Sienne, cent vingt villages; enfin, la maremme était déjà insalubre, mais point encore mortelle; et Flavio Blondo, en décrivant, en 1450, Ostie, qui ne compte plus aujourd'hui que trente habitants, se contente de dire qu'elle était moins florissante que du temps des Romains, époque à laquelle elle en comptait cinquante mille.

Quant aux paysans italiens, ils étaient peut-être les plus heureux de la terre : au lieu de vivre disséminés dans les champs et isolés les uns des autres, ils habitaient dans des bourgades fermées de murs qui protégeaient leurs récoltes, leur bétail et leurs instruments; leurs maisons, du moins celles qui restent de cette époque, prouvent qu'ils étaient logés avec plus de bien-être, d'art et de goût, que ne le sont encore aujourd'hui les bourgeois de nos villes. Enfin cette réunion d'intérêts communs, cette agglomération d'individus dans des villages fortifiés, leur avait, petit à petit, laissé prendre une importance que n'avaient ni les manants de France ni les serfs d'Allemagne; ils avaient des armes, un trésor commun, des magistrats élus, et lorsqu'ils combattaient, au moins, eux, c'était pour défendre une patrie.

Le commerce, d'ailleurs, n'était pas moins florissant que l'agriculture; l'Italie à cette époque était couverte de fabriques, où l'on travaillait la soie, la laine, le chanvre, les pelleteries, l'alun, le soufre et le bitume : ceux de ces produits que le sol ne produisait pas étaient amenés dans ses ports, de la mer Noire, de l'Égypte, de l'Espagne et de la France, et repartaient souvent, pour les lieux d'où ils étaient venus, après que le travail et la main-d'œuvre en avaient doublé la valeur : le riche apportait ses marchandises, le pauvre son industrie. L'un était sûr de ne pas manquer de bras, et l'autre était sûr de ne pas manquer de travail.

L'art, de son côté, n'était point demeuré en arrière : Dante, Giotto, Brunelleschi, Donatello étaient morts, mais l'Arioste, Raphaël, Bramante et Michel-Ange venaient de naître, Rome,

Florence et Naples avaient hérité des chefs-d'œuvre de l'anti-
quité, et les manuscrits d'Eschyle, de Sophocle et d'Euripide
étaient venus, grâce à la conquête de Mahomet II, rejoindre
les statues de Xantippe, de Phidias et de Praxitèle.

Les principaux souverains de l'Italie avaient donc compris,
en arrêtant les yeux sur ces grasses moissons, sur ces riches
villages, sur ces florissantes fabriques et sur ces merveilleuses
églises, et en les reportant ensuite sur les peuples barbares,
pauvres et guerriers qui les entouraient, qu'ils allaient un
jour ou l'autre devenir aux autres nations ce que l'Amérique
était à l'Espagne, c'est-à-dire une vaste mine d'or à exploiter.
En conséquence, dès 1480, Naples, Milan, Florence et Ferrare
avaient signé une ligue offensive et défensive, prête à faire
face aussi bien aux ennemis du dedans qu'à ceux du dehors,
aux péninsulaires qu'aux ultramontains. Louis Sforza, qui
était le plus intéressé au maintien de cette ligue, parce qu'il
était le plus rapproché de la France, côté d'où paraissait menacer l'orage, vit dans l'élection du nouveau pape un nouveau
moyen, non-seulement de resserrer cette ligue, mais encore
de la faire apparaître aux yeux de l'Europe dans sa puissance
et dans son unité.

A chaque exaltation nouvelle, il est de coutume que tous
les États chrétiens envoient à Rome une ambassade solennelle,
pour renouveler, au nom de chacun d'eux, leur serment
d'obédience au saint-père. Louis Sforza eut l'idée de réunir
les ambassadeurs des quatre puissances de manière à ce
qu'ils fissent leur entrée le même jour dans Rome, et de
charger un seul des envoyés, celui du roi de Naples, par
exemple, de porter la parole au nom de tous.

Malheureusement, ce plan concordait mal avec les projets
magnifiques de Pierre de Médicis. L'orgueilleux jeune homme,
qui avait été nommé ambassadeur de la république florentine,
avait vu dans la mission que lui avaient confiée ses compatriotes un moyen de faire briller son faste et d'étaler ses richesses. Depuis le jour de sa nomination, son palais ne désem-
plissait pas de tailleurs, de joailliers et de marchands d'étoffes:
il s'était fait faire des habits splendides, brodés de pierres précieuses, qu'il avait tirées du trésor de sa famille. Tous ses

joyaux, les plus riches de l'Italie peut-être, étaient semés sur
les habits de ses pages, et l'un d'eux, son favori, devait porter
un collier de perles évalué à lui seul cent mille ducats, c'est-
à-dire près d'un million de notre monnaie actuelle. De son
côté, l'évêque d'Arezzo, Gentile, qui avait été professeur de
Laurent de Médicis, était le second ambassadeur nommé, et
devait porter la parole, et Gentile, qui avait préparé son discours, comptait autant sur son éloquence pour charmer les
oreilles que Pierre de Médicis sur sa richesse pour éblouir les
yeux. Or, l'éloquence de Gentile était perdue si c'était l'envoyé du roi de Naples qui portait la parole, et la magnificence
de Pierre de Médicis était inaperçue s'il entrait à Rome confondu avec tous les autres ambassadeurs. Ces deux graves
intérêts, compromis par la proposition du duc de Milan, changèrent toute la face de l'Italie.

Louis Sforza avait déjà la promesse de Ferdinand de se
conformer, pour sa part, au plan qu'il avait imaginé, lorsque
le vieux roi, sollicité par Médicis, retira tout à coup sa parole. Sforza s'informa d'où venait ce changement, et apprit
que l'influence qui avait vaincu la sienne était celle de Pierre.
Ne pouvant se rendre compte des motifs réels qui avaient
dicté cette opposition, il y vit une ligue secrète contre lui,
et attribua à la mort de Laurent de Médicis ce changement
de politique. Au reste, cette cause, quelle qu'elle fût, lui était
visiblement préjudiciable : Florence, vieille alliée de Milan,
l'abandonnait pour Naples. Il résolut de jeter un contre-poids
dans la balance; et, dévoilant à Alexandre la politique de
Pierre et de Ferdinand, il lui proposa une alliance offensive
et défensive, à laquelle ils adjoindraient la république de
Venise; le duc Hercule III de Ferrare serait en même temps
sommé de se prononcer pour l'une ou l'autre des deux
alliances. Alexandre VI, blessé de la conduite de Ferdinand
à son égard, accepta la proposition de Louis Sforza, et l'acte
de confédération par lequel les nouveaux alliés s'engageaient
à mettre sur pied, pour le maintien de la paix publique, une
armée de vingt mille chevaux et de dix mille fantassins, fut
signé le 22 avril 1493.

Ferdinand vit avec cette crainte se former cette ligue; **mais**

il crut avoir le moyen d'en neutraliser les effets en dépouillant Louis Sforza de sa puissance, qui, sans être usurpée encore, se prolongeait déjà bien au delà du terme qu'elle aurait
dû avoir, puisque, quoique le jeune Galéas, son petit-fils,
eût atteint l'âge de vingt-deux ans, Louis Sforza n'en continuait pas moins de tenir la régence. En conséquence, il
invita positivement le duc de Milan à résigner le pouvoir
souverain entre les mains de son neveu, sous peine d'être
déclaré usurpateur.

Le coup était terrible; mais il avait le danger de porter
Louis Sforza à quelques-unes de ces combinaisons politiques
qui lui étaient familières, et devant lesquelles il ne reculait
jamais, quelque dangereuses qu'elles fussent. Ce fut ce qui
arriva effectivement; Sforza, inquiété dans la possession de
son duché, résolut de menacer Ferdinand dans celle de son
royaume.

Rien n'était plus facile : il connaissait les dispositions bel-
liqueuses de Charles VIII, il savait les prétentions de la
maison de France sur le royaume de Naples. Il envoya deux
ambassadeurs pour inviter le jeune roi à réclamer les droits
de la maison d'Anjou usurpés par celle d'Aragon ; et, pour
mieux l'engager dans cette entreprise lointaine et hasardeuse,
il lui offrit un passage facile et amical par ses propres États.

Avec le caractère connu de Charles VIII, une pareille proposition ne pouvait manquer d'être acceptée; en effet, un
horizon magnifique s'ouvrait devant lui comme par enchantement; ce que lui offrait Louis Sforza, c'était la domination
de la Méditerranée, c'était le protectorat de l'Italie tout entière; c'était enfin, par Naples et par Venise, un chemin
ouvert qui pouvait conduire à la conquête de la Turquie ou
de la terre sainte, selon qu'il lui plairait de venger les désas-
tres de Nicopolis ou de Mansourah. La proposition fut donc
accueillie, et par l'intermédiaire du comte Charles de Belgio-
joso et du comte de Cajazzo pour Louis Sforza, et de l'évêque
de Saint-Malo et du sénéchal de Beaucaire pour Charles VIII,
une alliance secrète fut signée, par laquelle il fut convenu :

Que le roi de France tenterait la conquête du royaume de
Naples ;

Que le duc de Milan ouvrirait au roi de France le passage par ses États, et l'accompagnerait avec cinq cents lances;

Que le duc de Milan permettrait au roi de France d'armer à Gênes autant de vaisseaux qu'il voudrait;

Qu'enfin le duc de Milan prêterait au roi de France deux cent mille ducats, payables au moment de son départ.

De son côté, Charles VIII s'engagea :

A défendre l'autorité personnelle de Louis Sforza sur le duché de Milan contre quiconque tenterait de l'en dépouiller;

A laisser dans Asti, ville appartenant au duc d'Orléans par l'héritage de Valentine Visconti, sa grand'mère, deux cents lances françaises, toujours prêtes à secourir la maison Sforza;

Enfin à abandonner à son allié la principauté de Tarente aussitôt après la conquête du royaume de Naples.

Ce traité à peine conclu, Charles VIII, qui s'en exagérait encore les avantages, songea à se faire aussitôt libre de tous les empêchements qui eussent pu retarder ou entraver son expédition. Cette précaution était nécessaire; car ses relations avec les grandes puissances étaient loin d'être telles qu'il aurait pu les désirer.

En effet, Henri VII était débarqué à Calais avec une armée formidable, et menaçait la France d'une nouvelle invasion.

Ferdinand et Isabelle, rois des Espagnes, avaient sinon contribué à la chute de la maison d'Anjou, du moins avaient soutenu la branche d'Aragon de leur argent et de leurs soldats.

Enfin, la guerre avec le roi des Romains avait pris une nouvelle force du renvoi que Charles VIII avait fait de Marguerite de Bourgogne à Maximilien, son père, et du mariage qu'il avait contracté avec Anne de Bretagne.

Par le traité d'Étaples, en date du 3 novembre 1492, Henri VII se détacha de l'alliance du roi des Romains, et s'engagea à ne point poursuivre ses conquêtes.

Il en coûta à Charles VIII sept cent quarante-cinq mille écus d'or et le remboursement des frais de la guerre de Bretagne.

Par le traité de Barcelone, en date du 19 janvier 1493, Ferdinand le Catholique et Isabelle s'engagèrent à ne point porter secours à leur cousin Ferdinand de Naples, et à ne point mettre obstacle aux projets de la cour de France en Italie.

Il en coûta à Charles VIII Perpignan, le comté de Roussillon et la Cerdagne, que Jean d'Aragon avait donnés en gage à Louis XI pour la somme de trois cent mille ducats, et que Louis XI n'avait pas voulu lui rendre à l'époque fixée, contre la restitution de cette somme, tant le vieux renard royal sentait l'importance de ces portes ouvertes sur les Pyrénées, qu'en cas de guerre il pouvait fermer en dedans.

Enfin, par le traité de Senlis, en date du 23 mai 1493, Maximilien daigna pardonner à la France l'affront qu'il venait de recevoir de son roi.

Il en coûta à Charles VIII les comtés de Bourgogne, d'Artois, de Charolais et la seigneurie de Noyers, qu'il avait déjà reçus en dot de Marguerite, plus les villes d'Aire, d'Hesdin et de Béthune, qu'il s'engagea à rendre à Philippe d'Autriche le jour même de sa majorité.

Moyennant ces sacrifices, le jeune roi se trouva en paix avec tous ses voisins, et put entreprendre le projet qui lui avait été proposé par Louis Sforza, auquel il avait été suggéré, comme nous l'avons dit, par le refus d'accéder à son plan de députation, refus inspiré par le désir qu'avait Pierre de Médicis de montrer ses magnifiques pierreries, et Gentile de prononcer son discours.

Ainsi la vanité d'un professeur et l'orgueil d'un écolier allaient remuer le monde depuis le golfe de Tarente jusqu'aux monts Pyrénéens.

Alexandre VI, placé au centre de ce vaste tremblement de terre, dont l'Italie n'avait point encore ressenti les premières secousses, avait profité de la préoccupation instinctive des esprits pour donner un premier démenti au fameux discours que nous avons rapporté, en créant cardinal Jean Borgia, son neveu, qui, sous le pontificat précédent, avait été nommé archevêque de Montréal et gouverneur de Rome. Cette promotion accomplie sans murmure, attendu les antécédents de celui qui en était l'objet, fut une espèce d'essai que tenta Alexandre VI, et qui, par sa réussite, l'engagea bientôt à donner à César Borgia l'archevêché de Valence, bénéfice dont lui-même avait joui avant son élévation au pontificat. Mais ici la difficulté vint de la part de celui qui recevait le don. Le bouillant jeune homme, qui avait tous les instincts et tous les vices d'un capitaine de condottieri, avait grand'peine à s'imposer l'apparence même des vertus d'un homme d'église ; mais comme il savait, de la bouche de son père même, que les hautes dignités séculières étaient réservées à son frère aîné, il se décida à accepter ce qu'on lui donnait, de peur de ne point obtenir autre chose : seulement sa haine pour François s'en augmenta ; car, dès lors, il était deux fois son rival, rival en amour et rival en ambition.

Tout à coup Alexandre VI vit, au moment où il s'y attendait le moins, revenir à lui le vieux roi Ferdinand. Le pape était trop habile politique pour accueillir ce retour avant d'en connaître les causes : bientôt il apprit ce qui se tramait à la cour de France contre le royaume de Naples, et tout lui fut expliqué.

Ce fut alors à son tour d'imposer des conditions.

Il demanda l'accomplissement du mariage de Guiffry, son troisième fils, avec doña Sancia, fille naturelle d'Alphonse.

Il demanda qu'elle apportât en dot à son époux la principauté de Squillace et le comté de Cariati, avec dix mille ducats de rente et la charge de protonotaire, qui était un des sept grands offices de la couronne, indépendants de l'autorité royale.

Il demanda pour son fils aîné, que Ferdinand le Catholique venait déjà de nommer duc de Gandie, la principauté de Tricarico, les comtés de Chiaramonte, Lauria et Carinola, avec douze mille ducats de rente et le premier des sept grands offices qui viendrait à vaquer.

Il demanda que Virginio Orsini, qui était son ambassadeur près de la cour de Naples, obtînt le troisième de ces grands offices, qui était celui de connétable, c'est-à-dire le plus éminent de tous.

Enfin il demanda que Julien de la Rovère, un des cinq cardinaux qui avaient protesté contre son élection, et qui s'était fortifié à Ostie, où le chêne qui lui avait donné son nom, et qui forme ses armoiries, est encore sculpté sur tous les murs, fût chassé de la ville, et que la ville lui fût remise.

Tout ce que demandait Alexandre VI lui fut accordé.

En échange, Alexandre VI s'engagea seulement à ne point retirer à la maison d'Aragon l'investiture du royaume de Naples, qui lui avait été accordée par ses prédécesseurs. C'était payer un peu cher une simple promesse, mais de cette promesse, si elle était tenue, dépendait la légitimité du pouvoir de Ferdinand, car le royaume de Naples était un fief du saint-siége; au pape seul appartenait le droit de prononcer sur la justice des prétentions de chaque compétiteur; la continuation de cette investiture était donc on ne peut plus importante à la maison d'Aragon, au moment où la maison d'Anjou se levait à main armée pour la déposséder.

Ainsi, depuis un an à peine qu'il était monté sur le trône pontifical, Alexandre VI, comme on le voit, avait largement marché dans l'élargissement de sa puissance temporelle. Il possédait, il est vrai, personnellement le moins vaste des territoires italiens; mais déjà, par l'alliance de sa fille Lucrèce avec le seigneur de Pesaro, il étendait une main jusqu'à Venise, tandis que, par le mariage du prince de Squillace avec dona Sancia, et les concessions territoriales faites au duc de Gandie, il touchait de l'autre à l'extrémité de la Calabre.

Ce traité si avantageux pour lui une fois signé, comme César se plaignait d'être toujours oublié dans la distribution des faveurs paternelles, il fit César cardinal de Santa-Maria-Novella.

Seulement, comme il n'y avait point encore d'exemple dans l'Église qu'un bâtard eût revêtu la pourpre, le pape trouva quatre faux témoins, qui déclarèrent que César était fils du comte Ferdinand de Castille : c'était, comme on le voit, un homme précieux que don Manuel Melchiori, et qui joua le rôle de père avec autant de gravité qu'il avait joué celui d'époux.

Quant à la noce des deux bâtards, elle se fit splendidement, et riche des doubles pompes de la royauté et de l'Église; puis, comme le pape avait obtenu que les deux nouveaux époux habiteraient auprès de lui, le nouveau cardinal César Borgia se chargea de régler la pompe de leur rentrée et de leur réception à Rome, à laquelle Lucrèce, qui jouissait près de son père d'une faveur inouïe à la cour des papes, voulait de son côté donner tout l'éclat qu'il était en son pouvoir d'y ajouter. L'un alla donc recevoir les jeunes gens avec une riche et magnifique escorte de seigneurs et de cardinaux, tandis que l'autre les attendait avec les plus belles et les plus nobles dames de Rome, dans une salle du Vatican. Là, un trône était préparé pour le pape, et à ses pieds étaient des coussins pour Lucrèce et dona Sancia; de sorte, dit Tommaso Tommasi, que par l'aspect de l'assemblée et par la conversation qui s'y tint pendant quelques heures, on eût cru plutôt assister à l'audience magnifique et voluptueuse de quelque roi de la vieille Assyrie qu'au sévère consistoire d'un pontife romain, qui doit dans toutes les actions qu'il exécute faire resplendir la sainteté du nom qu'il porte. Mais, — ajoute le même historien, — si la vigile de la Pentecôte se passa dans ces dignes fonctions, les cérémonies avec lesquelles, le jour suivant, on célébra la fête de la venue du Saint-Esprit ne furent pas moins décentes et moins selon l'esprit de l'Église; car voici ce qu'en dit le maître des cérémonies dans son journal quotidien :

« Le pape vint dans la basilique des Saints-Apôtres, et près de lui s'assirent sur le pupitre de marbre où les chanoines de Saint-Pierre ont l'habitude de chanter l'Épître et l'Évangile, Lucrèce, sa fille, et Sancia, sa bru, et autour d'elles, à la grande honte de l'Église et au grand scandale du peuple, beaucoup d'autres dames romaines beaucoup plus dignes d'habiter la cité de Messaline que la ville de saint Pierre. »

Ainsi, à Rome et à Naples, on s'endormait dans l'attente d'une ruine prochaine; ainsi on perdait le temps et on dépensait l'or en vaine fumée d'orgueil; et cela, tandis que les Français, bien éveillés, secouaient déjà les torches avec lesquelles ils devaient incendier l'Italie.

En effet, les intentions conquérantes de Charles VIII n'étaient plus un objet de doute pour personne. Le jeune roi avait envoyé aux différents États de l'Italie une ambassade composée de Perron de Baschi, de Briçonnet, de d'Aubigny et du président du parlement de Provence. Cette ambassade

avait pour mission de demander aux princes italiens leur coo-
pération pour faire recouvrer à la maison d'Anjou ses droits
sur la couronne de Naples.

L'ambassade s'adressa d'abord aux Vénitiens, à qui elle
demandait aide et conseil pour le roi son maître. Mais les Vénitiens, fidèles à leur système politique, qui les avait fait
surnommer les Juifs de la chrétienté, répondirent qu'ils ne
pouvaient promettre leur aide au jeune roi, attendu qu'ils
avaient à se tenir sans cesse en garde contre les Turcs ; que,
quant au conseil, ce serait une présomption trop grande à
eux, que de donner avis à un prince entouré de généraux si
expérimentés et de ministres si sages.

Perron de Baschi, n'ayant pu obtenir d'autre réponse, se
tourna vers Florence. Pierre de Médicis l'attendait en grand
conseil ; car il avait rassemblé pour cette solennité non-seulement les soixante-dix, mais encore tous les gonfaloniers qui
avaient siégé dans la seigneurie pendant les trente-quatre
dernières années. L'ambassadeur français exposa sa demande :
c'était que la république permît à l'armée française le passage par ses États, et s'engageât, contre argent comptant, à
lui fournir les vivres et les fourrages nécessaires. La magnifique république répondit que, si Charles VIII marchait contre
les Turcs au lieu de marcher contre Ferdinand, elle s'empres-
serait de lui accorder tout ce qu'il désirerait ; mais qu'étant
attachée à la maison d'Aragon par un traité d'alliance, elle
ne pouvait la trahir en accordant au roi de France ce qu'il
demandait.

Les ambassadeurs se dirigèrent alors vers Sienne. La pauvre
petite république, effrayée de l'honneur qu'on lui faisait de
penser à elle, répondit que son désir était de conserver une
exacte neutralité, et qu'elle était trop faible pour se déclarer
d'avance pour ou contre de pareils rivaux, forcée qu'elle serait
naturellement de se rattacher au parti du plus fort. Munis de
cette réponse, qui avait au moins le mérite de la franchise,
les envoyés français s'acheminèrent vers Rome, et, introduits
devant le pape, lui demandèrent pour leur roi l'investiture
du royaume de Naples.

Alexandre VI répondit que, ses prédécesseurs ayant donné

cette investiture aux princes de la maison d'Aragon, il ne pouvait la leur retirer, lui, sans un jugement qui prouvât que la maison d'Anjou y avait plus de droit que celle qu'on lui demandait de déposséder. Ensuite il rappela à Perron de Baschi que, Naples étant un fief du saint-siége, au pape seul appartenait le choix de son souverain; que, par conséquent, attaquer celui qui régnait à cette heure, c'était attaquer l'Église elle-même.

Le résultat de l'ambassade ne promettait pas, comme on le voit, grande aide à Charles VIII; aussi résolut-il de ne compter que sur son allié Louis Sforza, et de remettre toutes les autres questions à la fortune de ses armes.

Une nouvelle qui lui arriva vers ce même temps le fortifia encore dans cette résolution: il apprit la mort de Ferdinand. Le vieux roi, en revenant de la chasse, avait été atteint d'une toux catarrhale, qui l'avait mis en deux jours à toute extrémité. Enfin, le 25 janvier 1494, il était trépassé, à l'âge de soixante-dix ans, après un règne de trente-six, laissant le trône à Alphonse, son fils aîné, qui avait immédiatement été nommé son successeur.

Ferdinand n'avait point menti à son titre d'heureux. Il venait de quitter le monde au moment où la fortune allait changer pour sa famille.

Le nouveau roi, Alphonse, n'en était point à ses premières armes: il avait combattu déjà avec avantage les Florentins et les Vénitiens, et avait chassé les Turcs d'Otrante; il passait, en outre, pour un homme aussi subtil que son père dans la politique tortueuse en si grand usage alors parmi les cours de l'Italie; de sorte qu'il ne désespéra pas de joindre à ses alliés l'ennemi même avec lequel il était en guerre au moment où les premières prétentions de Charles VIII étaient parvenues jusqu'à lui, nous voulons parler de Bajazet II.

En conséquence, il envoya vers ce prince Camillo Pandone, un de ses ministres de confiance, pour faire comprendre à l'empereur des Turcs que l'expédition de l'Italie n'était pour le roi de France qu'un prétexte de s'approcher des conquêtes mahométanes, et qu'une fois sur l'Adriatique, Charles VIII n'aurait qu'un jour ou deux de traversée à faire pour atteindre

la Macédoine, d'où par terre il pouvait marcher sur Constantinople. En conséquence, il demandait à Bajazet, pour soutenir leurs intérêts communs, six mille chevaux et autant de
fantassins, dont il s'engageait à payer la solde tant qu'ils res-
teraient en Italie. Pandonè devait être rejoint à Tarente par
George Bucciarda, envoyé d'Alexandre VI, chargé de son côté au
nom du pape d'appeler les Turcs à son aide contre les chrétiens.
Cependant, en attendant la réponse de Bajazet, qui pouvait
tarder plusieurs mois, Alphonse demanda une réunion entre
Pierre de Médicis, le pape et lui, pour aviser aux choses d'urgence. Ce rendez-vous fut fixé à Vicovaro, près de Tivoli, et les
trois parties intéressées se trouvèrent réunies au jour convenu.

Alphonse, qui en partant de Naples avait déjà réglé l'emploi de ses forces de mer et donné à Frédéric, son frère, le
commandement d'une flotte de trente-cinq galères, de dix-huit
grands vaisseaux et de douze petits bâtiments, avec lesquels
il devait aller attendre et surveiller à Livourne la flotte que
Charles VIII armait dans le port de Gênes, venait surtout pour
arrêter avec ses alliés la marche des opérations des armées de
terre. Il avait à sa disposition immédiate, et sans compter le
contingent que devaient lui fournir ses alliés, cent escadrons
de grosse cavalerie, à vingt hommes par escadron, et trois
mille arbalétriers et chevau-légers. Il proposait, en conséquence, de s'avancer immédiatement en Lombardie, d'opérer
une révolution en faveur de son neveu Galéas, de chasser
Louis Sforza de Milan avant qu'il pût recevoir de secours de
France; de sorte que Charles VIII, au moment de passer les
Alpes, trouverait un ennemi qu'il lui faudrait combattre, au
lieu d'un allié qui lui avait promis passage, hommes et argent.

C'était à la fois une proposition de grand politique et de
hardi capitaine; mais, comme chacun était rassemblé pour
ses propres intérêts, et non pour le bien commun, ce conseil
fut reçu froidement par Pierre de Médicis, qui ne se trouvait
plus jouer dans la guerre que le même rôle qu'il avait été
menacé de jouer dans l'ambassade, et repoussé par Alexandre VI, qui comptait employer les troupes d'Alphonse pour son
propre compte. En effet, il rappela au roi de Naples qu'une
des conditions de l'investiture qu'il lui avait promise était de

chasser le cardinal Julien de la Rovère de la ville d'Ostie, et de lui remettre cette ville, ainsi que la chose était convenue. En outre, les faveurs qu'avait values à Virginio Orsini son ambassade de Naples avaient soulevé contre ce favori d'Alexandre VI Prosper et Fabrice Colonna, à qui appartenaient presque tous les villages des environs de Rome. Or le pape ne pouvait vivre ainsi au milieu d'ennemis si puissants : la chose la plus importante était donc de le délivrer des uns et des autres, attendu qu'il était important que celui-là surtout fût tranquille qui était l'âme et la tête d'une ligue dont les autres n'étaient que le corps et les membres.

Quoique Alphonse eût parfaitement démêlé les motifs de la froideur de Pierre de Médicis, et qu'Alexandre VI ne lui eût pas même donné la peine de chercher les siens, il n'en fut pas moins obligé d'accéder à la volonté de ses alliés, en laissant l'un défendre les Apennins contre les Français, et en aidant l'autre à se débarrasser de ses voisins romagnols. En conséquence, il pressa le siége d'Ostie, et donna à Virginio, qui commandait déjà à deux cents hommes d'armes du pape, une partie de ses chevau-légers : cette petite armée devait stationner autour de Rome et maintenir les Colonna dans l'obéissance. Quant au reste de ses troupes, il les divisa en deux parties : l'une, qu'il remit aux mains de Ferdinand son fils, et avec laquelle il devait parcourir la Romagne, afin de presser les petits princes de lever et de fournir le contingent qu'ils lui avaient promis, tandis que lui, avec le reste, défendrait les défilés des Abruzzes.

Le 23 avril, à trois heures du matin, Alexandre VI fut débarrassé du premier et du plus ardent de ses ennemis : Julien de la Rovère, voyant l'impossibilité de tenir plus longtemps contre les troupes d'Alphonse, passa à bord d'un brigantin qui devait le conduire à Savone.

Quant à Virginio Orsini, il commença, à compter de ce jour, cette fameuse guerre de partisans qui fit de la campagne de Rome le plus poétique désert qui existe dans le monde entier.

Pendant ce temps, Charles VIII était à Lyon, non-seulement incertain sur la route qu'il devait prendre pour pénétrer en Italie, mais commençant même à réfléchir sur les chances hasardeuses d'une pareille expédition. Excepté chez Louis Sforza, il n'avait trouvé de sympathie nulle part : de sorte qu'il lui paraissait probable qu'il allait avoir à combattre non-seulement le royaume de Naples, mais encore l'Italie tout entière. Il avait dépensé pour ses préparatifs de guerre presque tout l'argent dont il pouvait disposer ; la dame de Beaujeu et le duc de Bourbon blâmaient hautement son entreprise. Briçonnet, qui l'avait conseillée, n'osait plus la soutenir ; enfin, plus irrésolu que jamais, Charles VIII avait déjà donné contre-ordre à plusieurs corps de troupes qui s'étaient mis en mouvement, lorsque le cardinal Julien de la Rovère, chassé d'Italie par le pape, arriva à Lyon et se présenta devant le roi.

Le cardinal accourait, plein de haine et d'espoir, lorsqu'il trouva Charles VIII près d'abandonner le projet sur lequel l'ennemi d'Alexandre VI appuyait tout son espoir de vengeance. Il raconta à Charles VIII les divisions de ses ennemis ; il les lui montra, suivant chacun son intérêt particulier, Pierre de Médicis celui de son orgueil, et le pape celui de l'agrandissement de sa maison. Il lui exposa qu'il avait des flottes tout armées dans les ports de Villefranche, de Marseille, de Gênes, dont les armements seraient perdus : il lui rappela qu'il avait envoyé d'avance Pierre d'Urfé, son grand écuyer, pour faire préparer des logements splendides dans les palais des Spinola et des Doria. Enfin, il lui montra le ridicule et la honte qui retomberaient de tous côtés sur lui s'il renonçait à une entreprise proclamée si haut, et pour l'exécution de laquelle il avait été obligé de conclure trois paix aussi onéreuses que celles qu'il avait signées avec Henri VII, avec Maximilien, et avec Ferdinand le Catholique : Julien de la Rovère avait visé juste en touchant dans l'orgueil du jeune roi ; aussi, Charles VIII n'hésita-t-il plus un seul instant. il ordonna à son cousin, le duc d'Orléans, qui fut depuis Louis XII, de prendre le commandement de la flotte française et de se rendre avec elle à Gênes ; il dépêcha un courrier à Antoine de Bessay, baron de Tricastel, pour qu'il conduisît à Asti les deux mille hommes d'infanterie suisse qu'il avait levés dans les cantons ; enfin il partit lui-même de Vienne en Dau-

phiné le 2 août 1494, traversa les Alpes au mont Genève,
sans qu'un seul corps de troupes essayât de lui en disputer le
passage, et descendit dans le Piémont et le Montferrat, qui
étaient en ce moment gouvernés par deux régentes, les princes
Charles-Jean Aimé et Guillaume-Jean, souverains de ces principautés, ayant l'un six ans, et l'autre huit.

Les deux régentes vinrent au-devant de Charles VIII, l'une
à Turin, l'autre à Casal, toutes deux à la tête d'une cour brillante et nombreuse, toutes deux couvertes de joyaux et de
pierreries. Charles VIII qui savait que, malgré ces démonstrations amicales, toutes deux avaient fait un traité avec son
ennemi, Alphonse de Naples, les traita toutes deux avec la
plus grande courtoisie, et comme elles lui protestaient de leur
amitié, il les pria de lui en donner une preuve; c'était de lui
prêter les diamants dont elles étaient couvertes. Les deux régentes ne purent faire autrement que d'obéir à cette invitation qui équivalait à un ordre. Elles détachèrent colliers, bagues et boucles d'oreilles. Charles VIII leur en donna un reçu
détaillé, et les mit en gage pour vingt-quatre mille ducats;
puis, muni de cet argent, il se remit en route et se dirigea
vers Asti, dont le duc d'Orléans avait conservé, comme nous
l'avons dit, la souveraineté, et où vinrent le rejoindre Louis
Sforza, et son beau-père, le prince Hercule d'Est, duc de Ferrare. Ils amenaient avec eux non-seulement les troupes et
l'argent promis, mais encore une cour composée des plus
belles femmes de l'Italie.

Les bals, les fêtes et les tournois commencèrent avec une
magnificence qui surpassait tout ce qu'on avait vu jusqu'alors
en Italie. Mais tout à coup ils furent interrompus par une maladie du roi. C'était la première manifestation en Italie de
la contagion rapportée par Christophe Colomb du nouveau
monde, et que les Italiens appelèrent le mal français, et les
Français, le mal italien. Ce qu'il y a de probable, c'est qu'une
partie de l'équipage de Christophe Colomb, qui était de Gênes
ou des environs, avait déjà rapporté d'Amérique cette étrange
et cruelle compensation de ses mines d'or.

. Cependant, l'indisposition du roi n'arriva point au degré
de gravité qu'on aurait pu craindre d'abord. Guéri au bout

de quelques semaines, il s'achemina vers Pavie, où s'en allait mourant le jeune duc Galéas. Le roi de France et lui étaient cousins germains, fils de deux sœurs de la maison de Savoie : Charles VIII ne pouvait donc se dispenser de le voir; il alla en conséquence le visiter au château qu'il habitait plutôt comme prisonnier que comme seigneur. Il le trouva à demi couché sur un lit de repos, pâle et exténué par l'abus des voluptés, disaient les uns, par un poison lent et mortel, disaient les autres. Mais quelque envie que le pauvre jeune homme eût de se plaindre à lui, il n'osa rien dire; car son oncle Louis Sforza ne quitta pas un instant le roi de France. Cependant, au moment où Charles VIII se levait pour sortir, une porte s'ouvrit, et une jeune femme parut, qui vint se jeter aux pieds du roi : c'était la femme du malheureux Jean Galéas, qui accourait supplier son cousin de ne rien faire contre son père Alphonse, ni contre son frère Ferdinand : à cette vue, le front de Sforza se rida, soucieux et menaçant, car il ignorait encore quelle serait l'impression que produirait cette scène sur son allié; mais il se rassura bientôt : Charles répondit qu'il était maintenant trop avancé pour reculer, qu'il y allait de la gloire de son nom ainsi que de l'intérêt de son royaume, et que c'étaient deux motifs trop importants pour être sacrifiés au sentiment de pitié qu'il éprouvait, si profond et si réel qu'il fût. La pauvre jeune femme, dont cette démarche était le dernier espoir, se releva alors et alla se jeter toute sanglotante dans les bras de son mari; Charles VIII et Louis Sforza sortirent : Jean Galéas était condamné.

Le surlendemain, Charles VIII partit pour Florence, accompagné de son allié; mais à peine furent-ils à Parme, qu'un messager les rejoignit, annonçant à Louis Sforza que son neveu venait de mourir : Louis s'excusa aussitôt auprès de Charles VIII de ce qu'il le laissait continuer sa route seul; mais les intérêts qui le rappelaient à Milan étaient si graves, disait-il, qu'il ne pouvait, en pareille circonstance, en rester éloigné un jour de plus. En effet, il avait à recueillir la succession de celui qu'il avait assassiné.

Cependant Charles VIII continuait sa route, non sans quelque inquiétude. La vue du jeune prince mourant l'avait pro-

fondément ému, car il avait au fond du cœur la conviction
que Louis Sforza était son meurtrier; et un meurtrier pouvait
être un traître. Il s'avançait donc au milieu d'un pays inconnu,
ayant devant lui un ennemi déclaré, et derrière lui un
ami douteux : on commençait à entrer dans les montagnes, et
comme l'armée n'était point approvisionnée et vivait au jour
le jour, la moindre station forcée amenait la famine. Or, on
avait devant soi Fivizzano, Sarzane et Pietra-Santa, qui étaient
regardées comme des forteresses imprenables : de plus, on entrait dans un pays malsain surtout en octobre, qui ne produit
que de l'huile, et qui tire son blé même des provinces voisines;
une armée tout entière pouvait donc y être détruite en quelques jours par la disette et le mauvais air, plus encore que
par les moyens de résistance qu'offre à chaque pas le terrain.
La situation était grave; mais l'orgueil de Pierre de Médicis
vint de nouveau en aide à la fortune de Charles VIII.

Pierre de Médicis avait, comme on se le rappelle, pris l'engagement de fermer l'entrée de la Toscane aux Français;
cependant, lorsqu'il vit son ennemi descendre les Alpes,
moins présomptueux dans ses propres forces, il demanda du
secours au pape; mais à peine le bruit de l'invasion ultramontaine s'était-il répandu dans la Romagne, que les Colonna
s'étaient déclarés soldats du roi de France, et, réunissant
toutes leurs forces, s'étaient emparés d'Ostie, où ils attendaient
la flotte française, pour lui offrir un passage vers Rome : le
pape alors, au lieu d'envoyer les troupes à Florence, fut obligé
de rappeler tous ses soldats autour de sa capitale; seulement,
il fit dire à Pierre de Médicis, que si Bajazet lui envoyait les
troupes qu'il lui avait fait demander, il mettrait cette armée
à sa disposition. Pierre de Médicis n'avait encore pris aucune
résolution ni formé aucun plan, lorsqu'il apprit à la fois deux
nouvelles terribles. Un voisin jaloux, le marquis de Tordi-
novo, avait indiqué aux Français le côté faible de Fivizzano,
de sorte que les Français s'en étaient emparés d'assaut et en
avaient passé les soldats et les habitants au fil de l'épée; d'un
autre côté, Gilbert de Montpensier, qui éclairait le bord de la
mer pour conserver à l'armée française ses communications
avec sa flotte, avait rencontré un détachement que Paul Orsini

envoyait à Sarzane, pour renforcer la garnison, et après un combat d'une heure l'avait taillé en pièces. Aucun des prisonniers n'avait été reçu à merci, tout ce qu'on avait pu atteindre avait été massacré.

C'était la première fois que les Italiens, habitués aux combats chevaleresques du quinzième siècle, se trouvaient en contact avec les terribles ultramontains, qui, moins avancés qu'eux en civilisation, ne considéraient pas encore la guerre comme un jeu savant, mais la tenaient bien pour une lutte mortelle. Aussi, la nouvelle de ces deux boucheries produisit-elle une grande sensation à Florence, la ville la plus riche, la plus commerçante et la plus artiste de l'Italie. Chacun se représenta les Français pareils à une armée de ces anciens barbares qui éteignaient le feu avec le sang ; et les prophéties de Savonarole, qui avait prédit l'invasion ultramontaine et la destruction qui la devait suivre, étant revenues à l'esprit de tous, une fermentation si grande se manifesta, que Pierre de Médicis, résolu d'obtenir la paix à tout prix, fit décréter à la république qu'elle enverrait une ambassade au vainqueur, et obtint, résolu qu'il était de se remettre lui-même entre les mains du roi français, de faire partie de cette ambassade. En conséquence, il quitta Florence, accompagné de quatre autres messagers, et arrivé à Pietra-Santa, fit demander à Charles VIII un sauf-conduit pour lui seul. Le lendemain du jour où il avait fait cette demande, Briçonnet et de Piennes vinrent le chercher, et l'amenèrent devant Charles VIII.

Pierre de Médicis, malgré son nom et son influence, n'était aux yeux de la noblesse française, qui regardait comme un déshonneur de s'occuper d'art ou d'industrie, qu'un riche marchand, avec lequel il était inutile de garder de bien sévères convenances. Aussi, Charles VIII le reçut-il à cheval, en lui demandant d'un ton hautain, et comme un maître à son subordonné, d'où lui était venu cet orgueil, de vouloir lui disputer le passage de la Toscane. Pierre de Médicis répondit que, du consentement de Louis XI lui-même, son père Laurent avait conclu un traité d'alliance avec Ferdinand de Naples ; que c'était donc à des engagements pris qu'il avait été forcé d'obéir ; mais que, ne voulant point pousser plus

loin son dévouement à la maison d'Aragon et son opposition
à celle de France, il était prêt à faire tout ce que Charles VIII
exigerait de lui. Le roi, qui ne s'attendait pas à tant d'humilité de la part de son ennemi, demanda que Sarzane lui fût
livrée ; ce à quoi Pierre de Médicis consentit à l'instant même.
Alors, le vainqueur, voulant voir jusqu'où l'ambassadeur de
la magnifique république pousserait la déférence, répondit
que cette concession était loin de lui suffire, mais qu'il lui
fallait encore les clefs de Pietra-Santa, de Pise, de Librafatta
et de Livourne. Pierre de Médicis n'y vit pas plus de difficultés que dans celle de Sarzane, et y consentit encore, sous
la seule parole que lui donna Charles VIII, de lui remettre ces
villes lorsqu'il aurait achevé la conquête de Naples. Enfin,
Charles VIII, voyant que le négociateur qu'on lui avait envoyé était si facile en affaires, exigea comme dernière condition, mais aussi comme condition *sine qua non* de sa
protection royale, qu'il lui serait prêté par la magnifique république une somme de deux cent mille florins. Pierre, qui
disposait du trésor avec la même facilité que des forteresses,
répondit que ses concitoyens seraient heureux de rendre ce
service à leur nouvel allié. Alors, Charles VIII le fit monter
à cheval, et lui ordonna de marcher devant lui, afin de
commencer l'exécution de ses promesses par la remise des
quatre places fortes qu'il avait exigées. Pierre de Médicis
obéit, et l'armée française, conduite par le petit-fils de Cosme
le Grand et le fils de Laurent le Magnifique, continua sa
marche triomphale à travers la Toscane.

En arrivant à Lucques, Pierre de Médicis apprit que les
concessions qu'il avait faites au roi de France occasionnaient
à Florence une fermentation terrible. Tout ce que la magnifique république avait cru qu'exigerait Charles VIII était un
simple passage sur son territoire ; le mécontentement de la
nouvelle était donc général, quand il fut encore augmenté
par le retour des ambassadeurs, que Pierre de Médicis n'avait
pas même consultés pour agir ainsi qu'il l'avait fait. Quant à
celui-ci, jugeant son retour nécessaire, il demanda à Charles VIII l'autorisation de le précéder dans la capitale. Comme
il avait rempli ses engagements, moins l'emprunt, et que

l'emprunt ne pouvait se négocier qu'à Florence, le roi n'y vit aucun inconvénient, et le même soir qu'il avait quitté l'armée, Pierre rentra incognito dans son palais de la Via Larga.

Le lendemain, il voulut se présenter à la seigneurie, mais en arrivant sur la place du Vieux-Palais, il vit venir à lui le gonfalonier Jacob de Nerli, qui lui signifia qu'il était inutile qu'il tentât d'aller plus loin, et qui lui montra Lucas Corsini debout à la porte, l'épée à la main et ayant derrière lui des gardes chargés, s'il voulait insister, de lui disputer le passage. Pierre de Médicis, étonné d'une pareille opposition, qu'il éprouvait pour la première fois, n'essaya pas même de la combattre. Il se retira chez lui, et écrivit à Paul Orsini, son beau-frère, de venir le trouver avec ses gendarmes. Malheureusement pour lui, la lettre fut interceptée. La seigneurie y vit une tentative de rébellion. Elle appela à son aide les citoyens ; ceux-ci s'armèrent à la hâte, sortirent en foule et s'amassèrent sur la place du Palais. Pendant ce temps, le cardinal Jean de Médicis était monté à cheval, et, croyant qu'il allait être soutenu par Orsini, il parcourait les rues de Florence, accompagné de ses serviteurs et jetant son cri de guerre : — Palle, Palle ! — Mais les temps étaient changés, ce cri ne trouvait plus d'écho, et lorsque le cardinal arriva à la rue des Calzaioli, de tels murmures y répondirent, qu'il comprit qu'au lieu de tenter de soulever Florence, ce qu'il avait de mieux à faire était d'en sortir avant que la fermentation fût arrivée plus loin. Il se retira promptement dans son palais, croyant y retrouver Pierre et Julien, ses frères. Mais ceux-ci, sous la protection d'Orsini et de ses gendarmes, venaient de fuir par la porte de San-Gallo. Le péril était imminent. Jean de Médicis voulut suivre leur exemple ; mais partout où il passait des clameurs de plus en plus menaçantes l'accueillaient. Enfin, voyant que le danger s'augmentait toujours, il descendit de cheval, et entra dans une maison qui était ouverte. Cette maison communiquait par bonheur avec un couvent de Franciscains ; un des frères prêta sa robe au fugitif, et le cardinal, protégé par cet humble incognito, parvint enfin à sortir de Florence, et rejoignit ses deux frères dans les Apennins.

Le même jour, les Médicis furent déclarés traîtres et rebelles, et des ambassadeurs furent envoyés au roi de France. Ils le trouvèrent à Pise, où il rendait la liberté à la ville qui depuis quatre-vingt-sept ans était tombée sous la domination des Florentins. Charles VIII ne fit aucune réponse aux messagers, seulement il annonça qu'il allait marcher sur Florence.

Une pareille réponse, comme on le comprend bien, épouvanta la magnifique république. Florence n'avait ni le temps de préparer sa défense, ni la force de se défendre telle qu'elle était. Cependant chaque maison puissante rassembla autour d'elle ses serviteurs et ses vassaux, et, les ayant armés, attendit avec l'intention de ne pas commencer les hostilités, mais aussi avec la détermination de se défendre, si les Français attaquaient. Il fut convenu que si quelque chose nécessitait une prise d'armes, les cloches sonnant à toutes volées aux différentes églises de la ville seraient le signal pour tous. Cette résolution était plus terrible à Florence peut-être que dans toute autre ville. Les palais qui restent de cette époque sont encore aujourd'hui de véritables forteresses, et les éternels combats des Guelfes et des Gibelins avaient familiarisé les Toscans avec la guerre des rues.

Le roi se présenta, le 17 novembre au soir, à la porte de San-Friano ; il y trouva la noblesse florentine revêtue de ses habits les plus magnifiques, accompagnée du clergé qui chantait des hymnes, et accompagnée du peuple qui, joyeux de tout changement, espérait obtenir quelque retour de liberté par la chute des Médicis. Charles VIII s'arrêta un instant sous une espèce de baldaquin doré, qu'on avait préparé pour lui, répondit quelques mots évasifs aux paroles de bienvenue que lui adressait la seigneurie ; puis, ayant demandé sa lance, il l'appuya sur sa cuisse et donna l'ordre d'entrer dans la ville, qu'il traversa tout entière avec son armée, qui le suivait les armes hautes, et alla descendre au palais des Médicis, qui avait été préparé pour lui.

Le lendemain, les négociations s'entamèrent ; mais chacun était loin de compte. Les Florentins avaient reçu Charles VIII comme un hôte, et celui-ci était entré en vainqueur. Aussi, lorsque les députés de la seigneurie parlèrent de ratifier le traité de Pierre de Médicis, le roi leur répondit que ce traité n'existait plus, puisqu'ils avaient chassé celui qui l'avait fait ; que Florence était sa conquête, comme il l'avait prouvé en y entrant la veille la lance à la main ; qu'il s'en réservait la souveraineté, et déciderait d'elle selon son bon plaisir ; qu'en conséquence il leur ferait savoir s'il y rétablissait les Médicis, ou s'il déléguerait son autorité à la seigneurie ; qu'au reste, ils n'avaient qu'à revenir le lendemain, et qu'il leur donnerait par écrit son ultimatum.

Cette réponse jeta Florence dans la consternation ; mais les Florentins ne s'en affermirent que mieux dans leur résolution de se défendre. De son côté, Charles VIII avait été étonné de l'étrange population de la ville, car non-seulement toutes les rues par lesquelles il avait passé étaient encombrées par la foule, mais encore toutes les maisons, depuis leurs terrasses jusqu'aux soupiraux des caves, semblaient regorger d'habitants. En effet, Florence pouvait, grâce à son surcroît de population, renfermer à peu près cent cinquante mille âmes.

Le lendemain, à l'heure convenue, les députés se rendirent près du roi. Introduits de nouveau en sa présence, les discussions recommencèrent. Enfin, comme on ne pouvait s'entendre, le secrétaire royal, qui était debout au pied du trône sur lequel Charles VIII était assis et couvert, déploya un papier, et commença à lire, article par article, les conditions du roi de France. Mais, à peine au tiers de la lecture, la discussion ayant recommencé plus ardente encore qu'auparavant, et Charles VIII ayant dit qu'il en serait ainsi, ou qu'il ferait sonner ses trompettes, Pierre Capponi, secrétaire de la république, et que l'on appelait le Scipion de Florence, arracha des mains du secrétaire royal la capitulation honteuse qu'il proposait, et la mettant en pièces :

— Eh bien ! sire, lui dit-il, faites sonner vos trompettes ; nous ferons sonner nos cloches !

Puis, ayant jeté les morceaux à la figure du lecteur stupéfait, il s'élança hors de la chambre, pour donner l'ordre terrible qui allait faire de Florence un champ de bataille.

Cependant, contre toutes les apparences, cette réponse

hard.e sauva la ville. Les Français crurent que, pour parler si haut, à eux surtout qui n'avaient encore rencontré aucun obstacle, il fallait que les Florentins eussent des ressources ignorées, mais certaines; les quelques hommes sages qui avaient conservé de l'influence sur le roi lui conseillèrent donc de rabattre de ses prétentions : en effet, Charles VIII présenta de nouvelles conditions plus raisonnables, qui furent acceptées, signées par les deux parties, et publiées le 26 novembre pendant la messe, dans la cathédrale de Sainte-Marie des Fleurs.

Voici quelles étaient ces conditions :

La seigneurie devait payer à Charles VIII, à titre de subside, la somme de cent vingt mille florins, en trois termes.

La seigneurie lèverait le séquestre mis sur les biens des Médicis, et rapporterait le décret qui met leur tête à prix.

La seigneurie s'engageait à pardonner aux Pisans leurs offenses, moyennant quoi ils rentreraient sous l'obéissance des Florentins.

Enfin la seigneurie reconnaîtrait les droits du duc de Milan sur Sarzane et Pietra-Santa, et ces droits, une fois reconnus, seraient appréciés et jugés par arbitres.

En échange de quoi, le roi de France s'engageait à restituer les forteresses qui lui avaient été consignées, soit lorsqu'il se serait rendu maître de la ville de Naples, soit lorsqu'il aurait terminé cette guerre par une paix ou par une trêve de deux ans, soit enfin, lorsque, par une raison quelconque, il aurait quitté l'Italie.

Deux jours après cette proclamation faite, Charles VIII, à la grande satisfaction de la seigneurie, quitta Florence et s'avança vers Rome par la route de Poggibondi et de Sienne.

Le pape commençait à partager la terreur générale : il avait appris les massacres de Fivizzano, de la Lunigiane et d'Immola; il savait que Pierre de Médicis avait livré à Charles VIII les forteresses de la Toscane, que Florence s'était rendue, et que Catherine Sforza avait traité avec le vainqueur; il voyait les débris des troupes napolitaines repasser découragés à travers Rome, pour aller se rallier dans les Abruzzes, de sorte qu'il se trouvait découvert en face d'un ennemi qui s'avançait vers lui, tenant toute la Romagne d'une mer à l'autre, et marchant sur une seule ligne depuis Piombino jusqu'à Ancône.

Ce fut en ce moment qu'arriva à Alexandre VI la réponse de Bajazet : elle n'avait tant tardé, que parce que l'envoyé pontifical et l'ambassadeur napolitain avaient été arrêtés par Jean de la Rovère, frère du cardinal Julien, au moment où ils mettaient pied à terre à Sinigaglia. Ils étaient chargés d'une réponse verbale, qui était que le sultan se trouvant à cette heure préoccupé d'une triple guerre, l'une avec le soudan d'Égypte, l'autre avec le roi de Hongrie, et la troisième avec les Grecs de la Macédoine et de l'Épire, il ne pouvait, malgré son grand désir, aider Sa Sainteté de ses armes ; mais ils étaient accompagnés d'un favori du sultan, lequel était porteur d'une lettre particulière pour Alexandre VI, et dans laquelle Bajazet lui offrait, à certaines conditions, de l'aider de son argent. Quoique les messagers eussent été arrêtés, comme nous l'avons dit, l'envoyé turc n'en trouva pas moins un moyen de faire parvenir sa dépêche au pape ; nous la rapportons dans toute sa naïveté :

« Le sultan Bajazet, fils du sultan Mahomet II, par la grâce de Dieu empereur d'Asie et d'Europe, au père et au maître de tous les chrétiens, Alexandre VI, pontife de Rome et pape par la providence céleste : après le salut que nous lui devons et lui donnons de toute notre âme, faisons savoir à Votre Grandeur, par l'envoyé de sa puissance Georges Bucciarda, que nous avons appris sa convalescence, de laquelle nous avons reçu une grande joie et une grande consolation : puis entre autres choses, ledit Bucciarda nous ayant rapporté que le roi de France, qui marchait contre Votre Grandeur, manifestait le désir d'avoir entre les mains notre frère D'jem, qui est en votre puissance, chose qui non-seulement serait contre notre volonté, mais dont encore il s'ensuivrait un grand dommage pour Votre Grandeur et pour toute la chrétienté ; en y réfléchissant avec votre ami Georges, nous avons trouvé une chose excellente pour le repos, pour l'utilité, pour l'honneur de votre puissance, et en même temps pour notre personnelle satisfaction ; il serait bon que notredit frère

D'jem, qui, en sa qualité d'homme, est sujet à la mort, et qui est entre les mains de Votre Grandeur, trépassât le plus tôt possible, attendu que ce trépas, qui, dans sa position, serait un bonheur, deviendrait très-utile à votre puissance, très-commode à votre repos, en même temps que très-agréable à moi, qui suis votre ami ; que si cette proposition, comme je l'espère, était accueillie par Votre Grandeur, en son désir de nous être agréable, mieux vaudrait, pour le bien de Votre Grandeur et pour notre propre satisfaction, que ce fût plus tôt que plus tard, et par le mode le plus sûr qu'il vous plairait d'employer, que ledit D'jem passât des angoisses de ce monde en un monde meilleur et plus tranquille, dans lequel il trouvera enfin le repos : que si Votre Grandeur adopte ce projet et qu'elle nous envoie le corps de notre frère, nous nous engageons, nous susdit sultan Bajazet, à remettre à Votre Grandeur, en quelque lieu et en quelques mains qu'il lui plaira, la somme de trois cent mille ducats, avec laquelle somme elle pourrait acheter quelque beau domaine à ses enfants, et pour lui faciliter cet achat, nous consentirions, en attendant l'événement, à remettre ces trois cent mille ducats dans une main tierce, afin que Votre Grandeur fût bien certaine de les recevoir à jour fixe et contre la remise du corps de notre frère. En outre, je promets à Votre Puissance, pour sa plus grande satisfaction, que, tant qu'elle sera sur le trône pontifical, il ne sera, ni par les miens, ni par mes serviteurs, ni par mes compatriotes, fait aucun dommage aux chrétiens, de quelque qualité ou condition qu'ils soient, ni sur mer, ni sur terre, et pour plus grande satisfaction et sûreté de Votre Grandeur, et afin qu'il ne lui reste aucun doute sur l'accomplissement des choses que je lui promets, j'ai juré et affirmé, en présence de votre envoyé Bucciarda, par le vrai Dieu que nous adorons et sur nos Évangiles, qu'elles seraient observées de point en point depuis le premier jusqu'au dernier : et maintenant, pour plus nouvelle et plus complète sécurité de Votre Grandeur, et afin que votre âme ne conserve aucun doute et soit de nouveau intimement et profondément convaincue, moi, susdit sultan Bajazet, je jure par le vrai Dieu qui a créé le ciel et la terre, ainsi que toutes les choses qui sont en eux, je jure, dis-je, par le seul Dieu que nous croyons et que nous adorons, d'observer religieusement tout ce qui a été dit ci-dessus, et de ne rien faire ni entreprendre à l'avenir contre Votre Grandeur.

» Écrit à Constantinople, dans notre palais, le 12 septembre 1494 de la naissance du Christ. »

Cette lettre causa une grande joie au saint-père; un secours de quatre ou cinq mille Turcs devenait insuffisant dans les circonstances où l'on se trouvait, et ne pouvait que compromettre davantage le chef de la chrétienté, tandis qu'une somme de trois cent mille ducats, c'est-à-dire de près d'un million, était bonne à recevoir dans quelque circonstance que ce fût. Il est vrai que, tant que D'jem vivait, Alexandre touchait une rente de cent quatre-vingt mille livres, ce qui représentait en viager un capital de près de deux millions; mais lorsqu'on a besoin d'argent, il faut savoir faire un sacrifice sur l'escompte. Néanmoins Alexandre ne prit aucune résolution, décidé qu'il était à agir selon les circonstances.

Mais une décision plus urgente à prendre était celle qui devait régler la façon dont il se conduirait vis-à-vis du roi de France : il n'avait pas cru aux succès des Français en Italie et, comme nous l'avons vu, avait placé toutes les bases de la grandeur future de sa famille sur son alliance avec la maison d'Aragon. Mais voilà que la maison d'Aragon était chancelante, et qu'un volcan, plus terrible que son Vésuve, menaçait de dévorer Naples. Il fallait donc changer de politique et se rattacher au vainqueur, chose qui n'était pas facile, Charles VIII gardant au pape une profonde rancune de ce qu'il lui avait refusé l'investiture qu'il avait accordée aux Aragonais.

En conséquence, il envoya au roi de France le cardinal François Piccolomini. Ce choix parut maladroit au premier abord, attendu que cet ambassadeur était le neveu du pape Pie II, qui avait combattu avec acharnement la maison d'Anjou; mais Alexandre VI avait, en agissant ainsi, une arrière-pensée que ne pouvaient pénétrer ceux qui l'entouraient. En effet, il avait deviné que Charles VIII ne recevrait pas facilement son envoyé, et que, dans les pourparlers qu'amènerait cette répugnance, Piccolomini se trouvait nécessairement en

rapport avec les hommes qui dirigeaient les actions du jeune
roi. Or, à côté de sa mission ostensible pour Charles VIII, Piccolomini avait des instructions occultes pour ses conseillers les
plus influents. Ces conseillers étaient Briçonnet et Philippe
de Luxembourg : or Piccolomini était autorisé à leur promettre à tous deux le chapeau de cardinal ; il en résulta que,
comme l'avait prévu Alexandre VI, son envoyé ne put être
admis en présence de Charles VIII et fut obligé de conférer
avec ceux qui l'entouraient. C'était ce que demandait le pape.
Piccolomini revint à Rome avec le refus du roi, mais avec la
parole de Briçonnet et de Philippe de Luxembourg de s'employer de tout leur pouvoir, près de Charles VIII, en faveur
du saint-père, et de le préparer à recevoir une nouvelle ambassade.

Cependant les Français avançaient toujours, ne s'arrêtant
jamais plus de quarante-huit heures dans aucune ville ; de
sorte qu'il devenait de plus en plus urgent de décider quelque
chose avec Charles VIII. Le roi était entré à Sienne et à Viterbe sans coup férir ; Yves d'Alègre et Louis de Ligny avaient
reçu Ostie des mains de Colonna ; Civita-Vecchia et Corneto
avaient ouvert leurs portes ; les Orsini avaient fait leur sou-
mission ; enfin Jean Sforza, gendre du pape, s'était retiré de
l'alliance aragonaise. Alexandre jugea donc que le moment
était venu d'abandonner son allié, et envoya vers Charles les
évêques de Concordia, de Terni et monseigneur Gratian, son
confesseur. Ils étaient chargés de renouveler à Briçonnet et
à Philippe de Luxembourg la promesse du cardinalat, et
avaient pleins pouvoirs de négocier au nom de leur maître,
soit que Charles VIII voulût bien comprendre Alphonse II
dans le traité, soit qu'il ne voulût rien signer qu'avec le pape
seul. Ils trouvèrent Charles VIII flottant entre les insinuations
de Julien de la Rovère, qui, témoin de la simonie du pape, in-
sistait auprès du roi pour qu'il assemblât un concile et fit
déposer le chef de l'Église, et la protection cachée que lui ac-
cordaient l'évêque du Mans et l'évêque de Saint-Malo ; de
sorte que le roi, décidé à prendre lui-même avis des circonstances, et sans rien arrêter d'avance, continua sa route, ren-
voyant au pape ses ambassadeurs et leur adjoignant le ma-

récьal de Gié, le sénéchal de Beaucaire et Jean de Gannay, premier président du parlement de Paris ; ils étaient chargés de dire au pontife :

1° Que le roi voulait avant toute chose être admis sans résistance dans Rome ; que, moyennant cette admission volontaire, franche et loyale, il respecterait l'autorité du saint-père et les priviléges de l'Église ;

2° Que le roi désirait que D'jem lui fût remis, afin de s'en faire une arme contre le sultan lorsqu'il transporterait la guerre soit en Macédoine, soit en Turquie, soit en terre sainte;

3° Que quant aux autres conditions, elles étaient de si peu d'importance, qu'à la première conférence elles seraient levées.

Les ambassadeurs ajoutèrent que l'armée française n'était plus qu'à deux journées de Rome, et que le surlendemain au soir Charles VIII viendrait probablement demander lui-même la réponse de Sa Sainteté.

Il n'y avait pas à compter sur les négociations avec un prince qui agissait d'une façon si expéditive. Alexandre VI fit donc prévenir Ferdinand qu'il eût à quitter Rome le plus tôt possible, dans l'intérêt de sa propre sûreté. Mais Ferdinand ne voulut entendre à rien, et déclara qu'il ne sortirait par une porte que lorsque Charles VIII entrerait par l'autre. Au reste, son séjour ne fut pas long. Le surlendemain, vers les onze heures du matin, une sentinelle qu'on avait placée en vedette au haut du château Saint-Ange, où s'était retiré le pape, cria qu'elle voyait apparaître à l'horizon l'avant-garde ennemie : aussitôt Alexandre et le duc de Calabre montèrent sur la terrasse qui domine la forteresse, et s'assurèrent par leurs propres yeux que le soldat avait dit la vérité. Alors seulement le duc de Calabre monta à cheval, et, comme il l'avait dit, sortit par la porte de San-Sebastiano, au moment même où l'avant-garde française faisait halte à cinq cents pas de la porte du peuple. C'était le 31 décembre 1494.

A trois heures de l'après-midi, toute l'armée étant arrivée, l'avant-garde se remit en marche tambours battant et enseignes déployées. — Elle était, dit Paul Jove, témoin oculaire, livre II, page 41 de son Histoire, — elle était composée de Suisses et d'Allemands aux habits courts, collants et de cou-

leurs variées; ils étaient armés d'épées courtes et acérées
comme celles des anciens Romains, et portaient des lances de
bois de frêne de dix pieds de long, dont le fer était étroit et
aigu : un quart seulement avaient, au lieu de lances, des hal-
lebardes dont le fer était taillé en forme de hache et surmonté
d'une pointe à quatre angles, et dont ils se servaient en frappant également du tranchant et de la pointe : le premier rang
de chaque bataillon portait des casques et des cuirasses qui
défendaient la tête et couvraient la poitrine, de sorte que,
lorsque les soldats étaient en bataille, ils présentaient à leurs
ennemis un triple rang de pointes de fer qui s'abaissaient ou
se relevaient comme les lances d'un porc-épic. A chaque mil-
lier de soldats étaient attachée une compagnie de cent fusi-
liers; quant aux chefs, ils portaient, pour se distinguer de leurs
soldats, de hauts plumets sur leurs casques.

Après l'infanterie suisse, venaient les arbalétriers gascons :
ils étaient cinq mille, portant un costume très-simple, qui
contrastait avec le riche vêtement des Suisses, dont le plus
petit les eût dépassés de toute la tête; au reste, excellents soldats, pleins de légèreté et de courage, et réputés surtout par
la promptitude avec laquelle ils tendaient et tiraient leurs ar-
balètes de fer.

Derrière eux venait la cavalerie, c'est-à-dire la fleur de la
noblesse française, avec ses casques et ses colliers dorés, ses
surcots de velours et de soie, ses épées, dont chacune avait un
nom, ses écus, dont chacun représentait un domaine, ses cou-
leurs, dont chacune signifiait une passion. Outre ces armes
défensives, chaque cavalier portait à la main, comme les gendarmes italiens, une lance avec une pointe striée et solide, et
à l'arçon de la selle une masse d'armes taillée en côtes ou
garnie de pointes. Leurs chevaux étaient grands et vigoureux:
mais, selon l'usage français, on leur avait coupé la queue et
les oreilles. Ces chevaux, au contraire de ceux des gendarmes
italiens, ne portaient point de caparaçons de cuir bouilli; ce
qui les faisait plus exposés aux coups. Chaque chevalier était
suivi de trois chevaux, le premier monté par un page armé
comme lui, et les deux autres par des écuyers, que l'on appelait auxiliaires latéraux, de ce que, dans la mêlée, ils com-

battaient à droite et à gauche de leur chef. Cette troupe était non-seulement la plus magnifique, mais encore la plus considérable de l'armée ; car, comme il y avait deux mille cinq cents chevaliers, les trois serviteurs qui suivaient chacun d'eux formaient avec eux un total de dix mille hommes.

Cinq mille chevau-légers venaient ensuite, portant de grands arcs de bois, et, comme les archers anglais, lançaient au loin de longues flèches. Ils étaient d'un grand secours dans les batailles ; car, se portant rapidement où l'on avait besoin de secours, ils pouvaient voler en un instant d'une aile à l'autre, et de l'arrière-garde à l'avant-garde, puis, leurs trousses épuisées, repartir au grand galop, sans que l'infanterie ni la grosse cavalerie les pussent suivre. Leurs armes défensives étaient le casque et une demi-cuirasse ; quelques-uns portaient en outre une lance courte pour clouer en terre les ennemis renversés : tous avaient de longs manteaux ornés d'aiguillettes et des plaques d'argent, au milieu desquelles brillaient les armoiries de leurs chefs.

Enfin venait l'escorte du jeune roi : quatre cents archers, parmi lesquels cent Écossais formaient la haie, tandis que deux cents chevaliers, choisis parmi les plus illustres, marchaient à pied à côté du prince, portant sur leurs épaules de pesantes masses d'armes. Au milieu de cette magnifique escorte s'avançait Charles VIII, couvert, ainsi que son cheval, d'une splendide armure : à sa droite et à sa gauche, marchaient le cardinal Ascagne Sforza, frère du duc de Milan, et le cardinal Julien de la Rovère dont nous avons déjà si souvent parlé, et qui fut depuis Jules II. Les cardinaux Colonna et Savelli les suivaient immédiatement, et derrière eux Prosper et Fabrice Colonna, ainsi que tous les princes et généraux italiens qui s'étaient réunis à la fortune du vainqueur, et qui marchaient entremêlés avec les grands seigneurs de France.

Depuis longtemps la foule amassée pour voir tous ces soldats ultramontains, si nouveaux et si étranges pour elle, écoutait avec inquiétude un bruit sourd qui allait se rapprochant, et qui semblait le roulement du tonnerre : bientôt la terre sembla trembler, les vitres des croisées frémirent, et derrière l'escorte du roi on vit s'avancer accroupis et bondissant sur

leurs affûts trente-six canons de bronze, traînés chacun par
six forts chevaux. La longueur de ces canons était de huit
pieds ; et comme leur ouverture était assez large pour qu'un
homme y pût passer la tête, on estima que chacune de ces
machines terribles, presque inconnues encore aux Italiens,
devait peser à peu près six mille livres. Après les canons venaient des couleuvrines longues de seize pieds, et des faucon-
neaux dont les plus petits lançaient des boulets de la grosseur d'une grenade. Cette artillerie formidable terminait la
marche et formait l'arrière-garde de l'armée française. Il y
avait six heures que la tête avait déjà pénétré dans la ville
lorsqu'elle y entra à son tour ; et, comme il faisait nuit, et
que sur six artilleurs il y avait un homme qui portait une
torche, cette illumination donnait encore aux objets qu'elle
éclairait un caractère plus sombre que n'eût fait la lumière
du soleil. Le jeune roi alla se loger au palais de Venise, ayant
toute cette artillerie braquée sur la place et dans les rues
environnantes. Quant au reste de l'armée, elle se répandit
par la ville.

Le même soir, on apporta au roi de France, plus encore
pour lui faire honneur que pour le tranquilliser sur sa sûreté,
les clefs de Rome et celles de la porte du jardin du Belvédère.
Même chose, au reste, avait été faite pour le duc de Calabre.

Le pape s'était, comme nous l'avons dit, retiré au château
Saint-Ange avec six cardinaux seulement, de sorte que, dès le
lendemain de son arrivée, le jeune roi se trouva avoir autour
de lui une cour bien autrement brillante que celle du chef
de l'Église. Alors fut remise de nouveau en question la convo-
cation d'un concile, qui, convainquant Alexandre de simonie,
procédait à sa déposition. Mais les principaux conseillers du
roi, gagnés, comme nous l'avons dit, firent observer que c'était
un mauvais moment pour soulever un nouveau schisme dans
l'Église, que celui où l'on se préparait à marcher contre les
infidèles. Comme c'était l'opinion intérieure du roi, on n'eut
pas grand'peine à le convaincre, et il fut décidé que l'on traiterait avec Sa Sainteté.

Cependant les négociations, à peine commenc**ées**, faillirent
être rompues ; car la première chose que demanda Charles VIII,

fut la remise du château Saint-Ange; tandis que, voyant dans ce château sa seule sûreté, c'était, de son côté, la dernière chose que le pape voulait accorder. Deux fois, dans son impatience juvénile, Charles VIII voulut enlever de force ce qu'on ne voulait pas lui céder de bonne volonté, et fit braquer ses canons sur la demeure du saint-père; mais celui-ci resta insensible à ces démonstrations; et cette fois ce fut, tout obstiné qu'il était, le roi de France qui céda.

On laissa donc de côté cet article, et l'on convint des conditions suivantes :

Il devait y avoir entre Sa Majesté le roi de France et le saint-père, à compter de cette heure, sincère amitié et ferme alliance.

En attendant la conquête définitive du royaume de Naples, le roi de France occuperait, pour l'avantage et la commodité de ses armes, les forteresses de Civita-Vecchia, de Terracine et de Spolette.

Enfin, le cardinal Valentino (c'est ainsi que l'on nommait César Borgia, de son archevêché de Valence) suivrait le roi Charles VIII en qualité de légat apostolique, ou plutôt d'otage.

Ces conditions arrêtées, on régla le cérémonial de l'entrevue. Le roi Charles VIII quitta le palais de Venise, et vint habiter au Vatican. A une heure convenue, il entra par une porte du jardin attenant au palais, tandis que le pape, qui n'avait pas quitté le château Saint-Ange, grâce au corridor qui communique d'un palais à l'autre, descendait par une autre porte dans le même jardin. Il résulta de cet arrangement qu'au bout d'un instant le roi aperçut le pape, et s'agenouilla une première fois; mais le pape fit semblant de ne pas le voir, de sorte que le roi fit quelques pas encore, et s'agenouilla une seconde fois; comme en ce moment Sa Sainteté était masquée par un massif, ce lui fut encore une nouvelle excuse : de sorte que le roi, accomplissant le cérémonial entier, se releva encore, et, faisant de nouveaux quelques pas, alla s'agenouiller une troisième fois en face du saint-père, qui l'aperçut enfin, et, marchant à lui comme pour empêcher le roi de se mettre à genoux, ôta sa barrette, et, le pressant entre ses bras, le releva, l'embrassa tendrement au front, et ne voulut pas se recouvrir que le roi lui-même n'eût

mis sa toque sur sa tête, ce à quoi le pape l'aida de ses propres mains. Alors, étant restés un instant debout et ayant
échangé quelques paroles de courtoisie et d'amitié, le roi sup-
plia instamment Sa Sainteté de vouloir bien agréger au sacré
collége Guillaume Briçonnet, évêque de Saint-Malo. Comme
c'était chose convenue d'avance entre ce prélat et Sa Sainteté,
quoique le roi l'ignorât, Alexandre voulut avoir le mérite
d'accorder promptement ce qui lui était demandé, et ordonna
à l'instant même à l'un de ses serviteurs d'aller chercher
chez son fils, le cardinal Valentino, une cape et un chapeau.
Prenant alors le roi de France par la main, le pape le conduisit dans la salle du Perroquet, où devait se faire la cérémonie de réception du nouveau cardinal. Quant à l'acte
solennel du serment d'obéissance que devait prêter Charles VIII
à Sa Sainteté comme au chef suprême de l'Église chrétienne,
il fut remis au surlendemain.

Ce jour solennel arrivé, tout ce que Rome avait de puissant
dans la noblesse, dans le clergé et dans les armes, se rassembla
autour de Sa Sainteté; Charles VIII, de son côté, s'avança
vers le Vatican avec une suite splendide de princes, de prélats et de capitaines. Au seuil du palais, il trouva quatre cardinaux qui étaient venus au-devant de lui : deux se placèrent
à ses côtés, les deux autres derrière lui, et, tout son cortége
suivant immédiatement, ils traversèrent une longue file d'appartements pleins de gardes et de serviteurs, et arrivèrent
enfin dans la salle de réception, où le pape était assis sur son
trône, ayant derrière lui son fils César Borgia. Arrivé à la
porte, le roi de France commença d'accomplir le cérémonial
habituel ; et, étant passé des génuflexions aux baisements des
pieds, de la main et du front, il se tint debout, tandis que le
premier président du parlement de Paris, faisant à son tour
quelques pas, dit à voix haute :

« Très-saint-père,

» Voici mon roi tout disposé à prêter à Votre Sainteté le
serment d'obéissance qu'il lui doit; mais il est d'usage en
France que celui qui offre à son seigneur son vasselage en
reçoive en échange les grâces qu'il lui demande. En conséquence, Sa Majesté, tout en s'engageant de son côté à user

vis-à-vis de Votre Sainteté d'une munificence **plus** grande
encore que Votre Sainteté n'aura usé vis-à-vis d'elle, vient la
supplier instamment de lui accorder trois faveurs. Ces trois
faveurs sont d'abord la confirmation des priviléges déjà accordés au roi lui-même, à la reine son épouse et au dauphin
son fils; ensuite, l'investiture, pour lui et ses successeurs, du
royaume de Naples; enfin, la remise entre ses mains de la
personne du sultan D'jem, frère de l'empereur des Turcs. »

A ce discours, le pape demeura un instant stupéfait; car il
ne s'attendait pas à ces trois demandes, que, de son côté,
Charles VIII n'avait faites si publiquement que pour lui ôter
tout moyen de les lui refuser. Mais, reprenant aussitôt sa présence d'esprit, il répondit au roi qu'il confirmerait volontiers
les priviléges accordés à la maison de France par ses prédécesseurs; que, par conséquent, il pouvait considérer cette
première demande comme accordée; que, quant à l'investiture du royaume, c'était une affaire à délibérer dans le conseil des cardinaux, mais qu'il ferait auprès d'eux tout son
possible pour qu'ils accédassent à ses désirs; enfin, que, pour
ce qui regardait le frère du sultan, il remettait à un temps
plus opportun de discuter la chose avec le sacré collège, affirmant que, comme cette remise ne pouvait être qu'utile au
bien de la chrétienté puisqu'elle était demandée dans le but
de rendre le succès d'une croisade plus certain, ce ne serait
pas sa faute si sur ce point encore le roi n'était point satisfait.

Après cette réponse, Charles VIII s'inclina en signe qu'il était
content; et étant demeuré debout et découvert en face du pape,
le premier président reprit la parole en ces termes :

« Très-saint-père,

» C'est une antique coutume des rois chrétiens, et particulièrement des rois très-chrétiens de France, de signifier, par
le moyen de leurs ambassadeurs, le respect qu'ils professent
pour le saint-siége et les souverains pontifes que la Providence
divine y élève; mais le roi très-chrétien, ayant eu le désir de
visiter le tombeau des saints apôtres, a voulu, non par ambassadeur, non par délégué, mais par lui-même, payer cette
dette religieuse, qu'il regarde comme sacrée : c'est pourquoi,
très-saint-père, Sa Majesté le roi de France vous reconnaît

pour le véritable vicaire du Christ, pour le légitime successeur des apôtres saint Pierre et saint Paul, et vous promet et jure cette foi filiale et respectueuse que les rois ses prédécesseurs sont accoutumés de vous promettre et de vous jurer, se dévouant lui et toutes ses forces au service de Votre Sainteté et aux intérêts du saint-siége. »

Le pape se leva tout joyeux; car ce serment, fait avec tant de publicité, lui ôtait toute crainte d'un concile : aussi, disposé à accorder, de ce moment, au roi de France tout ce qu'il lui demanderait, il le prit par la main gauche, lui faisant une courte mais amicale réponse, et l'appelant le fils aîné de l'Église. La cérémonie terminée, ils sortirent de la salle, le pape tenant toujours le roi par la main, et ils marchèrent ainsi jusqu'à la chambre où l'on dépose les vêtements sacrés; là, le pape feignit de vouloir reconduire le roi jusqu'à ses appartements; mais le roi ne le voulant pas souffrir, tous deux se saluèrent de nouveau et se séparèrent pour se retirer chacun chez soi.

Le roi resta encore huit jours au Vatican, puis s'en retourna au palais de Saint-Marc. Pendant ces huit jours, toutes les choses qu'avait demandées Charles VIII furent débattues et réglées à sa satisfaction. L'évêque du Mans fut fait cardinal; l'investiture du royaume de Naples fut promise au vainqueur; enfin, il fut convenu qu'au moment de partir, le pape, contre une somme de cent vingt mille livres, remettrait au roi de France le frère de l'empereur de Constantinople. Seulement, voulant pousser jusqu'au bout l'hospitalité qu'il lui avait donnée, le pape invita D'jem à dîner pour le jour même où il devait quitter Rome avec son nouveau protecteur.

Le moment du départ arrivé, Charles VIII monta à cheval tout armé, et se rendit avec une suite brillante et nombreuse au palais du Vatican : arrivé en face de la porte, il descendit de cheval, et, laissant son escorte sur la place Saint-Pierre, il monta avec quelques seigneurs seulement. Il trouva Sa Sainteté dans la chambre où l'attendait le pape ayant à sa droite le cardinal Valentin, à sa gauche D'jem, qui venait, comme nous l'avons dit, de dîner à sa table, et autour de lui, treize cardinaux : aussitôt le roi, ayant fléchi le genou, demanda au

saint-père sa bénédiction, et s'inclina pour lui baiser les pieds ;
mais Alexandre VI ne le voulut point souffrir, le prit dans ses
bras, et avec une bouche de père et un cœur d'ennemi, le
baisa tendrement au front. Alors le pape présenta au roi de
France le fils de Mahomet II, qui était un beau jeune homme,
ayant quelque chose de noble et de royal dans l'aspect, et dont
le magnifique costume oriental contrastait par son ampleur
et sa forme avec l'habit étroit et sévère des chrétiens. D'jem
s'avança vers Charles VIII, sans humilité, mais sans hauteur,
et comme un fils d'empereur qui traite avec un roi, lui baisa
la main, puis l'épaule ; puis, se retournant vers le saint-père,
il lui dit en langue italienne, qu'il parlait très-bien, qu'il le
priait de le recommander au grand roi qui voulait bien le
prendre sous sa protection, assurant au pontife qu'il n'aurait
jamais à se repentir de lui avoir rendu sa liberté, et disant à
Charles VIII qu'il espérait qu'il aurait à se louer de lui, si,
après avoir pris Naples, il passait en Grèce comme il en avait
l'intention. Ces mots furent dits avec une telle dignité, et en
même temps une douceur si grande, que le roi de France
tendit loyalement et franchement la main au jeune sultan,
comme à un compagnon d'armes. Puis, cette remise faite,
Charles VIII prit une dernière fois congé du pape, et descendit
sur la place. Là, il attendit le cardinal Valentin, qui, ainsi
que nous l'avons dit, devait l'accompagner comme otage, et
qui était resté en arrière pour échanger quelques paroles
avec son père. Au bout d'un instant, César Borgia parut,
monté sur une mule splendidement harnachée, et faisant
conduire derrière lui six chevaux magnifiques dont le saint-
père faisait don au roi de France. Charles VIII monta aussitôt
sur l'un d'eux pour faire honneur au pape du cadeau qu'il
venait de lui faire, et, quittant Rome avec le reste de ses
troupes, il s'achemina vers Marino, où il arriva le même soir.

Là, il apprit qu'Alphonse, mentant à sa réputation d'habile
politique et de grand général, venait de s'embarquer avec
tous ses trésors sur une flottille de quatre galères, laissant le
soin de la guerre et le gouvernement de son royaume à son
fils Ferdinand. Ainsi tout secondait la marche triomphante
de Charles VIII ; les portes des villes s'ouvraient seules à son

approche; ses ennemis fuyaient sans l'attendre, et avant
d'avoir livré une seule bataille, il avait déjà acquis le surnom
de conquérant.

Le lendemain, au point du jour, l'armée se mit en route,
et, après avoir marché toute la journée, s'arrêta le soir à
Velletri. Là, le roi, qui avait chevauché depuis le matin,
accompagné du cardinal Valentin et de D'jem, déposa le premier à son logement, et, emmenant le second avec lui, se
rendit au sien. Alors César Borgia, qui avait parmi les bagages de l'armée vingt fourgons pesamment chargés, fit ouvrir un de ces fourgons et en tira un buffet magnifique, avec
la vaisselle d'argent nécessaire à sa table, et, comme il avait
déjà fait la veille, ordonna de préparer son souper. Pendant
ce temps, la nuit étant venue, il s'enferma dans une chambre retirée, et, dépouillant son costume de cardinal, il revêtit
un habit de palefrenier. Grâce à ce déguisement, il sortit de
la maison qui lui avait été assignée pour son logement sans
être reconnu, traversa les rues, franchit les portes et gagna
la campagne. A une demi-lieue de la ville à peu près, un
domestique l'attendait avec deux chevaux de course. César,
qui était un excellent cavalier, sauta en selle, et lui et son
compagnon, au grand galop de leurs montures, reprirent le
chemin de Rome, où ils arrivèrent au point du jour. César
descendit chez M. Flores, auditeur de la Rote, où il se fit amener un cheval frais et apporter des habits convenables; puis,
immédiatement, il se rendit chez sa mère, qui jeta un cri de
joie en l'apercevant; car, muet et mystérieux pour tout le
monde, et même pour elle, le cardinal n'avait rien dit de son
prochain retour à Rome.

Ce cri de joie qu'avait poussé la Vanozza en revoyant son
fils était bien moins encore un cri d'amour que de vengeance.
Un soir, pendant que tout était en fête au Vatican, tandis que
Charles VIII et Alexandre VI se juraient une amitié que ni
l'un ni l'autre n'avaient dans le cœur, et échangeaient des
serments qui d'avance étaient déjà trahis, un messager était
déjà arrivé de la part de Vanozza, apportant à César une lettre
par laquelle elle le priait de passer sans retard à sa maison
de la rue della Lungara. César avait interrogé le messager;

mais celui-ci lui avait répondu qu'il n'avait rien à lui dire, et qu'il apprendrait tout ce qu'il désirait savoir de la bouche même de sa mère. Aussi, à peine libre, César, vêtu d'un habit de laïque et enveloppé d'un large manteau, avait-il quitté le Vatican et s'était-il acheminé vers l'église de Regina-Cœli, dans le voisinage de laquelle nous avons dit, on doit se le rappeler, qu'était située la maison qu'habitait la maîtresse du pape.

En approchant de sa mère, César commença de remarquer des signes de dévastation étranges. La rue était jonchée de débris de meubles et de lambeaux d'étoffes précieuses. En arrivant au bas du petit perron qui conduisait à la porte d'entrée, il vit que les fenêtres étaient brisées et que des restes de rideaux flottaient déchirés devant elle ; de sorte que, ne comprenant rien à ce désordre, il s'était élancé dans l'intérieur, avait parcouru plusieurs appartements déserts et délabrés. Puis enfin, voyant de la lumière dans une chambre, il y était entré et avait trouvé sa mère assise sur les débris d'un coffre d'ébène tout incrusté d'ivoire et d'argent. En apercevant César, elle se leva, pâle, les cheveux épars; et lui montrant de la main la désolation qui l'entourait :

— Vois, César, lui dit-elle ; voici l'ouvrage de tes nouveaux amis.

— Qu'y a-t-il donc, ma mère? demanda le cardinal ; et d'où vient ce désordre qui vous entoure?

— Il y a, répondit la Vanozza en grinçant les dents de rage, que le serpent que vous avez réchauffé vient de me mordre, craignant sans doute de se briser les dents sur vous.

— Qui a fait cela? s'écria César : dites-le-moi, ma mère, et, par le ciel, je vous le jure, je le lui rendrai, et bien au delà.

— Qui a fait cela? reprit Vanozza : le roi Charles VIII, par les mains de ses fidèles alliés les Suisses. On a su que Melchiori était en voyage, et que, par conséquent, je demeurais seule ici avec quelques misérables domestiques; et alors ils sont venus, brisant les portes comme s'ils avaient pris Rome d'assaut, et tandis que le cardinal Valentin faisait fête à leur maître, ils pillaient la maison de sa mère, l'abreuvant d'insolences et d'outrages tels, qu'on n'eût pas dû en attendre de plus grands des Turcs et des Sarrasins.

— C'est bien, c'est bien, ma mère, dit César ; soyez tranquille, le sang lavera la honte. Quant à ce que nous avions perdu, songez-y, ce n'est rien à côté de ce que nous pouvions perdre ; et mon père et moi, soyez tranquille, nous vous rendrons plus qu'on ne vous a ôté.

— Ce ne sont pas des promesses que je demande, s'écria la Vanozza, c'est une vengeance.

— Ma mère, dit le cardinal, vous serez vengée, ou je perdrai le nom de votre fils.

Et ayant rassuré sa mère par ces paroles, il l'emmena au palais de Lucrèce, qui se trouvait libre par son mariage avec le seigneur de Pesaro, et rentra au Vatican, donnant des ordres pour que la maison de sa mère fût remeublée plus magnifiquement qu'avant son désastre. Ces ordres avaient été ponctuellement suivis, et c'était au milieu de ce luxe nouveau, mais avec la même haine dans le cœur, que César retrouvait sa mère. De là venait le cri de joie qu'elle avait poussé en le revoyant.

Le fils et la mère échangèrent seulement quelques paroles ; puis César, remontant à cheval, rentra au Vatican, d'où il était sorti deux jours auparavant comme otage. Alexandre, qui était prévenu d'avance de cette fuite, et qui non-seulement l'avait approuvée, mais qui encore, en sa qualité de souverain pontife, avait relevé d'avance son fils du parjure qu'il allait commettre, le reçut avec joie, mais ne lui en conseilla pas moins de se cacher, Charles VIII, selon toutes probabilités, ne devant point tarder à faire réclamer son otage.

En effet, le lendemain, au lever du roi, on s'était aperçu de l'absence du cardinal Valentin ; et comme Charles VIII s'inquiétait de ne pas le voir paraître, il envoya savoir quelle cause l'empêchait de se rendre auprès de lui. Arrivé au logement qu'avait quitté la veille César, l'envoyé apprit qu'il en était sorti vers les neuf heures du soir, et n'y était point rentré depuis. Il retourna porter cette nouvelle au roi, qui se douta aussitôt qu'il s'était enfui, et qui, dans le premier mouvement de sa colère, fit connaître ce parjure à toute l'armée.

Les soldats alors se rappelèrent ces vingt fourgons si pesamment chargés, et de l'un desquels le cardinal, à la vue de tous, avait fait tirer une si magnifique vaisselle d'or et d'argent, et, ne doutant pas que les autres ne renfermassent des objets aussi précieux, ils se ruèrent dessus et les mirent en pièces; mais ils n'y trouvèrent que des pavés ou du sable: ce qui prouva au roi que cette fuite était préparée de longue main, et redoubla encore sa colère contre le pape. Aussi, sans perdre de temps, envoya-t-il à Rome monseigneur Philippe de Bresse, qui fut depuis duc de Savoie, avec ordre d'exprimer au saint-père tout son mécontentement d'une pareille conduite à son égard. Mais le pape répondit qu'il ignorait complétement l'évasion de son fils, et en exprima ses regrets bien sincères à Sa Majesté, ne sachant point où il pouvait être, et affirmant en tout cas qu'il n'était point à Rome. En effet, cette fois, le pape disait vrai; César s'était retiré avec le cardinal Orsino dans une de ses terres, où il se tenait momentanément caché. Cette réponse fut portée à Charles VIII par deux messagers que le pape lui envoya, et qui étaient les évêques de Népi et de Sutri. Le peuple, de son côté, députa un ambassadeur au roi. Cet ambassadeur était monseigneur Porcari, doyen de la Rote, lequel était chargé de lui exprimer tout le déplaisir que les Romains avaient ressenti en apprenant le manque de parole du cardinal. Quelque peu disposé que fût Charles VIII à se payer de paroles vides, il lui fallait faire face à des affaires plus importantes: aussi continua-t-il, sans s'arrêter, sa route vers Naples, où il entra le dimanche 22 février de l'année 1495.

Quatre jours après, le malheureux D'jem, qui était tombé malade à Capoue, mourut au château Neuf. En se séparant de lui et dans le banquet d'adieu, Alexandre VI avait fait sur lui l'essai de ce poison dont il comptait par la suite faire un si fréquent usage sur les cardinaux, et dont il devait, par un juste retour, éprouver enfin l'effet lui-même. Ainsi, le pape s'était arrangé pour toucher des deux mains; et, dans sa double spéculation sur ce malheureux jeune homme, il avait à la fois vendu sa vie cent vingt mille livres à Charles VIII, et sa mort trois cent mille ducats à Bajazet.

Seulement il y eut retard dans le second payement; car l'empereur des Turcs, comme on s'en souvient, ne devait remettre l'or fratricide qu'en échange du cadavre, et le cadavre, par ordre de Charles VIII, avait été enterré à Gaëte.

Lorsque César Borgia apprit ces nouvelles, il estima, avec raison, que le roi de France, occupé à s'installer dans sa nouvelle capitale, avait à penser à trop de choses pour s'inquiéter de lui : en conséquence, il reparut à Rome, et, pressé de tenir à sa mère la parole qu'il lui avait donnée, il y signala son retour par sa vengeance.

Le cardinal Valentin avait à sa solde un Espagnol dont il avait fait le chef de ses bravi : c'était un homme de trente-cinq à quarante ans, dont la vie entière n'avait été qu'une longue rébellion contre toutes les lois de la société; ne reculant devant aucune action, pourvu qu'elle lui fût payée le prix qu'elle valait. Don Michel Correglia, qui se fit une sanglante célébrité sous le nom de Michelotto, était bien l'homme qu'il fallait à César; aussi, de même que Michelotto avait pour César un dévouement sans bornes, César avait en Michelotto une confiance sans limites. Ce fut lui que le cardinal chargea d'une partie de sa vengeance; quant à l'autre, il se la réserva à lui-même.

Don Michel reçut l'ordre de parcourir les campagnes de Rome, et d'égorger tous les Français qu'il y rencontrerait. Il se mit aussitôt à l'œuvre, et quelques jours s'étaient à peine écoulés, qu'il avait déjà obtenu les résultats les plus satisfaisants : plus de cent personnes avaient été pillées et assassinées, et parmi ces dernières était le fils du cardinal de Saint-Malo, qui s'en retournait en France, et sur lequel Michelotto trouva une somme de trois mille écus.

De son côté, César s'était réservé les Suisses; car c'étaient les Suisses particulièrement qui avaient dévasté la maison de la Vanozza; le pape avait à son service à peu près cent cinquante soldats de cette nation, qui avaient fait venir leurs familles à Rome, et s'étaient enrichis tant de leur paye, qu'en exerçant quelque autre industrie. Le cardinal leur fit donner à tous leur congé, avec ordre de quitter Rome dans les vingt-quatre heures, et les États romains dans trois jours. Les pauvres diables, pour obéir à l'ordre reçu, s'étaient tous réunis, avec leurs femmes, leurs enfants et leur bagage, sur la place Saint-Pierre, quand tout à coup, le cardinal Valentin les fit envelopper de tous côtés par deux mille Espagnols, qui commencèrent à tirer sur eux avec des arquebuses et à les charger à coups de sabre, tandis que César et sa mère regardaient le carnage d'une fenêtre. Ils en tuèrent ainsi cinquante ou soixante à peu près; mais les autres, s'étant réunis, firent tête aux assassins, et, sans se laisser entamer, battirent en retraite jusqu'à une maison où ils se fortifièrent et se défendirent si vaillamment, qu'ils donnèrent le temps au pape, qui ignorait quel était l'auteur de cette boucherie, d'envoyer le capitaine de sa garde, qui, avec l'aide d'un fort détachement qu'il avait amené, parvint à les faire sortir de la ville au nombre de quarante à peu près : le reste avait été massacré sur la place, ou avait été tué dans la maison.

Mais ce n'était point là une vengeance véritable; car elle n'atteignait point Charles VIII, le véritable et seul auteur de toutes les tribulations qu'avaient depuis un an éprouvées le pape et sa famille : aussi César abandonna-t-il bientôt ces machinations vulgaires pour s'occuper de plus hauts intérêts, et s'adonna-t-il de toute la force de son génie à renouer la ligue des princes italiens, rompue par la défection de Sforza, par l'exil de Pierre et par la défaite d'Alphonse.

Cette entreprise s'accomplit avec plus de facilité que le pape ne s'y était attendu. Les Vénitiens n'avaient pas vu sans inquiétude Charles VIII passer si près d'eux, et ils tremblaient que, maître une fois de Naples, il n'eût l'idée de conquérir le reste de l'Italie. De son côté, Ludovic Sforza commençait à craindre, en voyant la rapidité avec laquelle le roi de France avait détrôné la maison d'Aragon, qu'il ne fît bientôt plus de différence entre ses alliés et ses ennemis. Maximilien, à son tour, ne cherchait qu'une occasion de rompre la paix momentanée qu'il avait accordée à force de concessions. Enfin, Ferdinand et Isabelle étaient alliés à la maison détrônée. De sorte que tous, ayant, quoique avec des intérêts différents, une crainte commune, furent bientôt d'accord sur la nécessité de chasser Charles VIII, non-seulement de Naples, mais encore de l'Italie, et s'engagèrent par tous les moyens qui seraient en leur pouvoir, soit par négociations, soit par surprise, soit par force, à contribuer à cette expulsion. Les Florentins seul refusèrent de prendre part à cette levée de boucliers, et restèrent fidèles à la parole donnée.

D'après les articles arrêtés entre les confédérés, l'alliance devait durer vingt-cinq ans, et avait pour but ostensible de défendre la majesté du pontife romain et les intérêts de la chrétienté, de sorte que l'on aurait pu prendre ces préparatifs pour ceux d'une croisade contre les Turcs, si l'ambassadeur de Bajazet n'avait pas constamment assisté à toutes les délibérations, quoique par pudeur les princes chrétiens n'osassent point admettre en nom dans la ligue l'empereur de Constantinople. Au reste, les confédérés devaient mettre sur pied une armée de trente-quatre mille chevaux et de vingt mille fantassins, et chacun s'était taxé pour un contingent; de sorte que le pape était tenu de fournir quatre mille chevaux, Maximilien six mille, le roi d'Espagne, le duc de Milan et la république de Venise, chacun huit mille. Chaque confédéré devait en outre lever et équiper dans les six semaines de la signature du traité quatre mille fantassins. Les flottes seraient fournies par les États maritimes; mais les frais qu'elles auraient occasionnés seraient également répartis sur tous.

Cette ligue fut publiée le 12 avril 1495, jour du dimanche des Rameaux, dans tous les États d'Italie, et particulièrement à Rome, au milieu de fêtes et de réjouissances infinies. Presque aussitôt la publication de ces articles ostensibles, les confédérés commencèrent de mettre à exécution les articles secrets. Ces articles obligeaient Ferdinand et Isabelle à envoyer à Ischia, où le fils d'Alphonse s'était retiré, une flotte de soixante galères, portant six cents cavaliers et cinq mille fantassins, pour l'aider à remonter sur le trône. Ces troupes devaient être mises sous le commandement de Gonzalve de Cordoue, à qui la prise de Grenade venait de donner la réputation du premier général de l'Europe. De leur côté, les Vénitiens devaient attaquer, avec une flotte de quarante galères, sous les ordres d'Antonio Grimani, tous les établissements que les Français auraient sur les côtes de la Calabre et de Naples.

Quant au duc de Milan, il s'engageait à arrêter tous les secours qui viendraient de France, et à chasser le duc d'Orléans d'Asti.

Restait Maximilien, qui s'était engagé à envahir les frontières de France, et Bajazet, qui devait aider de son argent, de sa flotte et de ses soldats tantôt les Vénitiens, tantôt les Espagnols, selon qu'il serait appelé par Barberigo ou par Ferdinand le Catholique.

Cette ligue était d'autant plus inquiétante pour Charles VIII, que l'enthousiasme avec lequel il avait été reçu s'était promptement calmé. C'est qu'il lui était arrivé ce qui arrive d'ordinaire aux conquérants qui ont plus de fortune que de génie ; au lieu de se faire parmi les grands vassaux napolitains et calabrais un parti dont les racines tinssent au sol même, en confirmant leurs priviléges, et en augmentant leur puissance, il les avait blessés en accordant tous les titres, tous les emplois, tous les fiefs, à ceux qui l'avaient suivi de France ; de sorte que toutes les charges du royaume étaient occupées par des étrangers. Il en résulta qu'au moment même où la ligue était proclamée, Tropée et Amentea, que Charles VIII avait données au seigneur de Précy, se révoltèrent et arborèrent la bannière d'Aragon ; que la flotte espagnole n'eut qu'à se présenter devant Reggio en Calabre pour que cette ville, plus mécontente encore de la domination nouvelle que de l'ancienne, lui ouvrît à l'instant même ses portes, et que don Frédéric, frère d'Alphonse et oncle de Ferdinand, qui n'avait au reste jamais quitté Brindes, n'eût qu'à se présenter devant Tarente pour y être reçu comme un libérateur.

Charles VIII apprit toutes ces nouvelles à Naples, lorsque, déjà las de sa nouvelle conquête, qui nécessitait un travail d'organisation dont il était incapable, il tournait les yeux vers la France, où l'attendaient les fêtes de la victoire et le triomphe du retour. Aussi céda-t-il aux premiers avis qui lui conseillèrent de reprendre le chemin de son royaume, menacé, comme nous l'avons dit, au nord par les Allemands, et au midi par les Espagnols. En conséquence, il nomma Gilbert de Montpensier, de la maison de Bourbon, son vice-roi ; d'Aubigny, de la maison Stuart d'Écosse, lieutenant en Calabre ;

Étienne de Vèse, commandant de Gaëte, et don Julien, Gabriel de Montfaucon, Guillaume de Villeneuve, Georges de Silly, le bailli de Vitry, et Graziano Guerra, gouverneur de Santo-Angelo, de Manfredonia, de Trani, de Catanzaro, d'Aquila et de Sulmone; puis, laissant au représentant de ses droits la moitié des Suisses, une partie des Gascons, huit cents lances françaises et environ cinq cents hommes d'armes italiens, ces derniers sous le commandement du préfet de Rome, de Prosper et de Fabrice Colonna et d'Antonio Savelli, il sortit de Naples le 20 mai, à deux heures de l'après-midi, pour traverser toute la péninsule italienne avec le reste de son armée, qui se composait de huit cents lances françaises, et deux cents gentilshommes de sa garde, et de cent hommes d'armes italiens, de trois mille fantassins suisses, de mille Français et de mille Gascons. Il comptait en outre être rejoint en Toscane par Camille Vitelli et ses frères, qui devaient lui amener deux cent cinquante hommes d'armes.

Huit jours avant son départ de Naples, Charles VIII avait envoyé à Rome monseigneur de Saint-Paul, frère du cardinal de Luxembourg, et au moment où il allait se mettre en route, il expédia de nouveau l'archevêque de Lyon : tous deux avaient mission d'assurer Alexandre que le roi de France était dans le désir le plus sincère et dans la plus ferme volonté de demeurer son ami. En effet, Charles VIII ne désirait rien tant que de détacher le pape de la ligue, afin de s'en faire un soutien spirituel et temporel : mais un jeune roi ardent, ambitieux et brave, n'était pas le voisin qui convenait à Alexandre; il ne voulut donc entendre à rien, et comme les troupes qu'il avait demandées au doge et à Ludovic Sforza ne lui avaient point été envoyées en nombre suffisant pour défendre Rome, il se contenta de faire approvisionner le château Saint-Ange, y mit une formidable garnison, laissa le cardinal de Saint-Anastase pour recevoir Charles VIII, et se retira avec César à Orviette.

Charles VIII ne demeura que trois jours à Rome, désespéré qu'il était que, malgré ses prières, Alexandre VI eût refusé de l'y attendre. Aussi, pendant ces trois jours, au lieu d'écouter les avis de Julien de la Rovère, qui lui conseillait de nou-

veau d'assembler un concile et de déposer le pape, il fit remettre aux officiers romagnols, espérant ramener le pape vers
lui par ce bon procédé, les citadelles de Terracine et de Civita-
Vecchia, ne gardant que celle d'Ostie, qu'il avait promis à
Julien de lui rendre. Enfin, ces trois jours écoulés, il sortit
de Rome, et se dirigea, sur trois colonnes, vers la Toscane,
traversa les États de l'Église, et, le 13, arriva à Sienne, où
il fut rejoint par Philippe de Commines, qu'il avait envoyé
comme ambassadeur extraordinaire près la république de Venise, et qui lui annonça que ses ennemis avaient quarante
mille hommes sous les armes, et s'apprêtaient à le combattre.
Cette nouvelle ne produisit d'autre effet que d'exciter outre
mesure la gaieté du roi et des gentilshommes de son armée;
car ils avaient pris un tel dédain de leurs ennemis dans leur
facile conquête, qu'ils ne croyaient pas qu'une armée, si nombreuse qu'elle fût, osât leur disputer le passage.

Force fut cependant à Charles VIII de se rendre à l'évidence, lorsqu'il apprit à San-Teranzo que l'avant-garde, commandée par le maréchal de Gié, et composée de six cents
lances et de quinze cents Suisses, s'était, en arrivant à Fornovo, trouvée en face des confédérés, qui avaient assis leur
camp à Guiarole. Le maréchal avait fait halte à l'instant
même, et avait de son côté disposé ses logis, profitant de la
hauteur où il se trouvait pour se faire une défense de la nature même du terrain. Puis, ces premières mesures prises, il
avait envoyé, d'une part, un trompette au camp ennemi, pour
demander à François de Gonzague, marquis de Mantoue, gé-
néralissime des troupes confédérées, passage pour l'armée de
son roi, et des vivres à un prix raisonnable, et de l'autre il
avait expédié un courrier à Charles VIII, en l'invitant à hâter
sa marche, ainsi que celle de l'artillerie et de l'arrière-garde.
Les confédérés avaient fait une réponse évasive; car ils ba-
lançaient s'ils compromettraient en un seul combat toutes les
forces de l'Italie, ou si, risquant le tout pour le tout, ils tenteraient d'anéantir le roi de France et son armée, ensevelis-
sent ainsi le conquérant dans sa conquête. Quant à Charles VIII,
on le trouva occupé à inspecter le passage des derniers canons
par-dessus la montagne de Pontremoli : ce qui n'était point

chose facile, attendu que, comme il n'y avait point de sentier tracé, on avait été obligé de les monter et de les descendre à force de bras : ce qui occupait jusqu'à deux cents hommes pour une seule pièce. Enfin, toute l'artillerie étant arrivée sans accident de l'autre côté des Apennins, Charles VIII partit en toute hâte pour Fornovo, où il arriva avec toute sa suite le lendemain dans la matinée.

Du sommet de la montagne où le maréchal de Gié était campé, le roi de France découvrait à la fois et son camp et celui de l'ennemi; chacun d'eux était posé sur la rive droite du Taro, et à chaque extrémité de cercle d'une chaîne de collines placée en amphithéâtre; de sorte que l'intervalle situé entre les deux camps, vaste bassin où s'étendait dans ses crues hivernales le torrent qui lui servait de limites, n'était qu'une plaine couverte de gravier, où il était aussi difficile à la cavalerie qu'à l'infanterie de manœuvrer : en outre, un petit bois, qui suivait le versant occidental des collines, s'étendait de l'armée ennemie à l'armée française, et était occupé par les Stradiotes, qui, grâce à lui, avaient déjà engagé quelques escarmouches avec nos troupes pendant les deux jours où elles avaient fait halte pour attendre le roi.

La situation n'était pas rassurante. Du sommet de la montagne qui dominait Fornovo, la vue, comme nous l'avons dit, embrassait les deux camps, et pouvait facilement calculer la différence numérique de chacun d'eux. En effet, l'armée française, affaiblie par les diverses garnisons qu'elle avait été forcée de laisser dans les villes et les forteresses que nous avions conservées en Italie, s'élevait à peine à huit mille combattants, tandis que l'armée milano-vénitienne dépassait un total de trente-cinq mille hommes. Charles VIII résolut donc de tenter de nouveau les voies de la conciliation, et envoya Commines, qui, ainsi que nous l'avons dit, l'avait rejoint en Toscane, aux provéditeurs vénitiens qu'il avait connus dans son ambassade, et sur lesquels, grâce à l'estime qu'on faisait généralement de son mérite, il avait pris une grande influence. Il était chargé de dire, au nom du roi de France, aux chefs de l'armée ennemie, que son maître ne désirait rien autre chose que continuer sa route sans faire ni recevoir aucun dommage; qu'en conséquence il demandait un passage libre à travers ces belles plaines de la Lombardie, qui, des hauteurs d'où il était placé, se déroulaient à perte de vue jusqu'au pied des Alpes.

Commines trouva l'armée confédérée en grandes dissensions : l'avis des Milanais et des Vénitiens était de laisser passer le roi sans l'attaquer, trop heureux, disaient-ils, qu'il abandonnât ainsi l'Italie sans y avoir causé d'autre dommage : mais les ambassadeurs d'Espagne et d'Allemagne pensaient autrement que leurs alliés. Comme leurs maîtres n'avaient point de troupes dans l'armée, et que les dépenses qu'ils devaient faire étaient faites, ils ne pouvaient que profiter à une bataille ; puisque, gagnée, ils recueillaient les fruits de la victoire, et, perdue, ils n'éprouvaient aucunement les dommages de la défaite. Cette dissidence dans les opinions fit qu'on remit au lendemain la réponse à faire à Commines, et que l'on arrêta que le lendemain il aurait une nouvelle conférence avec un plénipotentiaire que l'on nommerait pendant la nuit : cette conférence devait se tenir entre les deux armées.

Le roi passa la nuit dans une grande inquiétude : toute la journée le temps avait menacé de tourner à la pluie, et nous avons dit avec quelle rapidité croissait le Taro; la rivière, guéable encore aujourd'hui, pouvait donc, dès le lendemain, présenter un obstacle insurmontable; et ce délai n'avait été demandé peut-être que pour empirer encore la position de l'armée française. En effet, la nuit fut à peine venue, qu'un orage terrible se déclara, et tant que dura l'obscurité, il emplit l'Apennin de rumeurs, et sillonna le ciel d'éclairs. Au point du jour, cependant, il parut se calmer un peu; mais déjà le Taro, qui la veille n'était encore qu'un ruisseau, était devenu un torrent et montait rapidement le long de ses rives. Aussi, dès six heures du matin, le roi, déjà armé et à cheval, appela Commines et lui ordonna d'aller au rendez-vous que lui avaient assigné les provéditeurs vénitiens; mais à peine achevait-il de lui donner cet ordre, que l'on entendit de grands cris à l'extrême droite de l'armée française. Les Stradiotes, grâce au bois qui s'étendait entre les deux camps, avaient surpris un poste; et, après l'avoir égorgé, ils empor-

taient, selon leurs habitudes, les têtes des morts à l'arçon de
leurs selles. Un détachement de cavalerie s'était mis à leur
poursuite ; mais, pareils à des bêtes fauves, ils étaient **rentrés**
dans les bois qui leur servaient de retraite, et y avaient disparu.

Cet engagement inattendu, préparé, selon toutes les probabilités, par les ambassadeurs espagnols et allemands, produisit sur toute la ligne l'effet d'une étincelle sur une traînée de
poudre. Commines, de son côté, et les provéditeurs vénitiens
du leur, tentèrent vainement de suspendre le combat de part
et d'autre : des troupes légères, pressées d'escarmoucher, et
n'écoutant, comme c'était assez l'habitude à cette époque, que
l'impulsion dangereuse du courage personnel, en étaient venues aux mains, descendant vers la plaine comme dans un
cirque, et cherchant à faire de belles armes. Un instant le
jeune roi, entraîné par l'exemple, fut sur le point d'oublier
aussi sa responsabilité de général pour agir en soldat ; mais
le maréchal de Gié, messire Claude de la Châtre, et MM. de
Guise et de la Trimouille, arrêtèrent ce premier élan, et dé-
terminèrent Charles VIII à prendre le parti le plus sage, qui
était de traverser le Taro sans chercher le combat, mais aussi
sans l'éviter, si les ennemis, passant de l'autre côté de la rivière, tentaient de nous fermer le passage. En conséquence,
le roi, d'après les avis de ses plus sages et de ses plus vaillants
capitaines, disposa ainsi ses batailles :

La première comprenait l'extrême avant-garde et un corps
destiné à la soutenir ; elle comptait, l'avant-garde, trois cent
cinquante hommes d'armes, les meilleurs et les plus braves
de l'armée, commandés par le maréchal de Gié et par Jacques
Trivulce, et, dans le corps qui suivait, trois mille Suisses, sous
la conduite d'Engelbert de Clèves et de Lornay, grand écuyer
de la reine : puis venaient trois cents archers de la garde,
que le roi avait fait mettre à pied pour qu'ils pussent soutenir
la cavalerie en combattant dans les intervalles.

La seconde bataille, dirigée par le roi en personne, et qui
formait le corps d'armée, se composait de l'artillerie, commandée par Jean de Lagrange, des cent gentilhommes de la
garde, dont Gilles Carronel portait la bannière, des pension-

naires de la maison du roi, sous les ordres d'Aymar de Prie, des Écossais, de deux cents arbalétriers à cheval, et du reste des archers français conduit par M. de Crussol.

Enfin, la troisième bataille, ou l'arrière-garde, précédée des bagages, portés par six mille bêtes de somme, comptait trois cents hommes d'armes seulement, commandés par MM. de Guise et de la Trimouille : c'était la partie la plus faible de l'armée.

Cette ordonnance arrêtée, Charles VIII ordonna à l'avant-garde de traverser la rivière, ce qu'elle fit à l'instant même, en face de la petite ville de Fornovo, les cavaliers ayant de l'eau jusqu'au mollet, et les fantassins se tenant à la queue des chevaux ; puis, lorsqu'il vit les derniers soldats de cette première partie de l'armée sur l'autre rive, il se mit en route à son tour pour suivre le même chemin et passer au même gué, ordonnant à MM. de Guise et de la Trimouille de régler la marche de l'arrière-garde sur celle du corps d'armée, comme il avait réglé la marche du corps d'armée sur celle de l'avant-garde.

Ses ordres furent ponctuellement suivis, et, vers les dix heures du matin, toute l'armée française se trouva sur la rive gauche du Taro : à l'instant même, et comme, par les dispositions de l'armée ennemie, le combat devenait imminent, les bagages, sous la conduite du capitaine Odet de Riberac, se séparèrent de l'arrière-garde et se portèrent sur l'extrême gauche.

En effet, François de Gonzague, général en chef des troupes confédérées, avait réglé ses dispositions sur celles du roi de France : par son ordre, le comte de Cajazzo, avec quatre cents gens d'armes et deux mille fantassins, avait passé le Taro à la hauteur du camp vénitien, et devait faire tête à l'avant-garde française, tandis que lui, remontant la rive droite jusqu'à Fornovo, franchirait la rivière par le même gué qu'avait suivi Charles VIII, afin d'attaquer son arrière-garde. Enfin, il avait placé les Stradiotes entre ces deux passages, avec ordre, aussitôt qu'ils verraient l'armée française attaquée en tête et en queue, de traverser la rivière à leur tour et de tomber sur ses flancs. Outre ces mesures d'attaque, François

de Gonzague avait encore pris ses précautions pour la retraite
en laissant trois corps de réserve sur l'autre rive, l'un qui gardait le camp sous les ordres des provéditeurs vénitiens, et les
deux autres commandés, le premier par Antoine de Montefeltro, et le second par Annibal Bentivoglio, et qui étaient
échelonnés de manière à se soutenir.

Charles VIII avait remarqué toutes ces dispositions, et y
avait reconnu cette savante stratégie italienne qui faisait des
généraux de cette nation les premiers tacticiens du monde ;
mais, comme il n'y avait pas moyen d'éviter le danger, il
s'était décidé à passer à travers, et avait ordonné de continuer
la route ; mais bientôt l'armée française se trouva prise entre
le comte de Cajazzo, qui barrait le passage avec ses quatre
cents gens d'armes et ses deux mille fantassins, et François
de Gonzague, qui, ainsi que nous l'avons dit, s'était mis à la
poursuite de l'arrière-garde avec six cents hommes d'armes,
la fleur de son armée, un escadron de Stradiotes, et plus de
cinq mille fantassins : cette seule bataille était plus forte que
toute l'armée française.

Cependant, lorsque MM. de Guise et de la Trimouille se sen-
tirent serrés ainsi, ils ordonnèrent à leurs deux cents hommes
d'armes de faire volte-face, tandis qu'à l'extrémité opposée,
c'est-à-dire à la tête de l'armée, le maréchal de Gié et Trivulce
faisaient faire halte, et commandaient de mettre les lances
en arrêt. Pendant ce temps, selon la coutume, le roi, placé,
comme nous l'avons dit, au centre, armait chevaliers les gentilshommes qui, par leur valeur personnelle ou par l'amitié
qu'il leur portait, avaient des droits à cette faveur.

Tout à coup un choc terrible retentit derrière lui : c'était
l'arrière-garde française qui en venait aux mains avec le marquis de Mantoue. A cette rencontre, où chacun avait choisi
son homme comme dans un tournoi, grand nombre de lances
se brisèrent, et surtout entre les mains des chevaliers italiens ;
car leurs lances, à eux, étaient creuses pour être moins lour-
des, et, par conséquent, se trouvaient être moins solides.
Aussitôt ceux qui étaient désarmés mirent l'épée à la main,
et comme ils étaient beaucoup plus nombreux que les nôtres,
le roi les vit tout à coup déborder notre aile droite, de sorte

qu'ils semblaient prêts à nous envelopper : en même temps de
grands cris retentirent en face du centre ; c'étaient les Stradiotes qui traversaient la rivière, afin d'exécuter leur attaque.

Le roi divisa aussitôt son corps d'armée en deux détachements, et donnant l'un au bâtard de Bourbon, afin qu'il fît
face aux Stradiotes, il s'élança avec l'autre au secours de
l'avant-garde, se jetant au milieu de la mêlée, frappant en
roi, mais combattant comme le dernier de ses capitaines. Se-
condée par ce renfort, l'arrière-garde tint bon, quoique les
ennemis fussent cinq contre un, et le combat, sur ce point,
continua avec un acharnement merveilleux.

Selon l'ordre qu'il avait reçu, le bâtard de Bourbon s'était
élancé au-devant des Stradiotes ; mais, ayant été emporté par
son cheval, il était entré si profondément dans leurs rangs
qu'il y avait disparu : cette perte de leur chef, jointe au costume étrange de ces nouveaux antagonistes et à la façon particulière dont ils combattaient, produisit quelque impression
sur ceux qui devaient leur faire tête ; de sorte que le désordre
se mit un moment parmi le centre, et que les cavaliers s'é-
parpillèrent au lieu de se tenir serrés et de combattre en
corps. Cette fausse manœuvre leur eût été désavantageuse, si
la plupart des Stradiotes, voyant les bagages isolés et sans
défense, n'avaient, dans l'espoir du butin, couru à eux, au
lieu de poursuivre leur avantage. Cependant le gros de la
troupe demeura à combattre, pressant vivement les chevaliers
français dont ils tranchaient les lances avec leurs terribles
cimeterres. Heureusement le roi, qui venait de repousser l'attaque du marquis de Mantoue, vit ce qui se passait derrière
lui, et, revenant à grande course de cheval au secours de son
centre, il tomba sur les Stradiotes avec les gentilshommes de
sa maison, non plus armé de sa lance, car il venait de la briser, mais de sa longue épée, que l'on voyait flamboyer autour de lui comme un éclair, si bien que, soit qu'il fût emporté par son cheval, comme le bâtard de Bourbon, soit qu'il
se laissât entraîner à son courage, il se trouva tout à coup
au plus pressé des Stradiotes, accompagné seulement de huit
des gentilshommes qu'il venait de faire, d'un de ses écuyers
nommé Antoine des Ambus et de son porte-bannière, criant :

France, France ! pour rallier à lui tous ces gentilshommes épars, qui, voyant enfin que le danger était moins grand qu'ils ne l'avaient cru, commençaient à prendre leur revanche, et à rendre avec usure aux Stradiotes les coups qu'ils en avaient reçus.

Les choses allaient encore mieux à l'avant-garde que le marquis de Cajazzo devait attaquer, car, quoique à la tête d'une bataille fort supérieure en nombre à celle des Français, et quoiqu'il eût paru animé d'abord des plus formidables intentions, il s'arrêta court en chargeant, à la distance de dix ou douze pas de notre front de bataille, et fit volte-face sans rompre une seule lance. Les Français voulurent les poursuivre ; mais le maréchal de Gié, craignant que cette fuite ne fût un piége pour éloigner l'avant-garde du centre, ordonna à chacun de se tenir en place : cependant les Suisses Allemands, qui ne comprenaient pas cet ordre, ou qui ne le prirent pas pour eux, s'élancèrent à leurs trousses, et, quoique à pied, ils les joignirent et leur tuèrent une centaine d'hommes ; ce qui suffit pour mettre un tel désordre parmi eux, que les uns s'éparpillèrent dans la plaine et que les autres se jetèrent à l'eau pour traverser la rivière et rejoindre leur camp ; ce que voyant le maréchal de Gié, il détacha une centaine d'hommes d'armes pour aller secourir le roi, qui, continuant de combattre avec un courage inouï, courait les plus grands dangers, séparé qu'il était constamment de ses gentilhommes, qui ne pouvaient le suivre ; car partout où il y avait du danger il s'y précipitait, criant : *France !* et s'inquiétant peu si on le suivait. Aussi n'était-ce plus avec son épée qu'il combattait, il y avait longtemps qu'il l'avait brisée comme sa lance, mais avec une lourde hache d'armes dont tous les coups étaient mortels, soit qu'il frappât du tranchant, soit qu'il frappât de la pointe. Aussi les Stradiotes, déjà fortement pressés par la maison du roi et par les pensionnaires, passèrent-ils bientôt de l'attaque à la défense et de la défense à la fuite. Ce fut en ce moment que le roi courut le plus grand danger ; car, s'étant laissé emporter à la poursuite des fuyards, il se trouva bientôt seul enveloppé de ces hommes qui, s'ils n'eussent point été frappés d'une telle terreur, n'auraient eu

qu'à se réunir pour l'étouffer lui et son cheval ; mais, comme
dit Commines : — Est bien gardé celui que Dieu garde, —
et Dieu gardait le roi de France.

En ce moment, néanmoins, l'arrière-garde était rudement
pressée ; et, quoique MM. de Guise et de la Trimouille tinssent aussi ferme qu'il était possible de tenir, il est probable
qu'il leur eût fallu céder au nombre, si un double secours ne
leur était arrivé : l'un leur était apporté par l'infatigable
Charles VIII, qui, n'ayant plus rien à faire parmi les fuyards,
venait de nouveau se rejeter au milieu des combattants, et
l'autre pas les valets de l'armée, qui, délivrés de l'attaque des
Stradiotes et voyant fuir leurs ennemis, accouraient armés
des haches avec lesquelles ils taillaient le bois pour bâtir leurs
logis, et qui se jetèrent au milieu des combattants, coupant
les jarrets des chevaux, et brisant à grands coups les visières
des cavaliers démontés.

Les Italiens ne purent tenir à ce double choc : la *fuvia
francese* détruisait tous les calculs stratégiques possibles, et depuis près d'un siècle ils avaient désappris ces luttes sanglantes et acharnées pour les espèces de tournois qu'ils appelaient
leurs guerres ; de sorte que malgré les efforts de François de
Gonzague, à l'arrière-garde aussi ils tournèrent le dos et prirent la fuite, repassant en grande hâte, et surtout à grande
peine, le torrent gonflé encore par la pluie qui avait tombé
durant toute la bataille.

Quelques-uns étaient d'avis de poursuivre les vaincus ; car
il y avait un tel désordre dans leur armée, que, du champ
de bataille dont les Français étaient restés si glorieuse-
ment les maîtres, on les voyait fuir dans toutes les directions, encombrant les routes de Parme et de Bercetto ;
mais le maréchal de Gié et MM. de Guise et de la Trimouille,
qui avaient assez fait pour ne pas être soupçonnés de reculer
devant un danger imaginaire, arrêtèrent cet élan, en faisant
observer qu'hommes et chevaux étaient si fatigués, que c'é-
tait s'exposer à perdre l'avantage obtenu que d'essayer de le
pousser plus loin. Ce dernier avis fut donc adopté malgré
l'opinion de Trivulce, de Camille Vitelli et de Francesco Secco,
qui voulaient que l'on poursuivît la victoire.

Le roi se retira dans un petit village sur la rive gauche du Taro, et se mit à l'abri dans une pauvre maison où il se désarma : c'était peut-être de tous les capitaines et de tous les soldats celui qui avait le mieux combattu.

Pendant la nuit le torrent grossit tellement, que l'armée italienne, fût-elle remise de sa frayeur, n'aurait pu poursuivre l'armée française. Le roi, qui, après une victoire, ne voulait pas avoir l'air de fuir, demeura toute la journée en bataille, et le soir il alla se coucher à Medesena, petit village situé à un mille plus bas seulement que le hameau où il s'était reposé après le combat. Mais, pendant la nuit, réfléchissant qu'il avait assez fait pour l'honneur de ses armes, en battant une armée quatre fois plus forte que la sienne, en lui tuant trois mille hommes et en l'attendant un jour et demi, pour lui donner le temps de reprendre sa revanche, il fit, deux heures avant le jour, ranimer les feux, afin que les ennemis le crussent toujours en son camp ; et, chacun étant monté à cheval sans bruit, toute l'armée française, maintenant à peu près hors de danger, continua sa course vers Borgo-San-Donnino.

Pendant ce temps le pape était rentré à Rome, où les nouvelles les plus en harmonie avec sa politique ne tardèrent point à arriver. En effet, il apprit que Ferdinand était passé de Sicile en Calabre avec mille volontaires et un nombre considérable de cavaliers et de fantassins espagnols que lui amenait, de la part de Ferdinand et d'Isabelle, le fameux Gonzalve de Cordoue, qui arrivait en Italie avec une réputation de grand capitaine, à laquelle la défaite de Seminara devait porter quelque atteinte. Presque en même temps la flotte française avait été battue par la flotte aragonaise ; enfin la bataille du Taro, toute perdue qu'elle était par les confédérés, était encore une victoire pour le pape, puisque son résultat était d'ouvrir un retour vers la France à celui qu'il regardait comme son ennemi le plus mortel. Aussi, comprenant qu'il n'avait plus rien à craindre de lui, il envoya à Charles VIII, qui s'était arrêté un instant à Turin pour secourir Novarre, un bref par lequel, en vertu de son autorité pontificale, il lui ordonnait, ainsi qu'à son armée, de sortir d'Italie et de rappeler les troupes qu'il avait encore au royaume de Naples dans le délai de dix jours, sous peine d'être excommunié et sommé de comparaître devant lui, et en personne.

Charles VIII répondit :

1° Qu'il ne comprenait pas comment le pape, chef de la ligue, lui ordonnait de sortir d'Italie, tandis que les confédérés non-seulement lui avaient refusé le passage, mais encore avaient tenté, quoique inutilement, ainsi qu'avait pu l'apprendre Sa Sainteté, de lui fermer tout retour vers la France;

2° Que, pour ce qui était de rappeler ses troupes de Naples, il n'était pas assez irréligieux pour le faire, attendu qu'elles n'étaient entrées dans ce royaume que du consentement et avec la bénédiction de Sa Sainteté;

3° Que, quant à sa comparution, en personne, dans la capitale du monde chrétien, il s'étonnait extrêmement que le pape l'exigeât à cette heure, puisque, six semaines auparavant, ayant vivement désiré, à son retour de Naples, s'aboucher avec Sa Sainteté pour lui donner des marques de son respect et de son obéissance, Sa Sainteté, au lieu de lui accorder la faveur qu'il demandait, avait à son approche quitté Rome si précipitamment, que, quelque diligence qu'il eût faite, il n'avait pu parvenir à la rejoindre. Quant à ce dernier article, cependant, il promettait à Sa Sainteté, si de son côté elle voulait s'engager cette fois à l'attendre, de lui donner la satisfaction qu'elle désirait, en retournant à Rome aussitôt que les affaires qui le rappelaient à son royaume seraient terminées à sa satisfaction.

Quelque railleuse fierté qu'il y eût dans cette réponse, Charles VIII n'en fut pas moins bientôt contraint par les circonstances à obéir en partie au bref étrange qu'il avait reçu. En effet, malgré l'arrivée d'un renfort de Suisses qui venaient à son secours, il fut forcé, tant sa présence était urgente en France, de faire avec Ludovic Sforza une paix par laquelle il lui cédait Novarre, tandis que Gilbert de Montpensier et d'Aubigny, de leur côté, après avoir défendu la Calabre, la Basilicate et Naples pied à pied, furent enfin réduits, après un siége de trente-deux jours, à signer, le 20 juillet 1496, la capitulation d'Atella, qui stipulait la remise à Ferdinand II, roi de Naples, de toutes les places et forteresses de son royaume;

royaume, forteresses et places dont il ne jouit que trois mois,
étant mort d'épuisement le 7 septembre suivant, au château
de la Somma, au pied du Vésuve, sans que les soins que lui
prodigua sa jeune femme eussent pu réparer le mal que sa
beauté avait fait.

Son oncle Frédéric lui succéda; et ainsi, depuis trois ans
qu'il était pape, Alexandre avait vu, à mesure qu'il s'affer-
missait, lui, sur le siége pontifical, cinq rois passer sur le
trône de Naples : c'étaient Ferdinand Ier, Alphonse II, Charles VIII, Ferdinand II et Frédéric.

Tous ces tremblements de trône et cette succession rapide
de souverains étaient ce qui pouvait arriver de plus avantageux à la fortune d'Alexandre VI, puisque chaque nouveau
monarque n'était véritablement roi qu'à la condition qu'il
serait revêtu de l'investiture pontificale. Il en résulta qu'en
pouvoir et en crédit, Alexandre était le seul qui eût gagné à
tous ces changements, puisqu'il avait successivement été non-
seulement reconnu, malgré ses simonies, comme le chef suprême de l'Église, par le duc de Milan, les républiques de
Florence et de Venise, qui avaient traité avec lui, mais encore successivement adoré par les cinq rois qui s'étaient succédé sur le trône de Naples. Il pensa donc que le moment
était venu de fonder la puissance de sa maison en s'appuyant
d'un côté sur le duc de Gandie, qui devait remplir toutes les
hautes dignités temporelles, tandis que César Borgia serait
appelé à toutes les grandes fonctions ecclésiastiques. Le pape
assura ces nouveaux projets en nommant quatre cardinaux
espagnols, qui, portant à vingt-deux le nombre de ses compatriotes dans le sacré collége, lui assuraient une constante
et certaine majorité.

La première nécessité de la politique pontificale était de dé-
blayer les environs de Rome de tous ces petits seigneurs qu'on
appelait les vicaires de l'Église, et qu'Alexandre appelait,
lui, les menottes de la papauté. On a vu qu'il avait déjà commencé cette œuvre en suscitant les Orsini contre les Colonna,
lorsque l'entreprise de Charles VIII l'avait forcé de réunir toutes
les ressources de son esprit et toutes les forces de ses États,
comme pour en faire une garde autour de sa propre sûreté.

Mais voilà que dans leur imprudence les Orsini, les anciens amis du pape, étaient passés à la solde des Français, et étaient entrés avec eux dans le royaume de Naples, de sorte que Virginio, l'un des principaux chefs de cette puissante maison, avait été pris pendant la guerre, et était captif de Ferdinand II. C'était une occasion que ne pouvait laisser échapper Alexandre ; aussi, après avoir sommé le roi de Naples de ne point relâcher celui que dès le 1er juin 1496 il avait déclaré rebelle, le 26 octobre suivant, c'est-à-dire dans les premiers jours du règne de Frédéric, qu'il savait lui être tout acquis par le besoin qu'il avait de recevoir l'investiture, il prononça en consistoire secret une sentence de confiscation contre Virginio Orsini et toute sa famille ; puis, comme ce n'était pas le tout que de déclarer les biens confisqués, mais qu'il fallait encore en déposséder les propriétaires, il fit des ouvertures aux Colonna, disant que, comme preuve du retour de son amitié pour eux, il les chargeait d'exécuter, sous les ordres de son fils François, duc de Gandie, la sentence rendue contre leurs vieux ennemis, affaiblissant toujours ainsi ses voisins l'un par l'autre, jusqu'à ce qu'il pût sans danger attaquer et faire disparaître vainqueurs et vaincus.

Les Colonna acceptèrent la proposition, et le duc de Gandie nommé général de l'Église, charge dont son père, revêtu des habits pontificaux, lui remit les insignes dans l'église de Saint-Pierre de Rome.

Les choses marchèrent d'abord comme l'avait espéré Alexandre VI, et avant la fin de l'année l'armée pontificale était maîtresse d'un grand nombre de châteaux et de forteresses appartenant aux Orsini ; de sorte que ceux-ci se regardaient déjà comme perdus, lorsque Charles VIII, à qui ils s'étaient adressés sans grande espérance que, préoccupé comme il l'était de ses propres affaires, il pût leur être d'un grand secours, à défaut d'armes et de troupes, leur envoya Charles Orsini, fils de Virginio, qui était prisonnier, et Vitellozo Vitelli, frère de Camille Vitelli, l'un des trois vaillants condottieri italiens qui s'étaient mis à sa solde et avaient combattu pour lui au passage du Taro. Ces deux capitaines, dont le courage et l'habileté étaient connus, apportaient avec eux une somme d'argent considérable qu'ils tenaient de la libéralité de Charles VIII ; de sorte qu'à peine furent-ils à Città di Castello, centre de leur petite souveraineté, et eurent-ils exprimé l'intention de lever un corps de gendarmerie, que les hommes se présentèrent de tous côtés pour s'engager sous leur bannière : ils eurent donc bientôt rassemblé une petite armée, et comme ils avaient été à même, pendant leur séjour chez les Français, d'étudier la partie de leur organisation militaire par laquelle ils étaient supérieurs aux Italiens, ils appliquèrent ces améliorations à leurs troupes ; elles consistaient surtout dans certains changements faits aux trains d'artillerie, qui les rendaient plus faciles à manœuvrer, et dans la substitution aux armes ordinaires de piques semblables à celles des Suisses pour la forme, mais de deux pieds plus longues : ces changements faits, Vitellozo Vitelli exerça pendant trois ou quatre mois ses hommes à la manœuvre de leurs nouvelles armes ; puis, lorsqu'il les eut jugés en état de s'en servir avec avantage, ayant obtenu quelques secours des villes de Pérouse, de Todi et de Narni, qui craignaient que leur tour ne vînt après celui des Orsini, comme celui des Orsini était venu après celui des Colonna, il marcha vers Bracciano, dont le duc d'Urbin, qui avait été, en vertu du traité d'alliance que nous avons cité, prêté par les Vénitiens au pape, était occupé à faire le siége.

Le général vénitien, ayant appris l'approche de Vitellozo Vitelli, voulut lui épargner la moitié de la route, et marcha au-devant de lui ; les deux armées se rencontrèrent sur le chemin de Soriano, et le combat s'engagea à l'instant même. L'armée pontificale avait un corps de huit cents Allemands, sur lequel les ducs d'Urbin et de Gandie comptaient surtout, et avec raison, car c'étaient en effet les meilleures troupes du monde ; mais Vitellozo Vitelli fit attaquer ces soldats d'élite par son infanterie, qui, armée de ses formidables piques, les transperçait sans que ceux-ci, dont les armes étaient de quatre pieds plus courtes, pussent leur rendre les coups qu'ils en recevaient ; en même temps, son artillerie légère voltigeait sur les flancs de l'armée, suivant ses mouvements les plus rapides, et faisant taire par sa justesse et sa vélocité l'artille-

rie ennemie; de sorte qu'après une résistance plus longue
encore qu'on n'eût dû l'attendre d'une armée attaquée par
des moyens si supérieurs, les troupes pontificales prirent la
fuite, entraînant avec elles vers Ronciglione le duc de Gandie,
blessé d'un coup de pique au visage, Fabrice Colonna et le
légat; quant au duc d'Urbin, qui combattait à l'arrière-garde
pour soutenir la retraite, il fut pris avec toute l'artillerie et
les bagages de l'armée vaincue.

Mais ce succès, si grand qu'il fût, n'enfla point l'orgueil de
Vitellozo Vitelli au point de l'aveugler sur sa position : il comprit que les Orsini et lui étaient trop faibles pour soutenir
une pareille guerre; que le petit trésor auquel il devait son
armée s'épuiserait bien vite, et que son armée disparaîtrait
avec lui. Il s'empressa donc de se faire pardonner sa victoire
en faisant des propositions qu'il n'eût peut-être pas voulu accepter s'il eût été vaincu : aussi ces conditions furent-elles
reçues à l'instant même par le pape, qui dans l'intervalle
avait reçu la nouvelle que Trivulce venait de repasser les
Alpes et de rentrer en Italie avec trois mille Suisses, et qui
craignait que le général italien ne conduisît l'avant-garde du
roi de France. En conséquence, il fut arrêté que les Orsini
payeraient soixante-dix mille florins pour les frais de la guerre,
et que tous les prisonniers seraient échangés de part et d'autre
sans rançon, à l'exception du duc d'Urbin. Pour sûreté du
payement de ces soixante mille florins, les Orsini remirent, à
titre de gage, entre les mains des cardinaux Sforza et San-
Severino, les forteresses de l'Anguillara et de Cervetri; puis,
comme au jour fixé pour le payement ils n'avaient point l'argent nécessaire, ils estimèrent le duc d'Urbin, leur prisonnier,
à quarante mille ducats, ce qui faisait à peu près la somme,
et le passèrent en compte à Alexandre VI, qui cette fois, rigide observateur des engagements pris, se fit payer par son
propre général, pris à son service, la rançon que celui-ci devait à ses ennemis.

De son côté, le pape fit remettre à Charles Orsini et à Vitellozo Vitelli le cadavre de Virginio, à défaut de sa personne.
Par une fatalité étrange, le prisonnier était mort, huit jours
avant la signature du traité, de la même maladie, du moins

si l'on pouvait juger par analogie, dont était mort le frère de Bajazet.

Comme cette paix venait d'être signée, Prosper Colonna et Gonzalve de Cordoue, que le pape avait demandés à Frédéric, arrivèrent à Rome avec un corps d'armée de troupes napolitaines et espagnoles. Alexandre, qui ne pouvait plus les utiliser contre les Orsini, ne voulant pas avoir à se reprocher de les avoir fait venir inutilement, les occupa à reprendre Ostie. Gonzalve fut récompensé de ce fait d'armes en recevant des mains du pape la rose d'or, c'est-à-dire la plus haute distinction que pût accorder Sa Sainteté. Il avait partagé cet honneur avec l'empereur Maximilien, avec le roi de France, avec le doge de Venise et le marquis de Mantoue.

Sur ces entrefaites arriva la solennité de l'Assomption, à laquelle Gonzalve fut invité à prendre part. En conséquence, il partit de son palais, vint au-devant de la cavalerie pontificale, et prit place à la gauche du duc de Gandie, qui attirait tous les regards par sa beauté personnelle, rehaussée de tout le luxe qu'il avait jugé à propos de déployer dans cette fête. En effet, il avait une suite de si magnifiques livrées, que rien de ce qu'on avait vu jusqu'alors à Rome, la ville des pompes religieuses, n'était comparable à leurs richesses. Tous ces pages et ces valets étaient montés sur des chevaux magnifiques, couverts de caparaçons de velours avec des franges d'argent au milieu desquelles pendaient, de distance en distance, des sonnettes du même métal. Quant à lui, il était revêtu d'une robe de brocart d'or, portant au cou un fil des plus belles et des plus grosses perles d'Orient qui eussent jamais peut-être appartenu à un prince chrétien, et autour de sa toque une chaîne d'or garnie de diamants dont le plus petit valait plus de vingt mille ducats. Cette magnificence ressortait d'autant mieux qu'elle faisait contraste avec la simplicité du costume de César Borgia, dont la robe de pourpre n'admettait aucun ornement. Il en résulta que César, doublement jaloux de son frère, prit une haine nouvelle contre lui des éloges qu'il entendit faire tout le long de la route sur sa bonne mine et sur sa magnificence. Aussi, dès ce moment, le cardinal Valentin eut-il décidé dans son esprit du sort de cet homme qu'il trouvait sans cesse sur le chemin de son orgueil, de son amour et de son ambition. — Quant au duc de Gandie, — dit l'historien Tommaso, — il eut certes grande raison, l'infortuné jeune homme, de laisser, à propos de cette fête, ce souvenir public de sa gentillesse et de sa splendeur, puisque cette pompe fut la dernière qui précéda celle de ses funérailles.

De son côté, Lucrèce était venue à Rome sous prétexte de prendre part à cette solennité, mais réellement, comme nous le verrons bientôt, dans le but d'être un nouvel instrument d'ambition entre les mains de son père.

Comme le pape ne se contentait point pour son fils d'un vain triomphe d'ostentation et d'orgueil, et que sa guerre avec les Orsini n'avait point produit les résultats qu'il en attendait, il se décida, pour augmenter la fortune de son premier-né, à faire ce qu'il avait, dans son discours, reproché au pape Calixte d'avoir fait pour lui-même, c'est-à-dire à démembrer de l'État ecclésiastique les cités de Bénévent, de Terracine et de Pontecorvo, afin d'en former un duché qui lui serait donné en apanage. Cette proposition fut faite en conséquence en plein consistoire, et comme le collége des cardinaux était tout entier, ainsi que nous l'avons dit, à Alexandre VI, elle ne souffrit aucune difficulté. Cette nouvelle faveur accordée à son frère aîné exaspéra César, qui cependant, recueillant sa part des grâces paternelles, venait d'être nommé légat *à latere* auprès de Frédéric, et qui devait, au nom du pape, lui poser de ses mains la couronne sur la tête.

Cependant Lucrèce, après avoir passé quelques jours en fête avec son père et ses frères, était entrée en réclusion dans le couvent de Saint-Sixte, sans que personne connût la véritable cause de cette retraite, et sans que les instances de César, qui avait pour elle un amour aussi étrange que dénaturé, pussent obtenir d'elle qu'elle attendît au moins, pour se séparer ainsi du monde, le lendemain de son départ pour Naples. Cette obstination de sa sœur le blessa au reste profondément ; car depuis le jour où le duc de Gandie s'était montré à la procession sous son magnifique costume, il avait cru remarquer que son incestueuse maîtresse se refroidissait pour lui, et sa haine envers son rival s'en était tellement augmentée, qu'il résolut de s'en défaire à quelque prix que ce fût. **En** conséquence, il fit dire au chef de ses sbires de le venir trouver le même soir.

Michelotto était habitué à ces messages mystérieux, qui presque toujours avaient pour but un amour à seconder ou une vengeance à accomplir. Or, comme dans l'un ou l'autre cas il était d'ordinaire largement récompensé, il n'eut garde de manquer au rendez-vous, et à l'heure convenue il fut introduit près de son patron.

César Borgia l'attendait adossé au support d'une grande cheminée, vêtu non plus de sa robe et de son chapeau de cardinal, mais d'un pourpoint de velours noir dont les crevés s'ouvraient sur une veste de satin de la même couleur. Une de ses mains jouait machinalement avec ses gants, tandis que l'autre reposait sur le manche d'un poignard empoisonné qui ne le quittait jamais. C'était le costume qu'il prenait pour ses expéditions nocturnes : aussi Michelotto ne fut pas surpris de l'en voir revêtu ; seulement ses yeux dardaient une flamme encore plus sombre que de coutume, et ses joues, ordinairement pâles, étaient livides. Michelotto ne fit que jeter un regard sur son maître, et vit qu'il allait se passer entre César et lui quelque chose de terrible.

César lui fit signe de fermer la porte, commandement auquel Michelotto obéit ; puis, après un instant de silence, pendant lequel les yeux de Borgia semblèrent vouloir lire jusqu'au fond de l'âme de l'insouciant bravo qui se tenait debout et découvert devant lui :

— Michelotto, lui dit-il avec une voix dans laquelle perçait, pour toute marque d'émotion, un léger accent de raillerie, comment trouves-tu que me va ce costume ?

Si habitué que fût le sbire aux circonlocutions qu'employait ordinairement son maître avant d'en venir à son véritable but, il était tellement éloigné de s'attendre à cette question, qu'il demeura d'abord sans répondre, et que ce ne fut qu'au bout d'un instant qu'il put dire :

— Admirablement, monseigneur ; et, grâce à lui, Votre Excellence a l'air d'un capitaine, comme elle en a le cœur.

— Je suis bien aise que ce soit ton avis, dit César. Et maintenant sais-tu qui est cause qu'au lieu de cet habit que je ne puis porter que la nuit, je suis forcé de me déguiser le jour sous la robe et le chapeau d'un cardinal et de passer mon temps à chevaucher d'église en église et de consistoire en consistoire, tandis que je devrais conduire sur un champ de bataille quelque magnifique armée, dans laquelle tu aurais rang de capitaine, au lieu d'être, comme tu l'es, le chef de quelques misérables sbires ?

— Oui, monseigneur, — répondit Michelotto, qui à ses premières paroles avait deviné César; — celui qui est cause de tout cela, c'est monseigneur François, duc de Gandie et de Bénévent, votre frère aîné.

— Sais-tu, reprit César sans donner à la réponse du bravo d'autre approbation qu'un signe de tête accompagné d'un sourire amer, sais-tu qui a les richesses et n'a pas le génie, qui a le casque et n'a point la tête, qui a l'épée et qui n'a pas la main ?

— C'est encore le duc de Gandie, dit Michelotto.

— Sais-tu, continua César, quel est celui que je trouve sans cesse sur le chemin de mon ambition, de ma fortune et de mon amour ?

— C'est toujours le duc de Gandie, dit Michelotto.

— Et qu'en penses-tu ? demanda César.

— Je pense qu'il faut qu'il meure, répondit froidement le sbire.

— Et c'est aussi mon avis, Michelotto, dit César en faisant un pas vers lui et en lui saisissant la main, et mon seul regret est de n'y avoir pas pensé plus tôt; car si l'an dernier, quand le roi de France est passé par l'Italie, j'avais eu l'épée au côté, au lieu d'avoir la crosse à la main, je me trouverais, à cette heure, souverain de quelque bon domaine. Le pape veut agrandir sa maison, la chose est visible; seulement, il se trompe sur les moyens : c'est moi qu'il devait faire duc, et c'est mon frère qu'il devait nommer cardinal. S'il m'avait fait duc, il y a une chose certaine, c'est qu'à l'autorité de sa puissance j'aurais joint l'intrépidité d'un cœur qui aurait su la faire valoir. Celui qui veut se faire une route vers des domai-

nes et un royaume doit fouler aux pieds les obstacles qui se
trouvent sur son chemin, et courir franchement, sans s'inquiéter du cri de sa chair, sur les épines les plus aiguës; celui-là doit frapper les yeux fermés, de l'épée ou du poignard,
pour ouvrir une route à sa fortune; celui-là ne doit pas craindre
dre de tremper ses mains dans son propre sang; celui-là enfin
doit suivre les exemples qui lui ont été donnés par tous les
fondateurs d'empires depuis Romulus jusqu'à Bajazet, qui
n'ont été rois tous deux qu'à la condition du fratricide. Eh
bien, tu l'as dit, Michelotto, cette condition est la mienne, et
je suis résolu à ne plus reculer devant elle. Maintenant, tu
sais pourquoi je t'ai envoyé chercher; ai-je eu tort de compter
sur toi?

Comme on devait s'y attendre, Michelotto, qui voyait sa
fortune dans ce crime, répondit à César qu'il était tout à ses
ordres, et qu'il lui désignât seulement le temps, le lieu et le
mode de l'exécution. César lui répondit que le temps devait
être naturellement très-rapproché, puisqu'il était, lui César,
sur le point de partir pour Naples; que, quant au lieu et au
mode d'exécution, ils dépendraient de l'occasion; que chacun
d'eux devait guetter de son côté, et la saisir aussitôt qu'elle
se montrerait favorable.

Le lendemain du jour où cette résolution avait été arrêtée,
César apprit que la date de son départ était fixée au jeudi
15 juin; il reçut en même temps de sa mère une invitation
pour venir souper chez elle le 14. Ce repas était donné en
son honneur, et pour prendre congé de lui. Michelotto eut
ordre de se tenir prêt à onze heures de la nuit.

La table était dressée en plein air et dans une vigne magnifique, que la Vanozza possédait près de Saint-Pierre ès Liens:
les convives étaient César Borgia, le héros de la fête; le duc
de Gandie, le prince de Squillace; dona Sancia, sa femme;
le cardinal de Mont-Réal, François Borgia, fils de Calixte III;
don Roderic Borgia, capitaine du palais apostolique; don Go-
defroy, frère du cardinal Jean Borgia, alors légat à Pérouse,
et enfin don Alphonse Borgia, neveu du pape : toute la famille s'y trouvait donc, excepté Lucrèce, qui, étant toujours
en retraite, n'avait point voulu venir.

Le repas fut splendide : César s'y montra aussi gai que de coutume; quant au duc de Gandie, il semblait plus joyeux qu'il n'avait jamais été.

Au milieu du souper, un homme masqué lui apporta une lettre; le duc la décacheta en rougissant de joie, et, après l'avoir lue, répondit ce seul mot : — J'irai; — puis il la cacha vivement dans la poche de son pourpoint; mais, quelque hâte qu'il mît à la dérober à tous les yeux, César avait eu le temps d'y jeter un regard, et il avait cru reconnaître l'écriture de sa sœur Lucrèce. Pendant ce temps, le messager s'était retiré avec cette réponse, sans que personne autre que César fît attention à lui; car c'était, à cette époque, une coutume de faire porter des messages d'amour par des hommes dont le visage était couvert d'un masque, ou par des femmes qui se cachaient sous un voile.

A dix heures, on se leva de table, et comme l'air était doux et pur, on se promena encore quelque temps sous les magnifiques pins qui ombrageaient la maison de la Vanozza, mais sans que César perdît un seul instant son frère de vue. A onze heures, le duc de Gandie prit congé de sa mère. César en fit autant, prétextant le désir qu'il avait de passer le même soir au Vatican pour prendre congé du pape, devoir qu'il n'aurait pas le temps de remplir le lendemain, son départ devant avoir lieu au point du jour. Le prétexte était d'autant plus plausible, que le pape veillait toutes les nuits jusqu'à deux ou trois heures du matin.

Les deux frères sortirent ensemble, montèrent sur les chevaux qui les attendaient à la porte, et cheminèrent à côté l'un de l'autre jusqu'au palais Borgia, qui était alors habité par le cardinal Ascanio Sforza, qui l'avait reçu en don du pape Alexandre, la veille du jour où celui-ci avait été élu. Là, le duc de Gandie se sépara de son frère, lui disant, avec un sourire, qu'il ne comptait pas rentrer chez lui, ayant auparavant quelques heures à passer avec une belle dame de laquelle il était attendu. César répondit au duc de Gandie qu'il était fort le maître d'en user comme il lui conviendrait, et lui souhaita une bonne nuit. — Le duc de Gandie prit à droite et César à gauche; seulement César remarqua que la rue qu'avait prise

le duc de Gandie conduisait vers le monastère de Saint-Sixte,
où, comme nous l'avons dit, Lucrèce était en retraite ; puis,
cette remarque faite, qui confirmait ses soupçons, il se dirigea
vers le Vatican, où, ayant trouvé le pape, il prit congé de lui
et reçut sa bénédiction.

A compter de ce moment, tout est mystérieux comme l'ombre dans laquelle s'accomplit le terrible événement que nous
allons raconter. — Cependant, voilà ce qu'on croit :

En quittant César, le duc de Gandie renvoya ses gens et
resta seul avec un valet de confiance, dans la compagnie duquel il s'achemina vers la place de la Giudecca. Arrivé là, il
trouva l'homme masqué qui était venu lui parler pendant le
souper ; et défendant alors à son valet de le suivre plus loin,
il lui ordonna de l'attendre sur la place où ils étaient, lui disant que dans deux heures au plus tard il serait de retour, et
le reprendrait en passant. En effet, à l'heure dite, le duc de
Gandie reparut, congédia à son tour l'homme masqué, et se
remit en route vers son palais ; mais à peine avait-il tourné
le coin du Ghetto des juifs, que quatre hommes à pied, conduits par un cinquième qui était à cheval, se jetèrent sur lui.
Croyant avoir affaire à des voleurs, ou être victime d'une mé-
prise, le duc de Gandie se nomma ; mais, au lieu que ce nom
arrêtât les poignards des meurtriers, ils redoublèrent leurs
coups, et le duc de Gandie tomba bientôt mort, près de son
valet mourant.

Alors l'homme à cheval, qui, immobile et impassible, avait
regardé s'accomplir l'assassinat, força sa monture de s'approcher à reculons du cadavre ; puis les quatre meurtriers char-
gèrent le corps en croupe, et, marchant à côté du cheval pour
le maintenir, s'enfoncèrent dans la ruelle qui conduit à l'église
de Santa-Maria-in-Monticelli. Quant au malheureux valet,
que l'on avait cru mort, on le laissa sur le pavé. Cependant,
comme au bout d'un instant il avait repris quelque force, ses
gémissements furent entendus des habitants d'une pauvre
petite maison, qui vinrent le ramasser et l'emportèrent sur
un lit, où il expira presque aussitôt, sans avoir pu donner
aucun renseignement sur les assassins ni sur l'assassinat.

On attendit le duc toute la nuit et toute la matinée su

vante ; puis l'attente devint de la crainte, et la crainte se
changea en alarmes : on alla trouver le pape, et on lui annonça que, depuis sa sortie de chez sa mère, le duc de Gandie n'avait point reparu à son palais. Cependant Alexandre
essaya de se faire illusion encore tout ce reste de la journée,
espérant que son fils, ayant été surpris par le jour dans
quelque amoureuse aventure, attendait pour s'en aller le retour de l'obscurité à l'aide de laquelle il était venu. Mais la
nuit s'écoula comme la journée sans nouvelle aucune ; de
sorte que, le lendemain, le pape, tourmenté par les plus tris-
tes pressentiments et par cette voix fatale du peuple qui crie
les grands malheurs, se laissa aller au plus profond désespoir,
ne pouvant, au milieu de ses soupirs et de ses sanglots, rien
dire autre chose à ceux qui se présentaient devant lui que
ces mots mille fois répétés : — Qu'on le cherche, qu'on le
cherche, et qu'on sache comment le malheureux est mort.

Alors chacun se mit en quête ; car, ainsi que nous l'avons
dit, le duc de Gandie était aimé de tous ; mais, quelques recherches que l'on fît par la ville, on ne découvrit rien, sinon
le corps de l'homme assassiné, que l'on reconnut pour le valet du duc. Du maître, il n'y en avait aucune trace : on
pensa donc avec raison qu'il avait probablement été jeté dans
le Tibre, et l'on commença de suivre ses bords à commencer
de la rue de la Ripetta, en interrogeant tous les bateliers ou
les pêcheurs qui avaient pu voir, soit de leurs maisons, soit
de leurs barques, ce qui s'était passé sur les rives du fleuve
pendant les deux nuits précédentes. D'abord toutes les demandes furent inutiles ; mais, en arrivant à la hauteur de la
rue del Fantanone, on trouva enfin un homme qui dit avoir
vu se passer, pendant la nuit du 14 au 15, quelque chose qui
pourrait bien avoir rapport à ce dont on s'inquiétait : c'était
un Esclavon nommé Georges, qui, remontant le fleuve, conduisait un chargement de bois à Ripetta. Voici ses propres
paroles :

« Messieurs, dit-il, ayant déposé mercredi soir ma charge
de bois sur le rivage, j'étais demeuré dans ma barque, me
reposant à la fraîcheur de la nuit et veillant à ce que d'autres ne chargeassent point ce que je venais de décharger,

lorsque, vers les deux heures du matin, je vis déboucher par
la ruelle à gauche de l'église Saint-Jérôme deux hommes à
pied qui s'avancèrent jusqu'au milieu de la rue, et qui, par
l'attention qu'ils portaient de tous côtés, prouvaient bien
qu'ils n'étaient venus là que pour voir si personne ne passait
par cette rue. En effet, lorsqu'ils se furent assurés qu'elle
était déserte, ils retournèrent dans la même ruelle, d'où
bientôt deux autres sortirent à leur tour, usant des mêmes
précautions pour s'assurer qu'il n'y avait rien de nouveau,
et qui, trouvant toutes choses comme ils les désiraient,
firent signe à leurs camarades de venir les rejoindre : alors
s'avança un homme monté sur un cheval gris pommelé, qui
portait sur sa croupe le corps d'un homme mort, dont la tête
et les bras pendaient d'un côté et les pieds de l'autre, et que
soutenaient par les mains et les jambes les deux hommes qui
étaient venus les premiers à la découverte. Les trois hommes
s'approchèrent aussitôt du fleuve, tandis que les deux autres
gardaient la rue, et, s'avançant vers cette partie du rivage où
l'égout de la ville se décharge dans le Tibre, le cavalier fit
tourner à son cheval sa croupe vers le fleuve; et les deux
hommes qui se tenaient à ses côtés, prenant le cadavre,
l'un par les pieds, l'autre par les mains, le balancèrent trois
fois, et, à la troisième fois, le lancèrent de toutes leurs forces
dans la rivière; alors, au bruit que le corps fit en tombant
dans l'eau, le cavalier ayant demandé : — Est-ce fait? — et
les autres ayant répondu : — Oui, seigneur, — il fit aussitôt
volte-face; et, voyant le manteau du mort qui flottait sur
l'eau, il s'informa quelle était cette chose noire qui s'en allait nageant : — Seigneur, c'est son manteau, — dit un des
hommes ; et alors un autre ramassa des pierres, et courant
jusqu'à l'endroit où il paraissait encore, il les jeta sur lui de
manière à le faire enfoncer : en effet, dès qu'il eut disparu,
ils se retirèrent, et après avoir cheminé un instant par la
grande rue, ils entrèrent dans la ruelle qui conduit à Saint-
Jacques. — C'est tout ce que j'ai vu, messieurs, et par conséquent tout ce que je puis répondre aux questions que vous
m'avez faites. »

A ces mots, qui ôtaient tout espoir à ceux qui auraient pu

en garder encore, un des serviteurs du pape demanda à l'Esclavon comment, ayant été témoin d'une pareille chose, il ne l'avait point été dénoncer au gouverneur. Mais celui-ci lui répondit que, depuis qu'il exerçait son métier sur le fleuve, il avait vu cent fois jeter des hommes morts de la même façon dans le Tibre, sans jamais avoir entendu dire que personne s'en fût inquiété ; il s'était donc persuadé qu'il arriverait de ce cadavre comme des autres, et n'avait pas cru devoir en parler, ne pensant pas que l'on y mettrait plus d'importance que par le passé.

Conduits par ces renseignements, les serviteurs de Sa Sainteté convoquèrent aussitôt les bateliers et les pêcheurs qui avaient coutume de naviguer sur le fleuve ; et comme ils promirent une bonne récompense à celui qui retrouverait le cadavre du duc, il y en eut bientôt plus de cent à la besogne ; si bien qu'avant le soir de ce même jour, qui était le vendredi, deux hommes furent tirés hors de l'eau, l'un desquels fut aussitôt reconnu pour être le malheureux duc.

A la première inspection du cadavre, il n'y eut plus de doute sur la cause de sa mort. Il était percé de neuf blessures, dont la principale était à la gorge, dont elle coupait l'artère ; quant à ses vêtements, on n'y avait pas touché. Il avait son pourpoint et son manteau, ses gants dans sa ceinture, et son or dans sa bourse ; donc le duc avait été assassiné par vengeance et non par cupidité.

La barque où était le cadavre remonta le Tibre jusqu'au château Saint-Ange, où elle le déposa : aussitôt on alla chercher au palais du duc le magnifique habit qu'il avait porté le jour de la procession, et on l'en revêtit, puis on plaça près de lui les insignes du généralat de l'Église. Il resta ainsi exposé toute la journée, sans que son père désespéré eût le courage de venir le voir. Enfin, lorsque la nuit fut venue, ses plus fidèles et ses plus dignes serviteurs le transportèrent à l'église de la Madone du Peuple, avec toutes les pompes dont la cour et l'Église à la fois pouvaient entourer les funérailles d'un fils du pape.

Pendant ce temps, César Borgia posait de ses mains sanglantes la couronne royale sur la tête de Frédéric d'Aragon.

Ce coup avait pénétré au plus profond du cœur d'Alexandre VI. Comme il ne savait d'abord sur qui faire tomber ses
soupçons, il donna les ordres les plus sévères pour que des
poursuites fussent faites contre les meurtriers ; mais peu à peu
la vérité sanglante se dressa devant lui. Il vit que le coup qui
frappait sa maison sortait de sa propre maison, et son désespoir alors devint de la frénésie ; il courut comme un insensé
à travers les chambres du Vatican, et entrant en plein consistoire, les habits déchirés, les cheveux couverts de cendres, il
avoua avec des sanglots tous les désordres de sa vie passée,
reconnaissant que le malheur qui frappait son sang par son
sang était un juste châtiment de Dieu ; puis, s'étant retiré dans
une des chambres les plus secrètes et les plus obscures de son
palais, il s'y enferma, disant qu'il voulait se laisser mourir de
faim. Et effectivement, pendant plus de soixante heures, il ne
prit ni nourriture le jour ni repos la nuit, ne répondant à
ceux qui frappaient à la porte pour le supplier de vivre que
par des gémissements de femme ou des rugissements de lion ;
si bien que Julie Farnèse, la nouvelle maîtresse qu'il venait de
prendre, et qu'on appelait la Giulia Bella, ne pouvant arriver
à le fléchir, fut forcée d'aller chercher Lucrèce, cette fille
doublement aimée, pour vaincre son obstination mortelle.
Lucrèce sortit de la retraite où elle pleurait le duc de Gandie,
pour venir consoler son père. Effectivement, à sa voix, la
porte s'ouvrit, et seulement alors le cardinal de Ségovie, qui
depuis près d'un jour était agenouillé au seuil, suppliant Sa
Sainteté de reprendre courage, put entrer avec des serviteurs
qui portaient du vin et quelque nourriture.

Le pape resta seul avec Lucrèce pendant trois jours et trois
nuits, puis il reparut en public, calme, sinon consolé ; car
Guicciardini assure que sa fille lui avait fait comprendre qu'il
serait dangereux à lui de montrer trop à découvert devant
l'assassin, qui allait revenir, cet amour immodéré qu'il
portait à la victime.

Cependant César Borgia restait à Naples, tant pour donner
à la douleur paternelle le temps de se calmer que pour mener
à bien une négociation nouvelle dont il venait d'être chargé,
et qui n'était rien autre chose que des propositions de mariage

entre Lucrèce et don Alphonse d'Aragon, duc de Bicelli et prince de Salerne, fils naturel d'Alphonse II, et frère de dona Sancia. Il était vrai que Lucrèce était mariée avec le seigneur de Pezaro; mais elle était fille d'un père qui avait reçu du ciel le droit de lier et de délier. On ne devait donc pas s'inquiéter de si peu de chose; quand les fiancés seraient prêts, viendrait le divorce. Alexandre était trop bon politique pour laisser sa fille mariée à un gendre qui lui devenait inutile.

Vers la fin du mois d'août, on apprit que le légat, ayant terminé selon tous ses souhaits son ambassade auprès du nouveau roi, allait revenir à Rome. En effet, il y rentra le 5 septembre, c'est-à-dire trois mois à peine après la mort du duc de Gandie, et le lendemain 6 il alla de l'église Santa-Maria-Novella, à la porte de laquelle l'attendaient à cheval, selon la coutume, les cardinaux et les ambassadeurs d'Espagne et de Venise, au Vatican, où siégeait Sa Sainteté; là, il entra dans le consistoire, où il fut reçu par le pape, qui, selon le cérémonial, lui donna sa bénédiction et l'embrassa; puis, accompagné de nouveau, et de la même manière, par les cardinaux et les ambassadeurs, il fut reconduit à ses appartements, d'où il passa, aussitôt qu'il fut laissé seul, dans ceux du pape; car au consistoire ils ne s'étaient point parlé, et le fils et le père avaient mille choses à se dire, mais non pas, comme on pourrait le penser, du duc de Gandie; car son nom ne fut pas même prononcé, et ni pendant ce jour, ni depuis, il ne fut pas plus question du malheureux jeune homme que s'il n'avait jamais existé.

Il est vrai de dire que César apportait de bonnes nouvelles. Le roi Frédéric consentait à l'union proposée; en conséquence, le mariage de Sforza et de Lucrèce fut annulé pour cause d'impuissance. Puis il autorisait l'exhumation du cadavre de D'jem, qui, comme on se le rappelle, valait trois cent mille ducats.

Alors, comme l'avait désiré César, ce fut lui qui, à la place du duc de Gandie, se trouva tout-puissant après le pape; et les Romains s'aperçurent bientôt de cette vice-royauté au pas immense et nouveau que Rome fit vers la dissolution. Ce n'étaient plus que fêtes, bals et mascarades; c'étaient des chasses magnifiques, où César, qui commençait à rejeter sa robe de cardinal, dont la couleur peut-être le fatiguait, paraissait avec un habit à la française, suivi, comme un roi, de cardinaux, d'ambassadeurs et de gardes : de sorte que la ville pontificale tout entière, abandonnée comme une courtisane à ses orgies et à ses débauches, n'avait jamais été, dit le cardinal de Viterbe, même au temps des Néron et des Héliogabale, plus ardente de sédition, plus chaude de luxure, plus sanglante de carnage. Jamais plus de maux n'avaient fondu sur elle; jamais plus de délateurs ne l'avaient déshonorée, jamais plus de sbires ne l'avaient rougie. Le nombre des voleurs était si grand, et leur audace était telle, que l'on ne pouvait franchir les portes de la ville; bientôt même on ne fut plus en sûreté au dedans. Ni maison ni tour ne pouvaient vous défendre. Il n'y avait plus ni droit ni justice. L'or, la force et le plaisir étaient rois.

Cependant l'or fondait à ces fêtes comme à la fournaise; et, par une juste punition du ciel, Alexandre et César commencèrent à convoiter la fortune de ceux-là même qui, par leur simonie, les avaient portés là où ils étaient. Le premier essai qu'ils firent de ce nouveau moyen de battre monnaie fut sur le cardinal de Cosenza. Voici à quelle occasion :

Une dispense avait été accordée, il y avait quelque temps, à une religieuse professe, dernière héritière de la couronne de Portugal, dispense en vertu de laquelle cette religieuse avait épousé un fils naturel du dernier roi. Ce mariage était on ne peut plus préjudiciable aux intérêts de Ferdinand et d'Isabelle d'Espagne; aussi envoyèrent-ils des ambassadeurs à Alexandre VI pour se plaindre d'un pareil procédé, au moment où une alliance allait se conclure entre la maison d'Aragon et le saint-siége. Alexandre comprit ces plaintes et résolut d'y faire droit. En conséquence, il nia avoir eu connaissance ds ce bref, pour la signature duquel il avait reçu soixante mille ducats, et accusa l'archevêque de Cosenza, secrétaire des brefs aopstoliques, d'avoir délivré une fausse dispense. Sous le poids de cette accusation, l'archevêque fut conduit au château Saint-Ange, et son procès commença.

Mais comme ce n'était pas chose facile que de prouver une pareille accusation, surtout si l'archevêque s'obstinait à soutenir que la dispense était bien réellement du pape, on résolut d'employer vis-à-vis de lui une ruse qui ne pouvait manquer de réussir.

Un soir, l'archevêque de Cosenza vit entrer le cardinal Valentin dans sa prison : il venait, avec cet air ouvert et affable qu'il savait si bien prendre lorsqu'il pouvait lui être utile, exposer au prisonnier l'embarras dans lequel se trouvait le pape, et dont l'archevêque lui seul, que Sa Sainteté considérait comme son meilleur ami, pouvait le tirer.

L'archevêque répondit qu'il était tout aux ordres de Sa Sainteté.

Alors César Borgia s'assit de l'autre côté de la table sur laquelle il avait trouvé le captif accoudé lorsqu'il était entré, et lui exposa la position du saint-siége : elle était embarrassante. Au moment de contracter une alliance aussi importante avec la maison d'Aragon, que l'était celle de Lucrèce et d'Alphonse, on ne pouvait avouer à Ferdinand et à Isabelle que pour quelques misérables ducats Sa Sainteté eût signé une dispense qui réunissait entre le mari et la femme tous les droits légitimes à une couronne sur laquelle Ferdinand et Isabelle n'avaient, eux, que des droits de conquête. Cet aveu rompait nécessairement toutes les négociations, et la maison pontificale trouvait sa chute en heurtant le piédestal même qui devait servir à augmenter sa grandeur. L'archevêque de Cosenza devait donc comprendre ce que le pape attendait de son dévouement et de son amitié : c'était d'avouer purement et simplement qu'il avait cru pouvoir prendre sur lui d'accorder cette dispense. — Or, comme le jugement à porter sur une pareille faute était remis à Alexandre VI, il était facile à l'accusé de concevoir d'avance que le jugement serait tout paternel. D'ailleurs, la récompense était aux mêmes mains que le jugement, et si le jugement était celui d'un père, la récompense en échange serait celle d'un roi. Cette récompense ne serait rien moins que d'assister comme légat, et avec le titre de cardinal, au mariage de Lucrèce et d'Alphonse, faveur qui lui serait bien due, puisque ce serait grâce à son dévouement que le mariage aurait eu lieu.

L'archevêque de Cosenza connaissait les hommes auxquels

il avait affaire : il savait qu'ils ne reculaient devant aucun moyen d'arriver à leur but ; il savait qu'ils avaient une poudre qui avait le goût et l'odeur du sucre, dont il était impossible de distinguer la mixtion dans les aliments, et qui faisait mourir d'une mort lente ou prompte, selon qu'ils le désiraient, et sans laisser de trace ; il connaissait le secret d'une clef empoisonnée qui était toujours sur la cheminée du pape, de sorte que, lorsque Sa Sainteté voulait se défaire de quelqu'un de ses familiers, il lui ordonnait d'aller ouvrir certaine armoire : or, la poignée de cette clef avait une petite pointe, et comme la serrure de l'armoire jouait mal, on serrait la main, alors la serrure cédait, et l'on en était quitte pour une légère écorchure ; cette écorchure était mortelle. Il savait enfin que César portait une bague qui se composait de deux têtes de lion, et dont il tournait le chaton en dedans lorsqu'il voulait serrer la main d'un ami. Alors les dents du lion devenaient des dents de vipère, et l'ami mourait en maudissant Borgia. Il céda donc, moitié entraîné par la crainte, moitié ébloui par la récompense ; et César rentra au Vatican, muni du précieux papier par lequel l'archevêque de Cosenza reconnaissait qu'il était le seul coupable de la dispense accordée à la religieuse royale.

Deux jours après, grâce aux preuves que l'archevêque avait bien voulu lui fournir, le pape, en présence du gouverneur de Rome, de l'auditeur de la chambre apostolique, de l'avocat et du procureur fiscal, prononça la sentence qui condamnait l'archevêque de Cosenza à la perte de tous ses bénéfices et charges ecclésiastiques, à la dégradation de ses ordres et à la confiscation de ses biens : quant à sa personne, elle devait être livrée au magistrat civil. Deux jours après, le magistrat civil se rendit à la prison pour accomplir sa mission telle qu'il l'avait reçue du pape, et entra dans la prison de l'archevêque, suivi d'un greffier, de deux serviteurs et de quatre gardes. Le greffier déroula alors le papier qu'il tenait, et lut la sentence : les deux serviteurs dénouèrent un paquet, et dépouillant le prisonnier de ses habits épiscopaux, ils le revêtirent d'une robe de gros drap blanc qui ne descendait que jusqu'aux genoux, de caleçons pareils et d'une paire de gros souliers.

Enfin, les gardes s'emparèrent de lui, et le conduisirent dans un des cachots les plus profonds du château Saint-Ange, où il trouva pour tout meuble un crucifix en bois, une table, une chaise et un lit; pour toute distraction, une lampe, une Bible et un bréviaire, et pour toute nourriture, deux livres de pain et un baril d'eau, qu'on devait, ainsi qu'une fiole d'huile pour entretenir sa lampe, renouveler tous les trois jours.

Au bout d'un an, le pauvre archevêque mourut de désespoir, après s'être rongé les bras dans son agonie.

Le jour même où il avait été descendu dans le cachot, César Borgia, qui avait si bien conduit cette affaire, avait été mis par le pape en possession de tous les biens du condamné.

Mais les chasses, les bals et les mascarades n'étaient point les seuls plaisirs du pape et de sa famille : de temps en temps il lui donnait d'étranges spectacles; nous en citerons deux seulement : l'un est un supplice, l'autre est tout bonnement une scène de haras. Mais comme l'un et l'autre offrent des détails dont nous ne voulons pas que nos lecteurs fassent honneur à notre imagination, nous les prévenons qu'ils sont traduits textuellement du journal latin de Burchard.

« Vers ce même temps (c'est-à-dire vers le commencement de l'année 1499), fut incarcérée une courtisane nommée la Corsetta, qui avait pour amant un certain Maure espagnol, qui venait la voir en habits de femme, et qu'on appelait, à cause de ce travestissement, *la Barbaresque espagnole*. En expiation de ce scandale, tous deux furent conduits par la ville, elle sans chemise ni jupon, mais avec la seule robe du Maure, dont aucun bouton n'était boutonné, et qui, par conséquent, était ouverte par devant; et lui avec ses habits de femme, les bras liés derrière le dos et les jupons relevés jusqu'à l'estomac, de manière que la partie qui avait péché fût exposée à tous les yeux : lorsqu'ils eurent fait ainsi le tour de la ville, la Corsetta fut renvoyée à sa prison avec le Maure. Mais, le 7 avril suivant, ce dernier en fut tiré de nouveau et conduit avec deux voleurs vers le champ des Fleurs. Les trois condamnés étaient précédés d'un sbire, monté à rebours sur un âne, et qui tenait à la main une longue perche, au bout de laquelle étaient liées, toutes sanglantes, les parties génitales d'un juif, à qui on venait de les couper en punition du commerce qu'il avait eu avec une chrétienne : arrivés au lieu de l'exécution, les deux voleurs furent pendus, et le malheureux Maure attaché à un poteau entouré de bois, où il devait être brûlé ; mais une pluie abondante étant survenue, le feu ne put prendre malgré les efforts du bourreau. »

Cet accident imprévu, que le peuple prit pour un miracle, avait privé Lucrèce de la partie la plus curieuse de l'exécution ; mais son père se réservait de la dédommager plus tard par un autre genre de spectacle. Nous prévenons de nouveau le lecteur que les quelques lignes que nous allons lui mettre sous les yeux sont encore une traduction du journal du bon Allemand Burchard, qui ne voyait dans les événements les plus sanglants ou les plus lubriques que des faits journaliers, qu'il enregistrait avec l'impassibilité d'un scribe, sans les accompagner d'aucune remarque, ni les faire suivre d'aucune réflexion.

« Le onze de novembre, un certain paysan étant entré dans Rome avec deux juments chargées de bois, les serviteurs de Sa Sainteté, au moment où il passait avec elles sur la place Saint-Pierre, coupèrent les deux sangles, de manière que les charges de bois tombèrent à terre avec les bâts, et conduisirent les deux juments dans une cour qui est entre le palais et la porte : alors on ouvrit les écuries, et quatre étalons libres et sans frein se lancèrent à la poursuite des juments, et avec de grands hennissements, des ruades et des morsures, les couvrirent après les avoir gravement blessées dans le combat. Le pape et madame Lucrèce, qui étaient à la fenêtre située au-dessus de la porte du palais, prirent grand plaisir à ce combat et à ce qui s'ensuivit. »

Nous ferons comme Burchard, nous nous abstiendrons de toute réflexion.

Cependant la ruse de César Borgia à l'égard de l'archevêque de Cosenza avait eu le résultat désiré. Isabelle et Ferdinand ne pouvaient plus imputer à Alexandre VI la signature du bref dont ils s'étaient plaints ; donc rien ne s'opposait plus au mariage de Lucrèce avec Alphonse ; certitude qui causa une grande joie au pape, qui attachait d'autant plus d'importance

8

au premier mariage, qu'il en rêvait déjà un second, entre
César et dona Carlotta, fille de Frédéric.

En effet, César avait indiqué par toutes ses actions, depuis
la mort de son frère, son peu de vocation pour la vie ecclésiastique ; de sorte que personne ne fut étonné lorsque, Alexandre VI ayant rassemblé un matin le consistoire, César y entra,
et, s'adressant au pape, commença de dire que dès ses premières années il avait été, par ses inclinations et son génie,
porté vers les professions séculières, et que ce n'était que pour
obéir aux absolus commandements de Sa Sainteté qu'il s'était
donné à l'Église, avait accepté la pourpre, les autres dignités
et enfin l'ordre sacré du diaconat ; que, comprenant qu'à son
âge, et dans sa situation, il était aussi inconvenant de s'abandonner à ses désirs qu'impossible d'y résister, il suppliait humblement Sa Sainteté de vouloir bien condescendre à ses pen-
chants invincibles, et de permettre qu'il déposât l'habit et les
dignités ecclésiastiques, afin qu'il pût rentrer dans le siècle,
et contracter un légitime mariage ; priant en même temps les
seigneurs cardinaux de vouloir bien intercéder auprès de Sa
Sainteté, à qui de sa libre volonté il résignait les églises,
abbayes et bénéfices, ainsi que toutes les autres dignités et
faveurs ecclésiastiques qu'il en avait reçues. Les cardinaux,
faisant droit à la requête de César, remirent alors d'une voix
unanime au pape la décision de cette affaire, et, comme on
peut le présumer, le pape, en bon père, et ne voulant pas
forcer les inclinations de son fils, accepta la renonciation et
fit droit à la supplique : aussitôt César déposa la pourpre, qui
n'avait d'autre rapport avec lui, — dit Tommaso Tommasi,
son historien, — qu'en ce qu'elle était couleur de sang.

En effet, cette renonciation était urgente, et il n'y avait pas
de temps à perdre. Charles VIII, un jour qu'il avait été à la
chasse et qu'il en était revenu tard et fatigué, s'était lavé la
tête avec de l'eau froide, et, s'étant mis ensuite à table, avait
été frappé d'apoplexie aussitôt après son souper, et était mort
laissant le trône au bon Louis XII, son successeur, lequel avait
deux grandes faiblesses, qui furent au reste aussi malheureuses l'une que l'autre : la première, qui était le plaisir de
faire des conquêtes ; la seconde, la prétention d'avoir des en-

fants. Or Alexandre, qui était à l'affût de tout changement politique, avait vu du premier coup tout le parti qu'il pourrait tirer de l'avénement de Louis XII au trône, et se tenait prêt à profiter du besoin que le nouveau roi de France avait de lui pour l'accomplissement de son double désir. En effet, Louis XII avait besoin de son aide temporelle pour son expédition contre le duché de Milan, sur lequel, comme nous l'avons dit, il avait des droits du chef de Valentine Visconti, sa grand'mère, et de son aide spirituelle pour rompre son mariage avec Jeanne, fille de Louis XI, qui était stérile et monstrueusement difforme, et qu'il n'avait épousée que par la crainte que lui inspirait son père. Or, Alexandre était prêt à accorder toutes ces choses à Louis XII, et à donner encore par-dessus un chapeau de cardinal à Georges d'Amboise, son ami, si de son côté le roi de France voulait employer son crédit à déterminer la jeune dona Carlotta, qui était à sa cour, à épouser son fils.

Aussi, comme cette négociation était déjà fort avancée le jour même où César avait déposé la pourpre et pris l'habit séculier, ce vieil et constant objet de son ambition, le seigneur de Villeneuve, envoyé du roi Louis XII, et qui devait ramener César en France, arriva à Rome et se présenta devant l'ex-cardinal, qui, pendant un mois, lui fit, avec son luxe accoutumé et avec toutes les caresses dont il savait si bien entourer ceux dont il avait besoin, les honneurs de Rome ; après quoi ils partirent, précédés d'un courrier du pape qui ordonnait aux villes par lesquelles ils devaient passer de les recevoir avec toutes sortes de marques d'honneur et de respect. Au reste, même ordre avait été expédié par toute la France, où l'on donna aux illustres voyageurs une garde si nombreuse, et où une population si empressée accourut pour les voir, qu'après avoir dépassé Paris, les gens de la suite de César écrivirent à Rome qu'ils n'avaient vu en France ni arbres, ni maisons, ni murailles, mais seulement des hommes, des femmes et des rayons de soleil.

Le roi, sous prétexte d'aller à la chasse, vint recevoir son hôte à deux lieues de la ville : là, comme il savait que César tenait beaucoup au nom de Valentino, qu'il portait étant cardinal, et qu'il continuait de porter encore avec le titre de

comte, quoiqu'il eût résigné l'archevêché qui lui avait accordé
ce nom, il lui accorda l'investiture de Valence en Dauphiné,
avec le titre de duc, et une pension de vingt mille francs;
puis, après lui avoir fait ce don magnifique et avoir causé
deux heures à peu près avec lui, il le quitta pour lui laisser
le loisir de faire l'entrée splendide qu'il avait préparée.

Ce fut le mercredi, dix-huitième jour de décembre de
l'année 1498, que César Borgia fit son entrée dans la ville de
Chinon, avec un appareil digne du fils d'un pape qui vient
épouser la fille d'un roi.

Le cortége se composait d'abord de vingt-quatre mulets
couverts de caparaçons rouges, ornés d'écussons renfermant
les armes du duc, et chargés de bahuts sculptés et de coffres
incrustés d'ivoire et d'argent; puis venaient vingt-quatre autres
mulets couverts aussi de caparaçons, mais ceux-ci à la livrée
du roi de France, qui était jaune et rouge; puis après ceux-ci
marchaient dix autres mulets couverts de satin jaune, avec
des barres rouges en travers; et enfin dix autres encore couverts de drap d'or à bandes, et dont une bande d'or frisé, et
l'autre d'or ras.

Derrière les soixante-dix mulets qui ouvraient la marche,
piaffaient, tenus en bride par autant d'écuyers qui marchaient
à pied auprès d'eux, seize beaux chevaux de bataille; ils
étaient suivis de dix-huit coursiers de chasse, montés par dix-
huit pages tous de l'âge de quatorze à seize ans, dont seize
étaient habillés de velours cramoisi et deux vêtus de drap d'or
frisé, et si élégants que la richesse du costume de ces deux
enfants, qui au reste étaient les plus beaux de tous, fit naître
dans tous les esprits, si l'on en croit Brantôme, d'étranges
soupçons sur les causes de cette préférence. Enfin, derrière
ces dix-huit chevaux marchaient six belles mules toutes har-
nachées de velours rouge, conduites par six valets vêtus de
velours pareil à celui des harnais.

Le troisième groupe se composait d'abord de deux mulets
tout couverts de drap d'or, portant chacun deux coffres dans
lesquels on disait qu'étaient le trésor du duc, les pierreries
qu'il apportait à sa fiancée et les reliques et bulles que son
père l'avait chargé de remettre de sa part au bon roi Louis XII,

Ils étaient suivis par vingt gentilshommes vêtus de drap d'or et d'argent, parmi lesquels étaient Paul Jordan Orsino et plusieurs barons et chevaliers des principaux de l'État ecclésiastique.

Alors venaient deux tambourins, un rebec et quatre soldats sonnant des trompettes et clairons d'argent; puis, au milieu de quatre laquais vêtus mi-partie de velours cramoisi et de soie jaune, messire Georges d'Amboise et monseigneur le duc de Valentinois, lequel était monté sur un grand et beau coursier, harnaché fort richement, avec une robe de satin rouge et de drap d'or mi-partie, toute brodée d'or et de pierreries : à son bonnet était un double rang de rubis, gros comme des fèves, qui jetaient une si riche lueur, qu'on les eût pris pour ces escarboucles qu'on ne trouve que dans les *Mille et une Nuits :* il portait en outre au cou un collier qui valait bien deux cent mille livres; enfin il n'y avait point jusqu'à ses bottes qui ne fussent toutes lacées de cordon d'or et brodées de perles. Quant à son cheval, il était couvert d'une cuirasse de feuilles d'or d'une admirable orfévrerie, de laquelle sortaient, comme des fleurs, des bouquets de perles et des grappes de rubis.

Enfin, pour faire queue à tout ce magnifique cortége, derrière le duc venaient vingt-quatre mulets couverts de caparaçons rouges à ses armoiries, et portant la vaisselle d'argent, les tentes et le bagage.

Mais ce qui donnait à toute cette cavalcade un air de luxe merveilleux, c'est que tous ces mulets, ces mules et ces chevaux étaient ferrés avec des fers d'or si mal cloués, que plus des trois quarts restèrent en chemin; luxe d'ailleurs dont fut fort blâmé César, que l'on trouva bien hardi de mettre ainsi aux pieds de ses chevaux un métal avec lequel on fait la couronne des rois.

Au reste, toute cette pompe manqua son effet sur celle pour qui elle avait été déployée; car, lorsqu'on eut dit à dona Carlotta que c'était dans l'espérance de devenir son mari que César Borgia était venu en France, elle ne répondit rien autre chose, sinon qu'elle ne prendrait jamais pour époux non-seulement un prêtre, mais encore un fils de prêtre; non-seulement un assassin, mais encore un fratricide; non-seulement un homme infâme par sa naissance, mais plus infâme encore par ses mœurs et ses actions.

Mais, à défaut de la fière Aragonaise, César Borgia trouva bientôt une autre princesse de noble sang qui consentit à devenir sa femme : c'était mademoiselle d'Albret, fille du roi de Navarre ; le mariage, arrêté à la condition que le pape donnerait deux cent mille ducats de douaire à la future et ferait son frère cardinal, fut célébré le 10 mai ; et le jour de la Pentecôte suivant, le duc de Valentinois reçut l'ordre de Saint-Michel, ordre fondé par Louis XI, et qui, à cette époque, était le plus estimé qu'eussent les rois de France. La nouvelle de ce mariage, qui assurait à Rome l'alliance de Louis XII, fut reçue avec une grande joie par le pape qui ordonna aussitôt par toute la ville des feux et des illuminations.

Louis XII, de son côté, outre la reconnaissance qu'il avait au pape d'avoir cassé son union avec madame Jeanne de France et autorisé son mariage avec Anne de Bretagne, regardait comme indispensable à ses projets sur l'Italie d'avoir le pape pour son allié : aussi fit-il la promesse au duc de Valentinois de mettre, aussitôt qu'il serait entré dans Milan, trois cents lances à sa disposition, pour les employer dans ses intérêts particuliers et contre qui il lui plairait, excepté contre les alliés de la France. Quant à la conquête de Milan, elle devait être entreprise aussitôt que Louis XII serait assuré de l'appui ou même de la neutralité des Vénitiens, auxquels il avait envoyé des ambassadeurs autorisés à leur promettre en son nom la remise de Crémone et de Ghiera d'Adda, aussitôt qu'il aurait conquis la Lombardie.

Tout secondait donc au dehors la politique envahissante d'Alexandre VI, lorsqu'il fut forcé de détourner les yeux de la France pour les ramener sur le centre de l'Italie : c'est qu'au milieu de Florence il y avait un homme sans duché, sans couronne, sans épée, n'ayant d'autre puissance que celle de son génie, d'autre armure que sa pureté, et d'autre arme offensive que sa parole, et qui commençait à devenir plus dangereux pour lui que ne pouvaient l'être tous les rois, ducs ou princes de la terre ; cet homme était le pauvre moine dominicain Jérôme Savonarole, le même qui avait refusé l'absolution à Laurent de Médicis parce qu'il n'avait point voulu rendre la liberté à sa patrie.

Jérôme Savonarole avait prédit l'entrée des ultramontains en Italie, et Charles VIII avait conquis Naples; Jérôme Savonarole avait prédit à Charles VIII qu'en punition de ce qu'il n'accomplissait pas la mission libératrice qu'il avait reçue de Dieu, il était menacé d'un grand malheur, et Charles VIII était mort; enfin, pareil à l'homme qui, tournant autour de la ville sainte, avait crié pendant huit jours: « Malheur à Jérusalem! » et le neuvième jour cria : « Malheur à moi-même! » Savonarole avait prédit sa propre chute; mais, incapable de reculer devant le danger, le réformateur florentin n'en était pas moins résolu à attaquer le colosse d'abomination assis sur le siége de saint Pierre; de sorte qu'à chaque débauche nouvelle, ou à chaque crime nouveau qui était apparu effrontément au jour, ou qui avait essayé de se cacher honteusement dans la nuit, il avait montré du doigt au peuple, en le poursuivant de son anathème, cet enfant de la luxure ou de l'ambition pontificale. Ainsi il avait flétri de sa censure les nouvelles amours d'Alexandre VI avec la belle Julia Farnèse, qui, au mois d'avril, venait d'ajouter un fils à la famille du pape ; ainsi il avait poursuivi de ses malédictions le meurtre du duc de Gandie, ce fratricide causé par la jalousie d'un incestueux; enfin, il montrait à ses compatriotes, exclus de la ligue qui se formait en ce moment, le sort qui les attendait lorsque les Borgia, maîtres des petites principautés, en viendraient à s'attaquer aux duchés ou aux républiques. C'était donc un ennemi à la fois spirituel et temporel qui s'élevait contre lui, et dont il fallait faire taire la voix importune et menaçante, à quelque prix que ce fût.

Cependant, si grande que fût la puissance du pape, ce n'était pas chose facile à accomplir qu'un pareil dessein. Savonarole, qui prêchait les austères principes de la liberté, avait réuni, même au milieu de la riche et voluptueuse Florence, un parti considérable connu sous le nom des *Piagnoni*, ou des *Pénitents*: il se composait des citoyens qui, désirant à la fois une réforme dans l'État et dans l'Église, accusaient en même temps les Médicis d'avoir asservi la patrie, et les Borgia d'avoir ébranlé la foi, et demandaient que la république fût ramenée à son principe populaire, et la religion à sa simplicité primitive. Au reste, sur le premier de ces points il avait déjà fait de grands progrès, puisque, en dépit des deux autres factions, celle des *Arrabbiati*, ou *Enragés*, qui composée de jeunes patriciens les plus riches et les plus nobles de Florence, voulait un gouvernement oligarchique, et celle des *Bigi* ou des *Gris*, qui désiraient le retour des Médicis, et que l'on nommait ainsi parce qu'ils conspiraient dans l'ombre, ils avaient successivement obtenu l'amnistie de tous les crimes et délits commis sous les autres gouvernements, l'abolition de la balie, qui était un pouvoir aristocratique, l'établissement d'un conseil souverain, composé de dix-huit cents citoyens, et les élections populaires substituées au tirage au sort, ou au choix oligarchique.

La première mesure qu'employa Alexandre VI contre la puissance croissante de Savonarole fut de le déclarer hérétique, et, comme tel, de lui interdire la chaire ; mais Savonarole avait éludé cette défense en faisant prêcher à sa place Dominique Bonvicini de Pescia, son disciple et son ami. Il en résulta que les préceptes du maître changeaient de bouche, et voilà tout, et que la semence, pour être répandue par une autre main, n'en tombait pas moins dans une terre fertile et ardente à la faire éclore. D'ailleurs Savonarole, posant pour l'avenir l'exemple que Luther suivit si heureusement, lorsque vingt-deux ans plus tard il fit brûler à Vittemberg la bulle d'excommunication de Léon X, avait, se lassant de son silence, bientôt déclaré, sur l'autorité du pape Pélage, qu'une excommunication injuste était sans efficacité, et que celui qui en était frappé n'avait pas même besoin de s'en faire absoudre. En conséquence, il avait déclaré, le jour de Noël de l'année 1497, que le Seigneur lui inspirait de secouer l'obéissance, attendu la corruption du maître, et avait recommencé à prêcher dans l'église cathédrale avec un succès d'autant plus grand, que ses sermons avaient été interrompus, et une influence d'autant plus considérable, qu'elle s'appuyait sur les sympathies qu'inspire toujours aux masses une injuste persécution.

Alexandre VI alors, pour obtenir justice du rebelle, s'adressa

à Léonard de Médicis, vicaire de l'archevêché de Florence,
qui, en obéissance aux ordres reçus de Rome, publia un mandement pour empêcher les fidèles de suivre les prédications
de Savonarole. D'après ce mandement, ceux qui écouteraient
la parole de l'excommunié ne seraient point reçus à la con
fession ni à la communion, et comme, s'ils mouraient, ils
seraient entachés d'hérésie, attendu leur commerce spirituel
avec un hérétique, leurs corps devaient être traînés sur la
claie et privés de sépulture. Savonarole en appela à la fois du
mandement de son supérieur au peuple et à la seigneurie, et
les deux pouvoirs réunis donnèrent, au commencement de
l'année 1498, ordre au vicaire épiscopal de sortir de Florence
dans le délai de deux heures.

Cette expulsion de Léonard de Médicis fut un nouveau
triomphe pour Savonarole : aussi, voulant faire tourner au
profit de l'amélioration des mœurs son influence croissante,
il résolut de changer le dernier jour du carnaval, jour jusqu'alors consacré aux plaisirs mondains, en un jour de con-
trition religieuse. En effet, le jour même du mardi gras, un
nombre considérable d'enfants, s'étant réunis devant l'église
cathédrale, se divisa par troupes, qui, parcourant la ville, entrèrent de maison en maison, réclamant les livres profanes, les
peintures voluptueuses, les luths et les harpes, les cartes et
les dés à jouer, les cosmétiques et les parfums, enfin tous ces
mille produits d'une civilisation et d'une société corrompues, à
l'aide de laquelle Satan fait parfois si victorieusement la guerre
à Dieu. Et les habitants de Florence, obéissant à cette injonction, vinrent apporter sur la place du Dôme toutes ces œuvres
de perdition, qui eurent bientôt formé un immense bûcher,
auquel les jeunes réformateurs mirent le feu en chantant des
hymnes et des psaumes religieux. C'est là que furent brûlés
un grand nombre d'exemplaires de Boccace, du Morgante Mag-
giore, et les tableaux de Fra Bartolomée, qui, à compter de
ce jour, renonça à la peinture mondaine pour consacrer entièrement son pinceau à la reproduction des scènes religieuses.

Une pareille réforme devenait effrayante pour Alexandre;
aussi résolut-il de combattre Savonarole à l'aide des mêmes
armes avec lesquelles il attaquait, c'est-à-dire par l'éloquence.

Il choisit pour lui tenir tête un prédicateur d'un talent reconnu, nommé frère François de Pouille ; et il l'envoya à Florence, où il commença à prêcher dans l'église de Sainte-Croix, accusant Savonarole d'hérésie et d'impiété. En même temps le pape, par un nouveau bref, déclara à la seigneurie que, si elle n'interdisait point la parole à l'hérésiarque, tous les biens des marchands florentins situés sur le territoire pontifical seraient confisqués, et la république mise en interdit et déclarée ennemie spirituelle et temporelle de l'Église. La seigneurie, abandonnée par la France, et voyant croître d'une manière effrayante la puissance matérielle de Rome, fut forcée de céder cette fois, et intima à Savonarole l'ordre de cesser de prêcher. Savonarole obéit, et prit congé de son auditoire par un discours plein d'éloquence et de fermeté.

Cependant la retraite de Savonarole, au lieu de calmer la fermentation, l'avait augmentée : on parlait de ses prophéties réalisées ; et des sectaires plus ardents que le maître, passant de l'inspiration au miracle, disaient tout haut que Savonarole avait offert de descendre dans les tombeaux de l'église cathédrale avec son antagoniste, et là, comme preuve que sa doctrine était vraie, de ressusciter un mort, promettant de s'avouer vaincu si le miracle était fait par son adversaire. Ces bruits revinrent à frère François de Pouille, et, comme c'était un de ces hommes à passions ardentes, qui comptent la vie pour rien quand le sacrifice de leur vie peut être utile à leur cause, il déclara, dans son humilité, qu'il se regardait comme un trop grand pécheur pour que Dieu lui accordât la grâce d'opérer un miracle ; mais il proposa un autre défi, qui était d'entrer avec Savonarole dans un bûcher ardent. Il savait qu'il y devait périr, disait-il ; mais au moins il périrait en vengeant la cause de la religion, puisqu'il était certain d'entraîner avec lui le tentateur, qui précipitait tant d'âmes avec la sienne dans la damnation éternelle.

La proposition faite par le frère François fut rapportée à Savonarole ; mais, comme il n'avait pas proposé le premier défi, il hésitait à accepter le second, lorsque son disciple, frère Dominique Bonvicini, plus confiant que lui-même dans sa propre puissance, déclara qu'il était prêt à accepter à la place de son maître l'épreuve du feu, certain qu'il était que Dieu ferait un miracle à l'intercession de son prophète. A l'instant même le bruit se répandit dans Florence que le défi mortel était accepté : les partisans de Savonarole, qui étaient tous les hommes convaincus, ne doutaient pas du triomphe de leur cause. Ses ennemis étaient enchantés de voir un hérétique se livrer lui-même aux flammes; enfin les indifférents voyaient dans l'épreuve un spectacle plein d'un terrible intérêt.

Mais le dévouement de frère Bonvicini de Pescia ne faisait pas le compte de frère François de Pouille : il voulait bien mourir d'une mort terrible, mais à la condition que Savonarole mourrait avec lui. En effet, que lui importait la mort d'un disciple obscur comme frère Bonvicini? C'était le maître qu'il fallait frapper, c'était le chef de la doctrine qu'il fallait entraîner dans sa chute. Il déclara donc qu'il n'entrerait dans le bûcher qu'avec Savonarole lui-même, et n'accepterait jamais, jouant ce terrible jeu pour son compte, que son adversaire le jouât par procuration.

Alors il arriva une chose à laquelle, certes, on n'eût pas dû s'attendre, c'est qu'à la place de frère François de Pouille, qui ne voulait jouter qu'avec le maître, deux moines franciscains se présentèrent pour jouter avec le disciple. C'étaient frère Nicolas de Pilly et frère André Rondinelli. Aussitôt les partisans de Savonarole, voyant ce renfort arriver à leurs antagonistes se présentèrent en foule pour tenter l'épreuve. Les franciscains, de leur côté, ne voulurent pas rester en arrière, et chacun prit parti, avec la même ardeur, pour l'un et pour l'autre. Florence tout entière semblait une loge d'insensés : chacun voulait le bûcher, chacun demandait à passer dans le feu; ce n'étaient plus des hommes seulement qui se défiaient entre eux, c'étaient des femmes et des enfants, qui demandaient à faire l'épreuve. Enfin la seigneurie, réservant leurs droits aux premiers engagés, ordonna que le duel étrange aurait lieu seulement entre frère Dominique Bonvicini et frère André Rondinelli; dix citoyens devaient en régler les détails. Quant au jour fixé, ce fut le 7 avril 1498, et le lieu la place du Palais.

Les juges du camp firent leurs dispositions en gens de con-

science : grâce à leurs soins, un échafaud fut dressé à l'endroit indiqué : il avait cinq pieds de hauteur, dix de largeur,
et quatre-vingts de longueur. Sur cet échafaud tout couvert
de fagots et de bruyères, maintenus par des barrières faites
du bois le plus sec que l'on avait pu trouver, on avait ménagé deux étroits sentiers de deux pieds de large au plus, et
de soixante-dix pieds de long, dont l'entrée donnait sur la
Loggia dei Lanzi, et la sortie à l'extrémité opposée. Quant à
la Loggia, elle avait été elle-même séparée en deux par une
cloison, afin que chaque champion eût une espèce de chambre pour faire ses préparatifs, comme au théâtre chaque ac-
teur a sa loge pour s'habiller ; seulement ici la tragédie qu'on
allait jouer n'était pas une fiction.

Les franciscains arrivèrent sur la place et entrèrent dans
la partie qui leur était réservée sans aucune démonstration
religieuse, tandis qu'au contraire Savonarole se rendit à la
sienne processionnellement, couvert des habits sacerdotaux
avec lesquels il venait de célébrer l'office divin, et tenant en
main la sainte hostie, que tout le monde pouvait voir, attendu que le tabernacle qui la renfermait était de cristal.
Quant à frère Dominique de Pescia, le héros de la fête, il suivait avec un crucifix, et tous les moines dominicains, tenant
une croix rouge à la main, marchaient derrière lui en psal-
modiant, et derrière les citoyens les plus considérables de leur
parti, tenant des torches à la main ; car sûrs qu'ils étaient du
triomphe de leurs causes, ils voulaient eux-mêmes mettre le
feu au bûcher. Quant à la place, elle était encombrée d'une
telle foule, qu'elle se dégorgeait dans toutes les rues. Les portes et les fenêtres ne présentaient que des têtes superposées
les unes aux autres ; les terrasses étaient couvertes de monde,
et l'on apercevait des curieux jusque sur le toit du dôme et
sur la plate-forme du Campanile.

Cependant, en face de l'épreuve, les franciscains élevèrent
de telles difficultés, qu'il était évident que leur champion
commençait à faiblir.

La première crainte exprimée par eux fut que le frère Bonvicini pouvait être un enchanteur, et comme tel, avoir sur
lui quelque talisman ou quelque charme qui le garantît du

feu. Ils exigèrent donc qu'il fût dépouillé de tous ses habits
et qu'il en revêtît d'autres, qui seraient visités par les témoins. Frère Bonvicini ne fit aucune objection, si humiliant
que fût un pareil soupçon, et changea de chemise, de robe et
de froc. Alors, comme les franciscains virent que Savonarole
lui remettait en main le tabernacle, ils s'écrièrent que c'était
une profanation, que d'exposer la sainte hostie à être brûlée;
que cela n'était point dans les conventions, et que, si Bonvicini ne renonçait pas à cette aide surnaturelle, ils renonce-
raient, eux, à l'épreuve. Savonarole répondit qu'il n'y avait
rien d'étonnant, le champion de la foi ayant mis sa confiance
en Dieu, qu'il portât entre ses mains le même Dieu dont il
attendait son salut. Cette réponse ne satisfit point les franciscains, qui ne voulurent pas démordre de leur prétention. Savonarole, de son côté, demeura inflexible dans son droit; de
sorte que, près de quatre heures s'écoulant ainsi en discussions où personne ne voulait céder, les choses demeurèrent
dans le même état. Pendant ce temps, le peuple, amassé depuis le point du jour dans les rues, sur les terrasses, sur les
toits, souffrant de la faim et de la soif, commençait à s'impa-
tienter, et son impatience se traduisait en murmures qui ar-
rivaient jusqu'aux champions; si bien que les partisans de
Savonarole, certains d'un miracle, tant ils avaient foi en lui,
le suppliaient de céder sur toutes les conditions. Savonarole
répondit à cela que, si c'était lui qui tentât l'épreuve, il se
montrerait plus facile; mais que, comme c'était un autre qui
courait le danger, il ne pouvait prendre trop de précautions.
Deux heures se passèrent encore, pendant lesquelles ses partisans essayèrent en vain de combattre ses refus. Enfin, comme
la nuit avançait, que le peuple s'impatientait de plus en plus,
et que ses murmures commençaient à devenir menaçants,
Bonvicini déclara qu'il était prêt à traverser le bûcher sans
tenir autre chose à la main qu'un crucifix. C'était une demande qu'on ne pouvait lui refuser; aussi frère Rondinelli
fut-il forcé d'accepter la proposition. On annonça donc au
peuple que les champions étaient tombés d'accord, et que l'é-
preuve allait avoir lieu. A cette annonce le peuple se calma,
dans l'espoir d'être enfin dédommagé de sa longue attente;

mais, en ce moment même, un orage qui depuis longtemps
s'amassait sur Florence éclata avec une telle force, qu'en un
instant le bûcher, auquel on venait de mettre le feu, se trouva
éteint par la pluie, sans qu'il fût possible de le rallumer. Dès
lors la foule se crut jouée, son enthousiasme se tourna en
mépris ; ignorant de quel côté étaient venues les difficultés
qui avaient retardé l'épreuve, elle en fit retomber la responsabilité sur les deux champions. La seigneurie, qui prévoyait
les désordres qui allaient avoir lieu, ordonna à l'assemblée de
se retirer ; mais l'assemblée n'en fit rien, et demeura sur la
place, attendant, malgré la pluie affreuse qui tombait par
torrents, la sortie des deux champions. Rondinelli fut reconduit au milieu des huées et poursuivi à coups de pierre. Quant
à Savonarole, grâce à ses habits sacerdotaux et au saint sa-
crement qu'il tenait à la main, il passa assez tranquillement
au milieu de cette populace ; miracle aussi remarquable que
s'il fût passé au milieu du bûcher.

Mais c'était la majesté seule de l'hostie sainte qui avait
protégé celui que, de ce moment, l'on regarda comme un
faux prophète ; et c'était à grand regret que la foule, excitée
par le parti des Arrabbiati, qui depuis longtemps procla-
maient Savonarole menteur et hypocrite, l'avait laissé rentrer
à son couvent. Aussi, lorsque le lendemain, qui était le dimanche des Rameaux, il monta en chaire pour expliquer sa
conduite, ne put-il pas, au milieu des injures, des huées et
des rires, obtenir un seul instant de silence. Bientôt même
les cris, de moqueurs qu'ils étaient, devinrent menaçants :
Savonarole, dont la voix était trop faible, ne put dominer le
tumulte, descendit de la chaire, se retira dans la sacristie,
puis de la sacristie rentra dans son couvent et s'enferma dans
sa cellule. Au même instant un cri se fit entendre, qui fut
répété aussitôt par tout ce qu'il y avait d'assistants : « A Saint-
Marc ! à Saint-Marc ! » Ce noyau d'insurrection se recruta, en
traversant les rues, de toute la populace, et arriva battre les
murs du couvent, pareil à une mer qui monte. Bientôt les
portes, fermées à son approche, craquèrent sous cet effort
puissant de la multitude, qui broie à l'instant même tout ce
qu'elle touche ; le flot populaire se répandit en une seconde

par tout le couvent, et Savonarole, et ses deux adeptes Dominique Bonvicini et Silvestre Maruffi, arrêtés dans leurs cel-
lules, furent conduits à la prison au milieu de la populace,
qui, toujours extrême dans son enthousiasme comme dans sa
haine, voulait les mettre en pièces, et qu'on ne calma qu'en
lui promettant de faire exécuter de force aux prisonniers
l'épreuve qu'ils avaient refusé de faire de bonne volonté.

Alexandre VI, qui, comme on le pense, n'avait point été
étranger, sinon de sa personne, du moins par son influence,
à ce rapide et étrange revirement, eut à peine appris la chute
et l'arrestation de Savonarole, qu'il le réclama comme relevant de la justice ecclésiastique. Mais, malgré les indulgences
dont le pape accompagnait cette demande, la seigneurie exigea que le procès de Savonarole fût instruit à Florence; et
pour ne point paraître entièrement soustraire le coupable à
la juridiction pontificale, elle demanda au pape d'adjoindre
au tribunal florentin deux juges ecclésiastiques. Alexandre VI,
voyant qu'il n'obtiendrait pas autre chose de la magnifique
république, députa auprès d'elle Joachim Turriano de Venise,
général des dominicains, et François Ramolini, docteur en
droit : ils étaient d'avance porteurs de la teneur du jugement, qui déclarait Savonarole et ses complices hérétiques,
schismatiques, persécuteurs de la sainte Église et séducteurs
des peuples.

Au reste, cette fermeté des Florentins dans la réclamation
de leurs droits comme juges n'était qu'une vaine démonstration pour sauver les apparences : le tribunal était composé de
huit membres, tous connus pour ardents ennemis de Savonarole, dont le procès avait commencé par la torture. Il en résulta que Savonarole, faible de corps et d'une constitution
irritable et nerveuse, n'avait pu soutenir la question de la
corde, et vaincu par la douleur au moment où, enlevé de
terre par les poignets, le bourreau l'avait laissé retomber jusqu'à deux pieds du sol, il avait avoué, pour obtenir quelque
relâche, que ses prophéties étaient de simples conjectures. Il
est vrai qu'aussitôt rentré dans sa prison, il avait protesté
contre cet aveu, disant que c'était la faiblesse de ses organes
et son peu de constance à supporter les tourments qui lui

avaient arraché ce mensonge; mais que la vérité était que le Seigneur lui était plusieurs fois apparu dans ses extases, et lui avait révélé les choses qu'il avait dites. Cette protestation avait amené une nouvelle application à la torture; application pendant laquelle Savonarole avait succombé de nouveau à la force de la douleur et s'était rétracté. Mais, à peine délié, et comme il était encore couché sur le matelas de la question, il déclara que ses aveux étaient l'œuvre de ses bourreaux et retomberaient sur leurs têtes; mais que, quant à lui, il protestait de nouveau contre tout ce qu'il avait pu et pourrait dire. En effet, la torture avait pour la troisième fois ramené les mêmes aveux, et le repos qui l'avait suivie la même rétractation; de sorte que les juges, après l'avoir condamné, lui et ses deux disciples, au feu, décidèrent que sa confession ne serait pas lue à haute voix sur le bûcher, comme c'était la coutume, certains qu'ils étaient que, cette fois comme les autres, elle serait démentie par lui et démentie publiquement; ce qui pouvait être, pour quiconque connaît l'esprit versatile de la multitude, une chose du plus mauvais effet.

Le 23 mai, le bûcher qui avait été promis au peuple s'éleva de nouveau sur la place du Palais, et cette fois la multitude se rassembla, certaine qu'elle ne serait pas frustrée de ce spectacle si longtemps attendu. En effet, vers les onze heures du matin, Jérôme Savonarole, Dominique Bonvicini et Silvestre Maruffi furent amenés sur le lieu de l'exécution, et après avoir été dégradés de leurs ordres par les juges ecclésiastiques, furent, au centre d'une immense pile de bois, attachés tous trois au même pieu. Alors l'évêque Pagnanoli déclara aux condamnés qu'il les séparait de l'Église. « De la militante? » répondit Savonarole, qui dès cette heure entrait en effet, grâce à son martyre, dans l'Église triomphante. Ce fut tout ce que dirent les condamnés; car, en ce moment, un Arrabbiato, ennemi personnel de Savonarole, ayant franchi la haie que formaient les gardes autour de l'échafaud, arracha la torche des mains du bourreau, et mit lui-même le feu aux quatre coins du bûcher. Quant à Savonarole et à ses disciples, dès qu'ils virent la fumée s'élever, ils se mirent à chanter un psaume, et la flamme les enveloppait déjà de tous côtés de son voile ardent, que l'on entendait encore le chant religieux, qui alla frapper pour eux à la porte du ciel.

Ainsi se trouva débarrassé du plus terrible ennemi qui se fût jamais levé contre lui peut-être le pape Alexandre VI; aussi la vengeance pontificale poursuivit-elle les condamnés jusqu'après leur mort : la seigneurie, cédant à ses instances, avait donné des ordres pour que les cendres du prophète et de ses disciples fussent jetées dans l'Arno; mais quelques ossements à demi brûlés furent recueillis par les soldats mêmes qui avaient mission d'empêcher le peuple d'approcher du bûcher, et ces reliques saintes, aujourd'hui encore, sont exposées, toutes noircies par les flammes, à l'adoration des fidèles, qui, s'ils ne regardent plus Savonarole comme un prophète, le regardent au moins comme un martyr.

Cependant l'armée française s'apprêtait une seconde fois à passer les Alpes sous le commandement de Jacques Trivulce. Le roi Louis XII était venu accompagner jusqu'à Lyon César Borgia et Julien de la Rovère, qu'il avait forcés de se réconcilier, et vers le commencement du mois de mai avait fait partir devant lui son avant-garde, que suivit bientôt le corps d'armée. Les forces du roi de France pour cette seconde conquête se composaient de seize cents lances, de cinq mille Suisses, de quatre mille Gascons, et de trois mille cinq cents soldats de pied, levés dans toutes les parties de la France. Le 13 août, toute cette assemblée, qui montait à quinze mille hommes à peu près, et qui devait combiner ses mouvements avec ceux des Vénitiens, arriva sous les murs d'Arezzo, et mit aussitôt le siége devant la ville.

La position de Ludovic Sforza était terrible, et il portait à cette heure la peine de l'imprudence qu'il avait commise en appelant les Français en Italie : tous les alliés sur lesquels il croyait pouvoir compter lui manquaient à la fois, soit qu'ils fussent occupés de leurs propres affaires, soit qu'ils fussent intimidés par le puissant ennemi que s'était fait le duc de Milan. En effet, Maximilien, qui lui avait promis de lui envoyer quatre cents lances, au lieu de reprendre les hostilités interrompues avec Louis XII, venait de se liguer avec le cercle de Souabe pour faire la guerre aux Suisses, qu'il avait déclarés rebelles à l'empire. Les Florentins, qui s'étaient engagés à lui fournir trois cents hommes d'armes et deux mille hommes d'infanterie s'il voulait les aider à reprendre Pise, venaient de retirer leur parole sur les menaces que leur avait faites Louis XII, et avaient promis à ce souverain de rester neutres. Enfin Frédéric, qui gardait ses troupes pour ses propres États, parce qu'il se figurait avec raison que, Milan conquise, il aurait de nouveau à défendre Naples, ne lui envoyait, malgré ses promesses, aucun secours, ni d'hommes ni d'argent. Ludovic Sforza en était donc réduit à ses propres forces.

Cependant, comme c'était un homme puissant dans les armes et habile dans la ruse, il ne se laissa point abattre du premier coup, et fit fortifier en toute diligence Annone, Novare et Alexandrie, envoya Cajazzo avec quelques troupes dans la partie du Milanais qui confine aux États de Venise, et ramena sur le Pô tout ce qu'il avait de forces. Mais ces précautions furent inutiles contre l'impétuosité française : en quelques jours Arezzo, Annone, Novare, Voghiera, Castelnuovo, Ponte-Corona, Tortone et Alexandrie furent prises, et Trivulce marcha sur Milan.

En voyant cette conquête rapide et ces victoires multipliées, Ludovic Sforza, désespérant de tenir dans sa capitale, résolut de se retirer en Allemagne avec ses enfants, le cardinal Ascanio son frère, et son trésor, qui en huit ans était tombé de quinze cent mille à deux cent mille ducats. Mais, avant de partir, il laissa la garde du château de Milan à Bernardino da Corte. En vain ses amis lui dirent de se défier de cet homme, en vain son frère Ascanio s'offrit-il de s'enfermer dans cette forteresse, s'engageant à y tenir jusqu'à la dernière extrémité, Ludovic ne voulut rien changer à cette disposition, et partit le 2 septembre, laissant dans la citadelle trois mille hommes de pied, et assez de vivres, de munitions et d'argent, pour soutenir un siége de plusieurs mois.

Le surlendemain de ce départ, les Français passèrent à Milan. Dix jours après, sans qu'il fût tiré contre lui un seul coup de canon, Bernardino da Corte rendit le château. Vingt et un jours avaient suffi aux Français pour s'emparer des places de la capitale et de tous les États de leur ennemi.

Louis XII reçut à Lyon la nouvelle du succès de ses armes, et partit aussitôt pour Milan, où il fut accueilli avec toutes les démonstrations d'une joie sincère. Tous les ordres de citoyens s'étaient avancés jusqu'à trois milles hors des portes pour le recevoir, et quarante enfants, revêtus de drap d'or et de soie, le précédèrent en chantant des hymnes des poëtes de l'époque, qui l'appelaient le roi libérateur et l'envoyé de la liberté. Cette grande joie des Milanais venait de ce que les partisans de Louis XII avaient répandu d'avance le bruit que le roi de France était assez riche pour abolir tous les impôts. En effet, dès le lendemain de son entrée dans la ville, le vainqueur fit sur eux une légère réduction, accorda de grandes grâces à plusieurs gentilshommes milanais, et donna à Trivulce, pour le récompenser de cette rapide et glorieuse campagne, la ville de Vigavano.

Cependant César Borgia, qui avait suivi Louis XII pour avoir sa part de la grande curée italienne, le vit à peine arrivé au but qu'il se proposait, qu'il réclama de lui la promesse qu'il lui avait faite, promesse que le roi de France, avec sa loyauté toute proverbiale, se hâta d'accomplir. En effet, il mit à l'instant même à la disposition de César Borgia trois cents lances, commandées par Yves d'Allègre, et quatre mille Suisses, sous les ordres du bailli de Dijon, pour l'aider à réduire *les vicaires de l'Église*.

Expliquons à nos lecteurs ce que c'était que les nouveaux personnages que nous introduisons en scène et que nous désignons sous ce nom.

Pendant les éternelles guerres des Guelfes et des Gibelins, et pendant le long exil des papes à Avignon, la plupart des villes ou des forteresses de la Romagne avaient été conquises ou usurpées par de petits tyrans, qui avaient pour la plupart reçu de l'empire l'investiture de leurs nouvelles possessions ; mais depuis que l'influence allemande avait repassé les monts, et que les papes avaient refait de Rome le centre du monde chrétien, tous ces petits princes, privés de leur appui primitif, s'étaient ralliés au saint-siége, avaient reçu une nouvelle investiture des mains pontificales, et payaient une redevance annuelle, grâce à laquelle ils recevaient le titre particulier de ducs, de comtes ou de seigneurs, et la dénomination générale de *vicaires de l'Église.*

Or, il avait été facile à Alexandre VI, en relevant scrupuleusement les faits et gestes de chacun de ces messieurs depuis sept ans, c'est-à-dire depuis son exaltation au trône de saint Pierre, de trouver dans la conduite de chacun d'eux quelque petite infraction au traité passé entre les vassaux et le suzerain ; il avait donc présenté ses griefs devant un tribunal établi à cet effet, et obtenu des juges sentence, qui déclarait que les vicaires de l'Église, ayant manqué aux conditions de leur investiture, étaient dépouillés de leurs domaines, qui rentraient en la possession du saint-siége ; mais comme le pape avait affaire à des hommes contre lesquels il était plus facile de porter un pareil jugement que de l'exécuter, il avait nommé, pour son capitaine général, et avec charge de les recouvrer pour lui-même, le nouveau duc de Valentinois.

Ces seigneurs étaient les *Malatesti* de Rimini, les *Sforza* de Pesaro, les *Manfredi* de Faenza, les *Riarii* d'Imola et de Forli, les *Varani* de Camerino, les *Montefeltri* d'Urbin, et les *Caëtini* de Sermoneta.

Cependant le duc de Valentinois, pour entretenir dans toute sa chaleur la bonne amitié que lui portait son parent et allié Louis XII, etait, comme nous l'avons dit, resté avec lui à Milan pendant le temps de son séjour en cette ville ; mais après un mois d'occupation en personne, le roi de France ayant repris le chemin de sa capitale, le duc de Valentinois donna ordre à ses hommes d'armes et à ses Suisses d'aller l'attendre entre Parme et Modène, et partit en poste pour Rome, afin d'exposer de vive voix ses projets à son père et de prendre ses dernières instructions.

Il trouva en arrivant que la fortune de sa sœur Lucrèce avait fort grandi pendant son absence, non pas du côté de son mari Alphonse, dont, au contraire, grâce aux succès du roi Louis XII, l'avenir était fort certain, ce qui avait amené un refroidissement entre lui et Alexandre, mais du côté de son père, sur lequel elle exerçait à cette heure une influence plus merveilleuse que jamais. En effet, le pape avait déclaré Lucrèce Borgia d'Aragon gouvernante à vie de Spolète et de son

duché, avec tous les émoluments, droits et rentes qui en dé-
pendaient; charge qui avait tellement accru sa puissance et
agrandi sa position, qu'elle ne se montrait plus en public qu'a-
vec un cortége de deux cents chevaux, montés par les plus
illustres dames et les plus nobles cavaliers de Rome. De plus,
comme le double amour de son père pour elle n'était un secret pour personne, les premiers prélats de l'Église, les habitués du Vatican, les intimes de Sa Sainteté, s'étaient faits ses
plus humbles serviteurs; si bien qu'on voyait des cardinaux
lui donner la main quand elle descendait de sa litière ou de
son cheval, et que des archevêques se disputaient l'honneur
de lui dire la messe dans ses appartements.

Cependant il avait fallu que Lucrèce quittât Rome pour
prendre possession de ses nouveaux États; mais comme son
père ne pouvait se passer longtemps de la présence de sa fille
chérie, il résolut de se mettre en possession de la ville de
Nepi, qu'il avait autrefois donnée, comme on se le rappelle
sans doute, à Ascanio Sforza, pour acheter son suffrage. Ascanio avait perdu naturellement cette ville en s'attachant à
la fortune de son frère, le duc de Milan; et comme le pape
allait la reprendre, il invita sa fille Lucrèce à venir l'y rejoindre et à assister aux fêtes de sa remise en possession.

L'empressement que mit Lucrèce à se rendre aux désirs de
son père lui valut de sa part un nouveau don : c'était la ville
et le territoire de Sermoneta, qui appartenaient aux Caëtani.
Il est vrai que ce don resta encore secret, attendu qu'il fallait se débarrasser d'abord des deux possesseurs de cette seigneurie, qui étaient l'un monsignor Jacomo Caëtano, proto
notaire apostolique, et l'autre un jeune cavalier plein d'espé
rances, nommé Prospero Caëtano ; mais comme tous deux
habitaient Rome et étaient sans défiance, se croyant, l'un par
sa place, l'autre par son courage, en pleine faveur près de S.
Sainteté, on jugea que la chose ne présentait pas grande difficulté. En effet, aussitôt le retour d'Alexandre à Rome, sous
prétexte de je ne sais quel délit, Jacomo Caëtano fut arrêté et
conduit au château Saint-Ange, où il mourut bientôt empoisonné, et Prospero Caëtano fut étranglé dans sa maison. En
vertu de cette double mort, si rapide qu'elle n'avait donné

ni à l'un ni à l'autre le temps de faire un testament, le pape déclara Sermoneta et tous les autres biens relevant des Caëtani dévolus à la chambre apostolique, laquelle chambre les vendit à Lucrèce moyennant la somme de quatre-vingt mille écus, que son père lui rendit le lendemain du jour où elle les lui avait payés. Quelque hâte qu'eût mise César Borgia, il trouva donc, en arrivant à Rome, que son père l'avait devancé dans le commencement de ses conquêtes.

Une autre fortune avait encore prodigieusement grandi pendant son séjour en France; c'était celle de Jean Borgia, neveu du pape, et qui avait été jusqu'à sa mort l'un des plus fidèles amis du duc de Gandie. Au reste, on disait tout haut à Rome que le jeune cardinal devait les faveurs dont le comblait Sa Sainteté encore moins à la mémoire du frère qu'à la protection de la sœur. C'étaient deux motifs pour que Jean Borgia devînt particulièrement suspect à César : aussi fut-ce en faisant le serment intérieur de ne pas le laisser jouir longtemps de cette dignité que le duc de Valentinois apprit que son cousin Jean venait d'être nommé cardinal *à latere* de tout le monde chrétien, et était parti de Rome pour faire une tournée dans les États pontificaux avec une suite d'archevêques, d'évêques, de prélats et de cavaliers, telle, qu'elle eût fait honneur au pape lui-même.

César n'était venu à Rome que pour **prendre** langue : aussi n'y resta-t-il que trois jours, et, **emmenant** toutes les forces dont Sa Sainteté pouvait disposer, il rejoignit son armée sur les bords de l'Enza, et marcha aussitôt avec elle sur Imola, laquelle, abandonnée de ses maîtres, qui s'étaient retirés à Forli, fut obligée de se rendre à composition. Imola prise, César marcha aussitôt sur Forli.

Là une résistance sérieuse l'arrêta; et cependant cette résistance venait de la part d'une femme : Catherine Sforza, veuve de Jérôme et mère d'Ottaviano Riario, s'était retirée dans cette ville, et avait exalté le courage de la garnison en se mettant, corps et biens, sous sa garde. César vit donc qu'il ne s'agissait plus là d'un coup de main, mais d'un siége en règle : aussi commença-t-il à faire toutes ses dispositions en conséquence, et, plaçant une batterie de canon en face de

l'endroit où les murailles lui paraissaien. les plus faibles, il
ordonna de faire un feu non interrompu jusqu'à ce que la
brèche fût praticable.

En revenant de donner cet ordre, il trouva au camp le
cardinal Jean Borgia, qui se rendait de Ferrare à Rome, et
qui n'avait point voulu passer si près de lui sans lui faire visite : César le reçut avec toute l'effusion d'une joie apparente,
et le garda trois jours près de lui ; le quatrième, il réunit
tous ses officiers et ses courtisans dans un grand repas d'a-
dieu, et, ayant chargé son cousin de dépêches pour le pape, il
prit congé de lui avec toutes les marques d'affection qu'il lui
avait données à son arrivée.

Le cardinal Jean Borgia avait pris la poste en sortant de
table, lorsqu'en arrivant à Urbin il se trouva pris d'une indisposition si subite et si étrange, qu'il fut forcé de s'arrêter :
néanmoins, au bout de quelques instants, se sentant un peu
mieux, il reprit sa route ; mais, à peine entré à Rocca Con-
trada, il se trouva de nouveau si mal, qu'il résolut de ne pas
aller plus loin, et demeura deux jours dans cette ville. Enfin,
sentant un peu d'amélioration dans son état, et ayant appris
que Forli était prise, et que Catherine Sforza, en essayant de
se retirer dans le château, avait été faite prisonnière, il résolut
de retourner vers César, pour le féliciter de sa victoire ; mais
à Fossombrone, quoiqu'il eût substitué une litière à sa voiture, force lui fut de s'arrêter une troisième fois, ce fut sa
dernière halte ; il se coucha pour ne plus se relever : trois
jours après il était mort.

Son corps fut porté à Rome, et enseveli sans aucune pompe
dans l'église de Santa-Maria del Popolo, où l'attendait le cadavre de son ami le duc de Gandie, et cela sans que, malgré
la haute fortune du jeune cardinal, on en parlât plus que
s'il n'avait jamais existé ; car ainsi s'en allait sombrement et
sans bruit tout ce qui était emporté par le torrent des ambitions de cette terrible trinité qu'on appelait Alexandre, César
et Lucrèce.

Presque en même temps un autre assassinat épouvantait
Rome. Don Giovanni Cerviglione, cavalier de naissance et
brave soldat, capitaine des hommes d'armes de Sa Sainteté,

fut, en revenant de souper chez don Élisée Pignatelli, chevalier de Saint-Jean, attaqué par des sbires, dont l'un lui demanda son nom, et comme il le disait, voyant qu'il ne se
trompait pas, lui enfonça son poignard dans la poitrine, tandis qu'un autre, du revers de son épée, lui abattait la tête,
qui tomba aux pieds du corps avant que le corps fût tombé
lui-même.

Le gouverneur de Rome porta plainte de cet assassinat au
pape; mais, ayant vu, à la manière dont Sa Sainteté avait
reçu l'avis, que mieux aurait valu pour lui n'en point parler,
il arrêta les recherches qu'il avait commencées; de sorte
qu'aucun des meurtriers ne fut arrêté. Seulement le bruit se
répandit que, pendant le court séjour qu'il avait fait à Rome.
César avait obtenu un rendez-vous de la jeune femme de
Cerviglione, qui était une Borgia, et que son mari, ayant appris cette infraction à ses devoirs, s'était emporté jusqu'à la
menacer, elle et son amant : cette menace avait été rapportée
à César, qui mettant le bras de Michelotto au bout du sien,
avait de Forli frappé Cerviglione au milieu de Rome.

Une autre mort inattendue suivit de si près celle de don
Giovanni Cerviglione, que l'on ne manqua point de l'attribuer
sinon à la même cause, du moins à la même source. Monseigneur Agnelli de Mantoue, archevêque de Cosenza, clerc de
la chambre et vice-légat de Viterbe, étant tombé, sans qu'on
sût pourquoi, dans la disgrâce de Sa Sainteté, fut empoisonné
à sa propre table, où il avait passé une partie de la nuit à
causer joyeusement avec trois ou quatre convives, tandis que
la mort se glissait déjà sourdement dans ses veines; si bien
que, s'étant couché en pleine santé, on le trouva le lendemain expiré dans son lit. Aussitôt trois parts furent faites de
ses biens : les terres et les maisons furent au duc de Valentinois; François Borgia, fils du pape Calixte III, eut l'évêché,
et la place de clerc de la chambre fut vendue moyennant
cinq mille ducats à Ventura Benassai, marchand siennois,
lequel, ayant versé cette somme entre les mains d'Alexandre,
vint le même jour habiter le Vatican.

Cette dernière mort fixa un nouveau point de droit en suspens jusqu'alors : comme les héritiers de monseigneur

Agnelli avaient fait quelques difficultés pour se laisser exproprier, Alexandre rendit un bref qui enlevait à tout cardinal et à tout prêtre la faculté de tester, et qui déclara que tous les biens vacants lui étaient dévolus.

Cependant César Borgia fut arrêté court au milieu de ses victoires. Grâce aux deux cent mille ducats restés dans son trésor, Ludovic Sforza avait levé cinq cents gens d'armes bourguignons et huit mille fantassins suisses, avec lesquels il était rentré en Lombardie. Trivulce avait donc été forcé, pour faire face à l'ennemi, de rappeler Yves d'Alègre et les troupes que Louis XII avait prêtées à César; en conséquence, César mit une partie des soldats pontificaux qu'il avait amenés avec lui en garnison à Imola et à Forli, et reprit avec le reste la route de Rome.

Alexandre voulut que son entrée fût un triomphe : ayant donc appris que les fourriers de l'armée n'étaient plus qu'à quelques lieues de la ville, il fit envoyer par des coureurs l'invitation aux ambassadeurs des princes, aux cardinaux, aux prélats, aux barons romains et aux ordres de la cité, d'aller au-devant du duc de Valentinois avec toute leur suite, afin de solenniser le retour du vainqueur : or, comme la bassesse de ceux qui obéissent est toujours plus grande que l'orgueil de ceux qui commandent, ces ordres furent non-seulement remplis, mais dépassés.

L'entrée de César avait eu lieu le 26 février de l'an 1500, et quoique ce fût en pleine époque de jubilé, les fêtes du carnaval n'en commencèrent pas moins, plus bruyantes et plus licencieuses encore que d'habitude; aussi, dès le lendemain, sous le voile d'une mascarade, le vainqueur prépara une nouvelle fête à son orgueil; et comme il devait s'approprier la gloire, le génie et la fortune du grand homme dont il portait le nom, il résolut de représenter le triomphe de César sur la place de Navonne, lieu ordinaire des fêtes du carnaval. En conséquence, il partit le lendemain de cette place pour parcourir toutes les rues de Rome avec des costumes et des chars antiques, debout dans le dernier, vêtu de la robe des anciens empereurs, couronné du laurier d'or et entouré de licteurs, de soldats et d'enseignes, ces derniers portant des bannières où était écrite cette devise : *Aut Cæsar, aut nihil.*

Enfin, le quatrième dimanche de Carême, le pape conféra à César cette dignité, si longtemps enviée par lui, de général et gonfalonier de la sainte Église.

Pendant ce temps, Sforza avait traversé les Alpes et passé le lac de Côme, au milieu des acclamations de joie de ses anciens sujets, qui avaient promptement perdu tout l'enthousiasme que leur avaient d'abord inspiré l'armée française et les promesses de Louis XII. Ces démonstrations de joie éclatèrent avec une telle force dans Milan, que Trivulce, jugeant qu'il n'y avait pas sûreté pour la garnison française à rester dans cette ville, se retira vers Novare. L'expérience lu prouva qu'il ne s'était pas trompé ; car à peine les Milanais le virent-ils faire les dispositions de son départ, qu'une sourde fermentation courut par toute la ville ; bientôt les rues se remplirent d'hommes armés. Il fallut traverser cette foule grondante l'épée à la main et la lance en arrêt ; et encore, à peine les Français eurent-ils franchi les portes, que le peuple se répandit par la campagne, poursuivant cette armée de ses cris et de ses huées jusque sur les rives du Tésin. Trivulce laissa à Novare quatre cents lances, plus les trois mille Suisses qu'Yves d'Alègre lui ramenait de la Romagne, et se dirigea avec le reste de son armée vers Mortara, où il s'arrêta enfin pour attendre le secours qu'il avait fait demander au roi de France. Derrière lui le cardinal Ascagne et le duc Ludovic rentrèrent à Milan au milieu des acclamations de toute la ville.

Ni l'un ni l'autre ne perdirent de temps, et, voulant mettre à profit cet enthousiasme, Ascagne se chargea d'assiéger le château de Milan, tandis que Ludovic passa le Tésin et vint attaquer Novare.

Assiégés et assiégeants se trouvèrent alors enfants de la même nation ; car à peine Yves d'Alègre avait-il avec lui trois cents Français, et Ludovic cinq cents Italiens. C'est qu'en effet, depuis six ans, les Suisses étaient devenus les seuls fantassins de l'Europe, et toutes les puissances indistinctement puisaient, l'or à la main, dans le vaste réservoir de leurs montagnes. Il en résultait que ces rudes enfants de Guillaume

Tell, mis ainsi à l'enchère par les nations, conduits par leurs engagements divers de leurs pauvres et âpres montagnes dans les pays les plus riches et les plus voluptueux, tout en gardant leur courage, avaient perdu, au frottement des peuples étrangers, cette antique rigidité de principes qui les avait fait citer longtemps comme des modèles d'honneur et de bonne foi, et étaient devenus une espèce de marchandise toujours prête à se vendre au dernier enchérisseur. Ce furent les Français qui firent les premiers l'expérience de cette vénalité, qui devait être plus tard si fatale à Ludovic Sforza.

En effet, les Suisses de la garnison de Novare s'étant mis en communication avec ceux de leurs compatriotes qui formaient les avant-postes de l'armée ducale, et ayant appris que ceux-ci, qui ne connaissaient pas encore l'épuisement prochain du trésor de Ludovic, étaient mieux nourris et mieux payés qu'eux, s'engagèrent à livrer la ville et à passer sous les drapeaux milanais, si l'on voulait leur assurer la même solde. Ludovic, comme on le pense bien, accepta le marché. Novare lui fut remise, moins la citadelle, gardée par les Français, et l'armée ennemie se trouva recrutée de trois mille hommes. Ludovic alors fit la faute, au lieu de marcher sur Mortara avec ce nouveau renfort, de s'arrêter pour assiéger le château. Il résulta de ce délai, que Louis XII, qui avait reçu les courriers de Trivulce et qui avait compris le danger de sa position, avait hâté le départ de la gendarmerie française, déjà réunie pour passer en Italie, avait envoyé le bailli de Dijon lever de nouveaux Suisses, et avait ordonné au cardinal d'Amboise, son premier ministre, de passer les Alpes, et de s'établir à Asti pour presser le rassemblement de l'armée. Le cardinal y trouva un noyau de trois mille hommes; la Trimouille lui amena quinze cents lances et six mille fantassins français; enfin le bailli de Dijon y arriva avec dix mille Suisses; de sorte qu'y compris les troupes que Trivulce avait avec lui à Mortara, Louis XII se trouva avoir au delà des monts la plus belle armée qu'un roi de France y eût jamais mise en bataille. Aussitôt, par une marche habile, et avant même que Ludovic fût informé de son rassemblement et de sa puissance, cette armée vint se placer entre Novare et Milan,

coupant au duc toute communication avec sa capitale. Force
fut donc au duc, malgré son infériorité numérique, de s'ap-
prêter à livrer une bataille. Mais il arriva que, comme les
préparatifs pour une affaire décisive se faisaient des deux cô-
rés, la diète, qui avait été instruite que les fils des mêmes
cantons étaient sur le point de s'égorger, envoya l'ordre à
tous les Suisses servant, tant dans l'armée du duc de Milan
que dans celle du roi de France de rompre leur engagement
et de revenir dans leur patrie. Mais pendant les deux mois
d'intervalle qui s'étaient écoulés entre la reddition de Novare
et l'arrivée de l'armée française devant cette ville, les choses.
par l'épuisement du trésor de Ludovic Sforza, avaient bien
changé de face. De nouveaux pourparlers avaient eu lieu
aux avant-postes, et cette fois, grâce à l'argent envoyé par
Louis XII, c'étaient les Suisses au service de la France qui se
trouvaient être mieux nourris et mieux payés que leurs compatriotes. Or les dignes Helvétiens, depuis qu'ils ne se battaient
plus pour la liberté, savaient trop bien le prix de leur sang
pour en répandre une seule goutte, si cette goutte n'était pas
payée au poids de l'or : il en résulta qu'après avoir trahi Yves
d'Alègre, ils se résolurent à trahir Ludovic ; et tandis que les
recrues faites par le bailli de Dijon demeuraient fermes sous
les drapeaux de la France, malgré l'injonction de la diète,
les auxiliaires de Ludovic déclarèrent qu'en combattant contre
leurs frères ils se rendaient coupables de rébellion aux ordres
de la diète, et, partant, s'exposaient à une punition capitale
que le payement immédiat de leur solde arriérée pourrait
seul les engager à encourir. Le duc, qui avait épuisé jusqu'à
son dernier ducat, et qui se trouvait séparé de sa capitale,
dont une victoire seule pouvait lui rouvrir le chemin, promit
aux Suisses non-seulement leur solde arriérée, mais le double
de cette solde, s'ils voulaient faire avec lui un dernier effort.
Malheureusement cette promesse était soumise aux chances
douteuses d'une bataille, et les Suisses déclarèrent que décidément ils respectaient trop leur patrie pour désobéir à ses
ordres, et qu'ils aimaient trop leurs frères pour répandre
gratis leur sang ; qu'en conséquence Sforza n'eût plus à compter sur eux, attendu qu'ils étaient décidés à reprendre, le len-

demain même, le chemin de leurs cantons. Alors le duc,
voyant que tout était perdu pour lui, et faisant un dernier
appel à leur honneur, les adjura du moins de pourvoir à sa
sûreté en le comprenant dans la capitulation qu'ils allaient
faire. Mais ceux-ci répondirent que cette clause rendrait la
capitulation sinon impossible, du moins la priverait des avantages qu'ils avaient droit d'attendre, et sur lesquels ils comptaient pour les indemniser de l'arriéré de leur solde. Cependant, faisant semblant de se laisser toucher à la fin par les
prières de celui dont ils avaient si longtemps suivi les ordres, ils lui offrirent de le cacher sous leurs habits et dans
leurs rangs. Cette proposition était illusoire : Sforza, étant
déjà vieux et court de taille, ne pouvait manquer d'être reconnu au milieu d'hommes dont le plus âgé n'avait pas trente
ans et le plus petit moins de cinq pieds six pouces. Cependant
c'était sa dernière ressource : aussi, sans la repousser tout à
fait, chercha-t-il un moyen, en la modifiant, de l'employer
avec efficacité. C'était de se déguiser en cordelier, et monté
sur un mauvais cheval, de se faire passer pour leur chapelain ; quant à Galéas de San-Severino, qui commandait sous
lui, et à ses deux frères, comme ils étaient tous trois de haute
taille, ils prirent des costumes de soldats, espérant passer
inaperçus dans les rangs suisses.

Ces dispositions étaient à peine arrêtées, que le duc reçut
avis que la capitulation était signée entre Trivulce et les
Suisses. Ceux-ci, qui n'avaient rien stipulé en faveur du duc
et de ses généraux, devaient passer le lendemain avec armes
et bagages au milieu des soldats français : la dernière ressource
du malheureux Ludovic et de ses généraux était donc de se
confier à leur déguisement. Ce fut effectivement ce qu'ils
firent. San-Severino et ses frères prirent rang dans les lignes
des fantassins, et Sforza, enveloppé dans sa robe de moine et
son capuchon rabattu jusque sur les yeux, se plaça au milieu
des bagages.

L'armée commença de défiler ; mais les Suisses, après avoir
fait argent de leur sang, avaient songé à faire argent de leur
honneur. Les Français étaient prévenus du déguisement de
Sforza et de ses généraux. Aussi tous quatre furent-ils re-

connus, et Sforza fut arrêté par la Trimouille lui-même.

On dit que le prix de cette trahison fut la ville de Bellinzona, qui appartenait aux Français, et dont les Suisses, en se retirant dans leurs montagnes, s'emparèrent sans que Louis XII fît rien par la suite pour la leur reprendre.

Lorsque Ascanio Sforza, qui, ainsi que nous l'avons dit, était resté à Milan, apprit la nouvelle de cette lâche désertion, il jugea que la partie était perdue, et que ce qu'il avait de mieux à faire était de fuir avant que, par un de ces revirements si familiers à la populace, il ne se retrouvât peut-être prisonnier des anciens sujets de son frère, à qui l'idée pouvait venir de racheter leur pardon au prix de sa liberté : en conséquence, il s'enfuit nuitamment avec les principaux chefs de la noblesse gibeline, et prit la route de Plaisance, pour gagner le royaume de Naples. Mais, arrivé à Rivolta, il se souvint qu'il avait dans cette ville un vieil ami d'enfance, nommé Conrad Lando, qu'aux jours de sa puissance il avait comblé de biens ; comme lui et ses compagnons étaient extrêmement fatigués, il résolut de lui demander l'hospitalité pour une nuit. Conrad les reçut avec toutes les démonstrations de la joie la plus vive, et mit sa maison et ses serviteurs à leur disposition. Mais à peine furent-ils couchés, qu'il envoya un courrier à Plaisance, pour prévenir Carlo Orsini, qui commandait la garnison vénitienne, qu'il était prêt à lui livrer le cardinal Ascagne et les principaux chefs de l'armée milanaise. Carlo Orsini, ne voulant remettre à personne une expédition de cette importance, monta aussitôt à cheval avec vingt-cinq hommes, et, ayant fait envelopper la maison de Conrad, entra l'épée à la main dans la chambre où étaient le cardinal Ascagne et ses compagnons, qui, surpris au milieu de leur sommeil, se rendirent sans faire de résistance. Les prisonniers furent conduits à Venise ; mais Louis XII les réclama, et ils lui furent livrés.

Ainsi le roi de France se trouva maître de Ludovic Sforza et d'Ascagne, d'un neveu légitime du grand François Sforza, nommé Hermès, de deux bâtards nommés Alexandre et Contino, enfin de François, fils du malheureux Jean Galéas, qui avait été empoisonné par son oncle.

Louis XII, pour en finir d'un seul coup avec toute la famille,

contraignit François à entrer dans un cloître, fit jeter Alexandre, Contino et Hermès dans une prison, enferma le cardinal
Ascagne dans la tour de Bourges, et enfin, après avoir trans-
féré le malheureux Ludovic de la forteresse de Pierre-Encise
au Lys Saint-Georges, il le relégua définitivement au château
de Loches, où, après une captivité de dix ans au milieu de la
solitude la plus profonde et du plus entier dénûment, il mourut
en maudissant l'heure où l'idée lui était venue d'attirer les
Français en Italie.

La nouvelle de la chute de Ludovic et de sa famille causa
à Rome une joie extrême; car, en consolidant la puissance
des ultramontains dans le Milanais, elle établissait celle du
saint-siège dans la Romagne, puisque rien ne s'opposait plus
aux conquêtes de César. Aussi des présents considérables
furent-ils faits aux courriers qui vinrent annoncer cette nouvelle qui fut publiée par toute la ville de Rome, au son des
trompettes et des tambours. Aussitôt les cris de — France !
France ! — qui étaient ceux de Louis XII, et les cris de — Orso !
Orso ! — qui étaient ceux des Orsini, retentirent dans toutes
les rues, qui le soir furent illuminées, comme si Constantinople ou Jérusalem était prise. De son côté, le pape rendit au
peuple des fêtes et des feux d'artifice, sans s'inquiéter le moins
du monde de ce qu'on était dans la semaine sainte, et de ce
que le jubilé avait attiré à Rome plus de deux cent mille personnes, tant les intérêts temporels de sa maison lui paraissaient devoir l'emporter sur les intérêts spirituels de ses sujets.

Une seule chose manquait pour assurer la réussite des vastes
projets que le pape et son fils fondaient sur l'amitié et l'alliance de Louis XII, c'était l'argent : mais Alexandre n'était
pas homme à s'embarrasser d'une pareille misère : il est vrai
que la vente des bénéfices était épuisée, que les impôts ordinaires et extraordinaires étaient perçus pour toute l'année,
enfin que l'héritage des cardinaux et des prélats n'était plus
que d'un bien faible secours, les plus riches ayant été empoi-
sonnés; mais il restait encore à Alexandre d'autres moyens,
qui, pour être plus inusités, n'étaient pas moins efficaces.

Le premier qu'il employa fut de répandre le bruit que les
Turcs menaçaient d'envahir la chrétienté, et qu'il savait de

science certaine que l'été ne se passerait pas sans que Bajazet débarquât deux armées considérables, l'une dans la Romagne, et l'autre dans la Calabre : en conséquence, il publia deux bulles, l'une pour lever dans toute l'Europe la dixième partie des revenus ecclésiastiques, de quelque nature qu'ils fussent, l'autre pour obliger les juifs à payer la même somme : ces deux bulles contenaient les excommunications les plus sévères contre ceux qui refuseraient de s'y soumettre, ou qui tenteraient de s'y opposer.

Le second fut de vendre des indulgences, chose qui ne s'était pas encore faite : ces indulgences pesaient sur ceux que leur santé ou leurs affaires empêchaient de venir à Rome pendant le jubilé : grâce à cet expédient, le voyage devenait inutile, et moyennant le tiers de la somme qu'il eût coûté, les péchés étaient remis tout aussi complétement que si les fidèles eussent rempli toutes les conditions de leur pèlerinage. On établit pour la perception de cette taxe une véritable armée de collecteurs, dont un certain Ludovic de la Torre fut nommé le chef. Les sommes qu'Alexandre fit rentrer dans le trésor pontifical par ce moyen sont incalculables, et on en aura une idée lorsqu'on saura que le territoire de Venise paya à lui seul sept cent quatre-vingt-dix-neuf mille livres pesant d'or.

Cependant, comme les Turcs firent effectivement quelques démonstrations du côté de la Hongrie, et que les Vénitiens craignaient qu'ils n'arrivassent jusqu'à eux, ils firent demander du secours au pape : alors le pape ordonna que dans tous ses États on dît, à l'heure de midi, un *Ave Maria*, pour prier Dieu d'éloigner le danger qui menaçait la sérénissime république. Ce fut la seule aide que les Vénitiens obtinrent de Sa Sainteté, en échange des sept cent quatre-vingt-dix-neuf mille livres pesant d'or qu'il avait reçues d'eux.

Cependant, comme si Dieu eût voulu faire connaître à son étrange représentant qu'il était irrité d'une pareille raillerie des choses saintes, la veille de la Saint-Pierre, au moment où Alexandre passait près du Campanile, se rendant à la tribune des bénédictions, une pièce de fer énorme s'en détacha et tomba à ses pieds; mais, comme si un seul avertissement n'eût point été une admonestation suffisante, le lendemain,

jour de la Saint-Pierre, au moment où le pape était dans une
des chambres de son appartement habituel, avec le cardinal
Capuano et monseigneur Poto, son camérier secret, il vit par
les croisées ouvertes s'amasser un nuage si noir, que, pré-
voyant une tempête, il ordonna au cardinal et au camérier de
fermer les fenêtres. Le pape ne s'était pas trompé, car, comme
ils obéissaient à cet ordre, il vint un si furieux coup de vent,
que la plus haute cheminée du Vatican, renversée ainsi qu'un
arbre qui se déracina, s'écroula sur le toit, qu'elle enfonça, et,
brisant le plancher supérieur, vint tomber dans la chambre
même où ils se trouvaient. A cette chute, qui fit trembler tout
le palais, et au bruit qu'ils entendirent derrière eux, le cardinal Capuano et monseigneur Poto se retournèrent, et, voyant
la chambre pleine de poussière et de débris, ils sautèrent à
l'instant même sur les parapets des fenêtres, en criant aux
gardes de la porte : — Le pape est mort ! le pape est mort ! —
A ces cris, on accourut, et l'on trouva trois personnes étendues
dans les décombres, l'une morte et les deux autres mourantes :
le mort était un gentilhomme siennois, nommé Laurent Chigi,
et les deux mourants deux commensaux du Vatican ; ils passaient dans l'étage supérieur, et avaient été entraînés avec les
débris. Cependant on ne trouvait point Alexandre ; et attendu
qu'il ne répondait pas quoiqu'on l'appelât sans cesse, la
croyance qu'il avait péri se confirma et se répandit bientôt
par la ville. Mais au bout d'un certain temps, comme il n'était
qu'évanoui et qu'il commençait à revenir à lui, on l'entendit
se plaindre, et on le découvrit tout étourdi du coup et blessé,
quoique non dangereusement, en plusieurs parties du corps.
Une espèce de miracle l'avait sauvé : la poutre, qui s'était
brisée par le milieu, avait laissé chacun de ses bouts latéraux,
et l'un de ces bouts avait formé un toit au-dessus du trône
pontifical ; de sorte que le pape, qui y était assis en ce moment, avait été protégé par cette voûte, et n'avait reçu que
quelques contusions.

Les deux nouvelles contradictoires de la mort subite et de
la conservation miraculeuse du pape se répandirent aussitôt
dans Rome, et le duc de Valentinois, épouvanté du changement que le moindre accident arrivé au saint-père pouvait

amener dans sa fortune, accourut au Vatican, ne pouvant se rassurer qu'au témoignage de ses propres yeux. Quant à Alexandre, il voulut rendre des actions publiques au ciel de la protection qu'il lui avait accordée, et se transporta le jour même, escorté par un nombreux cortége de prélats et d'hommes d'armes, porté sur son siége pontifical par deux valets de chambre, deux écuyers, et deux palefreniers, à l'église de Santa-Maria del Popolo, dans laquelle étaient enterrés le duc de Gandie et Jean Borgia, soit qu'il lui fût demeuré dans le cœur quelque reste de dévotion, soit qu'il y fût attiré par le souvenir de l'amour profane qu'il portait à son ancienne maîtresse, la Vanozza, laquelle, sous la figure de la Madone, était exposée à la vénération des fidèles dans une chapelle à gauche du grand autel. Arrivé devant cet autel, le pape alors fit don à l'église d'un magnifique calice dans lequel étaient trois cents écus d'or, qu'à la vue de tous le cardinal de Sienne vida dans une patène d'argent, à la grande satisfaction de la vanité pontificale.

Mais, avant de quitter Rome pour accomplir la conquête de la Romagne, le duc de Valentinois avait réfléchi combien était devenu inutile, à lui et à son père, le mariage autrefois tant désiré de Lucrèce avec Alphonse. Il y avait bien plus : le repos que prenait Louis XII en Lombardie n'était qu'une halte, et Milan était visiblement le relais de Naples. Or, il était possible que Louis XII s'inquiétât de ce mariage, qui faisait du neveu de son ennemi le gendre de son allié. Au lieu de cela, Alphonse mort, Lucrèce était en position d'épouser quelque puissant seigneur de la Marche, du Ferrarais ou de la Bresse, qui pouvait seconder son beau-frère dans la conquête de la Romagne. Alphonse devenait donc non-seulement dangereux, mais encore inutile; ce qui, avec le caractère des Borgia, était bien pis peut-être. La mort d'Alphonse fut résolue.

Cependant le mari de Lucrèce, qui avait depuis longtemps compris le danger qu'il courait en demeurant près de son terrible beau-père, s'était retiré à Naples. Mais, comme, dans leur dissimulation constante, ni Alexandre ni César n'avaient changé avec lui la nature de leurs relations, il commençait perdre ses craintes, lorsqu'il reçut une invitation du pape et de son fils pour venir prendre sa part d'une course de taureaux à la manière espagnole, qu'ils donnaient pour fêter le départ du duc. Dans la position précaire où la maison de Naples se trouvait, il était de la politique d'Alphonse de n'offrir à Alexandre aucun prétexte de rupture; il ne voulut donc point refuser sans motif, et se rendit à Rome. Seulement, comme on jugeait inutile de consulter Lucrèce dans cette affaire, attendu qu'elle avait, dans deux ou trois circonstances, témoigné à son mari un attachement ridicule, on la laissa tranquille dans son gouvernement de Spolette.

Alphonse fut reçu par le pape et par le duc de Valentinois avec toutes les démonstrations d'une sincère amitié, et on lui donna au Vatican même, dans le corps de logis appelé Torre-Nova, l'appartement qu'il avait déjà habité avec Lucrèce.

Une grande lice avait été préparée sur la place Saint-Pierre, dont on avait barricadé les rues, et dont les maisons environnantes offraient à leurs fenêtres des loges toutes construites. Le pape et sa cour étaient aux balcons du Vatican.

La fête commença par des toréadors payés; puis, lorsqu'ils eurent bien déployé leur force et leur adresse, Alphonse d'Aragon et César Borgia descendirent à leur tour dans l'arène, et, pour donner une preuve de la bonne harmonie qui régnait entre eux, décidèrent que le taureau qui poursuivrait César serait tué par Alphonse, et que celui qui poursuivrait Alphonse serait tué par César.

En effet, César étant resté seul et à cheval dans la lice, Alphonse sortit par une porte qui avait été pratiquée, et qui demeura entre-bâillée, afin qu'il pût rentrer sans retard au moment où il jugerait sa présence nécessaire. En même temps, et du côté opposé on introduisit un taureau, qui fut à l'instant même couvert de dards et de flèches, dont quelques-unes contenaient de l'artifice, et qui, prenant feu, irritèrent le taureau au point qu'après s'être roulé de douleur, il se releva furieux, et apercevant un homme à cheval, il se précipita à l'instant même sur lui. Ce fut alors, dans cette étroite arène, poursuivi par ce rapide ennemi, que César déploya toute cette adresse qui faisait de lui un des premiers cavaliers de l'époque. Néanmoins, si habile qu'il fût, il n'aurait pu échapper longtemps, dans l'espace resserré où il manœuvrait, à cet adversaire, contre lequel il n'avait d'autre ressource que la fuite, si, au moment où le taureau commençait à gagner sur lui, Alphonse ne fût sorti tout à coup, agitant de la main gauche un manteau rouge, et tenant de la main droite une longue et fine épée aragonaise. Il était temps; le taureau n'était plus qu'à quelques pas de César, et le péril qu'il courait paraissait si imminent, qu'un cri poussé par une femme partit de l'une des fenêtres; mais, à la vue d'un homme à pied, le taureau s'arrêta court, et, jugeant qu'il aurait meilleur marché de ce nouvel ennemi que de l'ancien, il se retourna contre lui, et, après être resté un instant immobile, mugissant, faisant voler la poussière avec ses pieds de derrière et battant ses flancs de sa queue, il s'élança sur Alphonse, les yeux sanglants et labourant la terre avec sa corne. Alphonse l'attendit tranquillement; puis, lorsqu'il fut à trois pas de lui, fit un bond de côté, lui présentant au défaut de l'épaule son épée, qui disparut aussitôt jusqu'à la garde : au même instant le taureau, arrêté au milieu de sa course, demeura un instant immobile et frémissant sur ses quatre jambes; bientôt il tomba sur ses genoux, poussa un mugissement sourd, et, se couchant sur la place même où il avait été arrêté, expira sans faire un seul pas de plus.

Les applaudissements retentirent de tous côtés, tant le coup avait été adroitement et rapidement porté. Quant à César, il était resté à cheval, cherchant des yeux, au lieu de s'occuper de ce qui se passait à côté de lui, la belle spectatrice qui lui avait donné une si vive marque d'intérêt; sa recherche n'avait point été sans résultat, et il avait reconnu une des demoiselles d'honneur d'Élisabeth, duchesse d'Urbin, qui était fiancée à Jean-Baptiste Carracciolo, capitaine général de la république de Venise.

C'était au tour d'Alphonse de courir, c'était au tour de César de combattre : les jeunes gens changèrent donc de rôles, et après que quatre mules eurent, en se cabrant, traîné hors de l'arène le cadavre du taureau, et que les valets et les serviteurs de Sa Sainteté eurent recouvert de sable la place tachée de sang, Alphonse monta un magnifique cheval d'Andalousie à l'origine arabe, léger comme le vent, qui avait fécondé sa mère dans le désert de Sahara, tandis que César, mettant pied à terre, se retira à son tour, pour reparaître au moment où Alphonse courrait le même danger auquel il venait de l'arracher.

Alors un autre taureau fut introduit à son tour, excité de la même manière avec des dards acérés et des flèches flamboyantes. Comme le premier, en apercevant un homme à cheval, il s'élança sur lui, et alors commença une course merveilleuse, dans laquelle il était impossible de savoir, tant ils passaient rapidement, si c'était le cheval qui poursuivait le taureau, ou si c'était le taureau qui poursuivait le cheval. Cependant, après cinq ou six tours, si rapide que fût le fils de l'Arabie, le taureau commença à gagner sur lui, et l'on put reconnaître lequel poursuivait et lequel fuyait ; si bien qu'au bout d'un instant il n'y avait plus entre eux que la longueur de deux bois de lance, lorsque tout à coup César Borgia parut à son tour, armé d'une de ces longues épées à deux mains dont les Français avaient l'habitude de se servir ; et au moment où le taureau, près de joindre don Alphonse, passait devant lui, César, faisant flamboyer le glaive comme un éclair, lui abattit la tête, tandis que le corps, emporté par sa course, allait tomber dix pas plus loin. Ce coup était si fort inattendu, et avait été exécuté avec une telle adresse, qu'il fut accueilli, non plus par des applaudissements, mais par des acclamations d'enthousiasme et des cris de délire. Quant à César, comme s'il n'eût conservé au milieu de son triomphe que le souvenir de ce cri causé par le premier danger qu'il avait couru, il ramassa la tête du taureau, et la remettant à un de ses écuyers, lui ordonna de la déposer comme un hommage aux pieds de la belle Vénitienne qui lui avait donné une si vive marque d'intérêt.

Cette fête, outre le triomphe qu'elle avait valu à chacun des jeunes gens, avait encore un autre but : c'était de prouver à la foule que la meilleure harmonie régnait entre eux, puisqu'ils venaient mutuellement de se sauver la vie. Il en résultait que, si quelque accident arrivait à César, nul ne songerait à en accuser Alphonse; de même que, si quelque accident arrivait à Alphonse, nul ne songerait à en accuser César.

Il y avait souper au Vatican : Alphonse fit une toilette élégante, et vers les dix heures du soir, s'apprêta à passer du corps de logis qu'il habitait dans celui où demeurait le pape; mais la porte qui séparait les deux cours était fermée, et Alphonse eut beau frapper, on ne lui ouvrit point. Alors il pensa qu'il était tout simple à lui de faire le tour par la place Saint-Pierre : étant donc sorti sans suite par une porte du jardin du Vatican, il s'achemina à travers les rues sombres qui conduisaient à l'escalier par lequel on montait à la place; mais à peine eut-il mis le pied sur les premières marches, qu'il fut attaqué par une troupe d'hommes armés. Alphonse voulut tirer son épée; mais avant qu'elle ne fût hors du fourreau, il avait été frappé de deux coups de hallebarde, l'un à la tête, l'autre à l'épaule; d'une estocade au flanc, et de deux coups de pointe, l'un à la tempe, l'autre à la jambe. Renversé par ces cinq blessures, il était tombé sans connaissance; ses assassins, qui l'avaient cru mort, avaient aussitôt remonté l'escalier, et ayant trouvé sur la place quarante cavaliers qui les attendaient, ils étaient tranquillement sortis sous leur protection par la porte Portèse.

Alphonse fut trouvé mourant, mais non point mort, par des passants dont quelques-uns, l'ayant reconnu, portèrent à l'instant même la nouvelle de cet assassinat au Vatican, tandis que les autres, soulevant le blessé dans leurs bras, le ramenèrent à son appartement de Torre-Nova. Le pape et César, qui avaient appris cette nouvelle au moment de se mettre à table, en avaient paru si affligés, qu'ils avaient abandonné leurs convives et s'étaient rendus à l'instant même auprès de don Alphonse, pour s'assurer si ses blessures étaient ou n'étaient pas mortelles, et dès le lendemain matin, pour détourner les soupçons qui auraient pu planer sur eux, avaient fait arrêter François Gazella, oncle maternel d'Alphonse, qui avait accompagné son neveu à Rome. Convaincu par de faux témoins qu'il était l'auteur de l'assassinat, Gazella eut la tête tranchée.

Cependant la moitié de la besogne seulement était faite : bien ou mal écartés, les soupçons l'étaient suffisamment pour qu'on n'osât point accuser de cet assassinat les véritables assassins ; mais Alphonse n'était pas mort, et grâce à la vigueur de son tempérament et à la science des médecins, qui avaient pris au sérieux les lamentations du pape et de son fils, et qui avaient cru leur être agréables en guérissant leur gendre et leur beau-frère, le blessé marchait vers la convalescence ; en même temps la nouvelle arriva que Lucrèce, ayant appris l'accident arrivé à son mari, allait se mettre en route pour le venir joindre, et le soigner elle-même. Il n'y avait pas de temps à perdre, César fit venir Michelotto.

La même nuit, dit Burchard, *don Alphonse, qui ne voulait pas mourir de ses blessures, fut étranglé dans son lit.*

Le lendemain on lui fit des funérailles, sinon telles qu'il convenait à son rang, du moins assez décentes. Don François Borgia, archevêque de Cosenza, mena le deuil à l'église Saint-Pierre, ou le cadavre fut enseveli dans la chapelle de Sainte-Marie des Fièvres.

La même nuit Lucrèce arriva, elle connaissait trop bien son père et son frère pour que ce fût à elle que l'on pût faire prendre le change ; et quoique le duc de Valentinois eût fait arrêter, aussitôt la mort de don Alphonse, non-seulement ses médecins et chirurgiens, mais encore un pauvre diable de bossu qui lui servait de valet de chambre, elle n'en vit pas moins d'où partait le coup ; aussi, craignant que la douleur qu'elle éprouvait cette fois bien réellement ne lui ôtat la confiance de son père et de son frère, elle se retira à Nepi avec toute sa maison, toute sa cour, et plus de six cents cavaliers, pour passer dans cette ville le temps de son deuil.

Cette grande affaire de famille réglée, et Lucrèce encore une fois veuve, et par conséquent prête à servir les nouvelles combinaisons politiques du pape, César Borgia ne resta plus à Rome que le temps d'y recevoir les ambassadeurs de France et de Venise ; mais comme ils tardaient quelque peu à arriver, et que les dernières fêtes données avaient fait une brèche dans le trésor du pape, il fit une nouvelle promotion de douze cardinaux ; cette promotion avait un double résultat : le pre-

mier, celui de faire entrer six cent mille ducats dans la caisse
pontificale, chaque chapeau ayant été mis à prix à la somme
de cinquante mille ducats, et le second d'assurer au pape une
majorité sûre dans le sacré conseil.

Les ambassadeurs arrivèrent enfin; le premier, qui était
M. de Villeneuve, celui-là même qui était déjà venu au nom
de la France chercher le duc de Valentinois, au moment d'entrer dans Rome, rencontra sur la route un homme masqué,
qui, sans ôter son masque, lui témoigna la joie qu'il éprouvait de son arrivée. Cet homme était César lui-même, qui, ne
voulant pas être reconnu, repartit après une courte conférence, et sans s'être découvert le visage. M. de Villeneuve
entra derrière lui et trouva à la porte del Popolo les ambassadeurs des différentes puissances, et même ceux d'Espagne
et de Naples, dont les souverains n'étaient point encore, il est
vrai, en hostilité ouverte avec la France, mais commençaient
à être en froideur. Alors, comme ces derniers, de peur de se
compromettre, se contentaient, pour tout compliment, de
dire à leur collègue de France : *Monsieur, soyez le bien-
venu !* le maître des cérémonies, surpris d'un compliment
aussi court, leur demanda s'ils n'avaient rien autre chose à
dire ; et comme ils répondirent que non, M. de Villeneuve
leur tourna aussitôt le dos, en répliquant — que ceux qui n'a-
vaient rien à dire n'avaient point besoin de réponse; — puis
s'étant placé entre l'archevêque de Reggio, gouverneur de
Rome, et l'archevêque de Raguse, il se rendit au palais des
Saints-Apôtres, que l'on avait préparé pour sa réception.

Quelques jours après, Maria Georgi, ambassadeur extraordinaire de Venise, arriva à son tour. Il était chargé non-seulement de régler avec le pape les affaires courantes, mais
encore d'apporter à Alexandre et à César le titre de nobles
vénitiens et l'inscription de leurs noms au Livre d'Or, faveur
qu'ils avaient fort ambitionnée tous deux, moins pour la vaine
gloire qu'ils en recevaient que pour l'influence nouvelle que
ce titre pouvait leur donner.

Puis le pape procéda à la remise des chapeaux vendus aux
douze cardinaux. Les nouveaux princes de l'Église étaient *don
Diègue de Mendoce,* archevêque de Séville; *Jacques,* arche-

vêque d'Oristagny, vicaire général du pape; *Thomas*, archevêque de Strigonie; *Pierre*, archevêque de Reggio, gouverneur de Rome; *François Borgia*, archevêque de Cosenza, trésorier général; *Jean*, archevêque de Salerne, vice-camerlingue; *Louis Borgia*, archevêque de Valence, secrétaire de Sa Sainteté, et frère de Jean Borgia, empoisonné par César; *Antoine*, évêque de Come; *Jean-Baptiste Ferraro*, évêque de Modène; *Amédée d'Albret*, fils du roi de Navarre, beau-frère du duc de Valentinois; enfin *Marc Cornaro*, noble Vénitien, en la personne duquel Sa Sainteté retournait à la sérénissime république la faveur qu'elle venait d'en recevoir.

Puis, comme rien n'arrêtait plus le duc de Valentinois à Rome, il ne prit que le temps de faire un emprunt à un riche banquier nommé Augustin Chigi, frère de ce Laurent Chigi qui avait péri le jour où le pape avait manqué d'être tué lui-même par la chute d'une cheminée, et partit pour la Romagne, accompagné de Vitellozzo Vitelli, de Jean-Paul Baglioni, et de Jacques de Santa-Croce, — alors ses amis, — plus tard ses victimes.

La première entreprise du duc de Valentinois fut contre Pesaro; c'était une attention de beau-frère dont Jean Sforza comprit toutes les conséquences; car, au lieu d'essayer ou de défendre ses États par les armes, ou de les disputer par des négociations, ne voulant pas exposer le beau pays dont il avait été longtemps le maître à la vengeance d'un ennemi irrité, il recommanda à ses sujets de lui conserver la même affection, dans l'espérance d'une fortune meilleure, et s'enfuit en Dalmatie. Malatesta, seigneur de Rimini, suivit cet exemple; si bien que le duc de Valentinois entra dans ces deux villes sans coup férir. César laissa une garnison suffisante dans ses nouvelles conquêtes, et marcha vers Faenza.

Mais là les choses changèrent de face; Faenza était alors sous la domination d'Astor Manfredi, beau et brave jeune homme de dix-huit ans, qui, bien qu'abandonné par les Bentivogli, ses proches parents, et par les Vénitiens et les Florentins, ses alliés, lesquels, à cause de l'amitié que le roi de France portait à César, n'osèrent lui amener aucun secours, résolut, connaissant l'amour de ses sujets pour sa famille, de se défendre jusqu'à la dernière extrémité. Sachant donc que le duc de Valentinois marchait contre lui, il rassembla en toute hâte ceux de ses vassaux qui étaient en état de porter les armes et les quelques soldats étrangers qui voulurent bien entrer à sa solde, et, ayant amassé des vivres et des munitions, s'enferma avec eux dans la ville.

Ces préparatifs de défense inquiétèrent peu César : il avait une armée magnifique, composée des meilleures troupes de France et d'Italie, et qui, à part lui, comptait parmi ses chefs Paul et Jules Orsini, Vitellozzo Vitelli, et Paul Baglioni, c'est-à-dire les premiers capitaines de l'époque. Aussi, après avoir reconnu la place, commença-t-il aussitôt le siége en plaçant son camp entre les deux fleuves de l'Amona et le Marziano, et en établissant son artillerie du côté qui regarde Forli, point sur lequel les assiégés avaient de leur côté élevé un puissant bastion.

Au bout de quelques jours de tranchée ouverte, la brèche étant devenue praticable, le duc de Valentinois ordonna l'assaut, et, montrant l'exemple à ses soldats, marcha le premier à l'ennemi. Mais, quel que fût son courage et celui des capitaines qui l'accompagnaient, Astor Manfredi fit si bonne défense, que les assiégeants furent repoussés avec une grande perte de soldats, et en laissant dans les fossés de la ville Honorio Savello, un de leurs plus braves chefs.

Cependant Faenza, malgré le courage et le dévouement de ses défenseurs, n'aurait pu tenir longtemps contre une armée aussi formidable, si l'hiver ne lui était venu en aide. Surpris par la rigueur de la saison, sans maisons pour se mettre à l'abri et sans arbres pour faire du feu, les paysans ayant démoli les unes et abattu les autres, le duc de Valentinois fut obligé de lever le siége et de prendre ses quartiers d'hiver dans les villes voisines, pour être tout prêt au retour du printemps, car César, qui ne pouvait pardonner à une petite ville, habituée à une longue paix, gouvernée par un enfant et privée de tout secours étranger, de l'avoir tenu ainsi en échec, avait juré de prendre sa revanche. Il sépara donc son armée en trois parties, envoya le premier tiers à Imola, le second à For   e vint avec le troisième prendre poste à Césène, qui, d'une ville de troisième ordre qu'elle était, se trouva tout à coup transformée en une ville de luxe et de plaisir.

En effet, avec l'âme active de César, il lui fallait sans cesse ou des guerres ou des fêtes. Aussi la guerre interrompue, les fêtes commencèrent-elles, somptueuses et ardentes comme il les savait faire; les jours se passaient en jeux et en cavalcades, les nuits en bals et en amours; car les plus belles femmes de la Romagne, c'est-à-dire du monde, étaient venues faire au vainqueur un sérail que lui eussent envié le soudan d'Égypte et l'empereur de Constantinople.

Dans une de ces promenades que le duc de Valentinois faisait aux environs de la ville avec cette cour de nobles flatteurs et de courtisanes titrées, qui ne le quittait jamais, il vit venir sur la route de Rimini un cortège assez nombreux pour qu'il reconnût qu'il devait accompagner quelqu'un d'importance. Bientôt, remarquant que le personnage principal de ce cortège était une femme, César s'en approcha et reconnut cette même demoiselle de la duchesse d'Urbin qui, le jour de la course au taureau, avait poussé un cri lorsque lui, César, avait failli être atteint par l'animal furieux. A cette époque, comme nous l'avons dit, elle était fiancée de Jean Carracciolo, général des Vénitiens. Or, Élisabeth de Gonzague, sa protectrice et sa marraine, l'envoyait, avec une suite digne d'elle, à Venise, où le mariage devait s'accomplir.

Déjà, à Rome, la beauté de cette jeune fille avait frappé César, mais en la revoyant elle lui parut plus belle encore que la première fois : aussi, de ce moment, résolut-il de garder pour lui cette belle fleur d'amour, près de laquelle il s'était déjà reproché plus d'une fois d'avoir passé avec tant d'indifférence. En conséquence, il la salua comme une ancienne connaissance, s'informa si elle ne s'arrêtait point quelque temps à Césène, et apprit qu'elle ne faisait qu'y passer; marchant à grandes journées, tant elle était impatiemment attendue, et qu'elle allait coucher le même soir à Forli. C'était tout ce que voulait savoir César, qui appela Michelotto, et lui dit tout bas quelques paroles que personne n'entendit.

En effet, le cortège, ainsi que l'avait dit la belle mariée, ne fit qu'une halte à la ville voisine, et, quoique la journée fût déjà avancée, repartit aussitôt pour Forli ; mais à peine eut-il fait une lieue, qu'une troupe de cavaliers partie de Césène le rejoignit et l'enveloppa. Quoiqu'ils fussent loin d'être en force suffisante, les soldats de l'escorte voulurent défendre la femme de leur général ; mais quelques-uns étant tombés morts, les autres, épouvantés, prirent la fuite ; et comme la femme était descendue de sa litière pour essayer de fuir, le chef la prit entre ses bras, la posa devant lui sur son cheval, puis, ordonnant à ses soldats de retourner à Césène sans lui, il mit sa monture au galop à travers terres, et, comme le crépuscule commençait à descendre, il disparut bientôt dans l'obscurité.

Carracciolo apprit cette nouvelle par un des fuyards, qui lui dit avoir reconnu dans les ravisseurs les soldats du duc de Valentinois. D'abord il crut avoir mal entendu, tant il avait peine à croire à cette terrible nouvelle ; mais, se l'étant fait répéter, il demeura un instant immobile et comme frappé de la foudre ; puis tout à coup, sortant de cet état de stupeur par un cri de vengeance, il s'élança vers le palais ducal, où étaient réunis le doge Barberigo et le conseil des Dix, et, pénétrant au milieu d'eux sans être annoncé et au moment où eux-mêmes venaient d'apprendre l'attentat du duc de Valentinois :

— Sérénissimes seigneurs, s'écria-t-il, je viens prendre congé de vous, résolu que je suis d'aller perdre, dans une vengeance privée, une vie que j'avais cru pouvoir consacrer au service de la république. Je suis offensé dans la plus noble partie de mon âme, — dans mon honneur. — On m'a volé le bien le plus cher que je possédais, ma femme ; — et celui qui a fait cela, c'est le plus perfide, le plus sacrilége, le plus infâme des hommes, c'est le Valentinois ! Ne vous blessez point, messeigneurs, si je parle ainsi d'un homme qui se vante de faire partie de votre noblesse et d'être sous votre protection : cela n'est pas, il ment ; et ses lâchetés et ses crimes l'ont fait indigne de l'une et de l'autre, comme il est indigne de la vie que je lui arracherai avec cette épée. Il est vrai qu'un sacrilége par la naissance, qu'un fratricide, qu'un usurpateur du bien d'autrui, qu'un oppresseur des innocents, qu'un assas-

sin de grande route, qu'un homme qui viole toutes les lois,
même celle qui est respectée chez les peuples les plus barbares, l'hospitalité, qu'un homme qui fait violence, dans ses
propres États, à une vierge qui passe, quand elle avait le
droit d'attendre de lui, au contraire, non-seulement les égards
dus à son sexe et à sa condition, mais encore à la sérénissime
république, dont je suis le condottiere, et qu'il insulte en ma
personne en déshonorant ma femme : il est vrai, dis-je, que
cet homme mérite de mourir d'une autre main que la mienne.
Mais, comme celui qui devrait le faire punir, au lieu d'être
prince et juge, n'est qu'un père aussi coupable que le fils,
j'irai moi-même le trouver, et je sacrifierai ma vie, non-seulement à la vengeance de ma propre injure et du sang de tant
d'innocents, mais encore au salut de la sérénissime république, à l'oppression de laquelle il aspire, après avoir accompli
celle des autres princes de l'Italie.

Le doge et les sénateurs, qui, ainsi que nous l'avons dit,
étaient déjà prévenus de l'événement qui amenait Carracciolo
devant eux, l'avaient écouté avec un grand intérêt et une
profonde indignation; car, ainsi qu'il l'avait dit, ils étaient
insultés eux-mêmes dans la personne de leur général; aussi
lui jurèrent-ils tous, sur leur honneur, que s'il voulait s'en
remettre à eux, au lieu de s'abandonner à une colère qui ne
pouvait que le perdre, ou sa femme lui serait rendue sans
qu'une seule tache eût souillé son voile nuptial, ou il en serait tiré une vengeance proportionnée à l'affront. Aussitôt, et
comme preuve de l'empressement que mettait à cette affaire
le noble tribunal, Louis Manenti, secrétaire des Dix, fut envoyé à Imola, où l'on disait que se trouvait le duc, afin de
lui exprimer tout le déplaisir qu'éprouvait la sérénissime république de l'outrage fait à son condottiere. En même temps,
le conseil des Dix et le doge allèrent trouver l'ambassadeur de
France, le priant de se joindre à eux et de se rendre en personne, avec Manenti, près du duc de Valentinois, pour le som-
mer, au nom du roi Louis XII, de renvoyer à l'instant même
à Venise celle qu'il avait enlevée.

Les deux messagers se rendirent à Imola, où ils trouvèrent
César, qui écouta leur réclamation avec les marques du plus

parfait étonnement, niant qu'il fût pour quelque chose dans ce crime, dont il autorisait Manenti et l'ambassadeur de France à poursuivre les auteurs, tandis que, de son côté, il promit de faire faire les perquisitions les plus actives. Le duc avait une telle apparence de bonne foi, que les envoyés de la sérénissime république y furent un instant trompés, et entreprirent les recherches les plus minutieuses. En conséquence, ils se rendirent sur les lieux mêmes, et commencèrent à prendre des informations. On avait trouvé sur la grande route les morts et les blessés. On avait vu passer un homme emportant une femme éplorée au grand galop de son cheval : bientôt il avait quitté le chemin frayé, et s'était élancé à travers terres. Un paysan qui revenait de travailler aux champs l'avait vu apparaître et s'évanouir comme une ombre, prenant la direction d'une maison isolée. Une vieille femme disait l'avoir vu entrer dans cette maison. Mais dans la nuit du lendemain la maison avait disparu comme par enchantement, et la charrue avait passé à sa place; de sorte que nul ne pouvait dire ce qu'était devenue celle que l'on cherchait, puisque ceux qui habitaient la maison, et même la maison, n'étaient plus là.

Manenti et l'ambassadeur de France revinrent à Venise, racontant ce que le duc de Valentinois leur avait dit, ce qu'ils avaient fait, et comment leurs recherches avaient été sans résultat. Nul n'eut aucun doute que César ne fût le coupable; mais nul aussi ne put lui prouver qu'il l'était. En conséquence, la sérénissime république, qui, à cause de sa guerre contre les Turcs, ne pouvait se brouiller avec le pape, défendit à Carracciolo de tirer aucune vengeance particulière de cet événement, dont le bruit s'éteignit peu à peu, et dont on finit par ne plus parler.

Cependant, les plaisirs de l'hiver n'avaient point détourné César de ses projets sur Faenza. Aussi, à peine le retour du printemps lui permit-il de se mettre en campagne, qu'il marcha de nouveau vers la ville, campa vis-à-vis du château, et après avoir pratiqué une nouvelle brèche, ordonna un assaut général, auquel il monta le premier; mais en dépit du courage qu'il y déploya de sa personne, et si bien qu'il fût secondé

de ses soldats, ils furent repoussés par Astor, qui, à la tête
des hommes, faisait face sur la brèche, tandis que les femmes
elles-mêmes, du haut des remparts, roulaient sur les assiégeants des pierres et des troncs d'arbres. Après une heure
de lutte corps à corps, César fut forcé de se retirer, laissant
deux mille hommes dans les fossés de la ville, et parmi ces
deux mille hommes, Valentin Farnèze, un de ses plus braves
condottieri.

Alors César, voyant que ni excommunications ni assauts
ne pouvaient rien, convertit le siége en blocus : toutes les
routes qui conduisaient à Faenza furent coupées, toutes les
communications interrompues, et comme plusieurs signes de
révolte s'étaient fait remarquer à Césène, il y mit pour gouverneur un homme, dont il connaissait la puissante volonté,
nommé Ramiro d'Orco, avec pouvoir de vie et de mort sur
les habitants ; puis il attendit, tranquille devant Faenza, que
la faim fît sortir les habitants de ces murailles qu'ils s'achar-
naient avec tant d'entêtement à défendre. En effet, au bout
d'un mois, pendant lequel les Faïentins avaient subi toutes
les horreurs de la famine, des parlementaires vinrent au
camp de César pour proposer une capitulation. César, à qui il
restait beaucoup à faire en Romagne, se montra plus facile
qu'on n'eût pu l'espérer, et la ville se rendit à la condition
qu'on ne toucherait ni à la personne ni aux biens des habitants ; qu'Astor Manfredi, son jeune souverain, aurait la faculté de se retirer où il voudrait, et partout où il serait retiré
jouirait du revenu de son patrimoine.

Les conditions furent fidèlement remplies à l'égard des habitants ; mais César ayant vu Astor, qu'il ne connaissait pas,
fut pris d'une étrange passion pour ce beau jeune homme,
qui ressemblait à une femme : il le garda donc auprès de lui
dans son armée, lui faisant honneur comme à un jeune prince,
et paraissant aux yeux de tous avoir pour lui la plus vive amitié ; puis un jour Astor disparut, comme avait fait la fiancée
de Carracciolo, sans que personne sût ce qu'il était advenu de
lui ; César lui-même parut fort inquiet, dit qu'il s'était sauvé
sans doute, et pour faire croire à cette fuite, envoya après lui
des courriers dans toutes les directions.

Un an après cette double disparition, on trouva dans le Tibre, un peu au-dessus du château Saint-Ange, le corps d'une belle jeune femme, dont les mains étaient liées derrière le dos, et le cadavre d'un beau jeune homme, ayant encore autour du cou la corde de l'arc avec laquelle on l'avait étranglé. La jeune femme était la fiancée de Carracciolo, le jeune homme était Astor.

Tous deux avaient servi pendant cette année aux plaisirs de César, qui, s'étant enfin lassé d'eux, les avait fait jeter dans le Tibre.

Au reste, la prise de Faenza valut à César le titre de duc de Romagne, qui lui fut d'abord donné en plein consistoire par le pape, et qui fut ratifié ensuite par le roi de Hongrie, la république de Venise et les rois de Castille et de Portugal. La nouvelle de cette ratification parvint à Rome la veille du jour où le peuple avait l'habitude de célébrer l'anniversaire de la fondation de la ville éternelle; cette fête, qui datait de Pomponius Lætus, acquit une nouvelle splendeur des événements heureux qui venaient d'arriver à son souverain. Le canon tira toute la journée en signe de joie; le soir, il y eut des illuminations et des feux d'artifice, et pendant une partie de la nuit, le prince de Squillace, accompagné des principaux seigneurs de la noblesse romaine, parcourut les rues de la ville, portant des torches à la main, et criant : Vive Alexandre! vive César! vivent les Borgia! vivent les Orsini! vive le duc de Romagne!

Cependant l'ambition de César croissait avec ses victoires : à peine fut-il maître de Faenza, qu'excité par les Mariscotti, anciens ennemis des Bentivoglio, il jeta les yeux sur Bologne; mais Jean de Bentivoglio, dont les ancêtres de temps immémorial possédaient cette ville, non-seulement avait fait tous les préparatifs nécessaires pour faire une longue résistance, mais encore il s'était mis sous la protection de la France; de sorte qu'à peine eut-il appris que César se dirigeait vers la frontière du Bolonais avec son armée, qu'il envoya un courrier à Louis XII pour réclamer la parole donnée. Louis XII la tint avec sa fidélité ordinaire, et comme César arrivait devant Bologne, il reçut une invitation du roi de France de ne rien

entreprendre contre son allié, Bentivoglio ; mais comme César
n'était pas homme à s'être dérangé pour rien, il fit ses conditions de retraite, auxquelles Bentivoglio souscrivit, trop
heureux d'en être quitte à ce prix : c'était la cession de Cas-
tel Bolonese, forteresse située entre Imola et Faenza, la promesse d'un tribut de neuf mille ducats, et l'entretien à son
service de cent hommes d'armes et de deux mille fantassins.
En échange de ces avantages, César Borgia confia à Bentivoglio qu'il était redevable de sa visite aux conseils des Mariscotti ; puis, renforcé du contingent de son nouvel allié, il prit
la route de la Toscane ; mais à peine était-il hors de vue, que
Bentivoglio fit fermer les portes de Bologne, chargea son fils
Hermès d'assassiner de sa main Agamemnon Mariscotti, chef
de la famille, tandis qu'il faisait massacrer de son côté trente-
quatre de ses frères, fils, filles ou neveux, et deux cents de
ses parents et amis. Cette boucherie fut faite par les plus
nobles jeunes gens de Bologne, que Bentivoglio força de tremper dans ce meurtre, afin de les attacher à lui par la crainte
des représailles.

Les projets de César sur Florence commençaient à n'être
plus un mystère ; dès le mois de janvier, il avait envoyé à
Pise Regnier de la Sassetta et Pierre de Gamba Corti, avec
mille à douze cents hommes, et aussitôt la conquête de la
Romagne achevée, il avait encore acheminé vers cette ville
Oliverotto da Ferma, avec de nouveaux détachements. De son
côté, comme on le voit, il avait renforcé son armée de cent
hommes d'armes et de deux mille fantassins ; il venait d'être
rejoint par Vitellozzo Vitelli, seigneur de Città di Castello, et
par les Orsini, qui lui avaient amené encore deux ou trois
mille hommes ; de sorte qu'il avait sous ses ordres, sans
compter les troupes envoyées à Pise, sept cents hommes d'armes et cinq mille fantassins.

Cependant, malgré cette formidable assemblée, il n'entra
en Toscane qu'en protestant de ses intentions pacifiques et en
déclarant qu'il voulait seulement traverser les États de la république pour se rendre à Rome, offrant de payer comptant
tous les vivres dont son armée aurait besoin. Mais lorsque,
après avoir passé les défilés des montagnes, il fut arrivé à

11

Barberino, comme il sentit que la ville était en sa puissarce, et que rien ne pouvait plus lui en défendre les approches, il commença à mettre à prix l'amitié qui lui était offerte et à imposer des conditions au lieu d'en recevoir. Ces conditions étaient que Pierre de Médicis, parent et allié des Orsini, fût rétabli dans son ancienne autorité; que six bourgeois de la ville, désignés par Vitellozzo, fussent remis entre ses mains, afin qu'ils expiassent par leur mort celle de Paul Vitelli, exé-cuté injustement par les Florentins; que la seigneurie s'en-gageât à ne donner aucun secours au seigneur de Piombino, qu'il comptait déposséder incessamment de ses États; enfin, que la république le prît, lui César, à son service, avec une solde proportionnée à son mérite. Mais comme César en était là de ses négociations avec Florence, il reçut de Louis XII l'ordre de se préparer, ainsi que la chose avait été convenue, à le suivre avec son armée dans la conquête de Naples, qu'il était enfin en état d'entreprendre. César n'osait point man-quer de parole à un si puissant allié; il lui fit donc répondre qu'il était à ses ordres, et comme les Florentins ignoraient qu'il fût forcé de quitter la Toscane, il se fit acheter sa re-traite moyennant une somme de trente-six mille ducats par année, en échange de laquelle il devait tenir trois cents hommes d'armes, toujours prêts à secourir la république à son premier appel et dans tous ses besoins.

Cependant, si pressé que fût César, il espéra qu'il aurait encore le temps de conquérir en passant le territoire de Piom-bino, et d'emporter sa capitale par un vigoureux coup de main; en conséquence, il entra sur les terres de Jean IV d'Appiano; mais il trouva que celui-ci avait d'avance, et pour lui ôter toute ressource, dévasté son propre pays, brûlé les fourrages, coupé les arbres, arraché les vignes, et détruit le petit nombre de fontaines qui donnaient des eaux salubres. Cela ne l'empêcha point de s'emparer en peu de jours de Severeto, de Scarlino, de l'île d'Elbe et de la Pianosa; mais force lui fut de s'arrêter devant le château, qui offrait une sérieuse résistance. Or, comme l'armée du roi Louis XII con-tinuait son chemin vers Rome, et qu'il reçut le 27 juillet un nouvel ordre de la rejoindre, il partit le lendemain, laissant, pour poursuivre le siége en son absence, Vitellozzo et Jean-Paul Baglioni.

Cette fois Louis XII s'avançait vers Naplés, non plus avec la bouillante imprévoyance de Charles VIII, mais, au contraire, avec la prudente circonspection qui lui était habituelle. Outre son alliance avec Florence et Rome, il avait encore signé un traité secret avec Ferdinand le Catholique, qui prétendait avoir, par la maison de Duras, les même: droits sur le royaume de Naples, que Louis XII par la maison d'Anjou. Par ce traité, les deux rois se partageaient d'avance leur conquête : Louis XII serait maître de Naples, de la terre de Labour et des Abruzzes, avec le titre de roi de Naples et de Jérusalem; Ferdinand se réservait la Pouille et la Calabre, avec le titre de duc de ces provinces; tous deux devaient ensuite recevoir l'investiture du pape et relever de lui. Or, ce partage avait d'autant plus de chance d'être mis à exécution, que Frédéric, croyant toujours Ferdinand son bon et fidèle ami, devait lui ouvrir les portes de ses villes, et recevoir au lieu d'alliés dans ses forteresses des vainqueurs et des maîtres. Tout cela n'était peut-être pas très-loyal de la part d'un roi qui avait si longtemps ambitionné et qui venait de recevoir le surnom de Catholique; mais peu importait à Louis XII, qui profitait de la trahison sans la partager.

L'armée française, à laquelle venait de se réunir le duc de Valentinois, se composait de mille lances, de quatre mille Suisses, et de six mille Gascons et aventuriers; d'un autre côté, Philippe de Rabenstein conduisait par mer seize vaisseaux bretons et provençaux, et trois caraques génoises, portant six mille cinq cents hommes de débarquement.

Le roi de Naples n'avait à opposer à cette nombreuse assemblée que sept cents hommes d'armes, six cents chevau-légers et six mille fantassins qu'il avait mis sous le commandement des Colonna, qu'il avait pris à sa solde depuis que le pape les avait chassés des États de l'Église; mais il comptait fort sur Gonzalve de Cordoue, qui devait venir le rejoindre à Gaëte, et à qui, dans sa confiance, il faisait ouvrir toutes les forteresses de la Calabre.

Mais la sécurité qu'inspirait à Frédéric son infi

fut pas longue : en arrivant à Rome, les ambassadeurs français et espagnols présentèrent au pape le traité signé à Grenade, le 11 novembre 1500, entre Louis XII et Ferdinand le Catholique, traité qui, jusqu'alors, était demeuré secret. Alexandre qui, dans sa prévoyance des choses à venir, avait dénoué, par la mort d'Alphonse, tous les liens qui l'attachaient à la maison d'Aragon, commença cependant par faire quelques difficultés ; mais alors il lui fut démontré que cet arrangement n'avait été pris que pour donner aux princes chrétiens de nouveaux moyens d'attaquer l'empire ottoman, et devant une pareille considération, comme on le comprend bien, tous les scrupules du pape devaient céder ; aussi se décida-t-il, le 25 juin, à rassembler un consistoire qui déclara Frédéric déchu du trône de Naples.

Frédéric, en apprenant à la fois l'arrivée de l'armée française à Rome, la trahison de son allié Ferdinand, et la déchéance prononcée par Alexandre, comprit bien que tout était perdu ; cependant, il ne voulut pas qu'il fût dit qu'il avait abandonné son royaume sans avoir même essayé de le défendre. En conséquence, il chargea Fabrice Colonna et Ranuce de Marciano, ses deux nouveaux condottieri, d'arrêter les Français devant Capoue, avec trois cents hommes d'armes, quelques chevau-légers et trois mille fantassins ; occupa de sa personne Aversa, avec une autre partie de son armée, tandis que Prosper Colonna devait, avec le reste, défendre Naples, et faire face aux Espagnols du côté de la Calabre.

Ces dispositions étaient à peine prises, que d'Aubigny, ayant passé le Vulturne, vint mettre le siége devant Capoue, et investit cette ville de l'un et de l'autre côté du fleuve. A peine campés devant les remparts, les Français commencèrent à établir leurs batteries, qui bientôt se mirent à jouer, à la grande terreur des pauvres assiégés, qui, presque tous étrangers à la ville, y étaient accourus de toutes parts, croyant trouver un abri derrière ses murailles. Aussi, dès que le premier assaut eut été donné par les Français, quoiqu'il eût été bravement repoussé par Fabrice Colonna, la terreur se répandit telle dans la ville, si grande et si aveugle, que chacun parla aussitôt d'ouvrir les portes, et que ce fut à grand'peine

que Colonna fit comprendre à cette multitude qu'il fallait au
moins profiter de l'échec éprouvé par les assiégeants pour
obtenir d'eux une bonne capitulation. Les ayant donc ramenés
à son avis, il envoya des parlementaires à d'Aubigny, et une
conférence fut arrêtée pour le surlendemain dans laquelle on
traiterait de la reddition de la ville.

Mais ce n'était point là l'affaire de César Borgia; resté en
arrière pour conférer avec le pape, il avait rejoint l'armée
française avec une partie de ses troupes, le jour même où la
conférence avait été indiquée pour le surlendemain; or, une
capitulation quelconque devait lui enlever la part de butin et
de plaisir que lui promettait la prise d'assaut d'une ville aussi
riche et aussi peuplée que Capoue. En conséquence, il entama
de son côté des négociations avec un des chefs chargés de la
défense d'une porte, négociations sourdes et dorées, toujours
plus promptes et plus efficaces que les autres; de sorte que,
au moment même où Fabrice Colonna discutait dans un bastion avancé les conditions de la capitulation avec les capitaines
français, on entendit tout à coup de grands cris de détresse :
c'était Borgia qui, sans prévenir personne, et accompagné de
sa fidèle armée de la Romagne, venait d'entrer dans la ville,
et qui commençait à égorger la garnison, laquelle, sur la foi
de la capitulation près d'être signée, s'était relâchée de sa
vigilance. De leur côté, les Français, voyant la ville à moitié
rendue, se ruèrent sur les portes avec une telle impétuosité,
que les assiégés ne cherchèrent plus même à les défendre, et
pénétrèrent dans Capoue par trois côtés différents; alors il
n'y eut plus moyen de rien arrêter. La boucherie et le pillage
avaient commencé, il fallait que l'œuvre de destruction s'ac-
complît tout entière; en vain Fabrice Colonna, Ranuce de
Marciano et don Ugo de Cardona, essayèrent-ils de faire face
à la fois, avec quelques hommes qu'ils avaient rassemblés,
aux Français et aux Espagnols. Fabrice Colonna et don Ugo
furent faits prisonniers; Ranuce, blessé d'un trait d'arbalète,
tomba entre les mains du duc de Valentinois; sept mille habitants furent massacrés dans les rues, parmi lesquels se trouva
le traître qui avait livré la porte; les églises furent pillées,
les couvents de religieuses forcés; et alors on vit une partie

de ces saintes filles se précipiter dans les puits ou se jeter dans le fleuve pour échapper aux soldats. Trois cents des plus nobles femmes de la ville s'étaient réfugiées dans une tour; le duc de Valentinois en enfonça les portes, choisit pour lui les quarante plus belles et livra le reste à son armée.

Le pillage dura trois jours.

Capoue emportée, Frédéric comprit qu'il était inutile qu'il essayât plus longtemps de se défendre; en conséquence, il s'enferma dans le Château-Neuf et permit à Gaëte et à Naples de traiter avec le vainqueur : Gaëte se racheta du pillage moyennant soixante mille ducats, et Naples moyennant la reddition du château, qui fut faite à d'Aubigny par Frédéric lui-même, à la condition qu'il pourrait faire conduire dans l'île d'Ischia son argent, ses bijoux et ses meubles, et y rester avec sa famille pendant six mois à l'abri de toute hostilité. Cette capitulation fut fidèlement tenue de part et d'autre; d'Aubigny entra dans Naples, et Frédéric se retira à Ischia.

Ainsi tomba, d'une dernière et terrible chute, et pour ne plus se relever jamais, cette branche de la maison d'Aragon qui avait régné soixante-cinq ans. Frédéric, qui était son chef, demanda et obtint un sauf-conduit pour passer en France, où Louis XII lui accorda le duché d'Anjou et trente mille ducats de rente, à la condition qu'il ne quitterait plus le royaume, où il mourut en effet le 9 septembre 1504. Son fils aîné, don Ferdinand duc de Calabre, se retira en Espagne, où on lui permit de se marier deux fois, mais avec des femmes dont la stérilité était reconnue, et où il mourut en 1550; Alphonse, le second fils qui avait suivi son père en France, mourut empoisonné, dit-on, à Grenoble, à l'âge de vingt-deux ans; enfin César, le troisième fils, mourut de son côté à Ferrare, avant d'avoir atteint sa dix-huitième année.

Quant à Charlotte, sa fille, elle épousa en France Nicolas, comte de Laval, gouverneur et amiral de Bretagne; une fille naquit de ce mariage : ce fut Anne de Laval, qui fut mariée à François de la Trimouille, et c'est par elle qu'avaient été transmis à la maison de la Trimouille les droits que cette maison fit valoir depuis sur le royaume des Deux-Siciles.

La prise de Naples rendit au duc de Valentinois sa liberté;

il quitta donc l'armée française, après avoir reçu de son chef
de nouvelles assurances de l'amitié du roi Louis XII, et revint
au siége de Piombino, qu'il avait été forcé d'interrompre.
Pendant ce temps le pape Alexandre visitait les conquêtes de
son fils, et parcourait toute la Romagne, accompagné de
Lucrèce, qui s'était enfin consolée de la mort de son mari,
et qui n'avait jamais joui près de Sa Sainteté d'une si grande
faveur; aussi, en revenant à Rome, n'eut-elle plus d'autres
appartements que ceux de son père. Il résulta de cette recru-
descence d'amitié pontificale deux bulles qui érigeaient en
luchés les villes de Nepi et de Sermoneta : l'un fut donné à
Jean Borgia, un des bâtards du pape qu'il avait eus en dehors
de ses amours avec la Vanozza et Julia Farnèse, et l'autre à
don Roderic d'Aragon, fils de Lucrèce et d'Alphonse : les
terres des Colonna faisaient les apanages de ces deux duchés.

Mais, outre cela, Alexandre rêvait encore un nouvel accroissement de fortune; c'était un mariage entre Lucrèce et
Alphonse d'Est, fils du duc Hercule de Ferrare, mariage en
faveur duquel Louis XII s'était entremis.

Or, comme Sa Sainteté était en veine de bonheur, elle apprit le même jour que Piombino s'était rendu au duc de
Valentinois, et que parole avait été donnée par le duc Hercule
au roi de France.

C'était là, en effet, de riches nouvelles pour Alexandre VI,
mais dont l'une, comme importance, ne pouvait se comparer
à l'autre; aussi celle du mariage de madame Lucrèce avec
l'héritier présomptif du duché de Ferrare fut-elle reçue avec
une joie qui sentait un peu son parvenu. Le duc de Valentinois fut invité à revenir à Rome, pour prendre sa part du
bonheur de la famille, et le jour où la publication de la nouvelle eut lieu, le gouverneur du château Saint-Ange reçut
l'ordre de tirer le canon de quart d'heure en quart d'heure,
depuis midi jusqu'à minuit. A deux heures, Lucrèce, en habits
de fiancée, accompagnée par ses deux frères le duc de Valentinois et le duc de Squillace, sortit du Vatican, suivie de toute
la noblesse de Rome, et alla rendre grâces, à l'église de la
Madonna del Popolo, où étaient enterrés le duc de Gandie et
le cardinal Jean Borgia, de la nouvelle faveur que le ciel ac-

cordait à sa maison; et le soir, accompagnée de cette même cavalcade rendue plus brillante encore par la lueur des torches et la clarté des illuminations, elle parcourut toute la ville, au milieu des cris de : Vive le pape Alexandre VI! vive la duchesse de Ferrare! que poussaient des hérauts habillés de drap d'or.

Le lendemain, on publia par la ville que des courses de femmes étaient ouvertes du château Saint-Ange à la place Saint-Pierre; que, de trois jours l'un, il y aurait un combat de taureaux à la manière espagnole; et qu'à partir du mois d'octobre, où l'on était alors, jusqu'au premier jour de Carême, les mascarades seraient permises dans les rues de Rome.

Telles étaient les fêtes du dehors; quant à celles qui avaient lieu dans l'intérieur du Vatican, le programme n'en était pas donné au peuple; car, au dire de Burchard, témoin oculaire, voici ce qu'elles étaient :

« Le dernier dimanche du mois d'octobre, cinquante courtisanes soupèrent au palais apostolique dans la chambre du duc de Valentinois, et, après avoir soupé, dansèrent avec les écuyers et les serviteurs, d'abord vêtues de leurs habits, ensuite nues; après le souper, on enleva la table, on posa symétriquement les candélabres à terre, et l'on sema sur le parquet une grande quantité de châtaignes, que ces cinquante femmes, toujours nues, ramassèrent en marchant à quatre pattes entre les flambeaux ardents; le pape Alexandre, le duc de Valentinois et sa sœur Lucrèce, qui regardaient ce spectacle d'une tribune, encourageaient par leurs applaudissements les plus adroites et les plus intelligentes, qui reçurent pour prix des jarretières brodées, des brodequins de velours et des bonnets de drap d'or et de dentelles; puis on passa à de nouveaux plaisirs, et. . . . .
. . . . »

Nous en demandons bien humblement pardon à nos lecteurs, et surtout à nos lectrices; mais, après avoir trouvé des expressions pour la première partie du spectacle, voilà que nous en cherchons vainement pour la seconde. Nous nous contenterons donc de leur dire que, comme il y avait eu des prix pour l'adresse, il y en eut pour la luxure et la bestialité.

Quelques jours après cette soirée étrange, qui rappelait si bien les veillées romaines de Tibère, de Néron et d'Élagabale, Lucrèce, vêtue d'une robe de brocart d'or, dont des jeunes filles, vêtues de blanc et couronnées de roses, portaient la queue, sortit de son palais, marchant, au son des trompettes et des clairons, sur des tapis étendus par les rues où elle devait passer; et accompagnée des plus nobles cavaliers et des plus belles femmes de Rome, elle se rendit au Vatican, où l'attendaient, dans la salle Pauline, le pape, le duc de Valentinois, don Ferdinand, procureur du duc Alphonse, et le cardinal d'Est, son cousin. Le pape s'assit d'un côté de la table, tandis que les envoyés ferrarais se tenaient debout de l'autre côté; alors madame Lucrèce s'avança au milieu, et don Ferdinand lui mit au doigt l'anneau nuptial : cette cérémonie accomplie, le cardinal d'Est s'approcha à son tour, et présenta à la fiancée quatre magnifiques bagues où étaient enchâssées des pierres précieuses; puis on apporta sur la table une assiette, richement incrustée d'ivoire, dont le cardinal tira une quantité de joyaux, de chaînes et de colliers, de perles et de diamants, dont le travail n'était pas moins précieux que la matière, et qu'il pria de nouveau Lucrèce d'accepter, en attendant ceux que son fiancé se promettait de lui offrir lui-même, et qui seraient plus dignes d'elles. Lucrèce accepta ces présents avec les démonstrations de la plus grande joie; puis elle se retira dans une salle voisine, appuyée sur le bras du pape, et suivie des dames qui l'avaient accompagnée, laissant au duc de Valentinois le soin de faire aux hommes les honneurs du Vatican. Le soir, les invités se réunirent de nouveau, et tandis qu'on tirait un magnifique feu d'artifice sur la place Saint-Paul, ils dansèrent jusqu'à la moitié de la nuit.

La cérémonie des fiançailles accomplie, le pape et le duc de Valentinois s'occupèrent des apprêts du départ. Le pape, qui désirait que le voyage se fît avec un grand appareil, mit à la suite de sa fille, outre ses deux beaux-frères et les gentilshommes venus avec eux, le sénat de Rome et tous les seigneurs qui, par leur fortune, pouvaient étaler le plus de magnificence sur leurs habits et dans leur livrée. Parmi cette suite splendide, on distinguait Olivier et Ramiro Mattei, fils de Pierre Mattei, chancelier de la ville, et d'une fille que le pape avait eue d'une autre femme encore que la Vanozza ; en outre, Sa Sainteté nomma en consistoire François Borgia, cardinal de Cosenza, légat *à latere*, pour accompagner sa fille jusqu'aux frontières des États ecclésiastiques.

De son côté, le duc de Valentinois envoya des messagers dans toutes les cités de la Romagne, pour que Lucrèce fût reçue dans chacune d'elles comme si elle en était souveraine et maîtresse ; aussitôt, de grands préparatifs furent faits pour accomplir les ordres du duc. Cependant les messagers lui rapportèrent qu'ils craignaient fort que des murmures ne se fissent entendre à Césène, où, on se le rappelle, César, pour calmer l'agitation de la ville, avait laissé avec ses pleins pouvoirs le gouverneur Ramiro d'Orco. Or, Ramiro d'Orco avait si bien accompli son œuvre, qu'il n'y avait plus rien à craindre sous le rapport de la rébellion, car un sixième des habitants avait péri sur l'échafaud. Cependant il résultait de cette situation que l'on n'espérait pas obtenir de la ville en deuil les mêmes démonstrations de joie que l'on attendait d'Immoli, de Faenza et de Pesaro ; mais le duc de Valentinois obvia à cet inconvénient avec une promptitude et une efficacité qui n'appartenaient qu'à lui. Un matin, les habitants de Césène trouvèrent en s'éveillant l'échafaud dressé sur la place, et sur l'échafaud un homme coupé en quatre quartiers, que surmontait, au bout d'un pieu, une tête détachée du tronc.

Cet homme, c'était Ramiro d'Orco.

Nul ne sut jamais par quelles mains l'échafaud nocturne avait été dressé, ni par quels bourreaux la terrible exécution avait été faite ; seulement, la république de Florence ayant fait demander à Machiavel, son légat à Césène, ce qu'il pensait de cette mort, Machiavel répondit :

« Magnifiques seigneurs,

» Je ne puis rien vous dire touchant l'exécution de Ramiro d'Orco, sinon que César Borgia est le prince qui sait le mieux faire et défaire les hommes selon leurs mérites.

» NICOLAS MACHIAVEL. »

Le duc de Valentinois ne s'était pas trompé dans sa prévision, la future duchesse de Ferrare fut admirablement reçue dans toutes les villes par lesquelles elle passa, et particulièrement dans la ville de Césène.

Pendant que Lucrèce allait rejoindre à Ferrare son quatrième mari, Alexandre et le duc de Valentinois résolurent de faire une tournée dans leur dernière conquête, le duché de Piombino. Le but apparent de ce voyage était de faire prêter serment à César par ses nouveaux sujets, et le but réel, de former dans la capitale de Jacques Appiano un arsenal à portée de la Toscane, à laquelle ni le pape ni son fils n'avaient jamais sérieusement renoncé. Tous deux partirent donc du port de Corneto sur six galères, accompagnés d'un grand nombre de cardinaux et de prélats, et le même soir arrivèrent à Piombino. La cour pontificale y demeura quelques jours, tant pour faire reconnaître le duc de Valentinois des habitants, que pour assister à quelques fonctions ecclésiastiques, dont la principale fut une chapelle tenue le troisième dimanche de Carême, et dans laquelle le cardinal de Cosenza chanta une messe, où le pape assista pontificalement avec le duc et les cardinaux. Puis, faisant succéder ses plaisirs accoutumés à ces graves fonctions, le pape fit venir les plus belles filles du pays, et leur ordonna de danser devant lui leurs danses nationales.

A ces danses succédaient des festins d'une somptuosité inouïe, et dans lesquels, à la vue de tous, quoiqu'on fût en Carême, le pape ne se fit aucun scrupule de ne point faire maigre. Au reste, toutes ces fêtes avaient pour but de répandre une grande quantité d'argent dans le pays et de populariser le duc de Valentinois, en faisant oublier le pauvre Jacques d'Appiano.

Après Piombino, le pape et son fils visitèrent l'île d'Elbe, où ils ne s'arrêtèrent, au reste, que le temps nécessaire pour visiter les vieilles fortifications et ordonner d'en faire de nouvelles.

Enfin, les illustres voyageurs s'embarquèrent pour revenir à Rome; mais à peine en mer, le temps étant devenu contraire, et le pape n'ayant pas voulu rentrer à Porto Ferrajo,

on resta cinq jours sur les galères, qui n'avaient de provi-
sions que pour deux. Pendant les trois derniers jours, le pape
ne vécut donc que de quelques poissons frits, pêchés à grand'-
peine, à cause du gros temps. Enfin, on arriva en vue de Corneto, et là, le duc de Valentinois, qui était sur une autre
galère que celle montée par le pape, voyant que son bâtiment
ne pouvait prendre terre, se jeta dans un bateau, et se fit conduire au port. Quant au pape, il fut contraint de continuer
sa route vers Pontercole, où il arriva enfin, après avoir été
battu par une tempête si violente, que tous ceux qui l'accompagnaient demeuraient comme abattus, ou par le mal de mer,
ou par la terreur de la mort. Le pape seul ne manifesta point
un seul instant de crainte, demeurant, tout le temps que dura
la tempête, sur le pont, assis dans son fauteuil, invoquant le
nom de Jésus et faisant le signe de la croix. Enfin, la galère
qui le portait entra dans la rade de Pontercole, où il prit terre
à son tour, et ayant envoyé chercher des chevaux à Corneto,
il rejoignit le duc, qui l'attendait dans cette ville. Tous deux
alors revinrent, à petites journées, par Civita-Vecchia et Palo,
et rentrèrent dans Rome après un mois d'absence. Presque
en même temps qu'eux y arriva, venant chercher son chapeau, le cardinal d'Albret. Il était accompagné des deux in-
fants de Navarre, qui y furent accueillis non-seulement avec
les honneurs qui convenaient à leur rang, mais encore comme
des beaux-frères auxquels le duc de Valentinois était jaloux
de montrer le cas qu'il faisait de leur alliance.

Cependant le temps était venu où le duc de Valentinois
devait reprendre le cours de ses conquêtes. Aussi, comme dès
le 1er mai de l'année précédente le pape avait prononcé, en
plein consistoire, une sentence de déchéance contre Jules-César de Varano, par laquelle, en punition du meurtre de son
frère Rodolphe et de l'asile qu'il avait accordé aux ennemis
du pape, il était exproprié de son fief de Camerino, lequel
était réuni à la chambre apostolique, César partit de Rome
pour la mettre à exécution. En conséquence, arrivé sur les
frontières de Pérouse, qui appartenait à son lieutenant, Jean-
Paul Baglioni, il envoya Oliverotto da Fermo et Gravina Orsini ravager la Marche de Camerino, en même temps qu'il

priait Gui d'Ubaldo de Montefeltro, duc d'Urbin, de lui prêter
ses soldats et son artillerie, pour l'aider dans cette entreprise ;
ce que le malheureux duc d'Urbin, qui était dans les meilleures relations avec le pape, et qui n'avait aucun motif de se
défier de César, n'osa lui refuser. Mais le jour même où les
troupes du duc d'Urbin se mettaient en route pour Camerino,
les troupes du duc de Valentinois entraient dans le duché
d'Urbin, et s'emparaient de Cagli, une des quatre villes de ce
petit État. Le duc comprit ce qui l'attendait s'il essayait de
faire résistance, et s'enfuit en habit de paysan ; de sorte qu'en
moins de huit jours César se trouva maître de son duché,
moins les forteresses de Maiolo et de San-Leo.

Le duc de Valentinois se retourna aussitôt vers Camerino,
qui tenait toujours, excité par la présence de Jules-César de
Varano, son seigneur, et de ses deux fils, Venantio et Annibal ; quant à l'aîné, qui se nommait Jean-Marie, il avait été
envoyé par son père à Venise.

La présence de César amena des pourparlers entre les assiégeants et les assiégés. On rédigea une capitulation par laquelle Varano s'engageait à rendre la ville, à la condition que
lui et ses fils en sortiraient sains et saufs, emportant avec eux
leurs meubles, leurs trésors et leurs équipages. Mais ce n'é-
taient point là les intentions de César ; aussi, profitant du re-
lâchement que l'annonce de la capitulation avait naturellement amené dans la vigilance de la garnison, il surprit la
ville pendant la nuit qui précédait sa reddition, et s'empara
de César de Varano et de ses deux fils, qui furent étranglés
quelque temps après, le père à la Pergola, et les deux fils à
Pesaro, par don Michele Correglia, qui, quoique monté du
rang de sbire à celui de capitaine, en revenait de temps en
temps à son premier métier.

Pendant ce temps, Vitellozzo Vitelli, qui prenait le titre de
général de l'Église, et qui avait sous ses ordres huit cents
hommes d'armes et trois mille fantassins, suivant les instructions secrètes et verbales qu'il avait reçues de César, poursuivait le système d'invasion qui devait envelopper Florence d'un
réseau de fer et la mettre un jour dans l'impossibilité de se
défendre. Digne élève de son maître, à l'école duquel il avait

appris à user tour à tour de la finesse du renard ou de la force
du lion, il avait noué des intelligences avec quelques jeunes
seigneurs d'Arezzo pour se faire livrer cette ville. Cependant,
la conjuration ayant été découverte par Guillaume des Pazzi,
commissaire pour la république florentine, ce dernier fit arrêter deux des conjurés; mais les autres, qui étaient beaucoup
plus nombreux qu'on ne le croyait, s'étant aussitôt répandus
dans la ville en criant aux armes, tout le parti républicain,
qui voyait un moyen, dans une révolution quelconque, de
secouer le joug de Florence, se réunit à eux, délivra les captifs, s'empara de Guillaume, et ayant proclamé le rétablissement de l'ancienne constitution, mit le siège devant la citadelle, où s'était réfugié Côme des Pazzi, évêque d'Arezzo, fils
de Guillaume, lequel, se voyant investi de tous côtés, envoya
en toute hâte un messager à Florence pour demander des
secours.

Malheureusement pour le cardinal, les troupes de Vitellozzo
Vitelli étaient plus rapprochées des assiégeants que les soldats
de la sérénissime république ne l'étaient des assiégés, de sorte
qu'au lieu d'un secours, ce fut toute l'armée ennemie qu'il
vit arriver. Cette armée était commandée par Vitellozzo, par
Jean-Paul Baglioni et Fabio Orsino, qui conduisaient avec eux
les deux Médicis, lesquels accouraient partout où il y avait
ligue contre Florence, et qui se tenaient à la disposition de
Borgia pour rentrer, à quelque condition que ce fût, dans la
ville qui les avait chassés. Le lendemain, un autre secours
d'argent et d'artillerie envoyé par Pandolfo Petrucci arriva
encore de même; de sorte que, le 18 juin, la citadelle d'A-
rezzo, qui n'avait reçu aucune nouvelle de Florence, fut obligée de se rendre.

Vitellozzo laissa les Arétins garder leur ville eux-mêmes,
enferma Fabio Orsino dans la citadelle avec mille hommes, et
profitant de la terreur qu'avaient inspirée à toute cette partie
de l'Italie les prises successives du duché d'Urbin, de Camerino et d'Arezzo, il marcha sur Monte-San-Severino, sur Cas-
tiglione-Aretino, sur Cortone et sur les autres villes du val de
Chiana, qui se rendirent successivement et presque sans se
défendre. Arrivé ainsi à dix ou douze lieues de Florence, sou-

lement, et n'o...ant rien entreprendre de son chef contre elle, il fit savoir au duc de Valentinois où il en était. Celui-ci, pensant que l'heure était venue de frapper enfin le coup qu'il retardait depuis si longtemps, se mit aussitôt en route pour aller porter en personne sa réponse à ses fidèles lieutenants.

Mais les Florentins, s'ils n'avaient pas envoyé des secours à Guillaume des Pazzi, en avaient demandé à Chaumont d'Amboise, gouverneur du Milanais pour Louis XII, en lui exposant non-seulement le danger qu'ils couraient, mais encore les plans ambitieux de César, qui, après avoir envahi les petites principautés d'abord, puis ensuite les États de second ordre, en viendrait peut-être à cet excès d'orgueil de s'attaquer au roi de France lui-même. Or, les nouvelles de Naples étaient inquiétantes, de graves démêlés s'étaient déjà élevés entre le comte d'Armagnac et Gonzalve de Cordoue ; Louis XII pouvait avoir besoin au premier jour de Florence, qu'il avait toujours trouvée loyale et fidèle : il résolut donc d'arrêter les progrès de César, et non-seulement envoya à celui-ci l'ordre de ne pas faire un pas de plus, mais encore il mit en marche, pour appuyer efficacement son injonction, le capitaine Imbaut avec quatre cents lances.

Le duc de Valentinois reçut sur la frontière de la Toscane une copie du traité signé entre la république et le roi de France, traité dans lequel le premier s'engageait à secourir son alliée contre quiconque l'attaquerait, et joint à cette copie, la défense formelle que lui faisait Louis XII d'aller plus loin. César apprit en même temps qu'outre les quatre cents lances du capitaine Imbaut, qui étaient en route pour Florence, Louis XII, en arrivant à Asti, avait immédiatement acheminé sur Parme Louis de la Trimouille avec deux cents gens d'armes, trois mille Suisses et un train considérable d'artillerie. Il vit dans ces deux mouvements combinés des dispositions hostiles contre lui, et faisant volte-face avec son habileté ordinaire, il profita de ce qu'il n'avait donné à aucun de ses lieutenants d'autre ordre que des instructions verbales, et écrivit à Vitellozzo une lettre foudroyante, dans laquelle il lui reprochait de l'avoir compromis pour son intérêt particulier, et lui ordonnait de rendre à l'instant même aux

Florentins les villes et les forteresses qu'il avait prises sur
eux, le menaçant, s'il hésitait un instant, de marcher lui-
même avec ses troupes pour les lui reprendre.

Puis, cette lettre écrite, César Borgia partit aussitôt pour
Milan, où venait d'arriver Louis XII, lui portant, par le fait
même de l'évacuation des villes conquises, la preuve qu'on
l'avait calomnié auprès de lui. Il avait en même temps mission du pape de renouveler pour dix-huit mois encore, au
cardinal d'Amboise, l'ami plutôt que le ministre de Louis XII,
son titre de légat *à latere* en France. Grâce à cette preuve
publique de son innocence et à cette influence cachée, César
eut bientôt fait sa paix avec le roi de France.

Mais ce ne fut pas tout : comme il était dans le génie de
César de toujours sortir plus grand par quelque combinaison
nouvelle d'une catastrophe qui eût dû l'abaisser, il calcula
tout de suite le parti qu'il pouvait tirer de la désobéissance
prétendue de ses lieutenants; et comme déjà plus d'une fois
il s'était inquiété de leur puissance et avait convoité leurs
villes, il pensa que l'heure était peut-être venue de les faire
disparaître et de chercher dans l'envahissement de leurs propres domaines un dédommagement à cette Florence qui lui
échappait sans cesse au moment où il croyait la tenir.

Et, en effet, c'était une chose fatigante, que ces forteresses
et ces cités qui s'élevaient, avec une autre bannière que la
sienne, au milieu de cette belle Romagne dont il comptait
faire son royaume. Ainsi, Vitellozzo possédait Città di Castello,
Bentivoglio tenait Bologne, Jean-Paul Baglioni commandait à
Pérouse, Oliverotto venait de s'emparer de Fermo; enfin,
Pandolfo Petrucci était seigneur de Sienne : il était temps
que tout cela rentrât sous un pouvoir unique. Les lieutenants
du duc de Valentinois, pareils à ceux d'Alexandre, commençaient à se faire trop puissants, et il fallait que Borgia héritât
d'eux s'il ne voulait pas qu'ils héritassent de lui.

Le duc de Valentinois obtint de Louis XII trois cents lances
pour marcher contre eux.

De son côté, Vitellozzo Vitelli avait à peine reçu la lettre
de César, qu'il avait compris qu'il était sacrifié par celui-ci à
la crainte qu'il avait du roi de France; mais Vitellozzo n'était

pas une de ces victimes qu'on égorge ainsi en expiation d'une faute : c'était un buffle de la Romagne qui fait face avec ses cornes au couteau du sacrificateur ; d'ailleurs, l'exemple des Varano et des Manfredi était là, et mourir pour mourir, mieux valait tomber les armes à la main.

Vitellozzo Vitelli convoqua donc à Maggione ceux dont les existences et les domaines étaient menacés par ce nouveau revirement de la politique de César : c'étaient Paul Orsino, Jean-Paul Baglioni, Hermès Bentivoglio, qui représentait son père Jean ; Antoine de Venafro, envoyé de Pandolfo Petrucci ; Oliverotto da Fermo et le duc d'Urbin ; les six premiers avaient tout à perdre, et le dernier avait déjà tout perdu.

Une ligue fut signée entre les confédérés : ils s'engageaient à résister à César, soit qu'il essayât de les battre partiellement, soit qu'il les attaquât tous ensemble.

César apprit cette ligue par le premier résultat qu'elle avait produit ; le duc d'Urbin, qui était adoré de ses sujets, s'était présenté avec quelques soldats devant la forteresse de San-Leo, elle se rendit à lui, et en moins de huit jours, villes et forteresses suivant cet exemple, tout le duché se retrouva au pouvoir du duc d'Urbin.

En même temps, chacun des confédérés proclama ouvertement sa révolte contre l'ennemi commun, et prit une attitude hostile.

Le duc était à Imola, où il attendait les troupes françaises, mais presque sans soldats ; si bien que si Bentivoglio qui tenait une partie du pays, et le duc d'Urbin qui venait de reconquérir l'autre, avaient marché contre lui, il est probable, ou qu'ils l'eussent pris, ou qu'ils l'eussent contraint de fuir et de quitter la Romagne ; d'autant plus que les deux hommes sur lesquels il comptait, c'est-à-dire don Ugo de Cardona, qui était entré à son service après la prise de Capoue, et Michelotto, ayant mal suivi ses instructions, se trouvèrent tout à coup séparés de lui. En effet, il leur avait ordonné de se replier sur Rimini, et de lui ramener deux cents chevau-légers et cinq cents fantassins qu'ils commandaient ; mais ne connaissant pas l'urgence de sa situation, au moment où ils essayaient de s'emparer par surprise de la Pergola et de Fos-

sombrone, ils furent entourés par Orsino, Gravina et Vitellozzo,
Ugo de Cardona et Michelotto se défendirent comme des lions;
mais, quelques efforts qu'ils fissent, leur petite troupe fut taillée en pièces, Ugo de Cardona fut fait prisonnier, et Michelotto n'échappa au même sort qu'en se couchant parmi les
morts; puis, la nuit venue, il se sauva à Fano.

Cependant, tel qu'il était et presque sans troupes à Imola,
les confédérés n'osèrent rien tenter contre César, soit par la
crainte qu'il inspirait personnellement, soit qu'ils respectas-
sent en lui l'ami du roi de France ; ils se contentèrent donc
de s'emparer des villes et des forteresses environnantes. Vitellozzo avait repris les forteresses de Fossombrone, d'Urbin,
de Cagli et d'Agobbio; Orsino et Gravina avaient reconquis
Fano et toute la province; enfin, Jean-Marie de Varano, le
même qui, par son absence, avait échappé au massacre de
toute sa famille, était rentré à Camerino, porté en triomphe
par son peuple.

Rien de tout cela ne détruisit la confiance que César avait
dans sa fortune, et tandis que d'un autre côté il pressait l'arrivée des troupes françaises, et appelait à sa solde tous ces
petits gentilshommes qu'on appelait des *lances brisées*, parce
qu'ils couraient le pays avec cinq ou six cavaliers seulement,
s'engageant au service de quiconque avait besoin d'eux, il
avait entamé des négociations avec ses ennemis, certain que
du jour où il les amènerait à une conférence ils étaient perdus. En effet, César avait reçu du ciel le don fatal de la persuasion; de sorte que, si bien prévenu que l'on fût de sa
duplicité, il n'y avait pas moyen de résister, non pas à son éloquence, mais à cet air de franche bonhomie qu'il savait si
bien prendre et qui faisait l'admiration de Machiavel, lequel,
si profond politique qu'il fût, se laissa plus d'une fois tromper
par elle. Pour engager Paul Orsino à venir traiter à Imola, il
envoya donc aux confédérés le cardinal Borgia en otage ; aussi
Paul Orsino n'hésita-t-il plus et arriva-t-il à Imola le 25 octobre 1502.

Le duc de Valentinois le reçut comme un ancien ami, dont
on a été séparé quelques jours par des discussions légères et
momentanées ; il avoua avec franchise que tous les torts étaient

sans doute de son côté, puisqu'il s'était aliéné des hommes
qui étaient à la fois de si loyaux seigneurs et de si braves capitaines; mais, entre gens comme eux, il ajouta qu'une explication franche et loyale, comme celle qu'il donnait, devait
remettre toutes choses dans le même état qu'auparavant.
Alors, et comme preuve que ce n'était point la crainte, mais
son bon vouloir, qui le ramenait à eux, il montra à Orsino les
lettres du cardinal d'Amboise qui lui annonçaient l'arrivée
prochaine des troupes françaises; il lui fit voir celles qu'il
avait rassemblées autour de lui, désirant, ajouta-t-il, qu'ils
fussent bien convaincus que ce qu'il regrettait le plus dans
tout cela, ce n'était pas tant la perte qu'il avait faite de capitaines si distingués, qu'ils étaient l'âme de sa vaste entreprise,
que d'avoir, d'une manière si fatale pour lui, laissé croire au
monde qu'il pouvait un seul instant avoir méconnu leur mérite; qu'en conséquence, il se fiait à lui, Paul Orsino, qu'il
avait toujours aimé entre tous, pour ramener les confédérés
à une paix qui serait aussi profitable à tous que la guerre
était nuisible à chacun, étant prêt à signer avec eux tout ac-
commodement qui ne serait pas préjudiciable à son honneur.

Orsino était l'homme qu'il fallait à César; plein d'orgueil
et de confiance en lui-même, il était convaincu du vieux proverbe qui dit que : — Un pape ne peut régner huit jours, s'il
a contre lui à la fois les Colonna et les Orsini. — Il crut donc,
sinon à la bonne foi de César, du moins à la nécessité où il
était de revenir à eux ; en conséquence, sauf ratification, il
signa avec lui, le 18 octobre 1502, les conventions suivantes,
que nous reproduisons telles que Machiavel les envoya à la
magnifique république de Florence.

ACCORD ENTRE LE DUC DE VALENTINOIS ET LES CONFÉDÉRÉS.

« Qu'il soit aux parties mentionnées ci-dessous, et à tous
ceux qui verront les présentes, que Son Excellence le duc de
Romagne d'une part, et de l'autre les Orsini, ainsi que leurs
confédérés, désirant mettre fin à des différends, des inimitiés,
des mésintelligences et des soupçons qui se sont élevés entre
eux, ont résolu ce qui suit :

» Il y aura entre eux paix et alliance véritables et perpétuelles, avec un complet oubli des torts et injures qui peuvent avoir eu lieu jusqu'à ce jour, se promettant réciproquement de n'en conserver aucun ressentiment ; et en conformité desdites paix et union, Son Excellence le duc de Romagne reçoit dans ses confédérations, ligue et alliance perpétuelles, tous les seigneurs précités; et chacun d'eux promet de défendre les États de tous en général et de chacun en particulier contre toute puissance qui voudrait les inquiéter ou attaquer pour quelque cause que ce fût, exceptant toujours néanmoins le pape Alexandre VI et Sa Majesté Très-Chrétienne Louis XII, roi de France ; promettant d'autre part, et dans les mêmes termes, les seigneurs susnommés, de concourir à la défense de la personne et des États de Son Excellence, ainsi qu'à celle des illustrissimes seigneurs don Guiffry Borgia, prince de Squillace, don Roderic Borgia, duc de Sermoneta et de Biselli, et don Jean Borgia, duc de Camerino et de Nepi, tous frères ou neveux de Son Excellence le duc de Romagne.

» De plus, comme la rébellion et l'envahissement du duché d'Urbin et de Camerino sont arrivés pendant les susdites mésintelligences, tous les confédérés précités et chacun d'eux s'obligent à concourir de toutes leurs forces au recouvrement des États ci-dessus et autres places et lieux révoltés et envahis.

» Son Excellence le duc de Romagne s'oblige à continuer, aux Orsini et aux Vitelli, leurs anciens engagements de service militaire et aux mêmes conditions.

» Elle promet, de plus, de n'obliger qu'un d'entre eux, à leur choix, de servir en personne; le service que pourront faire les autres sera volontaire.

» Elle s'engage aussi à faire ratifier le second traité, par le souverain pontife, qui ne pourra obliger le cardinal Orsino à demeurer dans Rome qu'autant que cela conviendrait à ce prélat.

» En outre, comme il existe quelques différends entre le pape et le seigneur Jean Bentivoglio, les confédérés précités conviennent qu'ils seront remis à l'arbitrage sans appel du cardinal Orsino, de Son Excellence le duc de Romagne, et du seigneur Pandolfo Petrucci.

» S'engagent aussi, les confédérés précités, tous et chacun d'eux, aussitôt qu'ils en seront requis par le duc de Romagne, à remettre entre ses mains, comme otage, un des fils légitimes de chacun d'eux, et dans le lieu et dans le temps qu'il lui plaira d'indiquer.

» Promettant, de plus, les mêmes confédérés, tous et chacun d'eux, si quelque projet tramé contre l'un d'eux venait à leur connaissance, de l'en avertir et de s'en prévenir tous réciproquement.

» Il est convenu, outre cela, entre le duc de Romagne et les susdits confédérés, de regarder comme l'ennemi commun quiconque manquerait aux présentes stipulations, et de concourir tous à la ruine des États qui ne s'y conformeraient pas.

» *Signé,* César, Paul Orsino, Agapit, *secrétaire.* »

En même temps qu'Orsino reportait aux confédérés le traité rédigé entre lui et le Valentinois, Bentivoglio, ne voulant pas se soumettre à l'arbitrage indiqué, offrait à César de terminer leurs différends par un traité particulier, et lui envoyait son fils pour en rédiger les conditions : après quelques pourparlers elles furent arrêtées ainsi qu'il suit :

Bentivoglio détacherait sa fortune de celle des Vitelli et des Orsini ;

Il fournirait pendant huit ans au duc de Valentinois cent hommes d'armes et cent arbalétriers à cheval ;

Il payerait douze mille ducats par année à César pour l'entretien de cent lances.

Moyennant quoi, son fils Annibal épouserait la sœur de l'évêque d'Enna, qui était nièce du duc de Valentinois, et le pape reconnaîtrait sa souveraineté sur Bologne.

Le roi de France, le duc de Ferrare et la république de Florence devaient être les garants de ce traité.

Cependant la convention qu'Orsino reportait aux confédérés éprouvait de leur part de vives difficultés ; Vitellozzo Vitelli surtout, qui était celui qui connaissait le mieux César, ne cessait de répéter aux autres condottieri que cette paix

était trop prompte et trop facile pour ne pas cacher quelque
piége; mais comme pendant ce temps le duc de Valentinois
avait amassé une armée considérable à Imola, et que les
quatre cents lances que lui prêtait Louis XII étaient enfin arrivées, Vitellozzo et Oliverotto se décidèrent à signer le traité
apporté par Orsino et à le faire signifier au duc d'Urbin et au
seigneur de Camerino, qui, comprenant qu'il leur était désormais impossible de se défendre seuls, se retirèrent l'un à
Città di Castello, et l'autre dans le royaume de Naples.

Cependant le duc de Valentinois, sans rien dire de ce qu'il
comptait faire, se mit en route le 10 décembre, se dirigeant
sur Césène avec la puissante armée qu'il avait réunie sous
son commandement. Aussitôt tout commença de s'épou-
vanter, non-seulement en Romagne, mais dans toute l'Italie
septentrionale : Florence, qui le voyait s'éloigner d'elle, craignait que cette marche n'eût d'autre but que de déguiser son
intention; et Venise, qui le voyait s'approcher de ses frontières, avait envoyé toutes ses troupes sur les rives du Pô.
César s'aperçut de cette crainte, et comme elle pouvait nuire
à ses projets en inspirant de la défiance, il congédia en arrivant à Césène tous les Français qui étaient à son service, à
l'exception de cent hommes d'armes que commandait M. de
Candale, son beau-frère; de sorte qu'il se trouva n'avoir plus
autour de lui que deux mille hommes de cavalerie et dix
mille fantassins.

Quelques jours se passèrent en pourparlers, car le duc de
Valentinois avait trouvé dans cette ville des envoyés des Vitelli et des Orsini, lesquels étaient à la tête de leur armée
dans le duché d'Urbin; mais, dès les premières discussions
sur la marche à suivre dans la continuation de la conquête,
il s'éleva de telles difficultés entre le général en chef et ces
agents, qu'ils comprirent eux-mêmes qu'on ne pouvait rien
arrêter par intermédiaires, et qu'une conférence entre César
et l'un des chefs était urgente. En conséquence, Oliverotto da
Fermo se risqua, et vint joindre le duc de Valentinois pour
lui proposer de marcher sur la Toscane ou de s'emparer de
Sinigaglia, qui était la dernière place du duché d'Urbin qui
ne fût pas retombée au pouvoir de César. César répondit qu'il

ne voulait point porter la guerre en Toscane, parce que les Toscans étaient ses amis, mais qu'il approuvait le projet de ses lieutenants sur Sinigaglia : en conséquence, il se mit en marche pour Fano.

Cependant la fille de Frédéric, précédent duc d'Urbin, qui tenait la ville de Sinigaglia, et qu'on nommait la préfétesse, parce qu'elle avait épousé Jean de la Rovère, que son oncle Sixte IV avait nommé préfet de Rome, jugeant qu'il lui serait impossible de se défendre contre les forces qu'amenait avec lui le duc de Valentinois, laissa la citadelle aux mains d'un capitaine, à qui elle recommanda d'obtenir pour la ville les meilleures conditions possibles, et s'embarqua pour Venise.

Le duc de Valentinois apprit cette nouvelle à Rimini, par un messager de Vitellozzo et des Orsini, qui lui annonça que le gouverneur de la citadelle, qui avait refusé de la leur remettre, était tout prêt à traiter avec lui : qu'en conséquence, ils l'engageaient à se rendre dans cette ville pour terminer cette affaire. César leur fit répondre qu'en conséquence de l'avis qu'ils lui donnaient, il renvoyait à Césène et à Imola une partie de ses troupes, qu'elles lui étaient inutiles, puisqu'il avait les leurs, qui, réunies à l'escorte qu'il gardait, seraient suffisantes, n'ayant point d'autre projet que la pacification complète du duché d'Urbin ; mais que cette pacification était impossible si ses anciens amis continuaient à se défier de lui, au point de ne débattre que par des agents intermédiaires des plans auxquels leur fortune était intéressée, aussi bien que la sienne. Le messager retourna avec cette réponse vers les confédérés, qui, tout en sentant la vérité de l'observation de César, n'en hésitèrent pas moins à faire ce qu'il demandait ; Vitellozzo Vitelli surtout montrait contre le duc de Valentinois une défiance que rien ne semblait pouvoir vaincre ; enfin, pressé par Oliverotto, Gravina et Orsino, il consentit à attendre le duc ; mais cela bien plutôt pour ne point paraître à ces compagnons plus timide qu'ils ne l'étaient eux-mêmes, que par l'effet de la confiance qu'il avait dans ce retour d'amitié que manifestait Borgia.

Le duc apprit cette décision, tant désirée par lui, en arrivant à Fano, le 20 décembre 1502. Aussitôt, il appela près de lui huit de ses plus fidèles, parmi lesquels étaient MM. d'Enna, son neveu, Michelotto et Ugo de Cardona, et leur ordonna, aussitôt qu'ils seraient arrivés à Sinigaglia, et qu'ils verraient Oliverotto, Gravina, Vitellozzo et Orsino venir au-devant de lui, d'avoir, comme pour leur faire honneur, à se placer à leur droite et à leur gauche, deux pour un seul, de manière à ce qu'ils pussent, à un signal donné, ou les arrêter ou les poignarder; puis il désigna à chacun d'eux celui auquel il devait s'attacher, leur recommandant de ne le quitter que lorsqu'il serait entré dans Sinigaglia et arrivé au logement préparé pour lui; puis, envoyant des ordres à ceux de ses soldats qui étaient cantonnés dans les environs, il leur fit savoir qu'ils eussent à se rassembler au nombre de huit mille sur les rives du Métaure, petit fleuve de l'Ombrie qui se jette dans la mer Adriatique, et qu'a illustré la défaite d'Asdrubal.

Le duc arriva au rendez-vous donné à son armée le 31 décembre, et fit partir aussitôt devant lui deux cents hommes de cavalerie, fit marcher l'infanterie immédiatement après elle; puis se mit à son tour en route au milieu de ses gens d'armes, suivant le bord de l'Adriatique, et ayant à sa droite les montagnes et à sa gauche la mer, quelquefois si resserrés entre elles, au reste, que l'armée ne pouvait passer à plus de dix hommes de front.

Au bout de quatre heures de marche, le duc, à un tournant du chemin, aperçut Sinigaglia, située à un mille de la mer à peu près, et à un trait de flèche des montagnes; entre l'armée et la ville coulait une petite rivière, dont il lui fallut quelque temps côtoyer les bords en les descendant; enfin il trouva un pont jeté en face d'un faubourg de la ville; là le duc de Valentinois ordonna à sa cavalerie de s'arrêter: elle se plaça sur deux files, l'une entre le chemin et le fleuve, l'autre du côté de la campagne, laissant toute la largeur de la route à l'infanterie, qui défila, passa le pont, et, s'enfonçant dans la ville, alla se mettre en bataille sur la grande place.

De leur côté, Vitellozzo, Gravina et Oliverotto, pour faire place à l'armée du duc, avaient cantonné leurs soldats dans de petites villes ou des villages aux environs de Sinigaglia,

Oliverotto seul avait conservé à peu près mille fantassins et cent cinquante cavaliers qui avaient leur caserne dans le faubourg par lequel entrait le duc.

A peine César avait-il fait quelques pas vers la ville, qu'il aperçut à la porte Vitellozzo, le duc de Gravina et Orsino qui venaient au-devant de lui; les deux derniers assez gais et confiants, mais le premier si triste et si abattu, qu'on eût dit qu'il devinait le sort qui l'attendait; et sans doute, en effet, en avait-il eu quelques pressentiments; car, au moment où il quitta son armée pour venir à Sinigaglia, il lui avait fait ses adieux comme s'il ne devait pas la revoir, avait recommandé sa famille à ses capitaines, et avait embrassé ses enfants en versant des larmes; faiblesse qui avait paru étrange à tous de la part d'un si brave condottiere.

Le duc marcha à eux, et leur tendit la main en signe d'oubli, et avec un air si loyal et si riant, que Gravina et Orsino ne conservèrent plus aucun doute sur le retour de son amitié, et qu'il n'y eut que Vitellozzo Vitelli qui demeura dans la même tristesse. Au même instant, et comme la chose leur avait été recommandée, les affidés du duc prirent leur place à la droite et à la gauche de ceux qu'ils devaient surveiller, et qui étaient tous là, à l'exception d'Oliverotto, que le duc ne voyait pas et commençait à chercher des yeux avec inquiétude; mais en traversant le faubourg, il l'aperçut qui exerçait sa troupe sur la place. Aussitôt il lui dépêcha don Michele et M. d'Enna, qui étaient chargés de lui dire qu'il était imprudent de faire sortir ainsi ses troupes, qui pouvaient se prendre de querelle avec celles du duc et amener une rixe; que mieux valait, au contraire, les consigner dans leurs casernes et venir rejoindre ses compagnons qui étaient près de César. Oliverotto, que son destin entraînait avec les autres, ne fit aucune objection, ordonna à ses soldats de rentrer dans leurs logements, et mit son cheval au galop, escorté de chaque côté par M. d'Enna et par Michelotto, pour rejoindre César. César, dès qu'il le vit, l'appela, lui tendit la main, et continua sa marche vers le palais qui lui était destiné, ayant ses quatre victimes à sa suite.

Arrivé au seuil, César descendit le premier, et ayant fait

signe au chef de ses gens d'armes d'attendre ses ordres, il entra le premier, suivi d'Oliverotto, de Gravina, de Vitellozzo Vitelli et d'Orsino, chacun toujours accompagné de ses deux acolytes; mais à peine eurent-ils monté l'escalier et furent-ils entrés dans la première chambre, que la porte se referma derrière eux, et que César se retourna en disant : « Voilà l'heure! » C'était le signal convenu. Aussitôt chacun des anciens confédérés fut saisi et renversé, et, le poignard sur la gorge, forcé de rendre ses armes.

En même temps, et tandis qu'on les conduisait dans un cachot, César ouvrit la fenêtre, et s'avançant sur le balcon, cria au chef de ses gens d'armes : « Allez! » Le chef était prévenu, il s'élança avec sa troupe vers les casernes où l'on venait de consigner les soldats d'Oliverotto, et ceux-ci, surpris sans défiance et à l'improviste, furent aussitôt faits prisonniers; puis la troupe du duc se mit à piller la ville; et lui, fit appeler Machiavel.

Le duc de Valentinois et l'envoyé de Florence demeurèrent à peu près deux heures ensemble, et comme Machiavel lui-même raconta le sujet de cette entrevue, nous allons rapporter ses propres paroles :

« Il me fit appeler, dit le légat florentin, et me témoigna, de l'air le plus serein, la joie que lui causait le succès de cette entreprise, dont il m'assura m'avoir parlé la veille, ce que je me rappelai, quoique *je n'eusse pas compris alors ce qu'il me voulait dire;* il s'expliqua ensuite, en termes très-sensés et pleins de la plus vive affection pour notre ville, sur les divers motifs qui lui faisaient désirer votre alliance, désir auquel il espérait que vous répondriez. Il a fini par m'engager à faire trois invitations à vos seigneuries : la première, que vous vous réjouissiez avec lui d'un événement qui faisait disparaître d'un seul coup les mortels ennemis du roi, les siens et les vôtres, et qui détruisait toutes les semences de trouble et de dissensions propres à dévaster l'Italie; service qui, joint au refus qu'il avait fait aux prisonniers de marcher contre vous, devait exciter votre reconnaissance à son égard; la seconde, de vous prier de lui donner, dans cette circonstance, une preuve éclatante de votre amitié, en faisant pousser votre cavalerie vers Borgo, et en y rassemblant des troupes de pied, afin de pouvoir, selon le besoin, marcher avec lui sur Castello ou sur Pérouse. Il désire enfin, et c'est la troisième chose qu'il réclame de vous, que vous fassiez arrêter le duc d'Urbin, s'il se réfugiait de Castello sur vos terres, en apprenant la détention de Vitellozzo. Comme je lui objectais qu'il ne serait point de la dignité de la république de le lui livrer, et que vous n'y consentiriez jamais, il approuva mon observation, et me dit qu'il suffisait que vous le retinssiez et ne lui rendissiez pas la liberté sans sa participation. J'ai promis à Son Excellence de vous mander tout ceci, dont elle attend la réponse. »

La même nuit, huit hommes masqués descendirent dans le cachot où étaient les prisonniers, qui crurent alors que l'heure fatale était venue pour tous. Mais les bourreaux n'avaient affaire pour le moment qu'à Vitellozzo Vitelli et à Oliverotto. Lorsqu'on signifia à ces deux capitaines leur condamnation, Oliverotto éclata en reproches contre Vitellozzo Vitelli, lui disant que c'était lui qui était cause qu'il avait pris les armes contre le duc; quant à Vitellozzo Vitelli, la seule chose qu'il dit, fut qu'il priait le pape de lui accorder indulgence plénière pour tous ses péchés. Alors, les hommes masqués les firent sortir tous deux, laissant Orsino et Gravina attendre à leur tour un sort pareil, et emmenèrent ces élus de la mort dans un lieu écarté, en dehors des remparts de la ville, où ils furent étranglés, et où on les enterra aussitôt dans deux fosses creusées d'avance à cet effet.

Les deux autres avaient été gardés vivants jusqu'à ce qu'on sût si le pape avait de son côté fait arrêter le cardinal Orsino, l'archevêque de Florence et le seigneur de Sainte-Croix : aussi, dès qu'on eut reçu de Sa Sainteté la réponse affirmative, Gravina et Orsino, qui avaient été transférés au château de la Pièvre, furent étranglés à leur tour.

Quant au duc, après avoir laissé ses instructions à Michelotto, il était parti de Sinigaglia aussitôt la première exécution faite, en assurant à Machiavel qu'il n'avait jamais eu d'autre pensée que celle de rendre la tranquillité à la Romagne et à la Toscane, et qu'il croyait avoir réussi par la prise et la mort de ceux-là qui étaient la cause de tous les troubles.

et que, quant aux autres révoltes qui pourraient avoir lieu désormais, ce ne seraient plus que des étincelles qu'une goutte d'eau pourrait éteindre.

Le pape eut à peine appris que César tenait ses ennemis entre ses mains, que, pressé à son tour de gagner la même partie, il fit annoncer au cardinal Orsino, quoiqu'il fût minuit, que son fils s'était emparé de Sinigaglia, et qu'il l'invitait à venir le lendemain dès le matin causer avec lui de cette bonne nouvelle. Le cardinal, enchanté de cet accroissement de faveur, n'eut garde de manquer au rendez-vous donné. En conséquence, dès le matin, il monta à cheval pour se rendre au Vatican; mais, au détour de la première rue, il rencontra le gouverneur de Rome avec un détachement de cavalerie qui se félicita du hasard qui leur faisait faire même route, et l'accompagna jusqu'au seuil du Vatican; là le cardinal mit pied à terre, et commença de monter l'escalier; mais à peine fut-il au premier palier, que déjà ses mules et ses équipages étaient saisis et enfermés dans les écuries du palais. De son côté, en entrant dans la salle du Perroquet, il se trouva, ainsi que toute sa suite, environné d'hommes armés, qui le conduisirent à une autre salle qu'on appelait la salle du Vicaire, et où il trouva l'abbé Alviano, le protonotaire Orsino, Jacques Santa-Croce et Rinaldo Orsino, qui étaient prisonniers comme lui; en même temps le gouverneur recevait l'ordre de s'emparer du château de Monte-Giordano qui appartenait aux Orsini et d'en enlever tous les bijoux, toutes les tentures, tous les meubles et toute l'argenterie qui s'y trouveraient.

Le gouverneur s'acquitta en conscience de cette commission, et apporta au Vatican tout ce dont il s'était emparé, jusqu'au livre de comptes du cardinal. En consultant ce livre, le pape s'aperçut de deux choses : l'une, qu'une somme de deux mille ducats était due au cardinal, sans qu'il y eût le nom du débiteur, et l'autre, que le cardinal avait acheté, trois mois auparavant, pour quinze cents écus romains, une magnifique perle qui ne se retrouvait point parmi les objets qui étaient en son pouvoir : en conséquence, il ordonna qu'à compter de cette heure, et jusqu'au moment où cette négligence dans les comptes du cardinal serait réparée, les hommes qui lui apportaient deux fois par jour à manger de la part de sa mère n'entreraient plus au château de Saint-Ange. Le même jour, la mère du cardinal envoya au pape les deux mille ducats, et le lendemain, sa maîtresse vint, sous des habits d'homme, apporter elle-même la perle réclamée. Mais Sa Sainteté, émerveillée de sa beauté sous ce costume, la lui laissa, à ce qu'on assure, pour le même prix qu'elle l'avait payée une première fois.

Quant au cardinal, le pape permit qu'on lui apportât, comme par le passé, sa nourriture, de sorte qu'il mourut empoisonné le 22 février, c'est-à-dire le surlendemain du jour où ses comptes avaient été réglés.

Le soir de sa mort, le prince de Squillace se mit en route pour prendre possession, au nom du pape, des terres du défunt.

Cependant le duc de Valentinois avait continué sa route vers Città di Castello et Pérouse, et s'était emparé de ces deux villes sans coup férir; car les Vitelli s'étaient enfouis de la première, et Jean-Paul Baglioni avait abandonné la seconde sans même essayer de faire résistance. Restait encore Sienne, où s'était enfermé Pandolfo Petrucci, le seul qui restât de tous ceux qui avaient signé la ligue contre lui.

Mais Sienne était sous la protection des Français. En outre, Sienne n'était pas des États de l'Église, et César n'avait aucun droit sur elle. Il se contenta donc d'exiger que Pandolfo Petrucci quittât la ville et se retirât à Lucques, ce qui fut exécuté.

Alors, tout étant tranquille de ce côté et la Romagne entière étant soumise, César Borgia résolut de retourner à Rome, pour aider le pape à se défaire de ce qui restait des Orsini.

La chose était d'autant plus facile, que Louis XII, ayant éprouvé des revers dans le royaume de Naples, avait désormais trop à s'occuper de ses propres affaires pour s'inquiéter de celles de ses alliés. Aussi César, faisant pour les environs de la capitale du saint-siège ce qu'il venait de faire pour la Romagne, s'empara-t-il successivement de Vicovaro, de Cera, de Palombera, de Lanzano et de Cervetti; de sorte que, cette conquête achevée, César, n'ayant plus rien à faire et ayant soumis les États pontificaux depuis les frontières de Naples jusqu'à celles de Venise, revint à Rome, pour concerter avec son père les moyens de convertir son duché en royaume.

César y arriva juste pour partager avec Alexandre la succession du cardinal Jean Michel, qui venait de mourir empoisonné par un échanson qu'il avait pris des mains du pape.

Le futur roi d'Italie trouva son père occupé d'une grande spéculation : il avait, pour la solennité de Saint-Pierre, résolu de faire neuf cardinaux. Or, voilà ce qu'il avait à gagner à cette nomination :

D'abord, les cardinaux nommés laissaient tous des charges vacantes : ces charges retombaient entre les mains du pape, qui les vendait.

Chacun des nouveaux élus achetait son élection plus ou moins cher, selon sa fortune : le prix, laissé au caprice du pape, variait de dix mille à quarante mille ducats.

Enfin, comme devenus cardinaux ils avaient, d'après la loi, perdu le droit de tester, le pape n'avait qu'à les empoisonner pour hériter d'eux ; ce qui le mettait dans la position du boucher qui, lorsqu'il a besoin d'argent, n'a qu'à égorger le mouton le plus gras de son troupeau.

La nomination eut lieu : les nouveaux cardinaux furent Giovanni Castellar Valentino, archevêque de Trani ; Francesco Remolino, ambassadeur du roi d'Aragon ; Francesco Soderini, évêque de Volterra ; Melchior Copis, évêque de Brissina ; Nicolas Ficsque, évêque de Fréjus ; Francesco de Sprate, évêque de Leome ; Adriano Castellense, clerc de la chambre, trésorier général et secrétaire des brefs ; Francesco Loris, évêque d'Elva, patriarche de Constantinople et secrétaire du pape ; et Giacomi Casanova, protonotaire et camérier secret de Sa Sainteté.

Le prix de leur simonie payé et les charges qu'ils avaient laissées vacantes vendues, le pape fit son choix sur ceux qu'il levait empoisonner ; le nombre fut fixé à trois, un ancien et deux nouveaux : l'ancien était le cardinal Casanova, et les nouveaux messeigneurs Melchior Copis et Adriano Castellense, qui avait pris le nom d'Adrien de Cornetto, de cette ville où il était né, et qui, dans ses charges de clerc de la chambre, de trésorier général et de secrétaire des brefs, avait amassé une immense fortune.

En conséquence, ces choses arrêtées entre César et le pape, ils firent inviter ceux qu'ils avaient choisis pour être leurs convives à venir souper dans une vigne située près du Vatican, et qui appartenait au cardinal de Cornetto ; dès le matin de ce jour, qui était le 2 août, ils avaient envoyé leurs serviteurs et leur maître d'hôtel faire tous les préparatifs, et César avait remis lui-même au sommelier de Sa Sainteté deux bouteilles de vin préparé avec cette poudre blanche qui ressemblait au sucre (1), et dont il avait si souvent éprouvé les propriétés mortelles, lui recommandant de ne servir ce vin que lorsqu'il le lui dirait et aux personnes qu'il lui indiquerait : à cet effet, le sommelier avait mis le vin sur un buffet à part, recommandant sur toute chose aux valets de ne point y toucher, ce vin étant réservé pour le pape.

Vers le soir, Alexandre VI sortit à pied du Vatican, appuyé sur le bras de César, et se dirigea vers la vigne, accompagné du cardinal Caraffa ; mais, comme la chaleur était grande et la montée un peu rude, le pape, en arrivant sur la plateforme, s'arrêta un instant pour reprendre haleine ; à peine y était-il, qu'en portant sa main sur sa poitrine, il s'aperçut qu'il avait oublié dans sa chambre à coucher une chaîne qu'il avait l'habitude de porter au cou, et à laquelle pendait un médaillon d'or où était enfermée une hostie consacrée. Cette habitude lui venait d'une prédiction qu'un astrologue lui avait faite, que tant qu'il porterait une hostie consacrée, ni le fer ni le poison ne pourraient avoir prise sur lui ; se voyant donc séparé de son talisman, il ordonna à monseigneur Caraffa de courir à l'instant même au Vatican, lui indiquant dans quel endroit de sa chambre il l'avait laissé, afin qu'il l'y prît et le lui apportât sans retard. Puis, comme la marche l'avait altéré, tout en faisant signe de la main à son envoyé de hâter le pas, il se retourna vers un valet et lui demanda à boire ; César, qui, de son côté aussi, était altéré, lui commanda d'apporter deux verres.

Or, par un hasard étrange, il était arrivé que le sommelier venait de retourner au Vatican pour y prendre des pêches magnifiques dont on avait fait le jour même cadeau au pape et qu'il avait oublié d'apporter avec lui ; le valet s'adressa donc au sous-sommelier, lui disant que Sa Sainteté et monseigneur le duc de la Romagne avaient soif et demandaient à boire. Alors, le sous-sommelier, voyant deux bouteilles de vin à part, et ayant entendu dire que ce vin était réservé au pape, prit une de ces bouteilles, et faisant porter par le valet deux verres sur un plateau, leur versa de ce vin qu'ils burent l'un et l'autre sans se douter que c'était celui qu'ils avaient préparé eux-mêmes pour empoisonner leurs convives.

Pendant ce temps monseigneur Caraffa courait au Vatican, et, comme il était familier au palais, montait à la chambre du pape, une lumière à la main et sans être accompagné d'aucun domestique. Au tournant d'un corridor le vent souffla la lumière ; néanmoins, renseigné comme il l'était, il continua sa route, pensant qu'il n'avait pas besoin d'y voir pour trouver l'objet qu'il venait chercher ; mais en ouvrant la porte de la chambre, le messager recula d'un pas en jetant un cri de terreur ; une vision terrible venait de lui apparaître : il lui semblait avoir devant les yeux, au milieu de la chambre, entre la porte et le meuble où était le médaillon d'or, Alexandre VI, immobile et livide, couché dans une bière, aux quatre coins de laquelle brûlaient quatre flambeaux. Le cardinal resta un instant les yeux fixes et les cheveux hérissés, n'ayant point la force d'aller ni en avant ni en arrière ; mais pensant enfin que tout cela était un prestige de ses sens ou une apparition infernale, il fit le signe de la croix en invoquant le saint nom de Dieu : tout s'évanouit aussitôt, flambeaux, bière, cadavre, et la chambre mortuaire rentra dans l'obscurité.

Alors le cardinal Caraffa, celui-là qui a raconté lui-même cet étrange événement et qui fut depuis le pape Paul IV, entra résolûment dans la chambre, et quoiqu'une sueur glacée lui coulât sur le front, il alla droit au meuble, et dans le tiroir indiqué ayant trouvé la chaîne d'or et le médaillon, il les prit et sortit précipitamment pour les aller reporter au pape. Il trouva le souper servi, les convives arrivés et Sa Sainteté prête à se mettre à table : du plus loin qu'elle le vit venir, Sa Sainteté, qui était très-pâle, fit un pas vers lui ; Ca-

raſſa doubla la marche et présenta à Sa Sainteté le médaillon;
mais au moment où le pape étendait le bras pour le prendre,
il se renversa en arrière en jetant un cri qui fut aussitôt suivi
de violentes convulsions; quelques minutes après, et comme
il s'avançait pour lui porter secours, César fut saisi du même
mal : l'effet avait été plus rapide qu'à l'ordinaire; car César
avait doublé la dose du poison, et l'état de chaleur où ils
étaient tous deux quand ils l'avaient pris augmentait sans
doute son activité.

On transporta les deux malades côte à côte jusqu'au Vatican, où ils se séparèrent pour aller chacun à son appartement; à compter de cette heure ils ne se revirent plus.

A peine au lit, le pape fut pris d'une violente fièvre qui ne
céda ni aux vomitifs, ni aux saignées, et qui nécessita presque
aussitôt l'application des derniers sacrements de l'Église; cependant l'admirable constitution de son corps, qui semblait
avoir trompé la vieillesse, lutta huit jours contre la mort;
enfin, après les huit jours d'agonie, il mourut sans avoir
nommé une seule fois ni César ni Lucrèce, qui étaient cependant les deux pôles sur lesquels avaient tourné toutes ses
affections et tous ses crimes. Il était âgé de soixante et douze
ans et en avait régné onze.

Quant à César, soit qu'il eût moins bu du fatal breuvage
que son père, soit que sa jeunesse l'emportât par sa force sur
la force du poison, soit enfin, comme l'ont dit quelques-uns,
qu'il eût, en rentrant dans son appartement, avalé un contre-
poison qui n'était connu que de lui, il ne perdit pas un instant
de vue la position terrible où il se trouvait, et ayant fait venir son fidèle Michelotto, avec ceux de ses hommes sur lesquels il pouvait le plus compter, il distribua la troupe dans
les diverses chambres qui précédaient la sienne, et ordonna
au chef de ne point quitter le pied de son lit, et de dormir
couché sur une couverture, et la main sur la poignée de son
épée.

Le traitement avait été le même pour César que pour le
pape, seulement, aux vomitifs et aux saignées, on avait ajouté
des bains étranges, que César avait demandés lui-même, ayant
entendu dire qu'ils avaient autrefois, dans un cas pareil, guéri

le roi Ladislas de Naples. Quatre poteaux, fortement scellés au parquet et au plafond, s'élevaient dans sa chambre, pareils à cette machine où les maréchaux ferrent les chevaux; chaque jour un taureau y était amené, renversé sur le dos, et lié par les quatre jambes aux quatre poteaux; puis, quand il était attaché ainsi, on lui faisait au ventre une entaille d'un pied et demi, par laquelle on tirait les intestins, et César, se glissant dans cette baignoire vivante encore, y prenait un bain de sang; le taureau mort, César sortait pour être roulé dans des couvertures bouillantes, où, après d'abondantes sueurs, il se sentait presque toujours soulagé.

De deux heures en deux heures, César envoyait demander des nouvelles de son père; à peine eut-il appris qu'il était mort, que, quoique encore mourant lui-même, rappelant cette force de caractère et cette présence d'esprit qui lui étaient habituelles, il ordonna à Michelotto de fermer les portes du Vatican avant que le bruit de cette mort ne fût répandu dans la ville, et défendit qu'on laissât entrer dans l'appartement du pape qui que ce fût, tant qu'on n'en aurait pas enlevé les papiers et l'argent : Michelotto obéit aussitôt, alla trouver le cardinal Casanova, lui mit le poignard sur la gorge, se fit délivrer les clefs des chambres et des cabinets du pape, et, conduit par lui, en enleva deux coffres pleins d'or, qui pouvaient contenir cent mille écus romains en espèces, plusieurs caisses pleines de bijoux, et une grande quantité d'argenterie et de vases précieux; tout fut transporté dans la chambre de César; les postes qui le gardaient furent doublés; puis, les portes du Vatican ayant été rouvertes, on proclama la mort du pape.

Cette mort, pour être attendue, n'en produisit pas moins un effet terrible par toute la ville, car quoique César fût vivant encore, son état de maladie laissait chacun en suspens : certes, si le vaillant duc de Romagne, si le puissant condottiere qui avait pris en cinq ans trente villes et quinze forteresses eût été assis, l'épée à la main, sur son cheval de bataille, les choses n'eussent point été un instant flottantes et incertaines; car, ainsi qu'il le dit depuis à Machiavel, son génie ambitieux avait tout prévu pour le jour de la mort du pape.

excepté que lui-même serait mourant; mais il était cloué dans son lit, suant son agonie empoisonnée; de sorte que, quoiqu'il eût conservé la pensée, il avait perdu le pouvoir, et qu'il était forcé d'attendre et de subir les événements, tandis qu'il lui aurait fallu marcher au-devant d'eux et les maîtriser.

Il fut donc forcé de régler ses actions, non plus d'après son plan, mais d'après les circonstances. Ses ennemis les plus acharnés, ceux qui pouvaient le serrer de plus près, étaient les Orsini et les Colonna : aux uns il avait pris le sang, aux autres les biens; il s'adressa à ceux à qui il pouvait rendre ce qu'il avait pris, et entama des négociations avec les Colonna.

Pendant ce temps, on procédait aux obsèques pontificales; le vice-chancelier avait envoyé des ordres aux membres élevés du clergé, aux supérieurs des couvents et aux confrères des séculiers de ne point manquer, sous peine d'être dépouillés de leurs dignités et offices, de se rendre, selon la coutume ordinaire, chacun avec sa compagnie au Vatican, pour y assister aux funérailles du pape; chacun, en conséquence, se rendit au jour et à l'heure indiqués au palais pontifical, d'où le corps devait être transporté à l'église Saint-Pierre, où il devait être enterré. On trouva le cadavre seul et abandonné dans la chambre mortuaire; car tout ce qui s'appelait Borgia, excepté César, s'était caché, ne sachant pas ce qui allait se passer, et c'était bien fait à eux; car plus tard, un seul ayant été rencontré par Fabio Orsino, celui-ci le poignarda, et, en signe de cette haine qu'ils s'étaient jurée les uns aux autres, se lava la bouche et les mains avec son sang.

L'agitation, au reste, était si grande dans Rome, qu'au moment où le cadavre d'Alexandre VI allait entrer dans l'église, il s'éleva une de ces rumeurs comme il en passe tout à coup par les airs dans les temps d'orages populaires, ce qui produisit à l'instant même un si grand trouble dans le cortége que les gardes se rangèrent en bataille, que le clergé se réfugia dans la sacristie, et que le porteur ayant laissé tomber la bière, et le peuple ayant arraché le drap qui la recouvrait, le cadavre se trouva découvert, et chacun put voir de plus près et impunément celui qui, quinze jours auparavant, faisait, d'un bout du monde à l'autre, trembler princes, rois et empereurs.

Cependant, par cette religion du sépulcre que chacun éprouve instinctivement, et qui est la seule qui survive aux autres dans le cœur même de l'athée, la bière fut reprise et portée au pied du grand autel de Saint-Pierre, où, soulevée sur des tréteaux, elle fut exposée à la vue du public; mais le pape était devenu si noir, si difforme et si enflé, qu'il était horrible à voir : son nez laissait échapper une matière sanguinolente, sa bouche béait hideusement, et sa langue était si monstrueusement enflée qu'elle en remplissait toute la cavité; à cet aspect effroyable, il se joignait une fétidité si grande, que quoique l'on ait coutume, aux funérailles des papes, de baiser la main qui porta l'anneau du pêcheur, pas un ne se présenta pour donner au représentant de Dieu sur la terre cette marque de religion et de respect.

Vers les sept heures du soir, c'est-à-dire quand le jour tombant ajoute encore une si grande tristesse au silence des églises, quatre crocheteurs et deux ouvriers charpentiers portèrent le cadavre dans la chapelle où il devait être enterré, et, l'ayant enlevé dans son catafalque de parade, le couchèrent dans la bière qui devait être son dernier palais; mais il se trouva que la bière était trop courte, de sorte que le corps n'y put tenir qu'en lui ployant les jambes et en les faisant entrer à grands coups de poings; alors les charpentiers posèrent le couvercle, et tandis que l'un d'eux était assis dessus, pour forcer les genoux de plier, les autres la clouèrent au milieu de ces plaisanteries shakespeariennes, dernière oraison qui retentit à l'oreille des puissants; puis il fut, dit Tommaso Tommasi, placé à gauche du grand autel Saint-Pierre, sous une assez vilaine tombe.

Le lendemain, on trouva cette épitaphe écrite sur la pierre

VENDIT ALEXANDER CLAVES, ALTARIA, CHRISTUM :
EMERAT ILLE PRIUS, VENDERE JURE POTEST.

C'est-à-dire :

Alexandre vendit les clefs, l'autel et le Christ :
Au reste, il les pouvait vendre, les ayant achetés auparavant.

Par l'effet que la mort d'Alexandre VI avait produit à Rome,
on peut juger de celui qu'elle produisit non seulement dans
toute l'Italie, mais encore dans le reste du monde ; un instant
l'Europe plia, car la colonne qui soutenait la voûte de l'édifice
politique s'était écroulée, et l'astre, aux regards de flamme
et aux rayons sanglants, autour duquel tout gravitait depuis
onze ans, venait de s'éteindre ; si bien que le monde, frappé
tout à coup d'immobilité, demeura un instant dans les ténèbres et le silence.

Cependant, après le premier moment de stupeur, tout ce
qui avait une injure à venger se souleva et accourut à la
curée. Sforza reprit Pesaro, Baglioni Pérouse, Gui d'Ubaldo
Urbin, et la Rovère Sinigaglia ; les Vitelli rentrèrent dans
Città di Castello, les Appiani dans Piombino, et les Orsini à
Monte-Giordano et dans leurs autres États : la Romagne seule
resta immobile et fidèle, car le peuple, qui n'a rien à juger
dans les querelles des grands, pourvu qu'elles ne descen-
dent pas jusqu'à lui, n'avait jamais été aussi heureux que
sous le gouvernement de César.

Quant aux Colonna, ils s'étaient engagés à garder la neutralité, moyennant quoi ils avaient été remis en possession
de leurs châteaux et de leurs cités de Chinazzano, de Capo
d'Anno, de Frascati, de Rocca di Papa et de Nettuno, qu'ils
trouvèrent en meilleur état qu'ils ne les avaient quittées, le
pape les ayant fait embellir et fortifier.

César, au reste, tenait toujours le Vatican avec ses troupes,
qui, fidèles à sa mauvaise fortune, veillaient autour du palais,
où il se tordait sur son lit de douleur en rugissant comme un
lion blessé : de leur côté, les cardinaux, qui, au lieu de veiller
aux obsèques du pape, s'étaient dans leur première terreur
dispersés, chacun de son côté, commencèrent à se réunir
tantôt à la Minerve, tantôt chez le cardinal Caraffa. Effrayés
des forces qui restaient à César, et surtout de ce que le commandement en était remis à Michelotto, ils réunirent tout ce
qu'ils avaient d'argent pour lever de leur côté une armée de
deux mille soldats dont Charles Taneo fut nommé chef, avec
le titre de capitaine du sacré collége : on espérait donc que la
tranquillité était rétablie, lorsqu'on apprit que Prosper Colonna

arrivait avec trois mille hommes du côté de Naples, et Fabio
Orsino du côté de Viterbe avec deux cents chevaux et plus de
mille fantassins. En effet, ils entrèrent dans Rome, à un jour
de distance l'un de l'autre seulement, tant chacun d'eux y
était amené par une ardeur pareille.

Ainsi il y avait dans Rome cinq armées en présence les
unes des autres : l'armée de César, qui tenait le Vatican et le
Borgo; l'armée de l'évêque de Nicastro, qui avait reçu d'A-
lexandre la garde du château Saint-Ange et qui, s'y étant
enfermé, refusait de le rendre; l'armée du sacré collége, qui
stationnait aux environs de la Minerve, l'armée de Prosper
Colonna, qui était campée au Capitole; et l'armée de Fabio
Orsino, qui s'était casernée à la Ripetta.

De leur côté, les Espagnols s'étaient avancés jusqu'à Terracine, et les Français jusqu'à Nepi.

Les cardinaux comprirent que Rome était sur une mine
que la moindre étincelle pouvait faire sauter : ils réunirent
les ambassadeurs de l'empereur d'Allemagne, des rois de
France et d'Espagne et de la république de Venise, pour qu'ils
élevassent la voix au nom de leurs maîtres. Les ambassadeurs, pénétrés de l'urgence de la situation, commencèrent
par déclarer le sacré collége inviolable; puis ils ordonnèrent
aux Orsini, aux Colonna et au duc de Valentinois de quitter
Rome et de se retirer chacun de son côté.

Les Orsini se soumirent les premiers à cet ordre : le lendemain leur exemple fut suivi par les Colonna. Il ne restait
donc plus que César, qui consentait, disait-il, à sortir, mais
qui auparavant voulait faire ses conditions : si on le lui refusait, il déclarait que les caves du Vatican étaient minées, et
qu'il se ferait sauter avec ceux qui viendraient pour le prendre.
On savait qu'il n'avançait rien qu'il ne fût capable de faire :
on traita avec lui.

Il fut convenu que César sortirait de Rome avec son armée,
son artillerie et ses bagages, et que, pour plus grande certitude qu'il ne serait attaqué ni molesté dans les rues de
Rome, le sacré collége adjoindrait à sa troupe quatre cents
fantassins qui, en cas d'attaque ou d'insulte, combattraient
pour lui.

De son côté, César promit qu'il se retirerait à dix milles de
Rome tout le temps que durerait le conclave, et qu'il n'en-
treprendrait rien ni contre cette ville ni contre aucune autre
des États ecclésiastiques; Fabio Orsino et Prosper Colonna
avaient pris le même engagement. L'ambassadeur de Venise
avait répondu pour les Orsini, l'ambassadeur d'Espagne pour
les Colonna, l'ambassadeur de France répondit pour le duc
de Valentinois.

Au jour et à l'heure dits, César fit d'abord partir son artillerie, qui se composait de dix-huit pièces de canon, accom-
pagnées par les quatre cents fantassins du sacré collége, à
chacun desquels il fit donner un ducat : derrière l'artillerie,
venaient cent chariots escortés par son avant-garde.

Le duc sortit par la porte du Vatican : il était couché sur un
lit couvert d'un dais d'écarlate, supporté par douze de ses
hallebardiers, se tenant accoudé sur des coussins, afin que
chacun pût voir son visage, dont les lèvres étaient violettes
et les yeux injectés de sang : il avait auprès de lui son épée
nue, pour indiquer que, tout faible qu'il était, il s'en servi-
rait au besoin; son meilleur cheval de bataille, caparaçonné
de velours noir, avec ses armes brodées dessus, marchait près
de son lit, conduit par un page, afin qu'il pût sauter en
selle en cas d'attaque et de surprise; devant et derrière lui,
à sa droite et à sa gauche, marchait son armée, les armes
hautes, mais sans que les tambours battissent, ni que les trompettes sonnassent, ce qui donnait quelque chose de profondément funèbre à tout ce cortége, qui, à la porte de la ville,
trouva Prosper Colonna, qui l'attendait avec une troupe considérable.

César crut d'abord que, manquant à sa parole, comme il
avait lui-même si souvent manqué à la sienne, Prosper Colonna allait l'attaquer. Il ordonna aussitôt de faire halte, et
s'apprêta à monter à cheval; mais Prosper Colonna, voyant
quelle crainte avait pris César, s'avança seul jusqu'auprès d
lit : il venait, au contraire, lui offrir de l'escorter, craignant
pour lui quelque embûche de Fabio Orsino, qui avait hautement juré qu'il vengerait la mort de Paul Orsino son père,
ou qu'il y perdrait son honneur. César remercia Colonna,

mais il lui répondit que, du moment où Orsino était seul, il ne le craignait pas. Alors Prosper Colonna salua le duc, et rejoignit sa troupe, avec laquelle il se dirigea vers Albano, tandis que César prenait le chemin de Città Castellana, qui lui était restée fidèle.

Là, César se retrouva non-seulement maître de son sort, mais encore arbitre de celui des autres : sur les vingt-deux voix qu'il avait au sacré collége, douze lui étaient restées fidèles, et comme le conclave se composait en tout de trente-sept cardinaux, il pouvait avec ses douze voix faire pencher la majorité du côté qui lui plairait. Il se trouva donc courtisé à la fois par le parti espagnol et par le parti français, chacun de son côté désirant faire élire un pape de sa nation. César écouta tout sans rien promettre ni refuser, et donna ses douze voix à François Piccolomini, cardinal de Sienne, une des créatures de son père, qui était resté son ami, et qui fut élu pape le 8 octobre, sous le nom de Pie III.

César ne s'était pas trompé dans son espérance : à peine élu, Pie III lui envoya un sauf-conduit pour rentrer dans Rome; le duc y reparut, avec deux cent cinquante hommes d'armes, deux cent cinquante chevau-légers, huit cents fan-tassins, et alla loger en son palais; ses soldats campèrent à l'entour.

Pendant ce temps, les Orsini, poursuivant leurs projets de vengeance contre César, levaient force troupes à Pérouse et dans les environs, pour le venir attaquer jusque dans Rome, et comme ils croyaient voir que la France, au service de laquelle ils s'étaient engagés, ménageait le duc, à cause de ses douze voix sur lesquelles elle comptait pour faire élire, au prochain conclave, le cardinal d'Amboise, ils passèrent au service des Espagnols.

En même temps César signait un nouveau traité avec Louis XII, par lequel il s'engageait à le soutenir de toutes ses forces et même de sa personne, aussitôt qu'il pourrait remonter à cheval, dans le maintien de sa conquête de Naples; de son côté, Louis XII garantissait la possession des États qu'il tenait encore, et lui promettait son aide pour recouvrer ceux qu'il avait perdus.

Le jour où ce traité fut connu, Gonzalve de Cordoue fit publier à son de trompe, dans les rues de Rome, l'ordre à tout sujet du roi d'Espagne, servant dans une armée étrangère, de rompre à l'instant même son engagement sous peine d'être traité comme coupable de haute trahison.

Cette mesure enleva au duc de Valentinois dix ou douze de ses meilleurs officiers et près de trois cents soldats.

Alors les Orsini, voyant son armée ainsi réduite, entrèrent dans Rome, soutenus par l'ambassadeur d'Espagne, et citèrent César devant le pape et le sacré collége, pour qu'il eût à y rendre compte de ses crimes.

Fidèle à ses engagements, Pie III répondit qu'en sa qualité de prince souverain, le duc de Valentinois, pour son administration temporelle, ne relevait que de lui-même et ne devait compte de ses actions qu'à Dieu.

Cependant, comme ce pape sentait que, malgré toute sa bonne volonté, il ne pourrait peut-être pas protéger le duc de Valentinois contre ses ennemis, il lui donna le conseil de tâcher de se réunir à l'armée française qui s'avançait toujours vers Naples, et au milieu de laquelle seulement il serait en sûreté. César résolut de se retirer à Bracciano, où Jean-Jordan Orsino, qui l'avait autrefois accompagné en France, et qui était le seul de sa famille qui ne se fût pas déclaré contre lui, lui offrait un asile au nom du cardinal d'Amboise; il ordonna donc un matin à ses troupes de se mettre en marche pour cette ville, et, se plaçant au milieu d'elles, il sortit de Rome.

Mais, si secret que César eût tenu son dessein, les Orsini en avaient été prévenus, et ayant fait, dès la veille, sortir tout ce qu'ils avaient de troupes par la porte de San-Pancracio, ils avaient, en prenant un long détour, coupé le chemin au duc de Valentinois; de sorte qu'en arrivant à la Storta, il trouva, en bataille et l'attendant, l'armée des Orsini qui était de moitié au moins supérieure à la sienne.

César comprit qu'engager le combat, faible comme il l'était encore, c'était courir droit à sa perte; aussi ordonna-t-il à ses troupes de se retirer, et comme c'était un excellent stratégiste, il échelonna si habilement sa retraite, que ses enne-

mis le suivirent, mais n'osèrent point l'attaquer, et qu'il
rentra dans la ville pontificale sans avoir perdu un seul
homme.

Cette fois César descendit droit au Vatican, pour se placer
encore plus directement sous la protection du pape ; il distribua ses soldats autour du palais pontifical, de manière à en
garder toutes les issues. En effet, les Orsini, décidés à en
finir avec César, avaient résolu de l'attaquer partout où il
serait et sans respect pour la sainteté du lieu : ce qu'ils tentèrent, mais sans succès, tant, de tous les côtés, les troupes
de César firent bonne garde et présentèrent bonne défense.

Alors les Orsini, qui n'avaient pu forcer les portes du château Saint-Ange, espérèrent avoir meilleur marché du duc
en sortant de Rome et en venant l'attaquer par la porte To-
rione ; mais César avait prévu ce mouvement, et ils trouvèrent
la porte barricadée et gardée. Ils n'en poursuivirent pas moins
leur dessein, remettant à la force ouverte la vengeance qu'ils
devaient obtenir de la ruse ; et ayant surpris les approches de
la porte, ils y mirent le feu ; ce passage ouvert, ils pénétrèrent dans les jardins du château, où ils trouvèrent César les
attendant à la tête de sa cavalerie.

En face du danger, le duc avait retrouvé toutes ses forces ;
aussi se précipita-t-il le premier sur ses ennemis, en appelant
Orsino à grands cris, afin d'en finir avec lui s'il le rencontrait : mais ou Orsino ne l'entendit point ou n'osa le combattre ; de sorte qu'après une lutte acharnée, César, qui était
numériquement de deux tiers plus faible que son ennemi, vit
sa cavalerie taillée en pièces, et après avoir fait personnellement des miracles de force et de courage, fut obligé de rentrer au Vatican.

Il y trouva le pape à l'agonie : las de lutter contre la parole
engagée par ce vieillard au duc de Valentinois, les Orsini, par
l'entremise de Pandolfo Petrucci, avaient gagné le chirurgien
du pape, qui lui avait mis, sur une plaie qu'il avait à la jambe,
un emplâtre empoisonné.

Le pape était donc expirant quand César, tout couvert de
poussière et de sang, entra dans sa chambre, poursuivi par
ses ennemis, qui ne s'étaient arrêtés qu'aux murs du palais

même, derrière lesquels les maintenaient encore les débris de son armée.

Pie III, qui sentait qu'il allait mourir, se souleva sur son lit, remit à César la clef du corridor qui conduisait au château Saint-Ange, et un ordre au gouverneur de le recevoir, lui et sa famille, de le défendre jusqu'à la dernière extrémité, et de le laisser sortir lorsque bon lui semblerait ; puis il retomba évanoui sur son lit.

César prit par la main ses deux filles, et, suivi des petits ducs de Sermoneta et de Nepi, se réfugia dans le dernier asile qui lui était ouvert.

La même nuit, le pape mourut : il avait régné vingt-six jours seulement.

Comme il venait d'expirer, et sur les deux heures du matin, César, qui s'était jeté tout habillé sur son lit, entendit ouvrir la porte de sa chambre : ne sachant pas ce qu'on avait à faire chez lui à cette heure, il se souleva sur son coude en cherchant de l'autre la poignée de son épée ; mais au premier coup d'œil il reconnut le nocturne visiteur : c'était Julien de la Rovère.

Tout brûlé par le poison, tout abandonné de ses troupes, tout tombé du faîte de sa puissance qu'il était, César, qui ne pouvait plus rien pour lui-même, pouvait encore faire un pape : Julien de la Rovère venait lui acheter les voix de ses douze cardinaux.

César posa ses conditions, qui furent acceptées.

Une fois élu, Julien aiderait César à recouvrer ses États de la Romagne ; César resterait général de l'Église ; enfin, François-Marie de la Rovère, préfet de Rome, épouserait une des filles de César.

A ces conditions, César vendit ses douze cardinaux à Julien.

Le lendemain, sur la demande de Julien, le sacré collège ordonna aux Orsini de s'éloigner de Rome tout le temps que durerait le conclave.

Le 31 octobre 1503, au premier tour de scrutin, Julien de la Rovère fut élu pape, et prit le nom de Jules II.

A peine installé au Vatican, son premier soin fut d'y appeler auprès de lui César, auquel il rendit son premier logement : alors, comme le duc entrait en pleine convalescence, il commença de s'occuper du rétablissement de ses affaires, qui s'étaient fort empirées depuis quelque temps.

C'est que la défaite de son armée et son entrée au château Saint-Ange, où on le croyait prisonnier, avaient amené de grands changements en Romagne. Césène s'était remise sous la puissance de l'Église, dont elle avait dépendu autrefois; Jean Sforza était rentré à Pesaro; Ordelafi s'était emparé de Forli; Malatesta réclamait Rimini; les habitants d'Imola avaient massacré leur gouverneur, et la ville était partagée en deux opinions : l'une qui voulait qu'on se remît au pouvoir des Riarii, l'autre qu'on se donnât à l'Église; Faenza était restée fidèle plus longtemps qu'aucune autre; mais enfin, perdant l'espoir de voir César recouvrer sa puissance, elle avait appelé François, fils naturel de Galeotto Manfredi, seul et dernier héritier de cette malheureuse famille, dont tous les descendants légitimes avaient été massacrés par Borgia.

Il est vrai de dire que les forteresses de ces différentes places n'avaient point partagé ces révolutions et étaient demeurées immuablement fidèles au duc de Valentinois.

Aussi n'é ait-ce pas précisément la défection de ces villes que, grâce à leurs forteresses, on pouvait reconquérir, qui inquiétait César et Jules II : c'était le dévolu que Venise avait jeté sur elles.

En effet, Venise avait, au printemps de la même année, signé son traité de paix avec les Turcs; de sorte que, débarrassée de son éternel ennemi, elle venait de ramener ses forces vers la Romagne, qu'elle avait toujours convoitée; ses troupes avaient été acheminées vers Ravenne, dernière place de ses États, et avaient été mises sous le commandement de Jacob Venieri, qui avait manqué de prendre Césène par surprise, et qui n'avait échoué que par le courage de ses habitants; mais cet échec avait été bientôt compensé par la reddition des forteresses du val de Lamone, et de Faenza, par la prise de Forlimpopoli, et par la réduction de Rimini, que Pandolphe Malatesta, son seigneur, échangea contre la seigneurie de Citadella, dans l'État de Padoue, et le rang de gentilhomme vénitien.

Alors César fit une proposition à Jules II : c'était de faire à l'Église une cession momentanée de ses États de la Romagne, afin que le respect que les Vénitiens portaient à la juridiction pontificale sauvât ces villes de leurs entreprises; mais, dit Guicciardini, Jules II, en qui l'ambition, si naturelle aux souverains, n'avait pas encore étouffé les restes de la probité, refusa de recevoir les places de peur de s'exposer à la tentation de les retenir plus tard contre ses promesses.

Cependant, comme les circonstances étaient urgentes, il proposa à César de quitter Rome, d'aller s'embarquer à Ostie et de passer par mer à la Spezzia, où devait le recevoir Michelotto, à la tête de cent hommes d'armes et de cent chevau-légers, seuls restes de sa magnifique armée, et de là, de se rendre par terre à Ferrare, et de Ferrare à Imola, où une fois arrivé, il jetterait assez haut son cri de guerre, pour que ce cri fût entendu de toute la Romagne.

C'était un conseil selon le cœur de César; aussi César accepta-t-il à l'instant même.

Cette résolution soumise au sacré collége fut approuvée par lui, et César partit pour Ostie, accompagné de Barthélemy de la Rovère, neveu de Sa Sainteté.

César se croyait enfin libre, et se voyait d'avance sur son bon cheval de bataille, menant une seconde fois la guerre par tous ces lieux où il avait déjà combattu, lorsqu'en arrivant à Ostie, il y fut rejoint par les cardinaux de Sorrente et de Volterra, qui venaient, au nom de Jules II, lui demander la remise de ces mêmes citadelles que trois jours auparavant il avait refusées; c'est que dans l'intervalle le pape venait d'apprendre que les Vénitiens avaient fait de nouveaux envahissements, et avait reconnu que le moyen proposé par César était le seul qui pût les arrêter.

Mais ce fut à son tour César qui refusa, inquiet de ces tergiversations et craignant qu'elles ne cachassent un piège : il déclara en conséquence que la cession que lui demandait le pape était inutile, puisqu'avec l'aide de Dieu il serait en Romagne avant huit jours. Les cardinaux de Sorrente et de Volterra retournèrent donc à Rome avec un refus.

Le lendemain matin, au moment où César mettait le pied

sur la galère où il allait s'embarquer, il fut arrêté au nom de Jules II.

César crut d'abord que c'en était fait de lui ; il était habitué à ses façons de faire, et savait quelle courte distance il y a entre la prison et la tombe ; la chose était d'autant plus facile vis-à-vis de lui que certes le pape, s'il l'eût voulu, n'eût point manqué de prétextes pour lui faire son procès. Mais le cœur de Jules II était d'une autre trempe que le sien, facile à la colère, mais ouvert à la clémence ; de sorte qu'au moment où le duc de Valentinois rentra à Rome, ramené par ses gardes, l'irritation momentanée qu'avait causée son refus à Jules II étant déjà calmée, il fut reçu par le pape dans son palais et avec ses manières accoutumées et sa courtoisie ordinaire, quoique dès le même jour il lui fût facile de voir qu'il était gardé à vue. En retour de ce bon accueil, César consentit à faire au pape la cession de la forteresse de Césène, comme d'une ville qui, ayant appartenu à l'Église, retournait à l'Église ; et remettant cet acte, signé par César, à l'un de ses capitaines, que l'on nommait Pierre d'Oviedo, Jules II lui ordonna d'aller prendre possession de cette forteresse au nom du saint-siége. Pierre d'Oviedo obéit, et partant aussitôt pour Césène, il se présenta muni de son acte devant don Diego Chignone, noble condottiere espagnol, qui tenait la forteresse au nom du duc de Valentinois. Mais, après avoir pris lecture du papier que lui remettait Pierre d'Oviedo, don Chignone répondit que, comme il savait son maître et seigneur prisonnier, ce serait infâme à lui d'obéir à un ordre selon toute probabilité arraché par la violence, et que, quant à celui qui l'avait apporté, il méritait la mort pour s'être chargé d'une aussi lâche commission : en conséquence, il ordonna à ses soldats de s'emparer de Pierre d'Oviedo et de le jeter du haut en bas des murailles ; ce qui fut exécuté à l'instant même.

Ce trait de fidélité faillit devenir fatal à César : en apprenant le traitement fait à son messager, le pape entra dans une si grande colère, qu'une seconde fois son prisonnier se crut perdu ; de sorte que, pour racheter sa liberté, il fit le premier à Jules II des propositions nouvelles, qui furent rédigées en traité et validées par une bulle. Par ces conventions, le duc de Valentinois était tenu de consigner entre les mains de Sa Sainteté, dans le délai de quarante jours, les forteresses de Césène et de Bertinoro, et de donner les contre-seings de celle de Forli : le tout avec la garantie de deux banquiers de Rome, qui devaient répondre d'une somme de quinze mille ducats, montant des dépenses que le gouverneur prétendait avoir faites dans la place pour le compte du duc.

De son côté, le pape s'engageait à faire conduire César à Ostie sous la seule garde du cardinal de Sainte-Croix et de deux officiers, qui lui rendraient liberté entière le jour même où ses engagements seraient remplis : dans le cas contraire, César serait ramené à Rome et constitué prisonnier au château Saint-Ange.

En exécution de ce traité, César descendit le Tibre jusqu'à Ostie, accompagné du trésorier du pape et de plusieurs de ses serviteurs : le cardinal de Sainte-Croix partit après lui, et l'y rejoignit le même jour.

Cependant comme César craignait qu'après la remise de ses forteresses Jules II, malgré la parole donnée, ne le retînt prisonnier, il fit demander par l'intermédiaire des cardinaux Borgia et Remolino, qui, ne se croyant pas en sûreté à Rome, s'étaient retirés à Naples, un sauf-conduit à Gonzalve de Cordoue et deux galères pour aller le rejoindre : courrier par courrier le sauf-conduit arriva, annonçant que les galères ne tarderaient pas à le suivre.

Sur ces entrefaites, le cardinal de Sainte-Croix ayant appris que, sur l'ordre du duc, les gouverneurs de Césène et de Bertinoro avaient fait la remise de ces forteresses aux capitaines de Sa Sainteté, il se relâcha peu à peu de sa rigidité envers son prisonnier, et commença, comme il savait que la liberté lui devait être rendue un jour ou l'autre, à le laisser sortir sans garde. César alors, craignant qu'il ne lui arrivât, au moment de s'embarquer sur les galères de Gonzalve, ce qui lui était arrivé lorsqu'il avait mis le pied sur celles du pape, c'est-à-dire qu'il ne fût arrêté une seconde fois, se cacha dans une maison hors de la ville ; et lorsque la nuit fut venue, montant un mauvais cheval de paysan, il gagna Nettuno, où, ayant loué une petite barque, il s'embarqua pour

Mont-Dragone et de là gagna Naples. Gonzalve le reçut avec une si grande joie, que César se trompa à son motif, et cette fois se crut enfin sauvé. Cette confiance redoubla lorsque, s'étant ouvert de ses desseins à Gonzalve, et lui ayant dit qu'il comptait gagner Pise, et de là passer en Romagne, Gonzalve lui permit de recruter à Naples autant de soldats qu'il lui conviendrait, lui promettant deux galères pour s'embarquer avec eux. César, trompé à ces démonstrations, s'arrêta près de six semaines à Naples, voyant chaque jour le gouverneur espagnol et discutant avec lui ses projets et ses plans. Mais Gonzalve ne l'avait retenu ainsi que pour avoir le temps de prévenir le roi d'Espagne que son ennemi était entre ses mains ; de sorte que, se croyant au moment de son départ et ayant déjà fait embarquer ses troupes sur ses deux galères, César se rendit au château pour prendre congé de Gonzalve. Le gouverneur espagnol le reçut avec sa courtoisie ordinaire, lui souhaita toutes sortes de prospérités, et l'embrassa en le quittant ; mais à la porte du château, César trouva un des capitaines de Gonzalve nommé Nunho Campejo, qui l'arrêta en lui disant qu'il était prisonnier de Ferdinand le Catholique. A ces paroles, César poussa un profond soupir, et maudit sa fortune, qui l'avait poussé à se fier à la parole d'un ennemi, lui qui avait manqué si souvent à la sienne.

César fut immédiatement conduit au château, où la porte de la prison se referma sur lui, sans qu'il eût l'espoir que personne vînt à son aide ; car le seul être dévoué qui lui restât au monde était Michelotto, et il avait appris que Michelotto avait été arrêté du côté de Pise par ordre de Jules II.

Pendant que l'on conduisait César en prison, un officier se rendait chez lui pour y reprendre le sauf-conduit que lui avait donné Gonzalve.

Le lendemain de son arrestation, qui avait eu lieu le 27 mai 1504, César fut mené à bord d'une galère, qui leva l'ancre aussitôt, et fit voile pour l'Espagne : pendant toute la traversée, il n'avait avec lui qu'un page pour le servir ; et aussitôt son débarquement, il fut conduit au château de Medina del Campo.

Dix ans après, Gonzalve, proscrit à son tour, avouait à Loxa,

sur son lit de mort, qu'au moment de paraître devant Dieu,
deux actions pesaient cruellement à sa conscience : l'une était
sa trahison envers Ferdinand, l'autre son manque de parole
envers César.

César resta deux ans en prison, espérant toujours que
Louis XII le ré'amerait comme pair du royaume de France ;
mais Louis XII, consterné de la perte de la bataille du Gari-
gliano, qui lui enlevait le royaume de Naples, avait assez de
ses propres affaires sans s'occuper de celles de son cousin. Le
prisonnier commençait donc à désespérer, lorsqu'un jour, en
rompant son pain pour déjeuner, il y trouva une lime, une
fiole contenant une liqueur narcotique, et un billet de Michelotto qui lui annonçait qu'étant sorti de prison, il avait quitté
l'Italie, l'avait suivi en Espagne, et était caché avec le comte
de Bénévent dans le village voisin ; il ajoutait qu'à compter
du lendemain, ils l'attendraient, lui et le comte, toutes les
nuits sur le chemin de la forteresse au village avec trois
excellents chevaux ; maintenant c'était à lui de tirer de sa
lime et de sa fiole le meilleur parti possible. Quand le monde
entier avait abandonné le duc de Romagne, un sbire s'était
souvenu de lui.

La prison où il était enfermé depuis deux ans pesait trop à
César pour qu'il perdît un seul instant ; aussi le même jour il
attaqua un barreau de sa fenêtre, qui donnait sur une cour
intérieure, et parvint facilement à le mettre en tel état, qu'il
ne fallait qu'une dernière secousse pour le détacher. Mais
outre que la fenêtre était élevée de soixante-dix pieds à peu
près, on ne pouvait sortir de la cour que par une issue réservée au gouverneur, et dont lui seul avait la clef, encore cette
clef ne le quittait-elle jamais ; le jour, elle était suspendue à
sa ceinture ; la nuit, déposée sous son chevet : là donc était
la principale difficulté.

Cependant, tout prisonnier qu'il était, César avait toujours
été traité avec les égards dus à son nom et à son rang ; chaque
jour, à l'heure du dîner, on le venait prendre dans la chambre qui lui servait de prison, pour le conduire chez le gouverneur, qui lui faisait les honneurs de sa table en noble et
courtois chevalier. Il est vrai de dire aussi que don Manuel

était un vieux capitaine ayant servi avec honneur le roi Ferdinand, ce qui faisait que, tout en gardant César selon la rigueur des ordres reçus, il avait un grand respect pour un si brave général et écoutait avec grand plaisir le récit de ses batailles. Il avait donc souvent insisté pour que César non-seulement dînât, mais encore déjeunât avec lui; heureusement que le prisonnier, par pressentiment peut-être, avait refusé jusqu'alors cette faveur; et bien lui en avait pris, puisque, grâce à sa solitude, il avait pu recevoir les instruments d'évasion que Michelotto lui avait envoyés.

Or, il arriva que, le jour même où il les avait reçus, César, en remontant chez lui, fit un faux pas et se foula le pied; à l'heure du dîner, il essaya de descendre; mais il prétendit souffrir si cruellement qu'il y renonça. Le gouverneur vint le voir dans sa chambre et le trouva étendu sur son lit.

Le lendemain, César ne se trouvant pas mieux, le gouverneur lui fit servir à dîner, et vint le voir comme la veille; il trouva son prisonnier si triste et si ennuyé de cette solitude, qu'il lui offrit de venir partager son souper avec lui : César accepta avec reconnaissance.

Cette fois, c'était le prisonnier qui faisait les honneurs à son hôte; aussi César fut-il d'une courtoisie charmante; le gouverneur voulut profiter de cet abandon pour lui faire quelques questions sur la manière dont il avait été arrêté, et lui demanda en vieux Castillan, pour qui l'honneur est encore quelque chose, la vérité sur le manque de foi de Gonzalve et de Ferdinand vis-à-vis de lui. César se montra on ne peut plus disposé à lui faire une confidence entière; mais il lui indiqua par un signe que les valets étaient de trop. Cette précaution paraissait si naturelle, que le gouverneur n'en prit aucun ombrage et s'empressa de renvoyer tout le monde, afin de rester au plus vite en tête-à-tête avec son convive. Lorsque la porte fut refermée, César remplit son verre et celui du gouverneur, en proposant la santé du roi : le gouverneur lui fit raison; César commença aussitôt son récit; mais à peine fut-il au tiers, que, si intéressant qu'il fût, les yeux de son hôte se fermèrent comme par magie, et qu'il se laissa aller sur la table profondément endormi.

Au bout d'une demi-heure, les serviteurs n'entendant plus aucun bruit, rentrèrent et trouvèrent les deux convives l'un sur la table et l'autre dessous : ce n'était point un événement assez extraordinaire pour qu'ils y accordassent une grande attention ; aussi se contentèrent-ils de porter don Manuel dans sa chambre, et César sur son lit ; puis, remettant au lendemain la desserte du souper, ils refermèrent la porte avec le plus grand soin, laissant le prisonnier seul.

César resta encore un instant immobile et en apparence plongé dans le plus profond sommeil ; mais, lorsqu'il eut entendu les pas s'éloigner, il souleva doucement la tête, ouvrit les yeux, se laissa glisser de son lit, marcha vers la porte, lentement, il est vrai, mais sans paraître aucunement se ressentir de l'accident de la veille, demeura quelques minutes l'oreille appuyée à la serrure ; puis, relevant la tête avec une expression de fierté indéfinissable, il s'essuya le front avec la main, et, pour la première fois depuis la sortie de ses gardes, respira librement et à pleine poitrine.

Il n'y avait pas de temps à perdre ; son premier soin fut de fermer aussi solidement la porte en dedans qu'elle était fermée en dehors, de souffler sa lampe, d'ouvrir la fenêtre et d'achever de scier son barreau. Cette opération terminée, il détacha les bandes qui comprimaient sa jambe, arracha les rideaux de sa fenêtre et ceux de son lit, les déchira par lanières, y ajouta les draps, la nappe, les serviettes, et, grâce à tous ces objets réunis et placés bout à bout, forma une corde de cinquante à soixante pieds de longueur, fit des nœuds de distance en distance, fixa la corde solidement, et par une de ses extrémités, au barreau voisin de celui qu'il venait de couper ; puis, montant sur la fenêtre, il commença de mettre à exécution la partie vraiment périlleuse de l'entreprise, en se cramponnant des pieds et des mains à ce frêle conducteur. Heureusement César était aussi fort qu'adroit ; aussi parcourut-il toute la longueur de la corde sans accident ; mais arrivé à son extrémité, suspendu au dernier nœud, il chercha en vain la terre sous ses pieds ; la corde était trop courte.

La situation était terrible ; l'obscurité de la nuit ne permettait pas au fugitif de distinguer à quelle distance il pouvait être encore du sol, et sa fatigue s'opposait à ce qu'il y essayât même de remonter. César fit une courte prière : lui seul aurait pu dire si c'était à Dieu ou à Satan; puis abandonnant la corde, il tomba d'une hauteur de douze à quinze pieds à peu près.

Le péril était trop grand pour que le fugitif s'inquiétât de quelques légères contusions qu'il s'était faites dans sa chute; il se releva donc aussitôt, et, s'orientant par la direction de sa fenêtre, il alla droit à la petite porte de sortie; arrivé là, il mit la main dans la poche de son justaucorps, — une sueur froide lui passa sur le front : soit qu'il l'eût oubliée dans sa chambre, soit qu'il l'eût perdue dans sa chute, il n'avait plus la clef.

Cependant, en rappelant ses souvenirs, il écarta entièrement la première idée pour ne s'arrêter qu'à la seconde, qui était la seule probable ; il traversa donc de nouveau la cour, cherchant à reconnaître l'endroit où elle pouvait être tombée, à l'aide du mur d'une citerne sur lequel il avait mis la main en se relevant; mais l'objet perdu était si petit et la nuit si obscure, qu'il y avait peu de chance que cette recherche eût un résultat; cependant César s'y livrait tout entier, car dans cette clef était sa dernière ressource, lorsque tout à coup une porte s'ouvrit, et une ronde de nuit parut précédée de deux torches. César se crut un instant perdu ; mais songeant à la citerne qui était derrière lui, il y descendit aussitôt, et laissant sa tête seule hors de l'eau, il suivit avec toute l'anxiété de sa situation les mouvements des soldats qui s'avancèrent de son côté, passèrent à quelques pas de lui, traversèrent la cour et disparurent par une porte opposée. Mais si courte qu'avait été leur lumineuse apparition, elle avait éclairé le sol; César, à la lueur des torches, avait vu briller la clef tant cherchée, et à peine la porte par laquelle les soldats avaient disparu était-elle refermée, qu'il était maître de sa liberté.

A moitié chemin du château au village, deux cavaliers et un cheval de main attendaient : ces deux cavaliers étaient le comte de Bénévent et Michelotto. César sauta sur le cheval qui était sans maître, serra également la main au comte et au sbire; puis tous trois s'élancèrent vers la frontière de la

Navarre, où ils arrivèrent après trois jours de marche, et où il fut admirablement reçu par le roi Jean d'Albret, frère de sa femme.

De la Navarre, César comptait passer en France et, de la France, faire, avec le secours du roi Louis XII, une tentative sur l'Italie; mais pendant sa détention au château de Medina del Campo, Louis XII avait fait la paix avec l'Espagne; de sorte que, lorsqu'il apprit la fuite de César, au lieu de le soutenir, comme il avait quelque droit de s'y attendre, étant son parent par alliance, il lui ôta son duché de Valentinois et le dépouilla de sa pension. Mais il restait à César à peu près deux cent mille ducats sur les banquiers de Gènes; il leur écrivit pour lui faire passer cette somme, avec laquelle il comptait lever quelques troupes en Espagne et en Navarre, et faire une tentative sur Pise : cinq cents hommes, deux cent mille ducats, son nom et son épée, c'était plus qu'il n'en fallait pour ne pas perdre toute espérance.

Les banquiers nièrent le dépôt.

César se trouva à la merci de son beau-frère.

Un des vassaux du roi de Navarre, nommé le prince Alarino, venait alors de se révolter : César prit le commandement de l'armée que Jean d'Albret envoya contre lui, suivi par Michelotto, aussi fidèle à sa mauvaise qu'à sa bonne fortune. Grâce au courage de César et aux savantes dispositions qu'il prit, le prince Alarino fut battu dans une première rencontre; mais le surlendemain de cette défaite, celui-ci, ayant rallié son armée, présenta le combat vers les trois heures de l'après midi : César l'accepta.

Pendant près de quatre heures on se battit de part et d'autre avec acharnement; mais enfin, comme le jour commençait à baisser, César voulut décider la bataille en chargeant lui-même, à la tête d'une centaine d'hommes d'armes, sur un corps de cavalerie qui faisait la principale force de son adversaire; mais, à son grand étonnement, au premier choc, cette cavalerie lâcha pied et prit la fuite, se dirigeant vers un petit bois où elle semblait chercher un refuge. César la poursuivit la lance dans les reins jusqu'à la lisière de la forêt; mais là, tout à coup ceux qu'il poursuivait firent volte-face, trois ou quatre cents archers s'élancèrent hors du bois et leur vinrent en aide ; les compagnons de César, voyant alors qu'ils étaient tombés dans une embuscade, prirent la fuite et abandonnèrent lâchement leur maître.

Resté seul, César ne voulut pas reculer d'un pas ; peut-être aussi avait-il assez de la vie, et son héroïsme lui venait-il plutôt du dégoût que du courage : quoi qu'il en soit, il se défendit comme un lion ; mais criblé de flèches et de traits d'arbalète, son cheval finit par s'abattre en lui engageant la jambe. Aussitôt ses adversaires fondirent sur lui, et l'un d'eux, lui posant une pique à fer mince et aigu au défaut de la cuirasse, lui traversa la poitrine : César jeta un blasphème au ciel, et mourut.

Cependant le reste de l'armée avait été défait, grâce au courage de Michelotto, qui s'était battu de son côté en vaillant condottiere ; mais, en revenant le soir au camp, il apprit par ceux qui avaient pris la fuite qu'ils avaient abandonné César, et que César n'avait point reparu. Alors trop certain, d'après le courage bien connu de son maître, qu'il lui était arrivé malheur, il voulut lui donner une dernière preuve de son dévouement en n'abandonnant point son corps aux loups et aux oiseaux de proie. Il fit donc allumer des torches, car il faisait nuit close, et dix ou douze de ceux qui avaient poursuivi avec César la cavalerie jusqu'au petit bois, ayant consenti à l'accompagner, il se mit à la recherche de son maître. Arrivé à l'endroit indiqué, il vit cinq hommes étendus à côté l'un de l'autre : quatre étaient habillés ; mais le cinquième, qu'on avait dépouillé de ses vêtements, était entièrement nu. Micheletto descendit de son cheval, lui souleva la tête en l'appuyant sur son genou, et, à la lueur des torches, il reconnut César.

Ainsi tomba, le 10 mars 1507, sur un champ de bataille inconnu, près d'un village ignoré que l'on appelle Viane, à la suite d'une mauvaise escarmouche avec le vassal d'un roitelet, celui que Machiavel présente aux princes comme un modèle d'habileté, de politique et de courage.

Quant à Lucrèce, la belle duchesse de Ferrare, elle mourut pleine de jours et d'honneurs, adorée par ses sujets comme

une reine, et chantée comme une déesse par l'Arioste et par
Bembo.

Il y avait une fois à Paris, à ce que raconte Bocace, un brave
et honnête homme, négociant de son état, nommé Jean de
Civigny, lequel faisait un grand commerce de draperie, et qui
s'était lié par des relations d'affaires et des rapports de voisinage avec un de ses confrères très-riche, nommé Abraham,
qui, quoique juif, jouissait d'une bonne réputation. Or, Jean
de Civigny, ayant apprécié les qualités du digne israélite, en
vint à craindre que, si galant homme qu'il fût, sa fausse
croyance ne menât tout droit son âme à la perdition éternelle ; de sorte qu'il commença à le prier doucement et ami-
calement de renoncer à l'erreur dans laquelle il était et d'ouvrir les yeux à la foi chrétienne, laquelle, ainsi qu'il pouvait
en juger, prospérait et augmentait tous les jours, tant elle
était la seule vraie et bonne ; tandis que la sienne, et la chose
était visible, diminuait si fort, qu'elle ne tarderait pas à disparaître entièrement du monde. Le juif, de son côté, répondait qu'excepté dans la religion juive, il n'y avait pas de salut ;
qu'il y était né, qu'il prétendait y vivre et y mourir, et qu'il
ne connaissait aucune chose au monde qui pût l'amener à un
autre avis. Néanmoins, dans sa ferveur convertissante, Jean
ne se tenait pas pour battu, et il n'y avait point de jour que,
par ces bonnes paroles avec lesquelles le marchand séduit
l'acheteur, il ne démontrât la supériorité de la religion chrétienne sur la religion juive ; et quoique Abraham fût un grand
maître dans la loi de Moïse, soit à cause de l'amitié qu'il portait à Jean de Civigny, soit que le Saint-Esprit descendît sur
la langue du nouvel apôtre, il commença enfin à goûter les
prédications du digne marchand, quoique cependant, toujours
obstiné dans sa croyance, il n'en voulût décidément pas changer : mais d'autant plus il persistait dans son erreur, d'autant
plus Jean s'entêtait à sa conversion ; si bien qu'avec l'aide de
Dieu, ce dernier ayant fini de l'ébranler à force d'instances,
Abraham lui dit un jour :

— Écoute, Jean, puisque tu as tant envie que je me con-
vertisse, me voilà disposé à te faire ce plaisir; mais auparavant je veux aller à Rome voir celui que tu appelles le vicaire
de Dieu sur la terre, étudier sa façon de vivre et ses mœurs,
ainsi que celles des cardinaux; et si, comme je n'en doute pas,
elles sont en harmonie avec la morale que tu me prêches,
j'avouerai, comme tu as pris tant de peine à me le démontrer,
que ta foi est meilleure que la mienne, et je ferai ce que tu
désires; mais, au contraire, si cela n'est pas, je resterai juif
comme je suis; car ce n'est point la peine, à mon âge, de
changer ma croyance contre une plus mauvaise.

Jean fut fort désolé lorsqu'il entendit ces paroles; car il se
dit alors tristement à lui-même : — Voilà que j'ai perdu le
temps et la peine que je croyais avoir si bien employés lorsque
j'espérais avoir converti ce malheureux Abraham; car s'il a
le malheur d'aller, comme il le dit, à la cour de Rome, et d'y
voir la vie scélérate qu'y mènent les gens d'église, au lieu de
se faire chrétien, de juif qu'il est, il se ferait bien plutôt juif
s'il était chrétien. — Alors, se retournant vers Abraham, il
lui dit : — Eh! mon ami, pourquoi veux-tu prendre une si
grande fatigue et faire une si grande dépense que d'aller à
Rome? sans compter que par terre ou par mer, pour un
homme riche comme tu l'es, la route est pleine de dangers.
Crois-tu donc qu'il n'y aura pas bien ici quelqu'un pour te
donner le baptême? et s'il te reste quelques doutes à l'endroit
de la foi que je t'ai démontrée, où trouveras-tu mieux qu'ici
des théologiens capables de les combattre et de les détruire?
C'est pourquoi, vois-tu, ce voyage me semble tout à fait su-
perflu : figure-toi bien que les prélats sont là-bas ce que tu
les as vus ici, et d'autant meilleurs qu'ils approchent davantage du pasteur suprême. Eh! donc, si tu en crois mon conseil, tu remettras cette fatigue pour le moment où, ayant
commis quelque gros péché, tu en voudras avoir l'absolution;
et alors je te ferai compagnie, et nous irons ensemble.

Mais le juif répondit :

— Je crois, mon cher Jean, que toutes choses sont comme
tu me les as dites; mais tu sais comme je suis entêté. J'irai
donc à Rome, ou je ne me ferai pas chrétien.

Alors Jean, voyant sa volonté, jugea qu'il était inutile de la combattre plus longtemps, et lui souhaita un bon voyage : seulement, il perdit en lui-même tout espoir; car il était certain que, si la cour de Rome était encore ce qu'il l'avait vue lui-même, son ami reviendrait de son pèlerinage plus juif que jamais.

Cependant Abraham monta à cheval, et, du meilleur train qu'il put, s'achemina vers Rome, où étant enfin arrivé, il fut merveilleusement reçu par ses coreligionnaires; et là, s'étant arrêté un assez longtemps, il commença d'étudier les façons de faire du pape, des cardinaux, des autres prélats et de toute la cour. Mais, à son grand étonnement, tant par ce qui se passa sous ses yeux que par ce qu'on lui raconta, il trouva que, depuis le pape jusqu'au dernier sacristain de Saint-Pierre, tous commettaient de la manière la plus déshonnête du monde le péché de la luxure, et cela sans aucun frein, remords, ni honte : de sorte que les belles filles et les beaux jeunes gens avaient pouvoir d'obtenir toutes les grâces et toutes les faveurs. Et, en outre de cette luxure à laquelle ils s'adonnaient si publiquement, il vit qu'ils étaient gourmands et buveurs; et cela à tel point, qu'ils se faisaient plus esclaves de leur ventre que ne le sont les animaux les plus gloutons. Et lorsqu'il regarda encore plus avant, il découvrit qu'ils étaient si avares et si cupides d'argent, qu'ils vendaient et achetaient à deniers comptant le sang humain et les choses divines, et cela moins consciencieusement encore qu'on ne faisait à Paris des draps et d'autres marchandises. Ayant donc vu cela et encore beaucoup d'autres choses si honteuses qu'il ne convient pas de les dire ici, il parut à Abraham, qui était un homme chaste, sobre et droit, qu'il en avait vu assez : si bien qu'il se résolut de retourner à Paris; ce qu'il fit avec la promptitude qui suivait d'ordinaire ses résolutions. Jean de Civigny lui fit grande fête à son retour, quoiqu'il eût perdu l'espoir de le revoir converti; aussi lui laissa-t-il le loisir de se remettre avant de lui parler de rien, pensant qu'il serait toujours temps pour lui d'apprendre la mauvaise nouvelle à laquelle il s'attendait. Cependant, après quelques jours de repos, Abraham étant venu de lui-même faire une visite à son ami, Jean se hasarda à lui demander ce qu'il pensait du saint-père, des cardinaux et des autres gens de la cour pontificale. A ces mots, le juif s'écria : — Que Dieu les damne tous tant qu'ils sont ! car, si bien que j'aie ouvert les yeux, je n'ai pu découvrir chez eux aucune sainteté, aucune dévotion, aucune bonne œuvre ; mais, au contraire, la luxure, l'avarice, la gourmandise, la fraude, l'envie, l'orgueil, et pis encore que tout cela, si toutefois il y a pis : si bien que toute la machine m'a paru marcher bien plutôt par une impulsion diabolique que par un mouvement divin. Or, comme, d'après ce que j'ai vu, ma conviction profonde est que votre pape, et par conséquent les autres avec lui, s'emploient de tout leur génie, de tout leur art, de toute leur sollicitude, à faire disparaître de la surface de la terre la religion chrétienne, dont ils devraient être la base et le soutien, et comme, malgré toute la peine et tout le soin qu'ils se donnent pour arriver à ce but, je vois que votre religion s'augmente chaque jour, et chaque jour devient plus brillante et plus pure, il me reste donc démontré que le Saint-Esprit lui-même la protége et la défend comme la seule vraie et comme la plus sainte : c'est pourquoi autant, avant d'aller à Rome, tu m'avais trouvé sourd à tes avis et rebelle à ton désir, autant, depuis que je suis revenu de cette Sodome, j'ai l'inébranlable résolution de me faire chrétien. Allons donc de ce pas à l'église, mon cher Jean ; car je suis tout prêt à me faire baptiser.

Et maintenant il n'y a pas besoin de dire si Jean de Civigny, qui s'attendait à un refus, fut heureux de ce consentement : aussi, sans aucun retard, il s'achemina avec son filleul vers Notre-Dame de Paris, où il pria le premier prêtre qu'il rencontra d'administrer le baptême à son client, ce que celui-ci s'empressa de faire : moyennant quoi, le nouveau converti échangea son nom juif d'Abraham contre le nom chrétien de Jean ; et comme le néophyte avait, grâce à son voyage à Rome, acquis une foi profonde, les bonnes qualités qu'il avait déjà s'accrurent tellement dans la pratique de notre sainte religion, qu'après une vie exemplaire, il mourut en odeur de sainteté.

Ce conte de Boccace répond si admirablement au reproche d'irréligion que pourraient nous faire ceux qui se tromperaient à nos intentions, que, ne comptant pas y faire d'autre réponse, nous n'avons point hésité à le mettre tout entier sous les yeux de nos lecteurs.

Au reste, n'oublions pas que si la papauté a eu ses Innocent VIII et ses Alexandre VI, qui en sont la honte, elle a eu aussi ses Pie VII et ses Grégoire XVI, qui en sont l'honneur.

NOTE.

(1) Le poison des Borgia, disent les auteurs contemporains, était de deux sortes : en poudre et liquide.

Le poison en poudre était une espèce de farine blanche presque impalpable, ayant le goût de sucre, et que l'on nommait *Cantarelle*. On ignorait sa composition.

Quant au poison liquide, il se préparait, à ce qu'on assure, d'une façon assez étrange pour ne la point passer sous silence. Nous rapportons, au reste, ce que nous lisons, et ne prenons rien sur nous, de peur que la science ne nous donne un démenti.

« On faisait avaler à un sanglier une forte dose d'arsenic; puis, au moment où le poison commençait à agir, on pendait l'animal par les pieds; bientôt les convulsions se déclaraient, et une bave mortelle et abondante découlait de sa gueule; c'était cette bave recueillie dans un plat d'argent, et transvasée dans un flacon hermétiquement bouché, qui formait le poison liquide. »

FIN DES BORGIA.

LA

MARQUISE DE GANGES

1667

Vers la fin de l'année 1657, un carrosse très-simple et sans armoiries s'arrêta, sur les huit heures du soir, à la porte d'une maison de la rue Hautefeuille, où déjà stationnaient deux autres voitures. Un laquais descendit aussitôt pour ouvrir la portière; mais une voix douce, quoiqu'un peu tremblante, l'arrêta en disant : — Attendez que je voie si c'est ici. — Aussitôt une tête si bien encapuchonnée dans un mantelet de satin noir, qu'il était impossible de distinguer aucun de ses traits, sortit par l'ouverture d'une des glaces, et, regardant en l'air, sembla chercher sur la façade de la maison un signe qui devait fixer son incertitude. Il paraît que la dame inconnue fut satisfaite de son investigation, car se retournant vers sa compagne : — C'est ici, lui dit-elle, voici le tableau.

En conséquence de cette certitude, la portière fut ouverte, les deux femmes descendirent, et après avoir de nouveau levé les yeux vers une tablette de six à huit pieds de long sur deux de haut, clouée au-dessous des fenêtres du deuxième étage, et sur laquelle étaient écrits ces mots : *Madame Voisin, maîtresse sage femme*, elles se glissèrent vivement dans une allée dont la porte n'était que poussée, et qui était juste assez éclairée pour que les personnes qui entraient ou sortaient pussent voir à se conduire dans l'escalier étroit et tortueux qui conduisait du rez-de-chaussée au cinquième étage.

Cependant les deux inconnues, dont l'une paraissait occuper un rang de beaucoup supérieur à l'autre, ne s'arrêtèrent point, comme on aurait pu le croire, à la porte correspondante au tableau qui leur avait servi de guide, mais, au contraire, continuèrent de monter encore un étage.

Sur le palier de celui-là était une espèce de nain bizarrement vêtu, et dans le goût des bouffons vénitiens du seizième siècle ; en voyant arriver les deux femmes, il étendit une baguette, comme pour les empêcher d'aller plus loin, et leur demanda ce qu'elles voulaient.

— Consulter l'esprit, répondit la femme à la voix douce et tremblante.

— Entrez et attendez, répondit le nain en soulevant une portière de tapisserie et en introduisant les deux femmes dans une chambre d'attente.

Les deux femmes suivirent les instructions données, et demeurèrent une demi-heure à peu près, sans rien voir ni rien entendre ; enfin, une porte masquée dans la tapisserie s'ouvrit tout à coup ; une voix prononça le mot : — Entrez, — et les deux femmes furent introduites dans une seconde chambre tendue de noir, et éclairée seulement par une lampe à trois becs suspendue au plafond. La porte se referma derrière elles, et les consultantes se trouvèrent en face de la sibylle.

C'était une femme de vingt-cinq à vingt-six ans à peu près, qui, au contraire des autres femmes, tentait évidemment de se vieillir : elle était vêtue de noir, avait les cheveux pendant en nattes, le cou, les bras et les pieds nus ; la ceinture qui serrait sa taille était fixée par un gros grenat qui jetait des feux sombres ; elle tenait à la main une baguette, et était montée sur une espèce d'estrade figurant le trépied antique, d'où s'échappaient des parfums âcres et pénétrants ; elle était au reste assez belle, quoique ses traits fussent vulgaires, à l'exception cependant de ses yeux, qui semblaient, par quelque artifice de toilette sans doute, d'une grandeur extraordinaire, et qui, pareils au grenat de sa ceinture, jetaient des lueurs étranges.

Lorsque les deux visiteuses entrèrent, elles trouvèrent la devineresse le front appuyé dans sa main et comme absorbée dans ses pensées : craignant de la tirer de son extase, elles attendirent en silence qu'il lui plût de quitter cette position. Au bout de dix minutes elle leva la tête, et comme si elle s'apercevait seulement alors qu'il y eût deux personnes devant elle :

— Que me veut-on encore? demanda-t-elle, et n'aurai-je de repos que dans la tombe? — Pardon, madame, dit l'inconnue à la voix douce; mais je désirais savoir... — Taisez-vous! dit la sibylle d'une voix solennelle, je ne veux point connaître vos affaires, c'est à l'esprit qu'il faut vous adresser; c'est un esprit jaloux et qui défend qu'on entre dans ses secrets; je ne puis que le prier pour vous et lui obéir (1).

A ces mots, elle descendit de son trépied, passa dans une chambre voisine, et reparut bientôt plus pâle et plus oppressée qu'elle ne l'était encore auparavant, tenant d'une main un réchaud enflammé et de l'autre un papier rouge; au même moment les trois becs de la lampe pâlirent, et la chambre ne demeura plus éclairée que par le réchaud; tous les objets prirent une teinte fantastique qui ne laissa pas que d'inquiéter les deux visiteuses, mais il était trop tard pour reculer.

La devineresse posa le réchaud au milieu de la chambre, présenta le papier à celle des deux femmes qui lui avait adressé les paroles, et lui dit :

— Écrivez ce que vous voulez savoir.

La femme prit le papier d'une main plus ferme qu'on aurait dû s'y attendre, s'assit devant une table, et écrivit :

« Suis-je jeune? suis-je belle? suis-je fille, femme ou veuve? voilà pour le passé.

» Dois-je me marier ou me remarier? vivrai-je longtemps où mourrai-je jeune? voilà pour l'avenir. »

Puis étendant la main vers la devineresse :

— Que dois-je faire maintenant de cela? demanda-t-elle.

— Roulez cette lettre autour de cette boule, répondit celle-ci

en présentant à l'inconnue une petite boule de cire vierge :
l'une et l'autre vont à vos yeux être consumées par la flamme ;
l'esprit connaît déjà vos secrets. Dans trois jours vous aurez
la réponse.

L'inconnue fit ce que lui ordonnait la sibylle ; puis celle-ci
lui prit des mains la boule et le papier qui l'enveloppait, et
jeta l'un et l'autre dans le réchaud.

— Et maintenant tout est fait ainsi qu'il convient, dit la
devineresse : Comus ! — le nain entra : — Reconduisez madame à sa voiture.

L'inconnue laissa une bourse sur la table et suivit Comus ;
celui-ci la fit passer ainsi que sa compagne, qui n'était autre
qu'une femme de chambre de confiance, par un escalier dé-
robé à l'usage de ceux qui sortaient ; il donnait dans une
autre rue que celle par laquelle ces deux femmes étaient entrées : mais le cocher, prévenu de cette circonstance, les attendait à la porte ; elles n'eurent donc qu'à monter dans leur
voiture qui les emporta rapidement dans la direction de la
rue Dauphine.

Trois jours après, ainsi que la promesse lui en avait été
faite, la belle inconnue trouva en se réveillant, sur sa table
de nuit, une lettre d'une écriture inconnue ; elle portait cette
suscription : — A la belle Provençale, — et contenait ces mots :

« Vous êtes jeune, vous êtes belle, vous êtes veuve ; voilà
pour le présent.

» Vous vous remarierez, vous mourrez jeune et de mort
violente ; voilà pour l'avenir.

» L'ESPRIT. »

La réponse était sur un papier pareil à celui sur lequel avait
été faite la demande.

La marquise jeta en pâlissant un léger cri d'effroi : la réponse au passé était si parfaitement juste qu'elle pouvait laisser craindre la même précision pour l'avenir.

En effet, l'inconnue enveloppée d'une mante, et que nous
avons introduite dans l'antre de la sibylle moderne, n'était
autre que la belle Marie de Rossan, qu'on nommait avant son

mariage Mlle Châteaublanc, du nom d'une des terres de son
aïeul maternel, M. Joannis de Nochères, qui jouissait d'une
fortune de cinq à six cent mille livres. A l'âge de treize ans,
c'est-à-dire en 1649, elle avait épousé M. le marquis de Castellane, seigneur de grande noblesse et qui prétendait descendre de Jean de Castille, fils de Pierre le Cruel, et de Jeanne
de Castro, sa maîtresse. Fier de la beauté de sa jeune femme,
le marquis de Castellane, qui était officier des galères du roi,
s'était empressé de la présenter à la cour : Louis XIV, qui,
lors de cette présentation, avait vingt ans à peine, avait été
frappé de sa ravissante figure, et, au grand désespoir des
beautés en renom à cette époque, avait dansé deux fois avec
elle dans la même soirée; enfin, pour mettre le comble à sa
réputation, la fameuse Christine de Suède, qui était alors à la
cour de France, avait dit d'elle, que, dans tous les royaumes
qu'elle avait parcourus, elle n'avait rien vu de pareil *à la
belle Provençale*. Cet éloge avait tellement porté coup, que
le nom en était resté à madame la marquise de Castellane,
et qu'on ne la désignait partout que sous cette dénomination.

Cette faveur de Louis XIV, cette appréciation de Christine
avaient suffi pour mettre à l'instant madame la marquise de
Castellane à la mode, et Mignard, qui venait d'être anobli et
nommé peintre du roi, avait mis le sceau à sa célébrité en
lui demandant la permission de faire son portrait; ce portrait
existe encore et peut donner une idée parfaite de la beauté
de celle qu'il représente; mais comme ce portrait est loin des
yeux de nos lecteurs, nous nous contenterons de rapporter
dans les mêmes termes où il a été tracé, celui qu'en donna
en 1667 l'auteur d'une brochure publiée à Rouen, sous le titre
des *Véritables et principales circonstances de la mort dé-
plorable de madame la marquise de Ganges* (2).

« Son teint, qui était d'une blancheur éblouissante, se trouvait orné d'un rouge qui n'avait rien de trop vif, et qui s'u-
nissait et se confondait par une nuance que l'art n'aurait pas
plus adroitement ménagée avec la blancheur du teint : l'éclat
de son visage était relevé par le noir décidé de ses cheveux
placés autour d'un front bien proportionné, comme si un
peintre du meilleur goût les eût dessinés; ses yeux, grands et

bien fendus, étaient de la couleur de ses cheveux, et le feu
doux et perçant dont ils brillaient ne permettait pas de la
regarder fixement : la petitesse, la forme, le tour de sa
bouche et la beauté de ses dents n'avaient rien de comparable; la position et la proportion régulière de son nez ajou-
taient à sa beauté un air de grandeur qui inspirait pour elle
autant de respect que sa beauté pouvait inspirer d'amour; le
tour arrondi de son visage, formé par un embonpoint bien
ménagé, présentait toute la vigueur et la fraîcheur de sa
santé : pour mettre le comble à ses charmes, les grâces semblaient diriger ses regards, les mouvements de ses lèvres et
de sa tête; sa taille répondait à la beauté de son visage; enfin ses bras, ses mains, son maintien et sa démarche ne laissaient rien à désirer pour avoir la plus agréable image d'une
belle personne (3). »

On comprend qu'une femme ainsi douée ne pouvait, au
milieu de la cour la plus galante du monde, échapper aux
calomnies de ses rivales, cependant ces calomnies restèrent
toujours sans effet, tant la marquise, même en l'absence de
son mari, sut être convenable ; sa conversation froide et grave,
plus serrée que vive, plus solide que brillante, faisait même
contraste avec la tournure légère et les façons de dire pleines de caprice et de fantaisie des beaux esprits de l'époque;
il en résulta que ceux qui avaient échoué près d'elle, ne pouvant s'en prendre qu'à eux-mêmes de leur peu de succès,
essayaient de répandre le bruit que la marquise n'était autre
chose qu'une belle idole, et qu'elle était sage à la manière
des statues. Mais toutes ces choses avaient beau se dire et se
répéter en l'absence de la marquise, dès qu'elle paraissait
dans un salon, dès que ses beaux yeux et son doux sourire
accompagnaient d'une expression indéfinissable les paroles
courtes, pressées et pleines de sens, qu'elle laissait échapper
de ses lèvres, les plus prévenus revenaient à elle, et étaient
forcés d'avouer que Dieu n'avait rien créé encore qui touchât
d'aussi près à la perfection.

Elle jouissait donc d'un triomphe que la médisance ne pouvait atteindre et que la calomnie essayait en vain de ternir,
lorsqu'on apprit le naufrage de nos galères dans les mers de

Sicile et la mort du marquis de Castellane qui les commandait. La marquise, dans cette circonstance, se montra ce qu'elle était toujours, pleine de piété et de convenance, et quoiqu'elle n'eût point pour son mari, avec lequel elle avait à peine passé une des sept années qu'avait duré son mariage, une passion bien vive, elle se mit en retraite, aussitôt cette nouvelle, chez madame d'Ampus, sa belle-mère, et cessa entièrement, non-seulement de recevoir, mais encore d'aller dans le monde.

Six mois après la mort de son mari, la marquise reçut de son aïeul, M. Joannis de Nochères, des lettres qui la pressaient de venir achever son deuil à Avignon. Orpheline presque dès son enfance, mademoiselle de Châteaublanc avait été élevée par ce bon vieillard, qu'elle aimait beaucoup : elle s'empressa donc de se rendre à son invitation, et prépara toutes choses pour son départ.

C'était le moment où la Voisin, encore jeune et bien éloignée de la réputation qu'elle eut par la suite, commençait cependant à faire parler d'elle. Plusieurs amies de la marquise de Castellane avaient été la consulter, et en avaient reçu des prédictions étranges, dont quelques-unes, soit par l'adresse de celle qui les avait faites, soit par un bizarre concours de circonstances, avaient été réalisées. La marquise ne put résister à la curiosité que lui inspirèrent les différents récits qu'elle entendit faire de sa science, et elle fit, quelques jours avant son départ pour Avignon, la visite que nous avons racontée. On a vu quelle réponse elle avait reçue à ses demandes.

La marquise n'était point superstitieuse; cependant cette prédiction fatale s'imprima dans son esprit, et y laissa une trace profonde, que ne purent effacer ni le plaisir de revoir le pays natal, ni l'amitié de son grand-père, ni les nouveaux succès qu'elle ne tarda point à obtenir, mais ces succès eux-mêmes étaient une fatigue pour la marquise, et elle ne tarda point à solliciter de son grand-père la permission de se retirer dans un cloître, pour y finir les trois derniers mois de son deuil.

Ce fut là, et avec l'enthousiasme de pauvres filles recluses, qu'elle entendit parler pour la première fois d'un homme dont la réputation de beauté était égale, comme homme, à la sienne, comme femme. Ce privilégié du ciel était le sieur de Lenide, marquis de Ganges, baron du Languedoc et gouverneur de Saint-André, dans le diocèse d'Uzès. La marquise entendit si souvent parler de lui, on lui répéta tant de fois que la nature semblait les avoir créés l'un pour l'autre, qu'elle commença à se laisser prendre à un grand désir de le voir. Sans doute que de son côté le sieur de Lenide, excité par des suggestions pareilles, avait conçu une grande envie de rencontrer la marquise, car s'étant fait charger par M. de Nochères, qui voyait avec peine, sans doute, une retraite si prolongée, d'une commission pour sa petite-fille, il vint au parloir, et fit demander la belle recluse. Celle-ci, quoiqu'elle ne l'eût jamais vu, le reconnut au premier coup d'œil; car, n'ayant point encore rencontré un aussi beau cavalier que celui qui se présenta à sa vue, elle pensa que ce ne pouvait être que le marquis de Ganges, dont on lui avait tant et si souvent parlé.

Ce qui devait arriver arriva; la marquise de Castellane et le marquis de Ganges ne purent se voir sans s'aimer. Ils étaient jeunes tous deux, le marquis était noble et en position, la marquise était riche; tout paraissait donc convenable dans cette union : aussi ne fut-elle retardée que le temps nécessaire à l'expiration du deuil, et le mariage fut célébré vers le commencement de l'année 1558. Le marquis avait vingt ans, et la marquise vingt-deux.

Les commencements de cette union furent parfaitement heureux; c'était la première fois que le marquis aimait, et la marquise ne se rappelait pas avoir jamais aimé. Un fils et une fille vinrent compléter ce bonheur. La marquise avait complétement oublié la prédiction fatale, ou, si elle y pensait parfois maintenant, c'était pour s'étonner d'y avoir pu croire.

Une pareille félicité n'est point de ce monde, et lorsqu'elle le visite par hasard, elle semble plutôt envoyée par la colère que par la bonté de Dieu. En effet, pour celui qui la possède et qui la perd, mieux vaudrait ne l'avoir jamais connue.

Ce fut le marquis de Ganges qui se lassa le premier de cette vie heureuse. Peu à peu ses plaisirs de jeune homme lui

firent faute, et il commença à s'éloigner de la marquise pour
se rapprocher de ses anciens amis. La marquise, de son côté,
qui avait sacrifié à l'intimité conjugale ses habitudes du
monde, se rejeta dans la société, où de nouveaux triomphes
l'attendaient. Ces triomphes excitèrent la jalousie du marquis; mais trop de son siècle pour se donner le ridicule de la
manifester, il la renferma dans son âme, d'où, à chaque occasion, elle sortit sous une nouvelle forme. A ces paroles d'a-
mour, si douces qu'elles semblent le langage des anges, succé-
dèrent ces propos âcres et mordants, présages d'une prochaine
rupture. Bientôt le marquis et la marquise ne se virent plus
qu'aux heures où ils ne pouvaient plus faire autrement que
de se rencontrer : enfin, le marquis, sous le prétexte de voya-
ges indispensables, puis bientôt sans même prendre de prétextes, s'éloigna les trois quarts de l'année, et la marquise se
retrouva veuve.

Quelque relation du temps que l'on consulte, toutes s'ac-
cordent à dire qu'elle fut toujours la même, c'est-à-dire pleine
de patience, de calme et de convenance, et il est rare de
trouver, sur une jeune et belle femme, une pareille unani-
mité d'opinions.

Vers ce temps, le marquis, à qui, dans les courts moments
qu'il passait chez lui, le tête-à-tête était devenu insupporta-
ble, invita ses deux frères, le chevalier et l'abbé de Ganges, à venir demeurer avec lui. Il en avait encore un troisième qui, en sa qualité de second fils, portait le titre de
comte, et qui était colonel du régiment de Languedoc ; mais
comme celui-ci n'a joué aucun rôle dans cette histoire, nous
ne nous en occuperons pas.

L'abbé de Ganges, qui portait ce titre sans appartenir à
l'Église, l'avait pris pour jouir de ses priviléges; c'était une
manière de bel esprit, faisant dans l'occasion le madrigal et
le bout rimé, assez beau de visage, quoique, dans certains
moments d'impatience, ses yeux prissent une expression de
cruauté étrange; au reste, libertin et éhonté, comme s'il eût
réellement appartenu au clergé de cette époque.

Le chevalier de Ganges, doué aussi d'une partie de cette
beauté répandue avec tant de profusion sur sa famille, était

un de ces hommes médiocres, qui se complaisent dans leur nullité, et qui vieillissent ainsi, inaptes également au bien et au mal, à moins qu'une nature plus vigoureusement trempée que la leur ne s'empare d'eux et ne les entraîne, étoiles pâles et sans lumière, dans leur tourbillon. C'est ce qui arrivait au chevalier à l'égard de son frère : subissant une influence qu'il ignorait lui-même, et contre laquelle il se fût révolté avec l'opiniâtreté d'un enfant, s'il avait pu même la soupçonner, il était une machine obéissant aux volontés d'un autre esprit et aux passions d'un autre cœur, machine d'autant plus terrible, par conséquent, qu'aucun mouvement instinctif ou raisonné ne pouvait arrêter chez lui l'impulsion donnée.

Au reste, cette influence que l'abbé avait prise sur le chevalier, il l'avait prise aussi jusqu'à un certain point sur le marquis. Sans fortune comme cadet, sans traitement, puisque tout en portant le costume d'homme d'église il n'en remplissait pas les fonctions, il était parvenu à persuader au marquis, riche, non-seulement de sa fortune, mais encore de celle de sa femme, qui devait presque se doubler à la mort de M. de Nochères, qu'il était nécessaire qu'un homme dévoué s'occupât de la direction de sa maison et de la gestion de ses biens, et s'était proposé à cet effet. Le marquis avait accepté de grand cœur, ennuyé, comme nous l'avons dit, qu'il était alors de la solitude de son intérieur, et l'abbé avait amené avec lui le chevalier qui l'avait suivi comme son ombre, et auquel on n'avait guère fait plus d'attention que si réellement il n'avait pas eu de corps.

La marquise avoua souvent depuis, que la première fois qu'elle avait vu ces deux hommes, quoique leur extérieur fût parfaitement agréable, elle s'était sentie prise d'un sentiment pénible, et que cette prédiction d'une mort violente, faite par la devineresse, et qu'elle avait oubliée depuis si longtemps, pareille à un éclair, avait lui tout à coup devant ses yeux.

Il n'en fut pas de même des deux frères : la beauté de la marquise les frappa tous deux, quoique d'une façon différente. Le chevalier resta en extase devant elle, comme devant une belle statue; mais l'impression qu'elle produisit sur lui fut la même que celle que lui eût faite un marbre, et si le chevalier eût été abandonné à lui-même, les conséquences de cette admiration n'eussent point autrement été à craindre.

Au reste, le chevalier ne chercha ni à exagérer ni à dissimuler cette expression, et la laissa voir à sa belle-sœur telle qu'elle le frappait.

L'abbé, au contraire, fut, à la première vue, saisi d'un désir profond et violent de posséder cette femme, la plus belle qu'il eût jamais rencontrée; mais aussi parfaitement maître de ses sensations que le chevalier l'était peu des siennes, il ne laissa échapper que quelques-unes de ces paroles de galanterie qui n'engagent ni celui qui les prononce, ni celle qui les écoute; et cependant, avant la fin de cette première entrevue, l'abbé avait décidé, dans son irrévocable volonté, que cette femme serait à lui.

Quant à la marquise, quoique la première impression produite par ses deux beaux-frères ne pût jamais s'effacer entièrement, l'esprit de l'abbé auquel il faisait, avec une facilité merveilleuse, prendre la tournure qui lui convenait, et la parfaite nullité du chevalier la ramenèrent à des sentiments moins répulsifs envers eux : c'est que la marquise était une de ces âmes qui ne soupçonnent jamais le mal, pour peu qu'il se donne la peine de se voiler sous une apparence quelconque, et qui ne le reconnaissent qu'avec regret lorsqu'il reprend son véritable visage.

Cependant l'arrivée de ces deux nouveaux hôtes répandit bientôt dans la maison un peu plus de vie et de gaieté. Bien plus, au grand étonnement de la marquise, son mari, depuis si longtemps indifférent à sa beauté, parut de nouveau remarquer qu'elle était trop charmante pour être dédaignée; aussi, ses paroles reprirent peu à peu une affection que depuis bien longtemps elles avaient graduellement perdue. La marquise n'avait jamais cessé de l'aimer; elle avait souffert l'éloignement de son amour avec résignation, elle en accueillit le retour avec joie, et trois mois s'écoulèrent pareils à ceux qui n'étaient plus depuis longtemps pour la pauvre femme qu'un souvenir lointain et presque effacé.

Elle s'était donc, avec cette facilité suprême de la jeunesse qui ne demande qu'à être heureuse, reprise au bonheur, sans même s'informer quel bon génie lui ramenait ce trésor qu'elle croyait perdu, lorsqu'elle reçut d'une voisine de campagne l'invitation d'aller passer quelques jours à son château. Son mari et ses deux beaux-frères, invités avec elle, furent de la partie et l'accompagnèrent. Une grande chasse était préparée d'avance, et à peine arrivé, chacun commença ses préparatifs pour y assister.

L'abbé, qui s'était fait par son esprit l'indispensable de toute réunion, se déclara pour ce jour le chevalier de la marquise, titre que sa belle-sœur lui confirma avec sa bienveillance ordinaire. Chacun des chasseurs fit choix, d'après cet exemple, d'une femme à laquelle il devait consacrer ses soins de toute la journée; puis, cette précaution chevaleresque prise, chacun s'achemina vers le rendez-vous.

Il arriva ce qui arrive presque toujours : les chiens chassèrent pour leur compte. Deux ou trois amateurs seulement suivirent les chiens; le reste s'égara.

L'abbé, en sa qualité de cavalier servant de la marquise, ne l'avait pas quittée un instant, et avait si habilement manœuvré, qu'il se trouvait en tête-à-tête avec elle : c'était une occasion qu'il cherchait depuis un mois avec autant de soin que la marquise l'évitait. Aussi, dès que la marquise crut s'apercevoir que c'était avec intention que l'abbé s'était écarté de la chasse, elle voulut remettre son cheval au galop dans une direction opposée qu'elle venait de suivre; mais l'abbé l'arrêta. La marquise ne pouvait ni ne voulait engager une lutte; elle se contenta d'attendre ce que l'abbé avait à lui dire, en donnant à son visage cet air de fierté dédaigneuse que les femmes savent si bien prendre lorsqu'elles veulent faire entendre à un homme qu'il n'a rien à espérer d'elles. Il y eut un silence d'un instant; l'abbé l'interrompit le premier.

— Madame, lui dit-il, je vous demande pardon d'avoir employé ce moyen pour vous parler en tête-à-tête; mais comme, malgré ma qualité de beau-frère, vous ne paraissiez pas disposée à m'accorder cette faveur, si je vous l'eusse demandée, j'ai pensé qu'il valait mieux pour moi vous ôter la facilité de me la refuser.

— Si vous avez hésité à me demander une chose aussi simple, monsieur, répondit la marquise, si vous avez pris de telles précautions pour me forcer à vous écouter, c'est que vous saviez d'avance, sans doute, que les paroles que vous aviez à me dire étaient de celles que je ne pouvais entendre. Ayez donc la bonté de réfléchir, avant d'entamer cette conversation, qu'ici comme ailleurs, je vous en préviens, je me réserve le droit d'interrompre du moment où elle cessera de me paraître convenable.

— Quant à cela, madame, dit l'abbé, je crois pouvoir vous répondre que, quelles que soient les choses qu'il me plaira de vous dire, vous les écouterez jusqu'au bout; mais, au reste, ces choses sont si simples, qu'il est inutile de vous en inquiéter d'avance; je voulais vous demander, madame, si vous vous êtes aperçue d'un changement dans la conduite de votre mari vis-à-vis de vous.

— Oui, monsieur, répondit la marquise, et il ne s'est point passé un seul jour sans que j'aie remercié le ciel de ce bonheur.

— Et vous avez eu tort, madame, reprit l'abbé, avec un de ces sourires qui n'appartenaient qu'à lui, le ciel n'a rien à faire là-dedans; remerciez-le de vous avoir faite la plus belle et la plus charmante des femmes, et le ciel aura assez d'actions de grâces à attendre de vous, sans m'enlever celles qui me reviennent.

— Je ne vous comprends pas, monsieur, dit la marquise d'un ton glacial.

— Eh bien, je vais me faire comprendre, ma chère belle-sœur. C'est moi qui ai fait le miracle dont vous remerciez le ciel, c'est donc à moi que la reconnaissance appartient. Le ciel est assez riche pour ne pas voler les pauvres.

— Vous avez raison, monsieur; si c'est réellement à vous que je dois ce retour, dont j'ignorais la cause, je vous en remercierai d'abord; puis ensuite j'en remercierai le ciel qui vous a inspiré cette bonne pensée.

— Oui, répondit l'abbé; mais le ciel, aussi bien qu'il m'a inspiré une bonne pensée, si cette bonne pensée ne me rapporte pas ce que j'en attends, pourrait bien m'en inspirer une mauvaise.

— Que voulez-vous dire, monsieur ?

— Qu'il n'y a jamais eu dans toute la famille qu'une volonté, et que cette volonté est la mienne ; que l'esprit de mes deux frères tourne au caprice de cette volonté comme une girouette au vent, et que celui-là qui a soufflé le chaud peut souffler le froid.

— J'attends toujours que vous vous expliquiez, monsieur.

— Eh bien, ma chère belle-sœur, puisqu'il vous plaît de ne pas me comprendre, je vais m'expliquer plus clairement. Mon frère s'était éloigné de vous par jalousie ; j'ai eu besoin de vous donner une idée de mon pouvoir sur lui, et des extrémités de l'indifférence, je l'ai, en lui faisant voir qu'il vous soupçonnait à tort, ramené aux ardeurs du plus vif amour. Eh bien, je n'ai qu'à lui dire que je me suis trompé, fixer ses soupçons errants sur un homme quel qu'il soit, et je l'éloignerai de vous comme je l'en ai rapproché. Je n'ai pas besoin de vous donner de preuve de ce que j'avance : vous savez parfaitement que je dis la vérité.

— Et quel a été votre but, en jouant cette comédie ?

— De vous prouver, madame, que je puis vous faire à mon gré triste ou joyeuse, chérie ou délaissée, adorée ou haïe. Maintenant, écoutez-moi : je vous aime.

— Vous m'insultez, monsieur, s'écria la marquise en essayant de retirer des mains de l'abbé la bride de son cheval.

— Pas de grands mots, ma chère belle-sœur ; car avec moi, je vous en préviens, ils seraient perdus. On n'insulte jamais une femme en lui disant qu'on l'aime ; seulement il y a mille manières différentes de la forcer de répondre à cet amour. La faute est de se tromper dans celle qu'on emploie, et voilà tout.

— Et puis-je savoir celle que vous avez choisie ? demanda la marquise avec un sourire écrasant de mépris.

— La seule qui puisse réussir avec une femme calme, froide et forte comme vous, la conviction que votre intérêt veut que vous répondiez à mon amour.

— Puisque vous prétendez me connaître si bien, répondit la marquise en faisant un nouvel effort aussi inutile que le premier pour dégager la bride de son cheval, vous devez sa-

voir alors de quelle manière une femme comme moi doit recevoir une pareille ouverture : dites-vous à vous-même ce
que je pourrais vous dire, et surtout dire à mon mari.

L'abbé sourit.

— Oh! quant à cela, reprit-il, vous êtes la maîtresse, madame. Dites à votre mari tout ce que bon vous semblera; ré-
pétez-lui notre conversation mot à mot; ajoutez-y tout ce que
votre mémoire pourra vous fournir, vrai ou faux, de plus
convaincant contre moi ; puis, quand vous l'aurez bien endoc-
triné, quand vous vous croirez sûre de lui, je lui dirai deux
paroles, et je le retournerai comme ce gant. Voilà tout ce que
j'avais à vous dire, madame; je ne vous retiens plus; vous
pouvez avoir en moi un ami dévoué, ou un ennemi mortel.
Réfléchissez.

Et à ces mots, l'abbé lâcha la bride du cheval de la marquise, la laissant libre de lui imprimer l'allure qui lui conviendrait. La marquise mit sa monture au trot, afin de n'indiquer ni crainte ni empressement. L'abbé la suivit, et tous
deux regagnèrent la chasse.

L'abbé avait dit vrai. La marquise, malgré la menace
qu'elle lui avait faite, réfléchit à l'influence que cet homme
avait sur son mari, et dont souvent elle avait eu la preuve :
elle garda donc le silence, espérant que, pour l'effrayer, il
s'était fait pire qu'il n'était. Sur ce point, elle se trompait
étrangement.

Cependant l'abbé voulut voir d'abord s'il devait attribuer
les refus de la marquise à une antipathie personnelle ou à
une vertu véritable. Le chevalier, comme nous l'avons dit,
était beau ; il avait cette habitude de la haute société qui
tient lieu d'esprit; il y joignait l'entêtement d'un homme
médiocre; il entreprit de lui persuader qu'il aimait la marquise.

Ce n'était pas chose difficile. Nous avons dit l'impression
que la première vue de madame de Ganges avait produite sur
le chevalier; mais celui-ci, connaissant d'avance la réputation de rigidité que s'était acquise sa belle-sœur, n'avait pas
le moins du monde eu l'idée de lui faire la cour. Cependant,
cédant à l'influence qu'elle exerçait sur tout ce qui s'appro-

chait d'elle, le chevalier était resté son serviteur dévoué ; et la marquise, qui n'avait aucune raison de se défier de cette galanterie qu'elle prenait pour de l'amitié, avait, grâce à son titre de frère de son mari, mis dans ces relations avec lui plus d'abandon qu'elle n'était accoutumée à le faire.

L'abbé alla le trouver, puis après s'être assurés qu'ils étaient seuls : — Chevalier, lui dit-il, nous aimons tous deux la même femme, et cette femme est la femme de notre frère ; ne nous traversons pas ; je suis le maître de ma passion, et je puis d'autant mieux vous la sacrifier que je crois que c'est vous qui êtes le préféré : essayez donc de vous faire confirmer cet amour que je soupçonne la marquise d'avoir pour vous ; et, du jour où vous en serez arrivé là, je me retire, sinon, et si vous échouez, cédez-moi galamment la place, pour que je tente à mon tour si son cœur est véritablement imprenable comme chacun le dit.

Le chevalier n'avait jamais songé à la possibilité de posséder la marquise ; mais, du moment où son frère, sans motif apparent d'intérêt personnel, eut éveillé chez lui l'idée qu'il pouvait être aimé, tout ce qu'il y avait dans cette machine automatique d'amour et d'amour-propre se prit à cette idée, et il commença à redoubler pour sa belle-sœur de soins et de complaisances. Celle-ci, qui n'avait jamais pensé à mal de ce côté, reçut d'abord le chevalier avec une bienveillance qu. s'augmentait de son mépris pour l'abbé. Mais bientôt le chevalier, trompé sur cette source de bienveillance, s'expliqua plus clairement. La marquise, étonnée et doutant d'abord, lui en laissa dire assez pour être parfaitement éclairée sur ses intentions ; puis alors elle l'arrêta, comme elle avait fait de l'abbé, par quelques-uns de ces mots blessants que les femmes trouvent dans leur indifférence, plutôt encore que dans leur vertu.

A cet échec, le chevalier, qui était loin d'avoir la force de volonté de son frère, perdit toute espérance, et vint franchement avouer à celui-ci le résultat malheureux de ses soins et de son amour. C'est ce qu'attendait l'abbé, d'abord pour la satisfaction de son amour-propre, ensuite pour l'exécution de ses projets. Il pétrit la honte du chevalier jusqu'à ce qu'il en

eût fait une bonne haine ; et alors, sûr d'avoir en lui un soutien, et même un complice, il commença à mettre à exécution son plan contre la marquise.

Le résultat s'en manifesta bientôt par un nouveau refroidissement de la part de M. de Ganges. Un jeune homme que
la marquise rencontrait parfois dans le monde, et qu'à cause
de son esprit elle écoutait avec plus de complaisance peut-être
qu'un autre, devint, sinon la cause, au moins le prétexte
d'une jalousie nouvelle. Cette jalousie se manifesta par des
querelles étrangères au sujet véritable, comme cela était déjà
arrivé : cependant la marquise ne s'y trompa point ; elle reconnut dans ce changement la main fatale de son beau-frère.
Mais cette certitude, au lieu de la rapprocher de lui, l'en éloigna davantage ; et à compter de cette heure, elle ne manqua
point une occasion de lui témoigner non-seulement cet éloignement, mais encore le mépris dont il était accompagné.

Les choses restèrent en cet état pendant plusieurs mois.
Chaque jour, la marquise remarquait une froideur plus grande
dans son mari, et quoique l'espionnage fût invisible, elle se
sentait entourée d'une surveillance qui éclairait les actes les
plus intimes de sa vie. Quant à l'abbé et au chevalier, ils
étaient toujours les mêmes ; seulement l'abbé avait dissimulé
sa haine sous un sourire qui lui était habituel, et le chevalier son dépit sous cette dignité froide et roide dont s'envelop-
pent les esprits médiocres lorsqu'ils se croient atteints dans
leur vanité.

Sur ces entrefaites, M. Joannis de Nochères mourut, ajoutant à la fortune déjà considérable de sa petite-fille une nouvelle fortune de six à sept cent mille livres.

Ce surcroît de richesse devenait entre les mains de la marquise ce qu'on appelait alors, dans les pays régis par le droit
romain, un bien *paraphernal*, c'est-à-dire qu'arrivant après
le mariage, il n'était point compris dans la dot que la femme
avait apportée, et qu'elle avait la libre disposition des fonds
et des fruits de ces biens, que son mari ne devait même administrer qu'en vertu d'une procuration et dont elle pouvait
disposer à son gré par donation ou par testament.

En effet, quelques jours après que la marquise fut entrée

en jouissance des biens de son aïeul, son mari et ses frères apprirent qu'elle avait fait venir un notaire pour s'éclairer sur ses droits. Cette démarche indiquait l'intention de soustraire cet héritage à la communauté; car la conduite qu'avait tenue le marquis vis-à-vis de sa femme, et dont lui-même souvent reconnaissait à part lui l'injustice, lui laissait peu d'espoir que ce fût pour une autre cause.

Vers ce temps, un événement étrange arriva. Dans un dîner que donnait le marquis, une crème fut servie au dessert : tous ceux qui mangèrent de cette crème furent indisposés; le marquis et ses deux frères, qui s'en étaient abstenus, n'éprouvèrent aucun malaise. Les restes de cette crème, soupçonnée d'être la cause de l'indisposition des convives, et particulièrement de la marquise, qui en avait mangé deux fois, fut soumis à l'analyse, et la présence de l'arsenic reconnue. Seulement, mêlé avec le lait, qui est son antidote, le poison avait perdu une partie de sa force, et n'avait pu produire que la moitié de l'effet qu'on en attendait. Comme aucun accident grave n'avait suivi cet événement, on rejeta la faute sur un domestique qui aurait confondu l'arsenic avec le sucre, et tout le monde l'oublia ou parut l'oublier.

Cependant, sans affectation, le marquis peu à peu avait paru se rapprocher de sa femme; mais, cette fois, madame de Ganges n'avait point été dupe de ce retour de bons sentiments. Là, comme dans le refroidissement, la main égoïste de l'abbé était visible : il avait persuadé à son frère que sept cent mille livres de plus dans la maison valaient la peine de passer sur quelques légèretés; et, obéissant à cette impulsion, le marquis avait essayé de combattre par de bons procédés la décision encore mal arrêtée dans l'esprit de la marquise de faire un testament.

Vers l'automne, il fut question d'aller passer la saison à Ganges, petite ville située dans le bas Languedoc, au diocèse de Montpellier, à sept lieues de cette ville et à dix-neuf lieues d'Avignon. Quoique la chose fût toute naturelle, puisque le marquis était seigneur de cette ville et y avait un château, la marquise, en l'entendant proposer, fut saisie d'un étrange frisson. Le souvenir de la prédiction qu'on lui avait faite lui revint aussitôt à la mémoire. Cette tentative d'empoisonnement si récente et si mal expliquée vint encore, et tout naturellement, redoubler ses craintes. Sans soupçonner directement et positivement ses deux beaux-frères de ce crime, elle savait qu'elle avait en eux deux ennemis implacables. Ce voyage dans une petite ville, ce séjour dans un château isolé, au milieu d'une société nouvelle et inconnue, ne lui présageaient rien de bon; mais s'y opposer ouvertement était ridicule. Sur quelles causes, d'ailleurs, appuyer sa résistance? La marquise ne pouvait avouer ses terreurs qu'en accusant son mari et ses beaux-frères; et de quoi les pouvait-elle accuser? L'aventure de la crème empoisonnée n'était point une preuve concluante. Elle résolut donc de renfermer toutes ses craintes dans son cœur et de se remettre aux mains de Dieu.

Néanmoins, elle ne voulut pas quitter Avignon sans avoir fait le testament que, depuis la mort de M. de Nochères, elle méditait de faire. Un notaire fut appelé, qui dressa cet acte. Madame la marquise de Ganges instituait sa mère, madame de Rossan, sa légataire universelle, à la charge par elle d'appeler à la succession celui des deux enfants de la testatrice qu'elle jugerait à propos de préférer. Ces deux enfants étaient, l'un un garçon de six ans, et l'autre une fille de cinq.

Mais cela ne suffit point à la marquise, tant elle était profondément frappée qu'elle ne devait pas survivre à ce fatal voyage; elle fit secrètement, et dans la nuit, assembler les magistrats d'Avignon et plusieurs personnes de qualité appartenant aux premières familles de la ville, et là, devant eux, elle déclara de vive voix d'abord que, dans le cas où elle viendrait à mourir, elle priait les honorables témoins qu'elle avait convoqués à cet effet de ne reconnaître pour vrai, volontaire et librement écrit, que le testament qu'elle avait signé la veille, affirmant d'avance que tout autre testament postérieur qui serait représenté serait l'œuvre de la ruse ou de la violence. Puis, cette déclaration faite de vive voix, la marquise la renouvela par écrit, signa le papier qui la contenait, et remit ce papier sous la sauvegarde de l'honneur de ceux qu'elle en constituait les gardiens. Une pareille précaution, prise avec de si minutieux détails, éveilla vivement la curio-

sité des auditeurs : plusieurs questions pressantes furent adres-
sées à la marquise ; mais on n'en put rien tirer, sinon qu'elle
avait, pour agir ainsi, des raisons qu'elle ne pouvait déclarer.
La cause de cette assemblée resta secrète, et chacun de ceux
qui la composaient fit à la marquise la promesse de ne pas la
révéler.

Le lendemain, qui était la veille de son départ pour Ganges,
la marquise visita tous les établissements de bienfaisance et
toutes les communautés religieuses d'Avignon : partout elle
laissa de riches aumônes, afin qu'on dît pour elle des prières
et des messes qui obtinssent de la bonté de Dieu qu'il ne la
laissât point mourir sans avoir reçu les sacrements de l'Église.
Le soir, elle prit congé de tous ses amis avec l'affection et les
larmes d'une personne convaincue qu'elle leur faisait le dernier adieu ; enfin, elle passa toute la nuit en prières, et lorsque
sa femme de chambre entra chez elle pour la réveiller, elle la
retrouva agenouillée à la même place où elle l'avait laissée la
veille.

On partit pour Ganges ; la route s'effectua sans accident. En
arrivant au château, la marquise y trouva sa belle-mère :
c'était une femme parfaitement distinguée et pieuse, et sa
présence, quoiqu'elle ne dût être que momentanée, rassura
un peu la pauvre effrayée. Les dispositions avaient été faites
d'avance dans le vieux château, et l'on avait choisi pour la
marquise la plus commode et la plus élégante des chambres :
elle était située au premier, et donnait dans une cour fermée
de tous côtés par des écuries.

Dès le premier soir qu'elle dut y coucher, la marquise ex-
plora cette chambre avec la plus grande attention. Elle visita
les cabinets, sonda les murs, examina les tapisseries, et nulle
part elle ne distingua rien qui pût confirmer ses craintes, qui,
de ce moment, allèrent décroissant. Cependant, au bout d'un
certain temps, la mère du marquis quitta Ganges pour retourner à Montpellier. Le surlendemain de ce départ, le marquis parla d'affaires pressantes qui le rappelaient à Avignon,
et quitta à son tour le château. La marquise resta seule avec
l'abbé, le chevalier et un aumônier nommé Perrette, qui, depuis vingt-cinq ans, était au service de la famille du marquis.

Le reste de la maison se composait de quelques domestiques.

Le premier soin de la marquise, en arrivant au château, avait été de se faire une petite société dans la ville. La chose avait été facile : outre son rang, qui faisait tenir à honneur d'être de son cercle, sa grâce affectueuse inspirait à la première vue le désir de l'avoir pour amie. La marquise éprouva donc moins d'ennui qu'elle ne l'avait craint au premier abord.

Cette précaution n'avait point été inutile ; au lieu de passer l'automne seulement à Ganges, la marquise, d'après les lettres de son mari, fut forcée d'y passer l'hiver. Pendant tout ce temps, l'abbé et le chevalier paraissaient avoir complétement oublié leurs premiers desseins sur elle, et étaient redevenus des frères respectueux et attentifs. Mais, au milieu de tout cela, M. de Ganges demeurait éloigné, et la marquise, qui n'avait point cessé de l'aimer, commençait à perdre la crainte, mais non pas la douleur.

Un jour l'abbé entra dans sa chambre assez à l'improviste pour la surprendre avant qu'elle n'eût eu le temps d'essuyer ses larmes : ce demi-secret surpris, il lui fut facile d'obtenir la confidence du reste. La marquise lui avoua qu'il n'y aurait pas de bonheur pour elle en ce monde tant que son mari vivrait avec elle de cette vie séparée et hostile. L'abbé essaya de la consoler ; mais tout en la consolant, il lui dit que le chagrin qu'elle éprouvait avait sa source en elle-même ; que son mari avait dû être blessé de sa défiance envers lui, défiance dont le testament qu'elle avait fait était une preuve, d'autant plus humiliante qu'elle était publique, et que, tant que ce testament existerait, elle ne devait s'attendre à aucun retour de la part de son mari. Pour cette fois, la conversation en demeura là.

Quelques jours après l'abbé entra chez la marquise, tenant une lettre qu'il venait de recevoir de son frère. Cette lettre, censée confidentielle, était pleine de tendres plaintes sur la conduite de sa femme à son égard, et laissait à chaque phrase percer un fond d'amour, que des griefs aussi puissants que ceux que le marquis croyait avoir pouvaient seuls contrebalancer.

La marquise fut d'abord fort touchée de cette lettre ; mais, ayant bientôt réfléchi qu'il s'était juste écoulé, entre l'explication qu'elle avait eue avec l'abbé et cette lettre, le temps nécessaire pour que le marquis en fût informé, elle attendit pour changer d'avis, de nouvelles et plus fortes preuves.

Cependant de jour en jour, l'abbé, sous prétexte de rapprocher le mari de la femme, devenait plus pressant à l'endroit du testament, et la marquise, trouvant dans cette insistance quelque chose d'inquiétant, commença de se reprendre à ses anciennes terreurs. Enfin, l'abbé la poussa tellement à bout qu'elle réfléchit que, d'après les précautions qu'elle avait prises à Avignon, une révocation ne pouvant avoir aucun résultat, mieux valait avoir l'air de céder que d'irriter, par un refus constant et obstiné, cet homme qui lui causait une si grande crainte. A la première fois qu'il revint sur ce sujet, elle lui répondit donc qu'elle était prête à offrir à son mari cette nouvelle preuve d'amour, qui pouvait le rapprocher d'elle, et ayant donné l'ordre d'aller chercher un notaire, elle fit, en présence de l'abbé et du chevalier, un nouveau testament, dans lequel elle instituait le marquis son légataire universel. Ce second testament était en date du 5 mai 1667. L'abbé et le chevalier témoignèrent à la marquise la joie la plus vive de voir enfin cette cause de discorde anéantie, et se firent les garants de leur frère pour un meilleur avenir. Quelques jours se passèrent dans cette espérance, qu'une lettre du marquis vint confirmer; cette lettre annonçait en même temps son prochain retour au château de Ganges.

Le 16 mai, la marquise, un peu souffrante depuis un mois ou deux, se décida à prendre médecine : elle fit donc connaître son désir au pharmacien, en le priant de lui en composer une à sa guise, et de la lui envoyer le lendemain. En effet, le matin et à l'heure convenue, le breuvage fut apporté à la marquise; mais elle le trouva si noir et si épais, que, se défiant de la science de celui qui l'avait composé, elle l'enferma sans en rien dire dans une armoire de sa chambre, et tira de son nécessaire quelques pilules, moins efficaces, mais qui, lui étant habituelles, lui inspiraient moins de répugnance.

A peine l'heure où la marquise devait prendre cette médecine fut-elle écoulée, que l'abbé et le chevalier envoyèrent demander de ses nouvelles. Elle leur fit répondre qu'elle allait bien, et les invita à une petite collation qu'elle devait donner vers les quatre heures de l'après-midi aux femmes de la société.

Une heure après, l'abbé et le chevalier lui envoyèrent demander une seconde fois de ses nouvelles : la marquise, sans faire attention à cet excès de civilité, qu'elle se rappela ensuite, leur fit répondre comme la première fois qu'elle ne pouvait mieux se porter.

La marquise était restée au lit pour faire les honneurs de sa collation, et jamais ne s'était sentie de meilleure humeur : à l'heure dite, toutes ses conviées arrivèrent ; l'abbé et le chevalier furent introduits, et l'on servit le goûter. Ni l'un ni l'autre ne voulurent y prendre part ; l'abbé, cependant, s'assit à table ; mais le chevalier resta appuyé sur le pied du lit. L'abbé était soucieux, et ne sortait de sa préoccupation que par secousse ; alors il paraissait chasser quelque idée dominante ; mais bientôt cette idée, plus puissante que sa volonté, le replongeait dans une rêverie qui frappa d'autant plus tout le monde, qu'elle était loin de son caractère. Quant au chevalier, il avait les yeux constamment fixés sur sa belle-sœur, et cela, au contraire de son frère, était d'autant moins étonnant, que jamais la marquise n'avait paru si belle.

La collation prise, la société se retira ; l'abbé reconduisit les femmes, et le chevalier resta près de la marquise ; mais à peine l'abbé fut-il sorti, que madame de Ganges vit le chevalier pâlir, et que, de debout qu'il était, il tomba assis sur le pied du lit. La marquise, inquiète, lui demanda ce qu'il avait : mais avant qu'il eût pu répondre, son attention fut attirée d'un autre côté.

L'abbé, aussi pâle et aussi défait que le chevalier, rentrait dans la chambre, tenant à la main un verre et un pistolet, et fermait la porte derrière lui à double tour. Effrayée à cette vue, la marquise se soulève à moitié sur son lit, regardant, sans voix et sans parole. Alors l'abbé s'approcha d'elle, les lèvres tremblantes, les cheveux hérissés et les yeux enflammés, et lui présentant le verre et le pistolet : « Madame, lui dit-il après un moment de silence terrible, choisissez, du poison, du feu, — et faisant un signe au chevalier, qui tira son épée, — ou du fer.

La marquise avait eu un moment d'espoir : au mouvement qu'elle avait vu faire au chevalier, elle avait cru qu'il venait à son secours; mais bientôt détrompée, et se trouvant entre deux hommes qui la menaçaient tous deux, elle se laissa glisser à bas de son lit et tombant à genoux :

— Qu'ai-je fait, s'écria-t-elle, ô mon Dieu! pour que vous prononciez ainsi ma mort, et qu'après vous être faits juges, vous vous fassiez bourreaux? Je ne suis coupable envers vous d'aucune faute, que d'avoir été trop fidèle à mes devoirs envers mon mari, qui est votre frère. — Puis, voyant qu'il était inutile qu'elle continuât d'implorer l'abbé, dont les regards et les gestes indiquaient une résolution prise, elle se retourna vers le chevalier : — Et vous aussi, mon frère, lui dit-elle, ô mon Dieu! mon Dieu! vous aussi; mais ayez donc pitié de moi, au nom du ciel!

Mais celui-ci, frappant du pied et lui appuyant la pointe d'une épée sur la poitrine :

— Assez, madame, lui répondit-il, assez, et prenez votre parti sans retard; car si vous ne le prenez pas, c'est nous qui le prendrons pour vous.

La marquise se retourna une dernière fois vers l'abbé et heurta de son front la bouche du pistolet. Alors elle vit bien qu'il lui fallait mourir, et choisissant de trois genres de mort celui qui lui paraissait le moins terrible : — Donnez-moi donc le poison, dit-elle, et que Dieu vous pardonne ma mort.

A ces mots elle prit le verre; cependant la liqueur noire et épaisse dont il était rempli lui causa une telle répulsion, qu'elle voulut essayer une dernière tentative; mais un blasphème effroyable de l'abbé et un geste menaçant de son frère lui ôtèrent jusqu'à la dernière lueur d'espoir. Elle porta le verre à ses lèvres, et murmurant une fois encore : — Mon Dieu, Seigneur, ayez pitié de moi, — elle avala ce qu'il contenait. Pendant ce temps, quelques gouttes de la liqueur tombèrent sur sa poitrine, et lui brûlèrent à l'instant même la peau, comme auraient pu faire des charbons ardents; c'est qu'en effet le breuvage infernal était composé d'arsenic et de sublimé délayés dans de l'eau-forte ; puis, croyant qu'on n'exigerait pas davantage d'elle, elle laissa tomber le verre.

La marquise se trompait, l'abbé le ramassa, et remarquant que tout le précipité était demeuré au fond, il rassembla avec un poinçon d'argent ce qui s'était coagulé aux parois du verre, le réunit à tout ce qui était resté au fond, et présentant à la marquise, au bout du poinçon, cette boule qui était de la grosseur d'un noisette : *Allons, madame*, lui dit-il, *il faut avaler le goupillon !* La marquise, résignée, ouvrit les lèvres ; mais au lieu de faire ce que lui ordonnait l'abbé, elle retint ce reste de poison dans sa bouche, et se rejetant sur son lit en poussant un cri et embrassant ses oreillers de douleur, elle le rejeta entre les draps, sans que ses assassins s'en aperçussent ; puis, se retournant alors vers eux : — Au nom de Dieu, leur dit-elle les mains jointes, puisque vous avez tué mon corps, au moins ne perdez pas mon âme, et envoyez-moi un confesseur.

Si cruels que fussent l'abbé et le chevalier, un pareil spectacle commençait sans doute à les lasser ; d'ailleurs l'acte mortel était accompli : après ce qu'elle avait bu, la marquise ne pouvait vivre que quelques minutes, ils sortirent donc à sa prière, et refermèrent la porte derrière eux. Mais à peine la marquise se vit-elle seule, que la possibilité de la fuite se présenta à elle. Elle courut à la fenêtre : elle n'était élevée que de vingt-deux pieds ; mais elle donnait sur un terrain plein de pierres et de décombres. Comme la marquise était en chemise, elle se hâta de passer un jupon de taffetas ; mais, au moment où elle achevait de le nouer autour de sa taille, elle entendit des pas qui se rapprochaient de sa chambre ; croyant alors que c'étaient ses assassins qui revenaient pour l'achever, elle courut comme une insensée vers la fenêtre. Au moment où elle posait le pied sur son rebord, la porte s'ouvrit : la marquise ne calcula plus rien, et se précipita la tête la première. Heureusement que le nouveau venu, qui était le chapelain du château, eut le temps d'étendre la main et de saisir la jupe. La jupe, trop faible pour soutenir le poids de la marquise, se déchira ; mais cependant cette résistance, si légère qu'elle fût, suffit pour changer la direction du corps :

la marquise, qui devait se briser la tête, tomba au contraire sur ses pieds, sans se faire autre mal que de se les meurtrir sur les pierres. Tout étourdie qu'elle était de sa chute, la marquise vit quelque chose qui se précipitait après elle, et fit un bond de côté. C'était une énorme cruche pleine d'eau, sous laquelle le prêtre, voyant qu'elle lui échappait, avait essayé de l'écraser; mais, soit qu'il eût mal pris ses mesures, soit que la marquise eût effectivement eu le temps de s'écarter, le vase se brisa à ses pieds sans l'atteindre, et le prêtre, voyant qu'il avait manqué son coup, se rejeta en arrière, et courut avertir l'abbé et le chevalier que la victime leur échappait.

Quant à la marquise, à peine avait-elle été à terre, qu'avec une présence d'esprit admirable, elle avait fait entrer le bout d'une des tresses de ses cheveux assez avant dans la gorge pour provoquer un vomissement : la chose était d'autant plus facile qu'elle avait beaucoup mangé à cette collation, et d'autant plus heureuse, que les aliments avaient empêché le poison d'attaquer, aussi violemment qu'il l'eût fait sans cette circonstance, les parois de l'estomac. A peine eut-elle rejeté ce qu'elle avait pris, qu'un sanglier privé l'avala et, tombant en convulsions, mourut sur-le-champ.

Cependant, comme nous l'avons dit, l'appartement donnait sur une cour fermée; et la marquise, en s'élançant de sa chambre dans cette cour, crut d'abord qu'elle n'avait fait que changer de prison; mais bientôt, apercevant une lumière qui tremblait à travers la lucarne d'une des écuries, la marquise y courut, et, trouvant un palefrenier qui allait se coucher : — Au nom du ciel, mon ami, lui dit-elle, sauve-moi je suis empoisonnée, on veut me tuer, ne m'abandonne pas, je t'en conjure! aie pitié de moi, et ouvre-moi cette écurie, que je m'en aille! que je me sauve! — Le palefrenier ne comprit pas grand'chose à ce que lui disait la marquise; mais voyant une femme échevelée, à moitié nue, et qui demandait du secours, il la prit sous son bras, lui fit traverser les écuries, lui ouvrit une porte, et la marquise se trouva dans la rue; deux femmes passaient, le palefrenier la remit entre leurs mains, sans pouvoir leur expliquer ce qu'il ignorait lui-même.

Quant à la marquise, elle semblait ne pouvoir dire autre chose que ces seules paroles :

— Sauvez-moi, je suis empoisonnée ; au nom du ciel ! sauvez-moi.

Tout à coup, elle s'échappa de leurs mains, et se mit à fuir comme une insensée ; elle venait d'apercevoir à vingt pas d'elle sur le seuil de la porte par laquelle elle était sortie, ses deux assassins qui la poursuivaient.

Alors, ils s'élancèrent après elle ; elle criant qu'elle était empoisonnée, eux criant qu'elle était folle ; tout cela au milieu d'une populace qui, ne sachant pour qui prendre parti, s'écartait pour laisser passer la victime et les meurtriers : la terreur donnait à la marquise une force surhumaine ; cette femme, habituée à marcher dans des souliers de soie, sur des tapis de velours, courait alors ensanglantant ses pieds nus sur les pierres et les cailloux, demandant en vain du secours, que nul ne lui accordait ; c'est qu'en effet, à la voir ainsi, courant d'une course insensée, en chemise, les cheveux épars, n'ayant pour tout vêtement qu'un jupon de taffetas en lambeaux, il était difficile de ne pas croire, ainsi que le disaient ses beaux-frères, que cette femme était folle.

Enfin, le chevalier la joignit, l'arrêta, et l'entraînant malgré ses cris dans la maison la plus proche, referma la porte derrière eux, tandis que l'abbé sur le seuil, un pistolet à la main, menaçait de brûler la cervelle à quiconque s'approcherait.

La maison où étaient entrés le chevalier et la marquise appartenait à un M. Desprats, absent pour le moment de chez lui, et chez la femme duquel plusieurs de ses compagnes s'étaient assemblées. La marquise et le chevalier, toujours luttant ensemble, entrèrent dans la chambre où était réunie la société : comme plusieurs de celles qui la composaient étaient admises dans la société de la marquise, elles se levèrent aussitôt dans le plus grand étonnement, pour lui porter le secours qu'elle réclamait ; mais le chevalier les écarta vivement, répétant que la marquise était folle ; à cette éternelle accusation, à laquelle les apparences ne prêtaient que trop de vraisemblance, la marquise répondait en montrant son cou

brûlé et ses lèvres noircies, et, se tordant les bras de douleur.
s'écriait qu'elle était empoisonnée et qu'elle allait mourir, demandant avec instance du lait ou tout au moins de l'eau;
alors la femme d'un ministre protestant, qui se nommait madame Brunelle, lui glissa dans la main une boîte d'orviétan,
dont elle se hâta d'avaler quelques morceaux, tandis que le
chevalier se retournait; en même temps une autre femme
lui présenta un verre d'eau; mais au moment où elle le portait à sa bouche, le chevalier le lui brisa entre les dents, et
d'un des éclats du verre lui coupa les lèvres; alors toutes les
femmes voulurent se jeter sur le chevalier; mais la marquise,
craignant qu'on ne l'irritât davantage et espérant de le dés-
armer, demanda, au contraire, qu'on la laissât seule avec
lui; toute la compagnie céda à ses instances et passa dans la
chambre voisine : c'était ce que demandait de son côté le chevalier.

A peine furent-ils seuls, que la marquise joignant les mains,
se mit à genoux devant lui, disant de la voix la plus douce
et la plus suppliante qu'elle put prendre :

— Chevalier, mon cher frère, n'aurez-vous donc point pitié de moi, qui ai toujours eu tant de tendresse pour vous,
et qui voudrais encore à cette heure donner mon sang pour
votre service? Vous savez bien que les choses que je vous dis
là ne sont point de vaines paroles; et cependant comment
me traitez-vous, sans que je l'aie mérité? et que dira le monde
d'un pareil procédé? Ah! mon frère, que mon malheur est
grand d'avoir été si cruellement traitée par vous! Et cependant, oui, mon cher frère, si vous daignez avoir pitié de moi
et me sauver la vie, sur ma part du ciel, je vous jure de ne
me souvenir en rien de ce qui est arrivé, et de vous regarder toujours comme mon protecteur et mon ami.

Tout à coup la marquise se releva en poussant un grand
cri, et en portant la main au côté droit de sa poitrine; pendant qu'elle parlait, le chevalier avait tiré, sans qu'elle s'en
aperçût, son épée qui était fort courte, et s'en servant comme
d'un poignard, il l'avait frappée au sein; ce premier coup fut
suivi d'un second, qui porta sur la clavicule, ce qui l'empêcha d'entrer; à ces deux coups, la marquise se mit à fuir

vers la porte du salon où s'était retirée la société, en criant :
— Au secours ! on me tue. — Mais dans le temps qu'elle mit
à traverser la chambre, le chevalier lui donna encore cinq
coups d'épée dans le dos : et il lui en eût sans doute donné
davantage, si au dernier coup l'épée ne s'était brisée; au reste,
celui-là avait été porté avec tant de force, que le tronçon
resta enfoncé dans l'épaule, et que la marquise tomba la face
contre terre, nageant dans le sang qui ruisselait de tout côté, et
inondait la chambre.

Le chevalier crut l'avoir tuée, et comme il entendait les
femmes accourir à son secours, il s'élança hors de la chambre ; l'abbé était toujours sur le seuil, le pistolet à la main;
le chevalier le prit par le bras pour l'entraîner, et comme
l'abbé hésitait à le suivre :

— Retirons-nous, abbé, lui dit-il, l'affaire est faite.

Le chevalier et l'abbé firent quelques pas dans la rue; mais
en ce moment une fenêtre s'ouvrit, et les femmes, qui
avaient retrouvé la marquise expirante, appelèrent du secours ; à ces cris, l'abbé s'arrêta aussitôt, et retenant le chevalier par le bras :

— Que disais-tu donc, chevalier? demanda-t-il; si l'on appelle du secours, elle n'est donc pas morte.

— Ma foi, vas-y voir toi-même, répondit le chevalier, j'en
ai fait assez pour mon compte; à ton tour.

— C'est, pardieu! bien comme cela que je l'entends, s'écria
l'abbé; et, s'élançant de nouveau dans la maison, il se précipita dans la chambre, au moment où les femmes soulevant la
marquise à grand'peine, car elle était si faible qu'elle ne pouvait plus s'aider, essayaient de la mettre au lit : l'abbé les
écarta, et, parvenant jusqu'à la marquise, il lui appuya son
pistolet sur la poitrine; mais au moment où il lâchait le coup,
madame Brunelle, la même qui avait déjà donné une boîte
d'orviétan à la marquise, leva le canon avec la main ; de
sorte que le coup partit en l'air, et que la balle, au lieu d'atteindre la marquise, alla se loger dans la corniche du plafond. L'abbé prit alors le pistolet par le canon, et donna de
la crosse un si furieux coup sur la tête de madame Brunelle,
qu'elle chancela et fut près de tomber ; il allait redoubler,

mais toutes les femmes se réunissant contre lui le poussèrent avec mille malédictions à la porte, qu'elles refermèrent derrière lui. Aussitôt les deux assassins, profitant de la nuit, s'enfuirent de Ganges, et arrivèrent à Aubenas, qui en est distant d'une grande lieue de pays, vers les dix heures du soir.

Pendant ce temps, les femmes prodiguaient leurs soins à la marquise : elles avaient voulu d'abord la mettre au lit, ainsi que nous l'avons déjà dit; mais le tronçon de l'épée empêchant qu'elle ne se pût coucher, on essaya inutilement de le lui arracher, si profondément il était entré dans l'os. Alors la marquise indiqua elle-même à la dame Brunelle le moyen à employer; c'était que l'opératrice s'assît sur le lit, et tandis que les autres femmes l'aideraient, elle, à se tenir debout, qu'elle empoignât le tronçon à deux mains, et lui appuyant les genoux dans le dos, elle tirât de toute sa force, et par une grande secousse. Ce moyen réussit enfin, et la marquise put se mettre au lit; il était neuf heures du soir, et il y avait près de trois heures que durait cette horrible tragédie.

Cependant, les consuls de Ganges, informés de ce qui s'était passé, e commençant à croire que c'était réellement un assassinat, se rendirent de leur personne et avec une garde auprès de la marquise. A peine les vit-elle entrer, qu'elle reprit des forces, et se tenant sur son lit, tant sa crainte était grande, leur demanda leur protection, les mains jointes, car elle croyait toujours voir revenir l'un ou l'autre de ses assassins : les consuls lui dirent de se rassurer, firent garder toutes les avenues de la maison par des gens armés, et tandis qu'on envoyait en toute hâte chercher à Montpellier des médecins et des chirurgiens, firent prévenir M. le baron de Trissan, grand prévôt du Languedoc, du crime qui venait d'être commis, lui envoyant le nom et les signalements des assassins; celui-ci mit aussitôt tout son monde sur leurs traces; mais il était déjà trop tard; il apprit que l'abbé et le chevalier avaient couché, la nuit de l'assassinat, à Aubenas, et que là, après s'être fait des reproches mutuels sur leur maladresse, ils avaient manqué s'égorger l'un l'autre; enfin, ils étaient partis avant le jour, et avaient été s'embarquer proche d'Agde, sur une plage nommée le Gras de Palaval.

Le marquis de Ganges était à Avignon, où il poursuivait une affaire criminelle contre un de ses domestiques, qui lui avait volé deux cents écus, lorsqu'il apprit la nouvelle de l'événement. Il pâlit affreusement en écoutant le récit que lui en fit le messager; puis, entrant contre ses frères en une grande fureur, il jura qu'ils n'auraient jamais d'autres bourreaux que lui. Cependant, si inquiet qu'il fût de l'état de la marquise, il attendit jusqu'au lendemain après midi avant que de partir, et vit pendant cet intervalle quelques-uns de ses amis d'Avignon, sans leur parler aucunement de cette affaire.

Arrivé à Ganges quatre jours seulement après l'assassinat, il se rendit à la maison de M. Desprats, et demanda à voir sa femme, que de bons religieux avaient déjà préparée à cette entrevue. A peine la marquise eut-elle appris qu'il était arrivé, qu'elle consentit à le recevoir; aussitôt le marquis entra dans la chambre, les yeux tout en larmes, s'arrachant les cheveux et donnant les signes du plus profond désespoir.

La marquise reçut son mari en épouse qui pardonne et en chrétienne qui va mourir. A peine lui fit-elle quelques légers reproches sur l'abandon où il l'avait laissée, et encore, comme le marquis s'était plaint de ces reproches à un religieux, et que ce religieux avait reporté ces plaintes à la marquise, elle appela son mari près de son lit, au moment où il était entouré de monde, lui en fit réparation publique, lui demandant mille fois pardon, et le priant de n'attribuer les paroles qui auraient pu le blesser qu'à l'effet de ses douleurs, et non au défaut de son estime.

Cependant, resté seul avec sa femme, le marquis voulut se prévaloir de ce retour pour lui faire casser la déclaration devant les magistrats d'Avignon; car le vice-légat et ses officiers, fidèles aux promesses faites à la marquise, avaient refusé d'enregistrer la donation nouvelle qu'elle avait faite à Ganges par les suggestions de l'abbé, et que celui-ci avait envoyée, à peine signée, à son frère. Mais, sur ce point, la marquise fut d'une résolution constante, déclarant que cette fortune était réservée à ses enfants, par conséquent sacrée pour elle, et qu'elle ne pouvait rien innover à ce qui avait été fait à Avignon, attendu que c'étaient là ses véritables et derniers sentiments. Malgré cette déclaration, le marquis n'en continua pas moins à rester près de sa femme et à lui rendre tous les soins d'un mari dévoué et attentif.

Deux jours après le marquis de Ganges, arriva madame de Rossan : son étonnement fut grand, d'après les bruits qui circulaient déjà sur le marquis, de trouver sa fille entre les mains de celui qu'elle regardait comme un de ses meurtriers. Mais loin de partager cette opinion, la marquise fit tout ce qu'elle put, non-seulement pour la ramener à d'autres sentiments, mais pour obtenir d'elle qu'elle l'embrassât comme un fils. Cet aveuglement de la part de la marquise causa une telle douleur à madame de Rossan, que, malgré son amour profond pour sa fille, elle ne voulut point rester plus de deux jours, et que, quelques instances que lui fit la mourante, elle retourna chez elle sans que rien pût l'arrêter.

Ce départ causa une grande douleur à la marquise, et fut cause qu'elle demanda avec de nouvelles instances d'être conduite a Montpellier, la seule vue du lieu où elle avait été si cruellement assassinée lui présentant sans cesse, non-seulement le souvenir du meurtre, mais encore l'image de ses meurtriers, qui la poursuivaient si incessamment, que, dans ses courts moments de sommeil, elle se réveillait quelquefois tout à coup en poussant de grands cris et en appelant au secours. Malheureusement, le médecin la jugea trop faible pour être transportée, et déclara qu'aucun déplacement ne pouvait se faire sans un extrême danger.

Alors, et en entendant cet arrêt qu'il fallut bien lui répéter, et auquel son teint vif et animé et ses yeux brillants semblaient donner un démenti, la marquise tourna toutes ses pensées vers les choses sacrées, et ne songea plus qu'à mourir comme une sainte, ayant déjà souffert comme une martyre. En conséquence, elle demanda le viatique, et pendant qu'on allait le lui chercher, elle renouvela ses excuses à son mari et son pardon à ses frères, et cela avec une douceur qui, jointe à sa beauté, donnait à toute sa personne une apparence angélique. Cependant, lorsque le prêtre entra avec le viatique, cette expression changea tout à coup, et son visage présenta tous les caractères de la plus grande terreur. Elle venait de reconnaître dans le prêtre qui lui apportait les dernières consolations du ciel l'infâme Perrette, qu'elle devait regarder comme le complice de l'abbé et du chevalier, puisque, après avoir essayé de la retenir, il avait voulu l'écraser sous le poids de la cruche pleine d'eau qu'il lui avait jetée de la fenêtre, et puisque, voyant qu'elle lui échappait, il avait couru prévenir et avait mis sur ses traces ses deux assassins.

Cependant, elle se remit bientôt, et voyant que le prêtre, sans aucun remords, s'approchait de son lit, elle ne voulut point causer un si grand scandale qu'eût été celui de le dénoncer dans un pareil moment. Cependant, se penchant vers lui :

— Mon père, lui dit-elle, j'espère qu'en souvenir de ce qui s'est passé, et pour dissiper les craintes qu'il m'est bien permis d'avoir, vous ne ferez pas difficulté de partager avec moi la sainte hostie; car j'ai parfois entendu dire que, entre les mains des méchants, le corps de Notre-Seigneur Jésus-Christ, tout en restant un symbole de salut, était devenu un principe de mort.

Le prêtre s'inclina en signe de consentement.

La marquise communia donc ainsi, prenant l'hostie qu'elle partageait avec un de ses meurtriers, à témoin qu'elle pardonnait à celui-ci comme aux autres, et qu'elle priait Dieu et les hommes de leur pardonner comme elle le faisait elle-même.

Les jours suivants s'écoulèrent sans que le mal parût empirer, la fièvre qui dévorait la marquise exaltant, au contraire, toutes les beautés de son visage et donnant à sa voix et à ses gestes une ardeur qu'elle n'avait jamais eue. Aussi tout le monde en était-il à reprendre de l'espoir, excepté elle qui, sentant son état mieux que personne, ne se fit pas un seul instant illusion, et gardant sans cesse près de son lit son fils, qui était âgé de sept ans, lui disait à tout moment de la bien regarder, afin que, si jeune qu'il était, il se souvînt d'elle toute sa vie et ne l'oubliât jamais dans ses prières. Alors le pauvre enfant fondait en larmes, et lui promettait non-seulement de se souvenir d'elle, mais encore de la venger lorsqu'il serait homme. A ces paroles, la marquise le reprenait doucement, lui disant que toute vengeance appartenait au roi et à Dieu, et qu'il faut remettre tous soins pareils à ces deux puissants maîtres du ciel et de la terre.

Le 3 juin, M. Catalan, conseiller, commissaire député par le parlement de Toulouse, arriva à Ganges avec tous les officiers nécessaires à sa commission; mais il ne put, ce soir-là, voir la marquise, qui, étant restée assoupie pendant plusieurs heures, avait gardé de ce sommeil une espèce d'engourdissement d'esprit qui eût pu ôter de la lucidité à ses déclarations. Il attendit donc jusqu'au lendemain.

Le lendemain, sans demander avis de personne, M. Catalan se rendit à la maison de M. Desprats, et, malgré une légère résistance de la part de ceux qui la gardaient, parvint jusqu'auprès de la marquise. La mourante le reçut avec une présence d'esprit admirable, ce qui fit croire à M. Catalan qu'on avait eu, la veille, l'intention d'empêcher toute entrevue entre lui et celle qu'il venait interroger. La marquise d'abord ne voulut rien raconter de ce qui s'était passé, disant qu'elle ne pouvait accuser et pardonner à la fois; mais M. Catalan lui fit comprendre qu'elle devait avant tout la vérité à la justice, puisque, faute de renseignements précis, la justice en s'égarant pouvait frapper les innocents au lieu des coupables. Ce dernier argument détermina la marquise qui, pendant une heure et demie que dura ce tête-à-tête, lui raconta tous les détails de cet horrible événement.

Le lendemain M. Catalan devait revenir; mais le lendemain la marquise était effectivement plus mal. Il s'en assura par ses yeux, et comme il savait à peu près tout ce qu'il désirait savoir, il n'insista pas davantage, de peur de la fatiguer.

En effet, à compter de ce jour, des douleurs si atroces s'étaient emparées de la marquise, que, malgré la constance qu'elle avait toujours montrée et qu'elle essayait de conserver jusqu'à sa fin, elle ne pouvait s'empêcher de pousser des cris mêlés de prières. Ce fut ainsi qu'elle passa la journée du 4, et une partie de celle du 5. Enfin ce jour, qui était un dimanche, vers quatre heures du soir elle expira.

Aussitôt on fit l'ouverture du corps, et les médecins vérifièrent que la marquise était morte par la seule force du poison, aucun des sept coups d'épée qu'elle avait reçus n'étant mortel. Ils trouvèrent l'estomac et les entrailles brûlés et le cerveau noirci. Cependant, malgré ce breuvage infernal, qui, dit le procès-verbal, *eût tué une lionne en quelques heures*, la marquise lutta dix-neuf jours, tant, — ajoute la relation à laquelle nous avons emprunté une partie de ces détails, — tant la nature défendait amoureusement le beau corps qu'elle avait pris tant de peine à former.

A l'instant même où M. Catalan apprit la mort de la marquise, comme il avait avec lui douze gardes de M. le gouverneur, dix archers et un hoqueton, il les dépêcha au château du marquis de Ganges, avec ordre de se saisir de sa personne, de celle du prêtre et de celles de tous les domestiques, à l'exception du palefrenier qui avait aidé à la fuite de la marquise. Le commandant de cette petite escouade trouva le marquis se promenant fort triste et fort agité, dans la grande salle du château. Et comme il lui signifia l'ordre dont il était porteur, le marquis sans faire aucune résistance, et comme s'il eût été préparé à ce qui lui arrivait, répondit qu'il était prêt à obéir, et que d'ailleurs son dessein avait toujours été d'aller poursuivre au parlement les meurtriers de sa femme. On lui demanda la clef de son cabinet qu'il remit, et l'ordre fut aussitôt donné de le conduire avec les autres accusés dans les prisons de Montpellier.

Aussitôt que le marquis entra dans la ville, le bruit de son arrivée se répandit avec une rapidité incroyable de rue en rue. Alors, comme il faisait nuit, toutes les fenêtres s'illuminèrent, et quelques-uns, sortant avec des torches, lui formèrent un cortége ardent à l'aide duquel tout le monde put le voir. Il était, ainsi que le prêtre, monté sur un mauvais cheval de louage et tout entouré d'archers, auxquels sans doute, en cette circonstance, il dut la vie ; car l'indignation était si grande contre lui, que chacun excitait son voisin à le mettre en pièces, et que la chose fût certes arrivée, s'il n'eût été si soigneusement défendu et gardé.

Aussitôt qu'elle eut appris la nouvelle de la mort de sa fille, madame de Rossan se mit en possession de tous ses biens, et se portant partie dans cette affaire, elle déclara qu'elle ne se désisterait de sa poursuite que lorsque la mort de sa fille serait vengée.

M. Catalan commença aussitôt l'instruction : le premier interrogatoire qu'il fit subir au marquis dura onze heures. Puis bientôt lui et ses coaccusés furent transportés des prisons de Montpellier dans celles de Toulouse. Un mémoire accablant de madame de Rossan les y poursuivit ; elle y démontrait avec une lucidité parfaite la participation du marquis au crime de ses deux frères, sinon en action, du moins en esprit, en désir et en volonté.

La défense du marquis fut bien simple : — il avait eu le malheur d'avoir pour frères deux scélérats qui avaient attenté d'abord à l'honneur, puis ensuite à la vie d'une femme qu'il aimait tendrement ; ils l'avaient fait périr d'une mort atroce, et, pour comble de malheur, il était accusé, lui innocent, d'avoir trempé dans cette mort.

En effet, l'instruction du procès, quelque minutieuse qu'elle fût, ne put produire contre le marquis que des présomptions morales qui furent insuffisantes, à ce qu'il paraît, pour déterminer les juges à lui appliquer la peine de mort.

En conséquence, le 21 août 1667, un jugement fut rendu qui condamnait l'abbé et le chevalier de Ganges à être rompus vifs, le marquis de Ganges à un bannissement perpétuel du royaume, ses biens confisqués au roi, dégradé de noblesse et incapable de succéder aux biens de ses enfants. Quant au prêtre Perrette, il fut condamné aux galères perpétuelles, après avoir été préalablement dégradé des ordres par la puissance ecclésiastique.

Ce jugement fit un bruit égal à celui qu'avait produit l'assassinat, et donna matière, dans cette époque où les circonstances atténuantes n'étaient pas inventées, à de longues et furieuses discussions. En effet, le marquis était coupable de complicité ou ne l'était pas : s'il ne l'était pas, le supplice était trop cruel ; s'il l'était, le jugement était trop doux.

Ce fut l'avis de Louis XIV, qui se souvenait de la beauté de madame la marquise de Ganges ; car quelque temps après, et comme on croyait qu'il avait oublié cette malheureuse affaire, et qu'on lui demandait la grâce du marquis de Donze, accusé d'avoir empoisonné sa femme :

— Il n'est point besoin de grâce, répondit le roi, puisqu'il est du parlement de Toulouse, et que le marquis de Ganges s'en est bien passé.

On devine facilement qu'un aussi triste événement ne se passa point sans que les beaux esprits de l'époque fissent sur cette catastrophe, qui enlevait une des plus belles personnes du siècle, une multitude de bouts-rimés et de madrigaux; aussi nous renvoyons à nos notes (1) les amateurs de ce genre de littérature, car nous avons, à leur intention, extrait des journaux et mémoires du temps les deux meilleures, ou du moins les deux moins mauvaises pièces que nous ayons pu trouver.

Maintenant, comme nos lecteurs ne manqueraient pas, pour peu qu'ils aient pris quelque intérêt à la terrible histoire que nous venons de leur raconter, de demander ce que sont devenus les meurtriers, nous allons les suivre jusqu'au moment où ils ont disparu, les uns dans la nuit de la mort, les autres dans l'obscurité de l'oubli.

Le curé Perrette fut le premier qui paya sa dette au ciel : il mourut à la chaîne dans le trajet de Toulouse à Brest.

Le chevalier se retira à Venise et prit du service dans les troupes de la Sérénissime République, qui était alors en guerre contre le Turc, et fut envoyé à Candie, que les musulmans assiégeaient depuis vingt-deux ans : il y était à peine arrivé, que, comme il se promenait sur les remparts de la ville avec deux autres officiers, une bombe vint faire explosion à leurs pieds, dont un des éclats tua le chevalier, sans toucher aucunement à ceux qui l'accompagnaient, ce qui fit que cet événement fut regardé comme un coup du ciel.

Pour l'abbé, son histoire est plus longue et plus étrange : il avait quitté le chevalier aux environs de Gênes, et traversant tout le Piémont, une partie de la Suisse et un coin de l'Allemagne, il était entré en Hollande sous le nom de Lamartellière. Après plusieurs hésitations sur le lieu où il devait se fixer, il se retira enfin à Viane, dont le comte de Lippe était alors souverain; là, il fit connaissance avec un gentilhomme qui le présenta au comte comme un Français réfugié pour cause de religion.

Le comte, dès cette première conversation, trouva à cet étranger, qui venait chercher un asile dans ses États, non-seulement beaucoup d'esprit, mais encore un esprit très-solide, et le voyant versé dans les lettres et les sciences, il lui proposa de se charger de l'éducation de son fils, alors âgé de neuf ans : une pareille proposition était une fortune pour l'abbé de Ganges, aussi se garda-t-il bien de la refuser.

L'abbé de Ganges était un de ces hommes qui ont un grand empire sur eux-mêmes : du moment où il vit que son intérêt, que la sûreté de son existence même, lui en imposait l'obligation, il dissimula avec un soin extrême tout ce qu'il y avait de mauvaises passions en lui, pour ne laisser paraître que ses bonnes qualités; précepteur aussi sévère pour le cœur que pour l'esprit, il parvint, sous ces deux rapports, à faire de son élève un prince tellement accompli, que le comte de Lippe, utilisant cette sagesse et cette instruction, commença de consulter le précepteur sur chaque chose de l'État, si bien qu'au bout de quelque temps, sans remplir aucune fonction publique, le prétendu Lamartellière était devenu l'âme de cette petite principauté.

La comtesse avait chez elle une jeune parente sans fortune, mais de grande noblesse, et pour laquelle elle avait une profonde amitié : elle ne tarda point à s'apercevoir que la pauvre enfant s'était prise pour le gouverneur de son fils d'un sentiment plus tendre qu'il ne convenait à sa haute condition, sentiment, qu'enhardi par son crédit toujours croissant, le faux Lamartellière avait fait tout ce qu'il avait pu pour inspirer et entretenir : la comtesse fit alors venir sa cousine auprès d'elle, et lui ayant fait faire l'aveu de son amour, lui dit qu'elle avait certes une grande amitié pour le gouverneur de son fils, qu'elle et son mari comptaient récompenser les services qu'il avait rendus à leur famille et à l'État par des pensions et des places; mais que c'était une ambition par trop hautaine, quand on s'appelait Lamartellière, qu'on n'avait ni parents ni famille que l'on pût avouer, d'aspirer à la main d'une jeune fille alliée à une maison souveraine; qu'elle ne

demandait pas que le fiancé de sa cousine fût Bourbon, Mont-
morency ou Rohan, mais qu'elle désirait au moins qu'il fût
quelque chose, ne fût-ce que gentilhomme gascon ou poi-
tevin.

La jeune parente de la comtesse de Lippe alla redire mot à
mot cette réponse à son amant, croyant qu'il allait en être
atterré; mais celui-ci lui répondit, au contraire, que puisque
sa naissance était le seul obstacle qui s'opposât à leur union,
il y avait moyen de l'aplanir. En effet, l'abbé, après huit ans
passés chez le prince au milieu des témoignages de confiance
et de considération les plus grands, croyait être assez sûr de
sa bienveillance pour pouvoir lui avouer son vrai nom.

Il demanda donc à la comtesse une audience, qui fut accordée à l'instant même; et, s'inclinant devant elle avec respect :

— Madame, lui dit-il, je m'étais flatté que Votre Altesse
m'honorait de son estime, et cependant elle s'oppose aujour-
d'hui à mon bonheur; la parente de Votre Altesse veut bien
m'accepter pour époux, et le prince votre fils autorise mes
vœux et excuse ma hardiesse; que vous ai-je donc fait, madame, pour vous trouver seule contre moi? et que pouvez-
vous me reprocher, depuis huit ans que j'ai l'honneur d'être
au service de Votre Altesse ?

— Je ne vous reproche rien, monsieur, répondit la comtesse ; mais je ne veux pas que l'on me reproche, à moi, d'avoir
souffert un pareil mariage : je vous croyais homme de trop
de sens et de raison pour me forcer de vous rappeler que tant
que vous vous êtes borné à des demandes convenables et à
des ambitions modérées, vous avez eu lieu de vous louer de
ma reconnaissance. Demandez-vous qu'on double vos appoin-
tements? la chose est facile; voulez-vous des emplois? on
vous en donnera; mais ne vous oubliez pas, monsieur, jusqu'à prétendre à une alliance à laquelle vous ne devez pas
vous flatter de pouvoir parvenir jamais.

— Mais, madame, reprit le suppliant, qui vous a dit que
ma naissance fût si obscure, qu'elle dût m'ôter tout espoir
d'obtenir votre consentement?

— Mais vous-même, ce me semble, monsieur, répondit la

comtesse avec étonnement, ou, si vous ne l'avez pas dit, votre nom l'a dit pour vous.

— Et si ce nom n'était pas le mien, madame, dit l'abbé en s'enhardissant; si des circonstances malheureuses, terribles, fatales, m'avaient forcé de prendre ce nom pour en cacher un autre trop malheureusement célèbre, Votre Altesse serait-elle assez injuste pour ne pas changer d'avis?

— Monsieur, répondit la comtesse, vous en avez trop dit maintenant pour ne pas achever : qui êtes-vous, dites? et si, comme vous me le faites entendre, vous êtes de famille, je vous jure que ce n'est point le défaut de fortune qui m'arrêtera.

— Hélas! madame, s'écria l'abbé en se jetant à ses genoux, mon nom, j'en suis certain, n'est que trop connu de Votre Altesse, et je donnerais volontiers à cette heure la moitié de mon sang pour qu'elle ne l'eût jamais entendu prononcer; mais vous l'avez dit, madame, j'ai été trop avant pour reculer. Eh bien! je suis ce malheureux abbé de Ganges, dont les crimes vous sont connus et dont je vous ai entendu parler à vous-même plusieurs fois.

— L'abbé de Ganges! s'écria la comtesse avec horreur; l'abbé de Ganges! vous êtes cet exécrable abbé de Ganges, dont le nom seul fait frémir? Et c'est à vous, c'est à ce meurtrier, c'est à cet infâme que nous avons confié l'éducation de notre fils unique? Oh! j'espère pour nous tous que vous mentez, monsieur; car si vous disiez la vérité, je crois qu'à l'instant même je vous ferais arrêter et reconduire en France pour y subir votre supplice. Ce que vous avez de mieux à faire, si ce que vous m'avez dit est vrai, c'est de quitter à l'instant même, non-seulement ce château, mais la ville, mais la principauté; et je serai déjà assez tourmentée le reste de ma vie, chaque fois que je songerai que je suis restée sept ans sous le même toit que vous.

L'abbé voulut répondre; mais la comtesse haussa tellement la voix, que le jeune prince, que son précepteur avait mis dans ses intérêts, et qui écoutait à la porte de la chambre de sa mère, jugea que l'affaire de son protégé tournait mal, et entra pour essayer de la raccommoder. Il trouva sa mère tel-

lement effrayée, que, par un mouvement machinal, elle l'at-
tira à lui comme pour se mettre sous sa protection, et il eut
beau prier et supplier, tout ce qu'il put obtenir fut que son
précepteur aurait la liberté de se retirer sans être inquiété,
dans tel autre pays du monde qu'il lui plairait, mais sous la
défense expresse de jamais se représenter devant le comte ni
la comtesse de Lippe.

L'abbé de Ganges se retira à Amsterdam, où il se fit maître
de langues, et où sa maîtresse alla bientôt le retrouver et
l'épousa; son élève, à qui ses parents n'avaient pu faire, même
en lui disant le vrai nom du faux Lamartellière, partager
l'horreur qu'ils avaient pour lui, le soutint de ses secours tant
qu'il en eut besoin : cela dura jusqu'à ce que, sa femme étant
devenue majeure, il entra en jouissance de quelques biens
qui lui étaient propres. Bientôt sa conduite régulière et sa
science, qu'une étude longue et sérieuse avait rendue plus
solide, le firent admettre au consistoire des protestants; ce
fut là qu'il mourut après une vie exemplaire, et Dieu seul sut
jamais si c'était de l'hypocrisie ou du repentir.

Quant au marquis de Ganges, condamné, comme nous
l'avons vu, à la déportation et à la confiscation, il avait été
conduit à la frontière de Savoie, et là laissé libre. Après avoir
passé deux ou trois ans à l'étranger pour laisser à la terrible
catastrophe dans laquelle il avait été mêlé le temps de s'as-
soupir, il était revenu en France, et comme personne, madame de Rossan étant morte, n'était plus intéressé à poursuivre, il était rentré dans son château de Ganges, où il se
tenait à peu près caché. Cependant, M. de Baville, intendant
du Languedoc, apprit que le marquis avait rompu son ban;
mais en même temps il lui fut dit qu'en zélé catholique, le
marquis forçait ses vassaux à aller à la messe, quelle que fût
leur religion : c'était l'époque des persécutions contre les ré-
formés, et le zèle du marquis parut à M. de Baville compen-
ser, et bien au delà, la peccadille dont il avait été accusé; en
conséquence, au lieu de le poursuivre, il entra secrètement
en correspondance avec lui, le rassurant sur son séjour en
France et l'excitant dans son zèle pour la religion : douze ans
se passèrent ainsi.

Pendant ce temps, le jeune fils de la marquise, que nous avons vu apparaître à son lit de mort, avait atteint l'âge de vingt ans, et, riche des biens de son père, que son oncle lui avait rendus, et de l'héritage de sa mère qu'il avait partagé avec sa sœur, avait épousé une fille de condition, riche et belle, nommée mademoiselle de Moissac. Appelé sous les drapeaux pour le service du roi, le comte conduisit sa jeune femme au château de Ganges, et l'ayant recommandée avec instance à son père, il la laissa sous sa garde.

Le marquis de Ganges avait quarante-deux ans, et à peine en paraissait-il trente; c'était un des plus beaux hommes qui existassent : il devint amoureux de sa belle-fille et espéra s'en faire aimer; mais pour mieux réussir en ce projet, son premier soin fut d'écarter d'elle, sous le prétexte de religion, une fille qui l'avait accompagnée depuis son enfance, et qu'elle aimait beaucoup.

Cette mesure, dont la jeune marquise ignorait la cause, l'affligea extrêmement; c'était déjà bien à contre-cœur qu'elle était venue habiter ce vieux château de Ganges, théâtre récent encore de la terrible histoire que nous venons de raconter; elle logeait dans l'appartement où l'assassinat avait été commis; sa chambre était la même que celle de la défunte marquise, son lit était le même, la fenêtre par laquelle elle avait fui était devant ses yeux, et tout, jusqu'au moindre meuble, lui rappelait les détails de cette sanglante catastrophe; mais ce fut bien pis encore lorsqu'il ne lui fut plus possible de douter des intentions de son beau-père, qu'elle se vit aimée par celui dont le nom seul l'avait mille fois dans son enfance fait pâlir de terreur, et qu'elle se trouva, à toutes les heures du jour, seule et en tête-à-tête avec l'homme que le bruit public poursuivait encore comme meurtrier. Peut-être, en tout autre lieu, la pauvre isolée eût-elle repris quelque force en se confiant en Dieu; mais là où Dieu avait laissé périr d'une mort aussi cruelle une des plus belles et des plus chastes créatures qui eussent jamais existé, elle n'osait en appeler à lui, car il semblait avoir détourné ses regards de cette famille.

Elle attendit dans une terreur croissante, passant autant

qu'elle le pouvait ses journées avec les femmes de condition qui habitaient la petite ville de Ganges, et dont quelques-unes, témoins de l'assassinat de sa belle-mère, augmentaient encore ses terreurs par les récits qu'elles lui en faisaient, et qu'elle, avec cette désespérante obstination de la peur, se faisait répéter sans cesse. Quant à ses nuits, pour la plupart du temps elle les passait à genoux tout habillée, tremblant au moindre bruit, ne respirant qu'au retour à la lumière, et alors se hasardant à se mettre au lit pour se reposer quelques heures.

Enfin, les tentatives du marquis devinrent si directes et si pressantes, qu'à quelque prix que ce fût mademoiselle de Moissac résolut de se tirer de ses mains : elle eut d'abord l'idée d'écrire à son père, pour lui exposer sa position et lui demander du secours, mais son père était nouveau catholique, et avait beaucoup souffert pour la cause réformée : il était dès lors évident que sa lettre serait décachetée par le marquis, sous le prétexte de religion, et qu'alors cette démarche, au lieu de la sauver, pourrait la perdre. Elle n'avait donc qu'une ressource : son mari était vieux catholique; son mari était capitaine de dragons, fidèle au service de Dieu : il n'y avait aucun prétexte pour décacheter sa lettre; elle résolut de s'adresser à lui, lui exposa la situation où elle se trouvait, fit écrire l'adresse par une autre main, et envoya la lettre à Montpellier où elle fut mise à la poste.

Le jeune marquis était à Metz lorsqu'il reçut la dépêche de sa femme : à l'instant même tous ses souvenirs d'enfant se réveillèrent en lui : il se revit près du lit de sa mère mourante, lui jurant de ne l'oublier jamais, et de prier chaque jour pour elle. L'image de sa femme qu'il adorait se présenta à lui dans cette même chambre, exposée aux mêmes violences, destinée peut-être à la même fin; ce fut assez pour le déterminer à une démarche positive : il se jeta dans une chaise de poste, arriva à Versailles, demanda une audience au roi, et l'ayant obtenue se précipita aux pieds de Louis XIV, la lettre de sa femme à la main, le suppliant de forcer son père à retourner en exil, où il jurait sur l'honneur de lui faire passer tout ce qui lui serait nécessaire pour vivre convenablement.

Le roi ignorait que le marquis de Ganges avait rompu son ban, et la manière dont il l'apprenait n'était pas de nature à lui faire pardonner d'avoir contrevenu à sa justice. En conséquence, il ordonna aussitôt que si M. le marquis de Ganges était trouvé en France, on lui fît son procès avec la plus grande rigueur.

Heureusement pour le marquis que le comte de Ganges, le seul de ses frères qui fût resté en France et même en faveur, apprit à temps cette décision du roi; il partit de Versailles en poste, et faisant grande diligence, il vint le prévenir du danger qui le menaçait; aussitôt tous deux quittèrent Ganges et se retirèrent à Avignon. Le comtat Venaissin appartenant encore à cette époque au pape, et étant gouverné par un vice-légat, était considéré comme terre étrangère. Il y trouva madame d'Urban, sa fille, qui fit tout ce qu'elle put pour le retenir auprès d'elle; mais c'eût été par trop publiquement braver les ordres de Louis XIV, et le marquis n'osa point rester en évidence, de crainte qu'il ne lui arrivât malheur; en conséquence, il se retira dans le petit village de l'Isle, bâti dans une situation charmante, près de la fontaine de Vaucluse : là on le perdit de vue, nul n'en entendit parler, et lorsque moi-même je fis en 1835 un voyage dans le Midi, je recherchai vainement quelques traces de cette mort obscure et inconnue qui suivit une existence si bruyante et si orageuse.

Puisqu'à propos des dernières aventures du marquis de Ganges nous avons prononcé le nom de madame d'Urban, sa fille, nous ne pouvons nous dispenser de la suivre au milieu des étranges événements de sa vie, quelque scandaleux qu'ils soient : telle était, au reste, la destinée de cette famille, qu'elle devait pendant près d'un siècle occuper l'attention de la France, soit par ses crimes, soit par ses bizarreries.

A la mort de la marquise, sa fille, âgée de six ans à peine, était restée près de la douairière de Ganges, qui, lorsqu'elle eut atteint sa douzième année, lui présenta comme époux le marquis de Perraut, qui avait été l'amant de son aïeule. Quoique septuagénaire, le marquis, né sous Henri IV, avait vu la cour de Louis XIII, la jeunesse de Louis XIV, et en était resté un des seigneurs les plus élégants et les plus favorisés :

il avait toutes les manières de ces deux époques, les plus galantes du monde, si bien que la jeune fille, qui ignorait
encore ce que c'était que le mariage, qui n'avait point vu
d'autre homme que celui qu'on lui présentait, céda sans répugnance, et se trouva heureuse de devenir madame la marquise de Perraut.

Le marquis, qui était fort riche, s'était brouillé avec son
frère cadet, qui lui avait voué une telle haine qu'il ne se ma-
riait que pour lui enlever la succession à laquelle celui-ci
avait droit, du moment où il mourrait sans descendant.
Malheureusement, il s'aperçut bientôt que le moyen qu'il
avait pris pour en obtenir, tout efficace qu'il eût été à l'égard
d'un autre, n'amènerait pour lui aucun résultat. Il ne se désespéra point cependant, et attendit une ou deux années, pensant chaque jour que le ciel ferait un miracle en sa faveur;
mais comme chaque jour enlevait quelque chance à la probabilité de ce miracle, et que sa haine pour son frère s'augmentait de l'impossibilité où il était de se venger de lui, il prit un
parti étrange et tout à fait antique; c'était, comme les anciens
Spartiates, d'obtenir avec l'aide d'un autre ce que le ciel lui
refusait à lui-même.

Le marquis n'eut pas besoin de chercher longtemps autour
de lui pour trouver celui qu'il chargerait du soin de sa vengeance : il avait dans sa maison un jeune page de dix-sept à
dix-huit ans, fils d'un de ses amis décédé sans fortune, et qui
le lui avait tout particulièrement recommandé à son lit de
mort : ce jeune homme, d'un an plus âgé que sa jeune maîtresse, n'avait pu se trouver sans cesse auprès d'elle sans en
devenir passionnément amoureux, et quelque soin qu'il prît
de cacher cet amour, le pauvre enfant était encore trop
ignorant en dissimulation pour avoir pu le dérober aux yeux
du marquis, lequel, après en avoir vu les progrès avec inquiétude, commença au contraire, à s'en féliciter, du moment où
il eut adopté le parti que nous venons de dire.

Le marquis était lent à se décider, mais prompt à l'exécution : sa résolution bien arrêtée, il appela près de lui son page,
et après lui avoir fait promettre un secret inviolable et s'être
engagé, s'il le lui gardait, à lui en témoigner sa reconnais-

sance en lui achetant un régiment, il lui exposa ce qu'il attendait de lui : le pauvre jeune homme, qui ne s'attendait à rien moins qu'à une pareille confidence, crut d'abord que c'était une ruse qu'employait le marquis pour lui faire avouer son amour, et fut prêt à se jeter à ses pieds et à lui tout dire ; mais le marquis, qui s'aperçut de son trouble, et en devina facilement la cause, le rassura entièrement en lui jurant son honneur qu'il l'autorisait à tout entreprendre pour arriver au but qu'il désirait. Comme au fond de son cœur le jeune homme n'en avait pas d'autre, le marché fut bientôt conclu ; le page s'engagea sur les serments les plus terribles à garder le secret ; et le marquis, pour l'aider autant qu'il était en lui, lui donna tous les moyens de faire de la dépense, ne croyant pas qu'il y eût de femme, si sage qu'elle fût, qui pût résister à la fois à la jeunesse, à la beauté et à la fortune ; malheureusement pour le marquis, cette femme qu'il croyait introuvable existait, et cette femme était la sienne.

Le page était si désireux d'obéir au marquis, que dès le jour même sa maîtresse put s'apercevoir, dans les soins qu'il lui rendait, dans la promptitude qu'il mettait à obéir à ses ordres, dans la rapidité avec laquelle il les exécutait, pour être quelques minutes plus tôt de retour auprès d'elle, du changement occasionné par la permission qu'il avait reçue. Elle lui en sut gré et l'en remercia dans toute la naïveté de son âme. Le surlendemain le page se présenta devant elle, vêtu d'habits magnifiques ; elle l'en trouva plus beau, le lui dit, et s'amusa à détailler toutes les parties de son costume, comme elle eût pu faire d'une nouvelle poupée. Cependant toute cette familiarité redoublait l'amour du pauvre jeune homme, qui n'en demeurait pas moins interdit et tremblant en face de sa maîtresse, comme Chérubin devant sa belle marraine ; chaque soir le marquis lui demandait où il en était, et chaque soir le page avouait qu'il n'était pas plus avancé que la veille ; alors le marquis grondait, menaçait de retirer les beaux habits, de revenir sur les belles promesses, et enfin de s'adresser à un autre : à cette dernière menace, le pauvre jeune homme reprenait courage, promettait d'être plus hardi le lendemain, et le lendemain passait sa journée à

dire à sa maîtresse mille choses tendres, que celle-ci, dans
son innocence, ne comprenait pas; enfin, un jour que madame de Perraut lui demandait ce qu'il avait à la regarder
ainsi, il se hasarda à lui avouer son amour : mais alors, chan-
geant tout à coup de façons, madame de Perraut prit un visage sévère, et lui ordonna de sortir de sa chambre.

Le pauvre amant obéit, et courut tout désolé confier son
chagrin au mari : celui-ci parut le partager bien sincèrement,
mais il le consola en lui disant qu'il avait sans doute mal
choisi son moment; que toutes les femmes, même les moins
sévères, avaient des heures néfastes pendant lesquelles elles
étaient inattaquables; qu'il laissât écouler un ou deux jours,
qu'il emploierait à faire sa paix, puis, qu'il profitât d'une
meilleure occasion, et ne se laissât point rebuter ainsi pour
quelques refus : à ces paroles il ajouta une bourse pleine d'or,
afin que le page, si besoin était, pût gagner la camériste de
la marquise.

Guidé ainsi par la vieille expérience du mari, le page commença de paraître bien honteux et bien repentant : mais pendant un ou deux jours, malgré ces semblants d'humilité, la
marquise lui tint rigueur; enfin, en y réfléchissant sans doute,
et avec l'aide de son miroir et de sa femme de chambre, elle
comprit que le crime n'était point irrémissible, et après avoir
fait au coupable une longue semonce, qu'il écouta les yeux
baissés, elle lui tendit la main, lui pardonna, et l'admit
comme autrefois dans son intimité.

Les choses se passèrent ainsi pendant une semaine : le page
ne levait plus les yeux, n'osait ouvrir la bouche, et la marquise commençait à regretter le temps où il regardait et parlait, lorsqu'un beau matin, qu'elle était à sa toilette, où elle
lui avait permis d'assister, il profita du moment où la femme
de chambre venait de la laisser seule, pour se jeter à ses
pieds, et lui dire que c'était inutilement qu'il avait essayé de
faire violence à son amour, et que dût-il mourir sous le poids
de son indignation, il devait lui dire que cet amour était immense, éternel et plus fort que sa vie. La marquise voulut
alors le faire sortir comme la dernière fois; mais au lieu de
lui obéir, le page mieux renseigné la prit entre ses bras; la

marquise appela, cria, brisa les cordons de sa sonnette; la camériste, gagnée par le conseil du marquis, avait écarté les autres femmes, et se gardait bien de venir : la marquise alors, repoussant la force par la force, se dégagea des bras du page, s'élança vers la chambre de son mari, et en désordre, les cheveux épars, la poitrine à moitié nue, plus belle que jamais, elle alla se jeter dans ses bras, lui demandant sa protection contre le jeune insolent qui venait de l'insulter. Mais quel ne fut point l'étonnement de la marquise, quand, au lieu de la colère qu'elle croyait voir éclater, le marquis lui répondit froidement que ce qu'elle disait là était incroyable; que ce jeune homme lui avait toujours paru fort sage, et que sans doute, ayant pour quelque cause frivole pris du ressentiment contre lui, elle employait ce moyen pour s'en débarrasser; mais il ajouta que, quel que fût son amour pour elle, et son désir de lui être agréable en toute chose, il la priait de ne point exiger celle-là de lui, le jeune homme étant le fils de son ami, et par conséquent son enfant d'adoption : ce fut alors la marquise qui se retira tout interdite à son tour, ne sachant que penser d'une pareille réponse, et se promettant, à défaut de la protection de son mari, de se garder elle-même, retranchée dans sa sévérité.

En effet, à compter de ce moment, la marquise fut vis-à-vis du pauvre jeune homme d'une telle pruderie, qu'aimant sincèrement comme il aimait, il en serait mort de douleur, s'il n'avait point eu là le marquis pour l'encourager et l'affermir. Néanmoins, celui-ci commençait à désespérer lui-même, et la vertu de sa femme lui devenait plus à charge que ne l'eût été à un autre la facilité de la sienne. Enfin il résolut, voyant que les choses en restaient toujours au même point, et la marquise ne s'adoucissant aucunement, de prendre un parti extrême. Il fit cacher son page dans un cabinet de la chambre à coucher de sa femme, et se levant pendant son premier sommeil, il laissa libre la place qu'il occupait auprès d'elle, sortit doucement, ferma la porte à double tour, et écouta attentivement pour savoir ce qui allait se passer.

Il n'y avait pas dix minutes qu'il écoutait ainsi, lorsqu'il entendit dans la chambre un grand bruit, que cherchait en vain

à apaiser le page ; le marquis espérait toujours qu'il y réus-
sirait, mais le bruit qui allait croissant lui prouva que cette
fois encore il se trompait : bientôt on cria au secours, car la
marquise ne pouvait sonner, les cordons des sonnettes ayant
été relevés plus haut qu'elle ne pouvait atteindre, et comme
personne ne répondait à ses cris, il l'entendit sauter au bas
du lit, courir à la porte, et la trouvant fermée, s'élancer vers
la fenêtre, qu'elle tenta d'ouvrir : la scène était parvenue à
son paroxysme.

Le marquis se décida alors à entrer, de peur qu'il n'arrivât malheur ou que les cris de sa femme n'attirassent quelque
passant attardé qui, le lendemain, le rendrait la fable de la
ville. A peine la marquise le vit-elle paraître qu'elle se jeta
dans ses bras, et lui montrant le page :

— Eh bien, monsieur ! lui dit-elle, hésiterez-vous encore à
me défaire de cet insolent ?

— Oui, madame, répondit le marquis, car cet insolent agit
depuis trois mois non-seulement avec mon autorisation, mais
encore par mes ordres.

La marquise demeura stupéfaite. Alors le marquis, sans
faire sortir le page, donna à sa femme l'explication de tout
ce qui s'était passé, la suppliant de se prêter au désir qu'il
avait d'obtenir un successeur, qu'il regarderait comme son
propre enfant, pourvu qu'il le tînt d'elle ; mais toute jeune
qu'elle était, la marquise lui répondit avec une dignité étrange
pour son âge, que le pouvoir qu'il avait sur elle avait les
bornes que la loi lui avait données, et non celles qu'il lui
plairait de mettre en leur place, et que, quelque envie qu'elle
eût de faire ce qui lui était agréable, elle ne lui obéirait cependant jamais aux dépens de son salut et de son honneur.

Une réponse si positive, tout en désespérant le mari, lui
prouva qu'il devait renoncer à obtenir de sa femme un héritier ; mais comme il n'y avait point de la faute de son page,
il acquitta, en lui achetant un régiment, la promesse qu'il lui
avait faite, et se résigna à avoir la femme la plus vertueuse
de France ; au reste, sa pénitence ne fut pas longue : au bout
de trois mois il mourut, après avoir confié au marquis d'Urban, son ami, la cause de ses chagrins.

Le marquis d'Urban avait un fils en âge d'être établi : il pensa que rien ne lui pouvait mieux convenir qu'une femme dont la vertu était sortie triomphante d'une pareille épreuve; il laissa passer le temps du deuil, présenta le jeune marquis d'Urban, qui parvint à faire agréer ses soins à la belle veuve, et bientôt devint son époux. Plus heureux que son prédécesseur, le marquis d'Urban au bout de deux ans et demi avait déjà trois héritiers à opposer à ses collatéraux, lorsque le chevalier de Bouillon arriva dans la capitale du comtat Venaissin.

Le chevalier de Bouillon était le type des roués de l'époque, beau, jeune, bien fait, neveu d'un cardinal puissant à Rome, et fier de tenir à une maison qui avait des priviléges souverains. Le chevalier, dans son indiscrète fatuité, n'épargnait aucune femme; si bien que sa conduite avait fait scandale dans le cercle de madame de Maintenon, qui commençait d'entrer en puissance. Un de ses amis, témoin du mécontentement qu'avait manifesté contre lui Louis XIV, qui commençait à se faire dévot, avait cru lui rendre service en le prévenant que le roi gardait une dent contre lui.

— Pardieu! avait répondu le chevalier, je suis bien malheureux que la seule dent qui lui reste lui soit demeurée pour me mordre.

Le mot avait fait du bruit et était revenu à Louis XIV, de sorte que le chevalier avait appris assez directement, cette fois, que le roi désirait qu'il voyageât pendant quelques années; il savait le danger de négliger de semblables invitations, il préférait encore la province à la Bastille; il avait donc quitté Paris et arrivait à Avignon avec tout l'intérêt qui s'attache à un jeune et beau seigneur persécuté.

La vertu de madame d'Urban faisait autant de bruit à Avignon que l'inconduite du chevalier avait fait de scandale à Paris. Une réputation égale à la sienne et dans un genre si opposé ne pouvait que l'offenser étrangement; aussi prit-il en arrivant le parti de jouer l'une contre l'autre.

Rien n'était, au reste, plus commode que d'essayer. M. d'Urban, sûr de la vertu de sa femme, lui laissait toute la liberté; le chevalier la vit partout où il voulut la voir, et chaque fois qu'il la vit, il trouva moyen de lui témoigner un amour croissant. Soit que l'heure de madame d'Urban fût venue, soit que l'honneur qu'avait le chevalier d'appartenir à une maison princière l'éblouît, sa vertu, jusqu'alors si farouche, fondit comme la neige aux rayons du soleil de mai, et plus heureux que le pauvre page, le chevalier prit la place du mari, sans que cette fois madame d'Urban songeât à crier au secours.

Comme le chevalier ne cherchait qu'un triomphe public, il eut bientôt soin d'instruire toute la ville de son bonheur; puis, comme quelques esprits forts de l'endroit doutaient encore, le chevalier ordonna à l'un de ses domestiques de l'attendre à la porte de la marquise avec un fallot et une sonnette. A une heure du matin le chevalier sortit; aussitôt le domestique marcha devant lui, faisant sonner sa sonnette. A ce bruit inaccoutumé, grand nombre de bourgeois qui dormaient tranquillement se réveillèrent, et, curieux de savoir ce qui se passait, ouvrirent leurs fenêtres. Alors ils virent le chevalier qui, marchant gravement derrière son domestique toujours éclairant et sonnant, suivait les rues qui conduisaient de la maison de madame d'Urban à la sienne. Comme il n'avait fait de mystère de sa bonne fortune à personne, personne ne prit même la peine de lui demander d'où il venait. Cependant, comme il pouvait rester encore des incrédules, il répéta, pour sa propre satisfaction, trois nuits de suite, la même facétie; si bien que le quatrième jour au matin personne ne doutait plus.

Comme cela a coutume d'arriver en pareille circonstance, M. d'Urban ne sut pas un mot de ce qui se passait, jusqu'au moment où ses amis l'avertirent qu'il était la fable de la ville. Alors, il défendit à sa femme de revoir son amant. Cette défense porta ses fruits ordinaires. Le lendemain, dès que M. d'Urban fut sorti, la marquise envoya chercher le chevalier pour lui annoncer leur commune disgrâce; mais elle le trouva bien mieux préparé qu'elle contre de pareils coups, et il essaya de lui prouver, en lui reprochant l'imprudence de sa conduite, que tout cela était sa faute; si bien que la pauvre femme, convaincue que c'était elle qui s'était attiré ses malheurs, fondit en larmes. Pendant ce temps, M. d'Urban, qui,

jaloux pour la première fois, l'était d'autant plus sérieusement, ayant appris que le chevalier était chez sa femme,
ferma les portes et se plaça dans l'antichambre avec ses domestiques pour le saisir lorsqu'il sortirait. Mais le chevalier,
que les larmes de madame d'Urban ne préoccupaient pas,
entendit tous les préparatifs, et se doutant de quelque guet-
apens, ouvrit la fenêtre, et bien qu'il fût une heure de l'après-
midi, et que la place fût pleine de monde, il sauta de la fenêtre dans la rue sans se faire aucun mal, quoiqu'il y eût une
vingtaine de pieds de hauteur, et s'en retourna chez lui sans
presser autrement le pas.

Le même soir, le chevalier, dans l'intention de raconter
cette nouvelle aventure dans tous ses détails, invita quelques-uns de ses amis à souper chez un pâtissier nommé Lecocq, frère du fameux Lecocq de la rue Montorgueil : c'était
le plus habile traiteur d'Avignon, et lui-même, par une cor-
pulence plus qu'ordinaire, faisait l'éloge de sa cuisine, et servait d'ordinaire d'enseigne à son restaurant, en se tenant sur
sa porte. Le brave homme, sachant à quels fins appétits il
avait affaire, fit ce soir-là de son mieux, et voulut, pour qu'ils
ne manquassent de rien, servir ses convives lui-même. Ceux-
ci passèrent la nuit à boire, et vers le matin, comme le chevalier et ses compagnons étaient ivres, ils avisèrent leur hôte,
qui, le visage riant et épanoui, se tenait respectueusement à
la porte. Alors le chevalier le fit approcher, lui versa un
verre de vin et le força de trinquer avec eux; puis, comme
confus de cet honneur, le pauvre diable le remerciait avec
forces révérences :

— Pardieu, lui dit-il, tu es trop gras pour un coq, et il
faut que je fasse de toi un chapon.

Cette étrange proposition fut reçue comme elle devait l'être
par des hommes ivres et habitués par leur position à l'impunité. Le malheureux traiteur fut pris, attaché sur la table, et
mourut pendant l'opération. Le vice-légat, averti de ce
meurtre par un des garçons qui, aux cris de son maître,
était accouru et l'avait trouvé tout sanglant aux mains de
ses bourreaux, eut d'abord envie de faire arrêter le chevalier
et d'en tirer une éclatante justice. Mais il en fut empêché par

la considération qu'il portait au cardinal de Bouillon, son oncle, et se contenta de lui faire dire que, s'il ne sortait pas à l'instant même de la ville, il le ferait remettre aux mains de la justice, et laisserait le procès suivre son cours. Le chevalier, qui commençait à avoir assez d'Avignon, n'en demanda point davantage, fit graisser les roues de sa chaise et commanda les chevaux. Cependant, en attendant qu'ils fussent arrivés, il lui prit le désir de revoir madame d'Urban.

Comme la dernière maison où le chevalier fût attendu à cette heure, après la manière dont il en était sorti la veille, était celle de la marquise, il y pénétra avec la plus grande facilité, et rencontrant la femme de chambre, qui était dans ses intérêts, il se fit introduire par elle auprès de la marquise. Celle-ci, qui ne comptait plus revoir le chevalier, le reçut avec tous les transports de joie dont une femme qui aime est capable, surtout lorsque cet amour lui est défendu. Mais le chevalier y mit bientôt fin, en lui annonçant que sa visite était d'adieu, et en lui racontant la cause qui le forçait de la quitter. Pareille à cette femme qui plaignait les chevaux qui écartelaient Damiens de la fatigue que les pauvres bêtes étaient obligées de prendre, toute la commisération de la marquise tomba sur le chevalier, que l'on forçait, pour une pareille misère, à quitter Avignon. Enfin, il fallut se dire adieu, et comme, en ce moment fatal, le chevalier, ne sachant que dire, se plaignait de ne pas avoir de souvenir de la marquise, celle-ci fit décrocher un cadre dans lequel était un portrait d'elle, faisant pendant à celui de son mari, et, déchirant la toile, elle en fit un rouleau et le donna au chevalier. Mais celui-ci, au lieu d'être touché de cette preuve d'amour, le déposa, en sortant, sur une commode, où une demi-heure après, la marquise l'aperçut; alors, elle se figura que dans sa préoccupation pour l'original il avait oublié la copie, et se représentant la douleur où devait être le chevalier d'un oubli pareil, elle fit venir un valet, et lui remettant la toile, elle lui ordonna de monter à cheval, et de courir après la chaise du chevalier. Le valet prit la poste, et comme il fit grande diligence il aperçut de loin le fugitif qui achevait de relayer. Il fit alors de grands gestes et de grands cris pour que le pos-

18

tillon attendît. Mais le postillon ayant dit au chevalier qu'on apercevait un homme qui arrivait à toute bride, celui-ci crut qu'il était poursuivi, et ordonna de repartir à fond de train. Cet ordre fut si bien exécuté, que ce ne fut qu'une lieue et demie plus loin que le malheureux valet parvint à rejoindre la chaise; et ayant arrêté le postillon, descendit de cheval, et présenta fort respectueusement au chevalier le portrait qu'il s'était chargé de lui remettre. Celui-ci, revenu de sa première frayeur, l'envoya promener, et l'invita à reporter le portrait à celle qui le lui envoyait, attendu qu'il ne savait qu'en faire. Mais le valet, en messager fidèle, répondit qu'il avait reçu un ordre positif, et qu'il n'oserait se représenter devant madame d'Urban sans l'avoir exécuté. Le chevalier, voyant alors qu'il ne pouvait vaincre l'obstination de cet homme, fit demander par le postillon, à un maréchal ferrant dont la maison se trouvait sur la route, un marteau avec quatre clous, et cloua lui-même le portrait derrière sa chaise; puis il remonta en voiture, ordonna au postillon de fouetter ses chevaux, et repartit, laissant l'envoyé de madame d'Urban très-étonné de l'usage que le chevalier avait fait du portrait de sa maîtresse.

A la poste suivante, le postillon, qui s'en retournait, demanda son argent; le chevalier répondit qu'il n'en avait point. Le postillon insista, alors le chevalier descendit de sa chaise et décloua le portrait de madame d'Urban, en lui disant qu'il n'avait qu'à le mettre en vente à Avignon, et raconter de quelle manière il était tombé en sa possession, et qu'il lui rapporterait vingt fois le prix de la poste : le postillon, qui vit qu'il n'avait rien autre chose à tirer du chevalier, accepta le gage, et suivant de point en point ses instructions, l'exposa le lendemain à la porte d'un fripier de la ville, avec une narration exacte de l'histoire. Le même jour, le portrait fut racheté vingt-cinq louis.

Comme on le devine bien, l'aventure fit grand bruit par toute la ville. Le lendemain, madame d'Urban disparut sans qu'on sût où elle allait, au moment même où les parents du marquis tenaient une assemblée dans laquelle il fut décidé que l'on solliciterait du roi une lettre de cachet. Un des mem-

bres de cette assemblée, qui partait le lendemain pour Paris,
fut chargé de faire les démarches nécessaires ; mais soit qu'il
n'y mît point l'activité convenable, soit qu'il fût dans les intérêts de madame d'Urban, on n'entendit point reparler, à
Avignon, du résultat de ses démarches. Pendant ce temps,
madame d'Urban, qui s'était retirée chez une tante, entama
avec son mari des négociations qui furent suivies du plus
heureux succès, et, un mois après cette aventure, rentra
triomphalement dans la maison conjugale.

Deux cents pistoles, données par le cardinal de Bouillon,
apaisèrent les parents du malheureux pâtissier, qui avaient
d'abord dénoncé l'affaire à la justice, et qui bientôt retirèrent
leur plainte, en publiant qu'ils s'étaient trop pressés de se
porter parties, sur un conte fait à plaisir, et que de plus am-
ples renseignements leur avaient appris depuis que leur parent
était mort d'une apoplexie foudroyante.

Grâce à cette déclaration, qui disculpa le chevalier de Bouillon dans l'esprit du roi, il put, après un voyage de deux ans,
en Italie et en Allemagne, revenir en France sans être aucunement inquiété.

Ainsi finit, non pas la famille de Ganges, mais le bruit que
cette famille fit dans le monde. De temps en temps, cependant, le dramaturge ou le romancier exhume la pâle et sanglante figure de la marquise, pour la faire apparaître, soit
sur la scène, soit dans un livre ; mais à elle presque toujours
se borne l'évocation, et beaucoup qui ont écrit sur la mère
ne savent pas même ce que sont devenus les enfants. Notre
intention a été de combler cette lacune : voilà pourquoi nous
avons voulu raconter ce qu'avaient omis nos devanciers et
offrir à nos lecteurs ce que leur offre le théâtre, et souvent
même le monde, — la comédie après le drame.

NOTES.

(1) Interrogatoire de la Voisin ; Guyot de Pitaval : Annales du crime et de l'innocence.

(2) C'est à cette brochure, ainsi qu'au *Récit de la mort de madame la marquise de Ganges, ci-devant marquise de Castellane*, publiée à Paris en 1657, chez Jacques Legentil, que nous empruntons les principales circonstances de cette tragique histoire. Nous devons joindre à ces deux documents, et pour n'avoir pas l'embarras de renvoyer à tout moment nos lecteurs aux originaux, les *Causes célèbres* de Guyot de Pitaval, la *Vie de Marie de Rossan*, et les *Lettres galantes de madame Desnoyers*.

(3) Tous les documents contemporains sont, au reste, d'accord sur cette beauté merveilleuse ; voici un second portrait de la marquise, tracé dans un caractère et un style qui appartiennent encore mieux à cette époque.

« Vous vous souviendrez qu'elle était d'un teint plus uni et plus fin qu'une glace, que sa blancheur était si bien confondue avec la vivacité du sang, qu'il ne s'est jamais vu de mélange si juste pour rendre un visage tendrement animé ; ses yeux et ses cheveux étaient plus noirs que du jais ; ses yeux, dis-je, dont on avait peine à supporter les regards dans leur excès de lumière, qui ont passé pour un miracle de tendresse et de vivacité, et qui, ayant fait en mille occasions l'emploi des mots les plus galants du temps, aussi bien que le supplice de quantité de téméraires, doivent me dispenser, si je ne m'arrête pas davantage à faire leur éloge dans une lettre : sa bouche était la partie de ce visage qui faisait avouer aux plus critiques de n'en avoir jamais vu de pareille en perfection, et qu'elle pouvait servir de modèle par son tour, sa petitesse et son éclat, à toutes celles dont on vante si fort la douceur et les agréments ; elle avait le nez conforme à la belle disposition de toutes ses parties, c'est-à-dire le mieux fait du monde : tout le tour du visage était parfaitement rond et d'un embonpoint si charmant, qu'il ne s'est jamais trouvé tout à la fois tant de beautés jointes ensemble. L'air de cette tête était d'une douceur sans égale et d'une majesté qu'elle familiarisait plutôt par tempérament que par étude; sa taille était riche, sa parole agréable, sa démarche noble, son maintien aisé, son humeur sociable, son esprit sans malice et d'un grand fond de bonté.

SONNET

(4) Dieux! si rien ici-bas n'arrive à l'. . . .   aventure.
Quel démon mit au jour ce cruel. . . . .   chevalier
Dont le bras inhumain s'est rendu. . . .   meurtrier
De l'objet le plus beau qui fût dans la. .   nature?

Ah! détestable main! si cette. . . . . .   créature
N'a pu par tant d'appas te vaincre et te. .   lier,
De quel autre pouvoir craindras-tu la. .   censure?
L'honneur ni la pitié n'oseraient te. . . .   prier.

L'enfer tremit d'horreur après ton. . . .   sacrilége,
Et jamais ses bourreaux n'auront le. . .   privilége
D'exercer contre toi de telles. . . . . .   cruautés!

Achève, traître, achève, et par tes coups.   tragiques,
Imite l'attentat des plus fiers. . . . . .   hérétiques:
Fais mourir les. . . . . . .   divinités.

AUTRE SONNET

LA QUERELLE DE DEUX ASSASSINS.

Qui de vous emporta l'honneur de l'. .   aventure,
Abbé désespéré, perfide. . . . .   chevalier,
Qui de l'empoisonneur ou bien du. . .   meurtrier
Doit faire plus d'horreur à toute la. . .   nature?

Vous avez mis à mort l'aimable. . . . . créature
Qui vit parfois en vain les dieux la sup. . plier,
Celle dont la vertu méprisa la. . . . . censure,
On la vit à vos pieds, mais en vain, vous. prier.

Couple lâche et maudit, profane et. . . sacrilége,
Cessez de vous choquer par un tel. . . . privilége;
L'un et l'autre assassin excelle en. . . . cruauté.

Vous êtes deux acteurs également. . . tragiques;
Vos coups plus dangereux que ceux des. hérétiques
Ont su rendre mortelle une. . . . . . divinité.

FIN DE LA MARQUISE DE GANGES.

LES CENCI

1599

Si vous allez à Rome et que vous visitiez la villa Pamfili, sans doute, après avoir été chercher sous ces grands pins et le long de ces canaux l'ombre et la fraîcheur, si rares dans la capitale du monde chrétien, vous redescendrez vers le mont Janicule, par un délicieux chemin, au milieu duquel vous rencontrerez la fontaine Pauline. Ce monument dépassé, et après vous être arrêté un instant sur la terrasse de l'église de Saint-Pierre in Montorio, qui domine Rome tout entière, vous visiterez le cloître du Bramante, au centre duquel, dans un enfoncement de quelques pieds, est bâti, sur la place même où fut crucifié saint Pierre, un petit temple moitié grec, moitié chrétien ; puis vous remonterez par une porte latérale dans l'église elle-même. Là, le cicerone obligé vous fera voir, dans la première chapelle à droite, le Christ flagellé de Sébastien del Piombo, et, dans la troisième chapelle à gauche, un Christ au sépulcre, par le Fiamingo ; ces deux chefs-d'œuvre examinés à loisir, il vous conduira à chaque extrémité de la croix transversale, et vous montrera, d'un côté, un tableau de Salviati, sur ardoise, et, de l'autre, une peinture de Vasari ; puis, vous faisant voir tristement, sur le maître-autel, une copie du Martyre de saint Pierre, du Guide, il vous racontera que c'était là que fut adorée, pendant trois siècles, la Transfiguration du divin Raphaël, enlevée par les Français en 1809, et

rendue au pape par les alliés en 1814. Comme vous aurez
déjà probablement admiré ce chef-d'œuvre au Vatican,
laissez-le dire, et cherchez au pied de l'autel une dalle tumu-
laire que vous reconnaîtrez à une croix et au simple mot :
Orate; c'est sous cette dalle qu'est enterrée Béatrix Cenci, dont
l'histoire tragique a dû vous laisser un si profond souvenir.

Elle était fille de Francesco Cenci. Pour peu que l'on croie
que les hommes naissent en harmonie avec leur siècle, et que
les uns le résument en bien, et les autres en mal, peut-être
sera-t-il curieux pour nos lecteurs de jeter un coup d'œil rapide
sur la période qui venait de s'écouler lorsque s'accomplirent
les événements que nous allons raconter. Francesco Cenci leur
apparaîtra alors comme l'incarnation diabolique de son époque.

Le 11 août 1492, après la lente agonie d'Innocent VIII, pendant laquelle deux cent vingt meurtres furent commis dans
les rues de Rome, Alexandre VI était monté sur le trône pontifical. Fils d'une sœur du pape Calixte III, Roderic Lenzuoli
Borgia avait eu, avant d'être cardinal, cinq enfants de Rose
Vanozza, qu'il avait fait épouser ensuite à un riche Romain.
Ces enfants étaient :

François, qui fut duc de Gandie ;

César, qui fut évêque et cardinal, puis duc de Valentinois ;

Lucrèce, qui, après avoir eu pour amants son père et ses
deux frères, fut mariée quatre fois : la première, à Jean Sforza,
seigneur de Pezaro, qu'elle quitta pour cause d'impuissance ;
la seconde, à Alphonse, duc de Bisiglia, que César fit assassiner ; la troisième, à Alphonse d'Est, duc de Ferrare, dont un
second divorce la sépara ; enfin, la quatrième, à Alphonse
d'Aragon, qui fut d'abord poignardé sur les marches de la
basilique de Saint-Pierre, puis étranglé trois semaines après,
parce qu'il ne mourait pas assez vite de ses blessures, qui
cependant étaient mortelles ;

Guiffry, comte de Squillace, dont on sait peu de chose ;

Puis enfin un dernier dont on ne sait rien du tout.

Le plus connu de ces trois frères était César Borgia : il avait
tout arrangé pour être roi d'Italie à la mort de son père, et
ses mesures étaient prises de manière à ne pas lui laisser de
doutes sur la réussite de ce vaste projet. Tous les cas étaient

prévus, excepté un seul; mais ce cas, il eût fallu être Satan lui-même pour le deviner. Le lecteur en jugera.

Le pape avait invité à souper le cardinal Adrien dans sa vigne du Belvédère : le cardinal Adrien était fort riche, et le pape désirait en hériter comme il avait fait déjà des cardinaux de Saint-Ange, de Capoue et de Modène. En conséquence, César Borgia avait envoyé deux bouteilles de vin empoisonné à l'échanson de son père, sans le mettre dans sa confidence; seulement il lui avait recommandé de n'employer ce vin que lorsqu'il lui en donnerait l'ordre; malheureusement, pendan le souper, l'échanson s'éloigna un instant, et dans cet intervalle un domestique maladroit servit justement de ce vin au pape, à César Borgia et a cardinal de Corneto (1).

Alexandre VI mourut au bout de quelques heures : César Borgia fut cloué dans son lit, où il changea entièrement de peau; enfin le cardinal de Corneto, après avoir perdu la vue et l'usage de ses sens, fit une maladie dont il pensa mourir.

Pie III succéda à Alexandre VI et régna vingt-cinq jours; le vingt-sixième il fut empoisonné.

César Borgia avait dix-huit cardinaux espagnols qui lui devaient leur entrée dans le sacré collége : ces cardinaux étaient entièrement à lui, et il en pouvait faire ce qu'il voulait. Comme il était toujours mourant et qu'il n'en pouvait rien faire pour lui-même, il les vendit à Julien de la Rovère, et Julien de la Rovère fut élu pape sous le nom de Jules II. A la Rome de Néron succéda l'Athènes de Périclès.

Léon X continua Jules II, et le christianisme prit sous son pontificat un caractère païen qui, passant de l'art dans les mœurs, donne à cette époque un caractère étrange. Les crimes ont momentanément disparu pour faire place aux vices; mais à des vices charmants, à des vices de bon goût, comme ceux que pratiquait Alcibiade et que chantait Catulle. Léon X mourut après avoir réuni sous son règne, qui avait duré huit ans, huit mois et dix-neuf jours, Michel Ange, Raphaël, Léonard de Vinci, le Corrége, le Titien, André del Sarto, le Frate, Jules Romain, l'Arioste, Guichardin et Machiavel.

Jules de Médicis et Pompée Colonna étaient sur les rangs pour lui succéder. Comme c'étaient deux politiques habiles, deux courtisans rompus aux affaires, et de plus deux hommes d'un mérite réel et presque égal, ni l'un ni l'autre ne pouvait obtenir la majorité, et le conclave se prolongeait au grand ennui des cardinaux. Or, il arriva qu'un jour un cardinal, plus ennuyé que les autres, proposa d'élire, au lieu de Médicis ou de Colonna, le fils, les uns disent d'un tisserand, et les autres d'un brasseur de bière d'Utrecht, auquel personne n'avait pensé jusqu'alors, et qui était pour le moment gouverneur de la monarchie en Espagne, en l'absence de Charles-Quint. La plaisanterie eut du succès, tous les cardinaux applaudirent à la proposition de leur collègue, et Adrien fut nommé pape par hasard.

C'était un véritable Flamand qui ne savait pas un mot d'italien. Lorsqu'il arriva à Rome et qu'il vit les chefs-d'œuvre grecs rassemblés à si grands frais par Léon X, il voulut les faire briser, en s'écriant : *Sunt idola antiquorum*. Son premier soin fut d'envoyer le nonce François Chérégat à la diète de Nuremberg, assemblée au sujet des troubles de Luther, avec des instructions qui donnent une idée des mœurs de l'époque.

« Avouez ingénument, dit-il, que Dieu a permis ce schisme et cette persécution à cause des péchés des hommes, et surtout de ceux des prêtres et des prélats de l'Église : car nous savons qu'il s'est passé dans le saint-siége beaucoup de choses abominables. »

Adrien voulait ramener les Romains aux mœurs simples et austères de la primitive Église, et porta à cet effet la réforme jusque dans les moindres détails. De cent palefreniers qu'avait Léon X, par exemple, il n'en conserva que douze, afin, disait-il, d'en avoir deux de plus que les cardinaux.

Un pareil pape ne pouvait régner longtemps; aussi mourait-il après une année de pontificat. Le lendemain de sa mort, on trouva la porte de son médecin ornée de guirlandes de fleurs, avec cette inscription : *Au libérateur de la patrie*.

Jules de Médicis et Pompée Colonna se retrouvèrent sur les rangs. Les intrigues recommencèrent, et le conclave se trouva de nouveau partagé de telle façon, que les cardinaux crurent un instant qu'ils ne pourraient s'en tirer que comme ils avaient déjà fait, c'est-à-dire en élisant un troisième compétiteur; il était même déjà question du cardinal Orsini, lorsque Jules de Médicis s'avisa d'un expédient assez ingénieux. Il lui manquait cinq voix; cinq de ses partisans offrirent à cinq des partisans de Colonna de parier cent mille ducats contre dix mille que Jules de Médicis ne serait pas élu. Au premier tour de scrutin qui suivit le pari, Jules de Médicis eut les cinq voix qui lui manquaient : il n'y avait rien à dire, les cardinaux ne s'étaient point vendus; ils avaient parié, voilà tout.

En conséquence, le 18 novembre 1523, Jules de Médicis fut proclamé pape sous le nom de Clément VII. Le même jour, il paya généreusement les cinq cent mille ducats que ses cinq partisans avaient perdus.

Ce fut sous ce pontificat, et durant les sept mois où Rome, conquise par les soldats luthériens du connétable de Bourbon, voyait commettre sur les choses saintes les plus affreuses profanations, que naquit Francesco Cenci.

C'était le fils de monsignor Nicolas Cenci, trésorier apostolique sous le pontificat de Pie V. Ce véritable prélat s'étant beaucoup plus occupé de l'administration spirituelle que de l'administration temporelle de son royaume, Nicolas Cenci avait profité de ce détachement des choses mondaines pour amasser un revenu net de cent soixante mille piastres, à peu près deux millions cinq cent mille francs de notre monnaie. Francesco Cenci, qui était son fils unique, hérita de cette fortune.

Il avait passé sa jeunesse sous des papes si occupés du schisme de Luther, qu'ils n'avaient guère le temps de penser à autre chose. Il en résulta que Francesco Cenci, né avec des instincts mauvais et maître d'une fortune immense qui lui permettait d'acheter l'impunité, s'abandonna à tous les désordres de son tempérament fougueux et passionné. Mis trois fois en prison pour des amours infâmes, il s'en retira moyennant deux cent mille piastres, cinq millions de francs à peu près. Il faut dire aussi qu'à cette époque les papes avaient grand besoin d'argent.

Ce fut surtout sous Grégoire XIII que l'on commença de s'occuper sérieusement de Francesco Cenci. Il e-t vrai que ce

pontificat prêtait merveilleusement au développement d'une
réputation comme celle à laquelle visait cet étrange don Juan.
Sous le Bolonais Buoncompagni, tout était permis à Rome à
quiconque pouvait payer à la fois l'assassin et les juges. Le
viol et le meurtre étaient choses si communes, que la justice
publique s'occupait à peine de ces bagatelles, si personne
n'était là pour poursuivre le coupable ; aussi Dieu récompensa
le bon Grégoire XIII de son indulgence : il eut la joie de voir
la Saint-Barthélemy.

A cette époque, Francesco Cenci était déjà un homme de
quarante-quatre à quarante-cinq ans, de cinq pieds quatre
pouces à peu près, fort bien pris dans toute sa taille et très-
fort, quoiqu'il semblât un peu maigre. Il avait les cheveux
grisonnants, les yeux grands et expressifs, quoique la pau-
pière supérieure retombât un peu trop, le nez long, les lèvres
minces et le sourire plein de grâce ; ce sourire, au reste, chan-
geait facilement d'expression, et devenait terrible lorsque son
œil rencontrait un ennemi ; alors, et pour peu qu'il fût ému
ou irrité, un tremblement nerveux le prenait, qui se prolongeait en frissonnements longtemps après que la crise qui
l'avait fait naître était passée. Adroit à tous les exercices du
corps et surtout à l'équitation, il allait quelquefois d'une seule
traite de Rome à Naples, bien qu'il y ait quarante et une lieues
de l'une à l'autre ville, passant par les bois de San-Germano
et les marais Pontins sans s'inquiéter des brigands, quoiqu'il
fût seul et quelquefois sans autres armes que son épée ou son
poignard. Quand son cheval tombait de lassitude, il en achetait un autre ; si l'on ne voulait pas le lui vendre, il le prenait de force ; si l'on résistait, il frappait, et cela toujours
par la pointe, et jamais avec la poignée. Au reste, comme il
était connu dans tous les États de Sa Sainteté, et qu'on le
savait généreux, personne ne s'opposait à sa volonté, les uns
cédant par crainte, les autres par intérêt. D'ailleurs, impie,
sacrilége et athée, il n'entrait jamais dans une église, ou, s'il
y entrait, c'était pour blasphémer Dieu. Beaucoup disaient
qu'il était avide d'événements bizarres, et qu'il n'y avait pas
de crime qu'il n'eût commis, s'il avait cru trouver dans son
accomplissement une seule sensation nouvelle.

Il avait épousé, à l'âge de quarante-cinq ans à peu près, une femme fort riche, dont aucun chroniqueur ne dit le nom. Elle mourut, lui laissant sept enfants, cinq garçons et deux filles. Alors il épousa, en secondes noces, Lucrezia Petroni, qui, à part son teint, qui était d'une blancheur éclatante, offrait le type parfait de la beauté romaine. Ce second mariage fut stérile.

Comme si Francesco Cenci n'avait dû éprouver aucun des sentiments naturels à l'homme, il détestait ses enfants, et ne se donnait point la peine de cacher la haine qu'il leur portait. Un jour qu'il faisait bâtir, dans la cour de son magnifique palais, situé près du Tibre, une église dédiée à saint Thomas, il dit à l'architecte, en lui faisant faire le plan d'un caveau mortuaire : « C'est là que j'espère les mettre tous. » L'architecte avoua souvent depuis qu'il avait été épouvanté du rire qui accompagna ces paroles, et que s'il n'y avait pas eu tant à gagner à travailler pour Francesco Cenci, il eût refusé de continuer son ouvrage.

Aussi, à peine ses fils purent-ils se conduire seuls, qu'il envoya les trois aînés, Jacques, Christophe et Roch, à l'université de Salamanque en Espagne; sans doute il pensait qu'il suffisait de les éloigner de lui pour en être débarrassé à toujours; car à peine furent-ils partis qu'il ne songea plus à eux, pas même pour leur envoyer de quoi vivre. Aussi, après quelques mois de lutte et de misère, les trois malheureux jeunes gens furent-ils obligés de quitter Salamanque : ils revinrent en mendiant tout le long de la route, traversèrent la France et l'Italie à pied et nu-pieds, et regagnèrent Rome, où ils trouvèrent leur père plus sévère, plus âpre et plus rigide que jamais.

C'était dans les premières années du règne de Clément VIII, qui était renommé pour sa justice. Les trois jeunes gens résolurent de s'adresser à lui, afin d'obtenir que, sur les immenses richesses de leur père, Sa Sainteté ordonnât qu'il leur fût fait une petite pension. Ils allèrent en conséquence trouver le pape à Frascati, où il faisait bâtir la belle villa Aldobrandini, et lui exposèrent leur cause; le pape reconnut leur droit, et força Francesco à leur faire à chacun une pension de deux mille écus. Francesco chercha par tous les moyens possibles à éluder cette décision ; mais il reçut des ordres si précis, qu'il lui fallut obéir.

Ce fut vers cette époque qu'il fut, pour la troisième fois, mis en prison pour ses amours infâmes. Ses trois fils alors s'adressèrent de nouveau au pape, disant que leur père déshonorait leur nom, et le suppliant de déployer à son égard toute la sévérité de la loi. Le pape trouva une pareille démarche odieuse, et les chassa honteusement de sa présence. Quant à Francesco, il s'en tira, cette fois encore, comme il avait fait pour les deux autres, c'est-à-dire à prix d'argent.

On comprend que cette démarche ne changea point en amour la haine que Francesco portait à ses enfants ; seulement, comme les fils pouvaient se soustraire à la colère paternelle, indépendants qu'ils étaient par la pension qu'ils avaient obtenue, cette colère retomba sur ses deux malheureuses filles. Bientôt leur situation devint si intolérable, que l'aînée, quoique surveillée de près, parvint à faire remettre au pape une supplique, dans laquelle elle lui racontait les mauvais traitements auxquels elle était en butte, et suppliait Sa Sainteté de la marier ou de la placer dans un monastère. Clément VIII eut pitié d'elle ; il força Francesco Cenci à lui donner une dot de soixante mille écus, et la fit épouser à Carlo Gabrielli, d'une noble famille du Gubbio. Francesco pensa devenir fou de colère en se voyant arracher cette victime.

Vers le même temps, la mort se chargea d'en délier deux autres : Roch et Christophe Cenci furent tués à un an de distance, l'un par un charcutier dont on ignore le nom, l'autre par Paul Corso de Massa. Ce fut une consolation à la douleur de Francesco, qui poursuivit de son avarice ses fils jusqu'après leur mort ; car il signifia aux prêtres qu'il ne dépenserait pas un bajocco pour les frais de l'église. Ils furent donc apportés aux caveaux qu'il leur avait fait préparer sous ses yeux, dans la bière des mendiants ; et lorsqu'il les y vit couchés tous deux, il s'écria qu'il était déjà bien heureux d'être débarrassé de deux si mauvaises créatures ; mais qu'il ne le serait complétement que lorsque ses cinq autres enfants seraient déposés près des deux premiers, et que, lorsque le dernier viendrait enfin à trépasser, il voulait, en signe de joie, illuminer son palais en y mettant le feu.

Cependant Francesco avait pris toutes ses précautions pour que sa seconde fille, Béatrix Cenci, ne suivît point l'exemple de la première. C'était alors une enfant de douze à treize ans, belle et innocente comme les anges. De longs cheveux blonds, cette beauté si rare en Italie, que Raphaël, la croyant divine, l'a donnée à toutes ses madones, découvraient en se partageant un front admirablement formé, et flottaient en grosses boucles sur ses épaules ; ses yeux, d'un bleu d'azur, étaient de la plus céleste expression ; sa taille était moyenne, mais bien proportionnée, et dans les courts instants où son caractère naturel pouvait se faire jour à travers ses larmes, il reparaissait vif, joyeux et compatissant, mais en même temps plein de fermeté.

Afin d'être sûr d'elle, Francesco la tenait enfermée dans une chambre retirée de son palais, dont lui seul avait la clef. Là, l'étrange et inflexible geôlier venait la visiter chaque jour pour lui apporter ses repas. Jusqu'à cet âge de treize ans, auquel elle était enfin parvenue, il s'était montré pour elle d'une dureté implacable ; mais bientôt, au grand étonnement de la pauvre Béatrix, il s'adoucit. C'est que Béatrix d'enfant devenait jeune fille : c'est que sa beauté s'ouvrait comme une fleur ; c'est que Francesco, à qui aucun crime ne devait être étranger, avait jeté un regard incestueux sur elle.

On comprend qu'avec l'éducation qu'avait reçue Béatrix, éloignée comme elle l'était de toute société, même de celle de sa belle-mère, elle fût ignorante du mal comme du bien : elle était donc plus facile à perdre qu'une autre ; et cependant Francesco ne mit pas moins en œuvre, pour cet acte de démon, toutes les ressources de son esprit.

Pendant quelque temps Béatrix fut réveillée, chaque nuit, par une musique délicieuse qui lui semblait venir du paradis. Lorsqu'elle en parlait à son père, il la laissait dans cette persuasion, ajoutant que si elle était douce et obéissante, bientôt, par une récompense spéciale de Dieu, ce ne serait plus assez pour elle d'entendre, mais qu'elle verrait.

En effet, une nuit que, accoudée sur son lit, la jeune fille

écoutait cette ravissante harmonie, la porte de sa chambre
s'ouvrit tout à coup, et de l'obscurité où elle était, ses regards plongèrent dans des appartements chaudement éclairés
et pleins de ces parfums comme on en respire dans les rêves;
de beaux jeunes gens et de belles femmes à moitié nus, comme
elle en avait vu dans les tableaux du Guide et de Raphaël, se
promenaient dans les appartements et semblaient pleins de
joie et de bonheur : c'étaient les mignons et les courtisanes
de Francesco qui, riche comme un roi, renouvelait chaque
nuit les orgies d'Alexandre aux noces de Lucrèce, et les débauches de Tibère à Caprée. Après une heure, la porte se
referma, et la vision séductrice disparut, laissant Béatrix pleine
de trouble et d'étonnement.

La nuit suivante, la même apparition se renouvela; seulement, cette nuit-là, Francesco Cenci entra dans la chambre
de sa fille, et l'invita à prendre part à la fête. Francesco était
nu. Sans savoir pourquoi, Béatrix comprit qu'elle ferait mal
de céder aux instances de son père; elle répondit que ne
voyant point parmi toutes ces femmes Lucrezia Petroni, sa
belle-mère, elle n'osait quitter son lit pour aller ainsi avec
des inconnues. Francesco menaça et pria; mais menaces et
prières furent inutiles. Béatrix s'enveloppa dans ses draps et
refusa obstinément d'obéir à Francesco.

Le lendemain, elle se jeta sur son lit tout habillée. A l'heure
habituelle sa porte s'ouvrit, et le spectacle nocturne reparut.
Cette fois, Lucrezia Petroni était au nombre des femmes qui
passaient devant la porte de Béatrix; la violence l'avait con-
trainte à cette humiliation. Béatrix était trop loin pour voir
sa rougeur et ses larmes. Francesco lui montra sa belle-mère,
qu'elle avait cherchée en vain la veille, et comme elle n'avait
plus rien à dire, il l'emmena toute confuse et toute rougis-
sante au milieu de cette orgie.

Là, Béatrix vit des choses inconnues et infâmes!...

Néanmoins elle résista longtemps : une voix intérieure lui
disait que tout cela était horrible; mais Francesco avait la
lente persistance d'un démon. A ces spectacles qu'il croyait
propres à éveiller ses sens, il joignait des hérésies faites pour
égarer son esprit : il lui disait que les plus grands saints que

l'Église vénère étaient tous nés du commerce du père et de la fille ; et Béatrix avait commis un crime qu'elle ignorait encore ce que c'était qu'un péché (2).

Alors il n'y eut plus de bornes à sa brutalité : il forçait Lucrezia et Béatrix à partager le même lit, menaçant sa femme de la tuer si elle révélait par un mot à sa fille ce qu'avait d'odieux une pareille communauté. Si bien que les choses durèrent ainsi pendant près de trois années.

Vers ce temps, Francesco fut obligé de faire un voyage : force lui fut alors de laisser les femmes seules et libres. La première chose que fit aussitôt Lucrezia fut de révéler à Béatrix toute l'infamie de leur existence ; alors elles dressèrent ensemble un mémoire, dans lequel elles exposaient au pape tout ce qu'elles avaient eu à souffrir de coups et d'outrages. Mais, avant de partir, Francesco Cenci avait pris ses précautions ; tout ce qui entourait le pape lui était vendu ou espérait se vendre. La supplique ne parvint point aux mains de Sa Sainteté, et les deux pauvres femmes, qui se rappelaient que Clément VIII avait autrefois chassé de sa présence Jacques, Christophe et Roch, se crurent comprises dans la même proscription, et se regardèrent comme abandonnées.

Sur ces entrefaites, Jacques, profitant de l'absence de son père, vint les visiter avec un abbé de ses amis nommé Guerra : c'était un jeune homme de vingt-cinq à vingt-six ans, issu d'une des plus nobles familles de Rome, d'un caractère ardent, résolu et courageux, et que toutes les femmes citaient pour sa beauté. En effet, il avait, avec ses grands traits romains, des yeux bleus d'une merveilleuse douceur, de longs cheveux blonds, avec une barbe et des sourcils châtains ; ajoutez à cela une vaste instruction, une éloquence naturelle pleine de charme, une voix douce au timbre vibrant, et vous aurez une idée de monsignor l'abbé Guerra.

A peine eut-il vu Béatrix qu'il en devint amoureux. De son côté, la jeune fille ne tarda point à se prendre de sympathie pour le beau prélat. Le concile de Trente n'avait point encore eu lieu ; et par conséquent les ecclésiastiques pouvaient se marier. Il fut convenu qu'au retour de Francesco, l'abbé Guerra demanderait la main de Béatrix à son père, et les femmes, heureuses de l'absence de leur maître, continuèrent de vivre en rêvant un meilleur avenir.

Après trois ou quatre mois, pendant lesquels on avait complétement ignoré ce qu'il était devenu, Francesco revint. Dès la première nuit, il voulut reprendre avec sa fille ses incestueux caprices ; mais Béatrix n'était plus la même : l'enfant timide et soumise était devenue une jeune fille outragée ; elle résista aux prières, aux menaces et aux coups; elle était forte et puissante de son amour.

La colère de Francesco retomba sur sa femme, qu'il accusait de l'avoir trahi ; il la frappa rudement avec un bâton. Lucrezia Petroni était une véritable louve romaine, ardente en amour, ardente en vengeance : elle supporta tout, mais ne pardonna rien.

Cependant, au bout de quelques jours, l'abbé Guerra se présenta chez Francesco Cenci pour accomplir la démarche convenue. Guerra, riche, jeune, noble et beau, était dans toutes les conditions qui pouvaient lui donner de l'espérance, et cependant il fut brutalement éconduit par Francesco. Ce premier refus ne le rebuta point ; il revint à la charge une seconde et une troisième fois, insistant sur les convenances d'une pareille union. Enfin Francesco, impatienté, répondit à cet amant obstiné qu'il y avait une raison pour que Béatrix ne fût ni sa femme ni la femme d'aucun autre. Guerra demanda quelle était cette raison ; Francesco répondit : « C'est qu'elle est ma maîtresse. »

Monsignor Guerra pâlit à une pareille réponse, quoique d'abord il n'en crût pas un mot ; mais lorsqu'il vit de quel sourire Francesco Cenci avait accompagné ses paroles, il fut bien forcé de croire que, si terrible qu'elle fût, il lui avait dit la vérité.

Guerra fut trois jours sans pouvoir pénétrer jusqu'à Béatrix ; enfin il parvint à elle. Son dernier espoir était que Béatrix nierait de pareilles horreurs : Béatrix avoua tout. Dès lors il n'y eut plus aucun espoir humain pour les deux amants ; un abîme infranchissable les séparait. Ils se quittèrent tout en larmes, en se promettant de s'aimer toujours.

Cependant les deux femmes n'avaient encore pris aucune

résolution criminelle, et peut-être tout se serait-il passé ainsi dans l'ombre et sans bruit, si, une nuit, Francesco ne fût rentré dans la chambre de sa fille et ne l'eût forcée par la violence à un nouveau crime. Dès lors tout fut dit, Francesco était condamné.

Nous l'avons dit, Béatrix avait une de ces âmes capables des meilleurs comme des plus mauvais sentiments; elle pouvait monter jusqu'à l'excellent, et descendre jusqu'au pire. Elle alla trouver sa mère, lui raconta le nouvel outrage dont elle venait d'être victime : ce récit réveilla chez l'autre femme le souvenir des mauvais traitements qu'elle avait reçus; et toutes deux, s'excitant l'une à l'envi de l'autre, décidèrent qu'il fallait tuer Francesco.

Guerra fut appelé à ce conseil de mort. Il avait le cœur plein de haine, et ne demandait pas mieux que de se venger. Il se chargea d'aller trouver Jacques Cenci, sans lequel les femmes ne voulaient rien faire, attendu que, comme l'aîné, il était le chef de la famille. Jacques Cenci entra facilement dans la conspiration. On se rappelle ce qu'il avait eu autrefois à souffrir de son père; depuis il s'était marié, et le vieillard inflexible l'avait laissé, lui, sa femme et ses enfants, dans la misère. On choisit l'appartement de monsignor Guerra pour traiter de la chose. Jacques trouva un premier sbire nommé Marzio, et monsignor Guerra un second sbire nommé Olympio.

Tous deux avaient des raisons de faire le crime, l'un par amour, l'autre par haine. Marzio, qui était au service de Jacques, avait eu plusieurs fois l'occasion de voir Béatrix et en était devenu amoureux, mais, bien entendu, de cet amour silencieux et sans espoir qui dévore l'âme. Dès qu'il sut que le crime qui lui était proposé le rapprochait de Béatrix, il accepta sans autres conventions.

Quant à Olympio, il haïssait Francesco, parce que Francesco lui avait fait perdre sa place de châtelain de Rocca Petrella, château-forteresse situé dans le royaume de Naples et appartenant au prince Colonna. Presque tous les ans, Francesco Cenci allait avec sa famille passer quelques mois à Rocca Petrella, car le prince Colonna, qui était un noble et magnifique seigneur qui avait souvent besoin d'argent et qui en trouvait dans la bourse de Francesco, avait de son côté tous les égards possibles pour son ami. Il en résulta que Francesco, croyant avoir des motifs de mécontentement contre Olympio, s'en plaignit au prince Colonna, et Olympio fut chassé.

Voici, après plusieurs entrevues, ce qui fut arrêté entre les deux femmes, Jacques et Guerra, Marzio et Olympio, dans des conférences où chacun donna son avis.

Le temps où Francesco Cenci avait l'habitude de se rendre à Rocca Petrella était proche : il fut convenu qu'on réunirait une douzaine de bandits napolitains, qu'Olympio, grâce à ses anciennes habitudes dans le pays, se chargea de fournir; ils se cacheraient dans une forêt qui se trouvait sur la route, et avertis du moment où Francesco Cenci se mettrait en chemin, ils l'enlèveraient avec toute sa famille. Alors on conviendrait d'une forte rançon; les fils seraient renvoyés à Rome pour chercher la somme; mais, feignant de ne pas la trouver, ils laisseraient passer le temps fixé par les bandits, qui alors tueraient Francesco. De cette manière, tout soupçon de complicité était écarté, et les véritables assassins échappaient à la justice.

Mais si bien combinée que fût la chose, elle ne put réussir. Lorsque Francesco partit de Rome, l'espion envoyé par les conjurés ne sut point trouver les brigands; ceux-ci, n'étant point prévenus, ne purent accomplir la convention faite, et descendirent trop tard sur la route. Francesco était passé et arrivait en ce moment sain et sauf à Rocca Petrella. Les bandits, après avoir erré inutilement sur la route, comprirent que leur proie devait leur être échappée, et ne voulant pas rester plus longtemps dans un lieu où ils avaient déjà séjourné près d'une semaine, ils prirent le parti d'aller chercher ailleurs une expédition moins douteuse.

Pendant ce temps, Francesco s'était établi dans la forteresse, et pour y être plus libre de tyranniser Lucrezia et Béatrix, il avait renvoyé à Rome Jacques et les deux autres fils qui lui restaient. Là, ses tentatives infâmes contre Béatrix recommencèrent, et cela à un tel point, qu'elle résolut d'accomplir elle-même l'action qu'elle avait d'abord voulu confier à d'autres mains.

Olympio et Marzio, qui n'avaient rien à craindre de la justice, n'avaient point cessé de rôder dans les environs : un jour, Béatrix les aperçut de sa fenêtre et leur fit signe qu'elle avait quelque chose à leur communiquer. La même nuit, Olympio, qui, en ayant été châtelain, connaissait toutes les issues de la forteresse, parvint à y pénétrer avec son compagnon. Béatrix les attendait à une fenêtre basse donnant sur une cour retirée ; là, elle leur donna des lettres qu'elle avait préparées pour monsignor Guerra et pour Jacques. Jacques devait approuver, comme la première fois, le meurtre de son père ; car Béatrix ne voulait rien faire sans son approbation. Monsignor Guerra devait, lui, payer mille piastres, moitié du prix convenu avec Olympio; car, pour Marzio, il faisait toutes choses par amour pour Béatrix, à laquelle il était resté dévot comme à une madone; ce que voyant la jeune fille, elle lui donna un beau manteau écarlate bordé d'un galon d'or, lui disant de le porter pour l'amour d'elle. Quant au reste de la somme, il serait payé par les deux femmes après que la mort du vieillard les aurait rendues maîtresses de sa fortune.

Les deux sbires partirent, et les prisonnières attendirent avec anxiété leur retour. Au jour convenu, elles les virent reparaître. Monsignor Guerra avait donné les mille piastres, et Jacques son consentement. Rien ne s'opposait donc plus à l'exécution du terrible projet, et elle fut fixée au 8 septembre, jour de la Nativité de la Vierge; mais la signora Lucrezia, qui était de cœur très-religieux, ayant remarqué cette circonstance, ne voulut pas commettre ainsi un double péché : la chose fut donc remise au lendemain 9.

En conséquence, le 9 septembre 1598, les deux femmes, en soupant avec le vieillard, versèrent de l'opium dans son verre, et cela avec tant d'adresse, que, si difficile à tromper qu'il fût, il ne s'en aperçut point, et ayant avalé la liqueur soporifique, il tomba bientôt dans un profond sommeil.

Dès la veille, Marzio et Olympio avaient été introduits dans la forteresse, où ils s'étaient tenus cachés toute la nuit et tout le jour; car, ainsi qu'on se le rappelle, c'était la veille qu'aurait eu lieu l'assassinat, s'il n'avait été retardé par les scrupules religieux de la signora Lucrezia Petroni. Vers minuit, Béatrix alla les tirer de leur retraite, et les conduisit à la chambre de son père, dont elle ouvrit elle-même la porte. Les assassins entrèrent, et les deux femmes attendirent l'événement dans la chambre voisine.

Au bout d'un instant, elles virent reparaître les sbires pâles et défaits, et comme ils secouaient la tête sans parler, elles comprirent que rien n'était accompli.

— Qu'y a-t-il donc, s'écria Béatrix, et qui vous arrête?

— Il y a, répondirent les assassins, que c'est une lâcheté que de tuer un pauvre vieillard qui dort. En pensant à son âge, la pitié nous a pris.

Alors Béatrix releva la tête avec dédain, et d'une voix sourde et profonde elle commença de les injurier ainsi :

— Donc, vous autres hommes, qui faites les braves et les forts, vous n'avez pas le courage de tuer un vieillard qui dort! Que serait-ce donc alors s'il veillait? Et c'est pour cela que vous nous volez de l'argent! Or donc, puisque votre lâcheté m'y force, c'est moi qui tuerai mon père; mais quant à vous, vous ne lui survivrez pas longtemps (3).

A ces paroles, les sbires eurent honte de leur faiblesse, et faisant signe qu'ils accompliraient l'œuvre convenue, ils entrèrent dans la chambre accompagnés des deux femmes. En effet, un rayon de lune entrait par la fenêtre ouverte, et éclairait la figure calme du vieillard, dont les cheveux blancs avaient fait reculer les assassins.

Cette fois ils furent sans pitié. L'un d'eux tenait deux grands clous pareils à ceux qui durent servir à la passion du Christ, et l'autre un marteau: celui qui tenait les clous en posa un verticalement sur l'œil du vieillard; celui qui tenait le marteau frappa et le clou s'enfonça dans la tête. Ils lui firent entrer de même le second clou dans la gorge; de sorte que cette pauvre âme, chargée de tant de crimes pendant sa vie, sortit ainsi violemment et de force du corps qui se débattait sur la terre où il avait roulé.

Alors la jeune fille, fidèle à sa parole, remit aux sbires une grosse bourse qui contenait le reste de la somme convenue, et les congédia.

Aussitôt qu'elles furent seules, les deux femmes arrachèrent les clous des blessures, et, enveloppant le cadavre d'un drap, elles le traînèrent par les chambres, afin de le conduire à une petite terrasse d'où elles avaient l'intention de le précipiter dans un jardin inculte. Elles comptaient ainsi faire croire que le vieillard s'était tué seul, en se rendant de nuit, à un cabinet situé à l'extrémité de la galerie. Arrivées au seuil de la dernière chambre, la force leur manqua; alors, comme elles se reposaient un instant, Lucrezia aperçut les deux sbires, qui ne s'étaient point encore retirés et partageaient l'or. Elle les appela pour qu'ils vinssent les aider : ils obéirent, transportèrent le corps sur la terrasse, et à un endroit que leur indiquèrent Béatrix et Lucrezia, ils le précipitèrent sur un sureau, dans les branches duquel il s'arrêta.

Tout se passa comme l'avaient prévu Béatrix et sa belle-mère, et le matin, lorsqu'on trouva le cadavre arrêté encore dans les branches du sureau, chacun crut que le pied ayant manqué à Francesco sur cette terrasse, où il n'y avait pas de parapet, il était tombé et s'était tué ainsi. Il en résulta qu'au milieu des mille déchirures dont le corps était couvert, on ne fit aucune attention aux blessures faites par les deux clous. Les femmes, de leur côté, au moment où elles apprirent cette nouvelle, sortirent en jetant de grands cris et en versant beaucoup de larmes; de sorte que si quelqu'un avait pu concevoir le moindre soupçon, une douleur si vraie et si profonde l'eût à l'instant même dissipé : aussi personne n'en conçut, excepté la blanchisseuse du château, à laquelle Béatrix donna à laver le drap qui avait enveloppé son père, lui disant que cette grande quantité de sang qui le tachait venait d'une perte qu'elle avait éprouvée pendant la nuit. La blanchisseuse la crut ou feignit de la croire; néanmoins dans le moment elle ne dit point un mot de cette circonstance : de sorte que, les funérailles accomplies, les deux femmes retournèrent sans empêchement à Rome, où elles se promettaient enfin une existence plus tranquille.

Pendant qu'elles y vivaient sans inquiétude, mais peut-être

point sans remords, la justice de Dieu, à son tour, commençait son œuvre. En effet, la cour de Naples avait appris la mort subite et inattendue de Francesco Cenci, et ayant conçu quelques soupçons que cette mort n'était point naturelle, elle avait envoyé un commissaire royal à Petrella, pour faire exhumer le cadavre, et rechercher sur lui les traces de l'assassinat, si effectivement l'assassinat avait eu lieu. Aussitôt l'arrivée de ce commissaire, tous les habitants du château furent arrêtés, et conduits enchaînés à Naples. Mais aucun indice ne fut trouvé, si ce n'est la déposition de la blanchisseuse, qui déclara que Béatrix lui avait donné à laver un drap taché de sang. Cependant cet indice fut terrible; car interrogée si, dans son âme et conscience, elle croyait que ce sang vînt de la cause qu'avait dite Béatrix, elle répondit qu'elle ne le croyait pas, attendu que les taches lui avaient paru trop vives et trop rouges pour cela.

Cette déposition fut envoyée à la cour de Rome ; mais sans doute elle ne parut point suffisante pour entraîner l'arrestation de la famille Cenci. Plusieurs mois s'écoulèrent donc encore sans qu'elle fût inquiétée, et pendant lesquels le plus jeune mourut. Des cinq frères, il n'en resta donc plus que deux, Jacques, qui était l'aînée, et Bernard, qui était le pénultième. Pendant ce temps, certes, ils eussent pu se sauver et gagner Venise ou Florence ; mais ils n'en eurent pas même l'idée et restèrent à Rome attendant les événements.

Cependant monsignor Guerra apprit que, pendant les jours qui avaient précédé la mort de Francesco, Marzio et Olympio avaient été remarqués rôdant autour de la forteresse, si bien que la police de Naples avait donné ordre de les arrêter.

Monsignor Guerra était un homme de précaution, et qu'il était difficile de prendre en défaut lorsqu'il était prévenu à temps. Il fit venir deux autres sbires, qu'il chargea d'assassiner Marzio et Olympio. Celui qui était chargé d'Olympio le joignit à Terni, et le poignarda consciencieusement, comme il s'y était engagé ; mais celui qui devait dépêcher Marzio arriva malheureusement trop tard à Naples ; depuis la veille l'assassin était entre les mains de la justice.

Appliqué à la question, Marzio avoua tout.

Sa déposition fut à son tour envoyée à Rome, où il devait la suivre de près pour être confronté avec ceux qu'elle accusait. En même temps, Jacques, Bernard, Lucrezia et Béatrix furent décrétés d'arrestation ; leur prison fut d'abord le palais de leur père, où l'on mit une forte garde de sbires. Mais bientôt les indices devenant de plus en plus graves, ils furent conduits dans le château de Corte Savella : là ils furent confrontés avec Marzio ; mais ils nièrent obstinément, non-seulement leur participation au crime, mais encore qu'ils connussent l'assassin ; Béatrix surtout marqua la plus grande assurance, demandant la première à être mise en face de Marzio, et là elle affirma avec tant de dignité et de calme que le dénonciateur mentait, que celui-ci, la retrouvant plus belle que jamais, résolut, puisqu'il ne pouvait vivre pour elle, de la sauver en mourant. En effet, il dit que ce qu'il avait avancé jusque-là n'était que mensonge, et qu'il en demandait pardon à Dieu ainsi qu'à Béatrix : ni menaces ni tortures ne purent dès lors lui faire dire autre chose, et il mourut bouche close au milieu des tourments. Les Cenci se croyaient sauvés.

Mais Dieu, dans sa volonté céleste, avait décidé qu'il en serait autrement. Le sbire qui avait tué Olympio fut, sur ces entrefaites, arrêté pour un autre crime. Comme il n'avait aucune raison de cacher les uns plus que les autres, il avoua qu'il avait été chargé par monsignor Guerra de le débarrasser de quelques inquiétudes qu'il avait à l'endroit d'un assassin nommé Olympio.

Heureusement, monsignor Guerra apprit la chose à temps : alors, comme c'était un homme admirablement habile, il ne se laissa point intimider ni abattre comme eût fait tout autre à sa place ; et comme au moment où cette nouvelle lui fut transmise, il avait justement chez lui le charbonnier qui approvisionnait sa maison, il le fit entrer dans son cabinet, commença par lui donner une forte somme d'argent pour acheter son silence, puis, lui payant en outre au poids de l'or les vieux et sales vêtements dont il était couvert, il coupa ses beaux cheveux blonds dont il avait un si grand soin, teignit sa barbe, se barbouilla le visage, acheta deux ânes, qu'il chargea de charbon, et commença de parcourir les rues de Rome en boitant et en criant la bouche pleine de pain noir et de ciboules : « Charbon, qui veut du charbon? » Puis, tandis que toute la sbirerie le cherchait dedans et dehors, il sortit de la ville, rencontra une troupe de condottieri, se mêla à eux et gagna Naples, où il s'embarqua ; de sorte qu'on ne sut jamais ce qu'il était devenu. Cependant quelques-uns disent, mais sans aucune certitude, qu'il gagna la France, où il s'engagea et servit dans un régiment suisse que Henri IV avait à sa solde.

Les aveux du sbire et la disparition de monsignor Guerra ne laissaient plus de doute sur la culpabilité des Cenci. Ils furent en conséquence transportés du château à la prison ; les deux frères, mis à la torture, n'eurent point la force de résister, et se reconnurent coupables. Lucrezia Petroni surtout était si grasse qu'elle ne put supporter la question de la corde, et qu'à peine fut-elle soulevée de terre qu'elle demanda qu'on la descendît, et qu'elle avoua tout ce qu'elle savait.

Quant à Béatrix, elle resta impassible ; ni les promesses, ni les menaces, ni la question, ne purent rien sur cette vivace et robuste organisation ; elle supporta tout avec un courage parfait, et le juge Ulysse Moscati, si renommé qu'il fût en pareille affaire, ne lui tira point de la bouche un seul mot qu'elle n'ait voulu dire. Il référa de tout à Clément VIII, n'osant prendre aucune responsabilité dans une si terrible affaire ; alors le pape, craignant que, séduit par la beauté de la coupable qu'il était chargé d'interroger, Ulysse Moscati n'eût mis de la faiblesse dans l'application de la torture, lui tira la cause des mains et en chargea un autre instructeur connu pour son inflexible rigidité.

Celui-ci recommença toute la procédure relative à Béatrix, repassa sur chaque interrogatoire, et, s'étant aperçu que Béatrix n'avait été soumise qu'à la question ordinaire, il ordonna qu'elle serait appliquée à la question ordinaire et extraordinaire. Cette question était, comme nous l'avons dit, celle de la corde, l'une des plus terribles de toutes celles que l'homme si ingénieux en tortures ait inventées.

Mais comme ces quatre mots : *question de la corde*, ne présentent pas à nos lecteurs une idée bien nette du genre de supplice qu'ils désignent, nous allons entrer dans quelques détails à ce sujet, puis nous donnerons un procès-verbal copié dans les pièces du procès qui sont au Vatican.

Il y avait à Rome plusieurs sortes de questions en usage : les plus usitées étaient la question des sifflets, la question du feu, la question de la veille et la question de la corde (4).

La question des sifflets, la plus douce de toutes, ne s'employait qu'à l'égard des enfants et des vieillards : elle consistait à introduire entre la chair et les ongles du patient des roseaux taillés en sifflets.

La question du feu, qui était fréquemment employée avant qu'on eût trouvé celle de la veille, s'appliquait en approchant les pieds du coupable d'un grand feu, à peu près comme faisaient nos chauffeurs.

La question de la veille, dont Marsilius est l'inventeur, consistait à faire asseoir l'accusé sur un chevalet haut de cinq pieds et taillé en angle ; le patient était nu et avait les bras attachés par derrière au chevalet ; deux hommes étaient assis à ses côtés, qui se relevaient toutes les cinq heures, et qui, aussitôt qu'il fermait les yeux, l'empêchaient de dormir. Marsilius dit qu'il n'a jamais vu un homme résister à cette torture ; mais Marsilius se vante. Farinacci constate seulement que, sur cent accusés appliqués à cette question, il n'y en a que cinq qui n'ont pas avoué. C'est déjà bien flatteur pour celui qui l'a inventée.

Enfin la question de la corde, la plus usitée de toutes, et qui était connue en France sous le nom de l'estrapade.

Cette dernière torture était divisée en trois degrés : la torture légère, la torture grave et la torture très-grave.

Le premier degré, ou la torture légère, consistait dans la peur même de la torture : elle renfermait la menace de la torture, la conduite dans la chambre de la torture, enfin le déshabillement, et la ligature des cordes comme si l'on allait être appliqué à la torture. Outre la crainte qu'inspiraient ces préparatifs, on remarquera qu'il y avait déjà un commencement de douleur dans la compression des poignets. Ce premier degré suffisait quelquefois pour faire avouer leur crime aux femmes et aux hommes à cœur faible.

Le second degré, ou la torture grave, consistait, lorsque le patient était déshabillé et attaché par les poignets, les mains derrière le dos, à passer la corde dans un anneau scellé à la voûte et à rattacher cette corde à une manivelle, au moyen de laquelle on pouvait, à volonté, lever ou baisser le patient, et cela doucement, ou par secousses, à la volonté du juge. Cette opération terminée, on lui faisait quitter la terre, pendant le temps d'un *Pater Noster*, d'un *Ave Maria* ou d'un *Miserere*; s'il continuait de nier, on doublait la suspension. Ce second degré de torture, auquel finissait la question ordinaire, s'appliquait lorsque le crime était probable, mais sans être prouvé.

Le troisième degré, ou la torture très-grave, auquel commençait la question extraordinaire, s'appelait ainsi lorsque le patient, après avoir été suspendu par les poignets pendant un quart d'heure, une demi-heure, trois quarts d'heure, ou même une heure entière, était mis en branle par le bourreau, soit à la manière du battant d'une cloche, soit en le laissant tomber de haut en bas et en l'arrêtant tout à coup à quelque distance de terre; s'il résistait à cette question, ce qui était presque inouï, en ce qu'elle coupait les poignets jusqu'aux os et disloquait les membres, on ajoutait des poids aux pieds, ce qui, doublant la pesanteur, doublait la torture. Cette dernière question n'était appliquée que lorsque le crime était non-seulement prouvé, mais encore atroce, et qu'il avait été commis sur une personne sacrée, comme un père, un cardinal, un grand prince ou un savant.

On a vu que Béatrix avait été condamnée à la question ordinaire et extraordinaire; on sait quelle était cette question; maintenant laissons parler le greffier :

« Et comme pendant tout l'interrogatoire elle n'avait rien voulu avouer, la fîmes prendre par deux sbires, qui la conduisirent à la chambre de la torture, où l'attendait le questionneur; et là, après lui avoir rasé les cheveux, le questionneur la fit asseoir sur la petite sellette, la déshabilla, la déchaussa, lui lia les mains derrière le dos, les attacha à un câble passé par une poulie scellée au faîte de ladite chambre et revenânt s'attacher par le bas à un rouet tournant à la force de deux hommes, et avec quatre bâtons.

» Et avant que de la faire tirer, l'interrogeâmes de nouveau sur ledit parricide; mais, malgré les aveux de son frère et de sa belle-mère, qui lui furent de nouveau représentés, signés d'eux, elle nia constamment, en disant : « Faites-moi tirer et » faire ce que vous voudrez; je vous ai dit la vérité et ne vous » dirai rien autre chose, quand je devrais être démembrée. »

» En raison de quoi, la fîmes tirer, ayant, comme nous avons dit, les mains liées audit câble, jusqu'à la hauteur de deux pieds ou environ, et l'ayant laissée ainsi pendant tout le temps que nous mîmes à réciter un *Pater noster*, nous l'interrogeâmes de nouveau sur les faits et circonstances dudit parricide; mais elle ne voulut dire autre chose que ce qu'elle avait déjà dit, ni répondre autres paroles que celles-ci : « Vous » me tuez! vous me tuez! »

» Nous la fîmes monter plus haut et jusqu'à la hauteur de quatre pieds, et commençâmes un *Ave Maria*. Mais, à moitié de notre prière, elle feignit de s'évanouir.

» Nous lui fîmes jeter un seau d'eau sur la tête : en sentant la fraîcheur elle revint à elle et s'écria : « Mon Dieu! je suis » morte! vous me tuez! mon Dieu!» mais sans vouloir aucunement répondre autre chose.

» Nous la fîmes monter plus haut, et dîmes un *Miserere*, pendant lequel, au lieu de se réunir à nous par la prière, elle se remua et s'écria, disant plusieurs fois : « Mon Dieu! mon » Dieu! »

» Et derechef interrogée sur ledit parricide, ne voulut rien autre chose avouer, sinon qu'elle était innocente, et à l'instant s'évanouit.

» Nous lui fîmes encore jeter de l'eau; alors elle revint à elle, ouvrit les yeux, et s'écria: « O bourreaux maudits! » vous me tuez! vous me tuez! » mais sans vouloir dire autre chose.

» Ce que voyant et qu'elle persistait dans ses dénégations, nous ordonnâmes au questionneur de passer à la secousse.

» En conséquence, le questionneur la souleva jusqu'à la hauteur de dix pieds, et là nous l'interpellâmes de nous dire la vérité; mais, soit qu'elle eût perdu la parole, soit qu'elle ne voulût plus parler, elle répondit seulement par un geste de la tête signifiant qu'elle ne voulait ou ne pouvait rien dire

» Ce que voyant, nous fîmes signe au bourreau de lâcher la corde, et elle retomba de tout son poids de la hauteur de dix pieds à la hauteur de deux pieds, et de la secousse ses bras se retournèrent à l'envers; elle poussa un grand cri, et demeura comme pâmée.

» Nous lui fîmes jeter de l'eau au visage; elle revint à elle, et s'écria encore une fois : « Infâmes assassins, vous me tuez; » mais dussiez-vous m'arracher les bras, je ne vous dirai pas » autre chose. »

» En conséquence, nous ordonnâmes qu'il lui fût attaché aux pieds un poids de cinquante livres. Mais en ce moment la porte s'ouvrit, et plusieurs voix crièrent : « Assez! assez! » ne la faites pas souffrir plus longtemps... »

Ces voix étaient celles de Jacques, de Bernard Cenci et de Lucrezia Petroni. Les juges, ayant vu l'obstination de Béatrix, avaient ordonné la confrontation des accusés, qui ne s'étaient pas trouvés ensemble depuis cinq mois.

Ils s'avancèrent alors dans la chambre de la question, et voyant Béatrix suspendue, les bras luxés et toute couverte du sang qui coulait de ses poignets :

— Le péché est commis, lui cria Jacques, maintenant il faut faire pénitence pour sauver l'âme, supporter de bon cœur la mort, et ne point te laisser torturer ainsi.

Alors, secouant la tête comme pour écarter la douleur :

— Donc, dit Béatrix, vous voulez mourir! Puisque vous voulez que cela soit ainsi, que cela soit donc.

Puis se tournant vers les sbires :

— Déliez-moi, ajouta-t-elle; lisez-moi l'interrogatoire, et ce que je dois approuver, je l'approuverai; ce que je dois nier, je le nierai (5).

Alors Béatrix fut descendue et déliée; un barbier *lui rha-billa les bras en manière accoutumée;* on lui lut l'interroga-toire, ainsi qu'elle le demandait, et ainsi qu'elle l'avait promis, elle avoua tout.

A la suite de ces aveux, sur la demande des deux frères, ils furent réunis tous dans la même prison ; mais le lendemain Jacques et Bernard furent conduits dans les cachots de Tordinona ; quant aux deux femmes, elles restèrent où elles étaient.

Le pape, à la lecture des aveux qui contenaient tous les détails du crime, fut saisi d'une si grande horreur, qu'il ordonna que les coupables fussent traînés dans les rues de Rome à la queue de chevaux indomptés. Mais une sentence si terrible révolta tout le monde ; si bien que plusieurs grands personnages, cardinaux ou princes, allèrent humblement se mettre à genoux devant le saint-père, le suppliant avec obstination de révoquer son arrêt, ou de permettre du moins aux condamnés de présenter leur défense.

— Et eux, répondit Clément VIII, ont-ils donné à leur malheureux père le temps de présenter la sienne, lorsqu'ils l'ont tué ignominieusement et sans miséricorde ?

Enfin, vaincu par tant de prières, il accorda trois jours.

Aussitôt, s'emparant de cette cause si émouvante, les meilleurs et les plus grands avocats de Rome se mirent à écrire des mémoires et des conseils, et, le jour fixé pour la cause, comparurent devant Sa Sainteté.

Le premier qui parla fut Nicolas des Anges, et dès son exorde il mit dans ses paroles une telle éloquence, que l'on comprit, au frémissement de l'assemblée, l'intérêt qu'elle prenait aux coupables. Alors le pape, effrayé d'un tel effet, l'arrêta tout à coup.

— Donc, dit-il avec une voix pleine d'indignation, il se trouvera parmi la noblesse des gens qui tueront leur père, et il se trouvera parmi les avocats des hommes qui les défendront ! C'est ce que nous n'aurions jamais cru, c'est ce que nous n'aurions même jamais supposé !

A cette terrible admonestation du pape, tous se turent, excepté Farinacci, qui, prenant courage à la pensée du mandat sacré dont il était chargé, répondit avec respect, mais avec fermeté :

— Très-saint-père, nous ne sommes pas venus ici pour défendre les criminels, mais pour sauver les innocents ; car si nous parvenons à prouver que quelques-uns des accusés ont agi dans le cas de légitime défense, j'espère que ceux-là seront excusables aux yeux de Votre Sainteté : car, de même qu'il y a des cas prévus dans lesquels le père peut tuer l'enfant, il en est aussi dans lesquels l'enfant peut tuer le père (6). En conséquence, nous parlerons quand il plaira à Votre Sainteté de nous laisser parler.

Clément VIII alors se montra aussi patient qu'il avait été emporté, et il écouta le plaidoyer de Farinacci, qui reposait surtout sur ce que Francesco Cenci avait cessé d'être père du jour où il avait fait violence à sa fille (7). Il invoqua comme preuve de cette violence le mémoire envoyé par Béatrix à Sa Sainteté, par lequel elle le suppliait, comme avait fait sa sœur, de la tirer de la maison paternelle et de la mettre dans un couvent. Malheureusement, comme nous l'avons dit, ce mémoire avait disparu, et l'on avait eu beau faire les recherches les plus minutieuses à la secrétairerie, on n'avait pu en retrouver aucune trace.

Le pape se fit remettre toutes les écritures, et congédia les avocats, qui se retirèrent aussitôt, à l'exception d'Altieri qui, étant resté le dernier, alla s'agenouiller aux pieds du pape, lui disant :

— Très-saint-père, je ne pouvais faire autrement que de comparaître devant Votre Sainteté dans cette cause, étant l'avocat des pauvres ; mais je vous en demande humblement pardon.

Le pape le releva avec bonté, et lui dit :

— Allez, nous ne nous étonnons pas de vous, mais des autres, qui les protégent et les défendent.

Et comme le pape avait à cœur cette cause, il ne voulut point dormir de toute la nuit, et se mit à l'étudier avec le cardinal de San-Marcello, homme très-intelligent et très-expérimenté en cette matière ; puis, son résumé fait, il le communiqua aux avocats, qui en demeurèrent satisfaits, et qui commencèrent à espérer qu'il serait fait aux condamnés grâce de la vie ; car, d'après toutes les informations, il était prouvé que, si les enfants s'étaient levés contre leur père, du moins tous les torts et tous les outrages venaient de lui, et que ces torts et ces outrages étaient tels surtout vis-à-vis de Béatrix, qu'elle avait en quelque sorte été tirée par les cheveux jusqu'à cet énorme crime par la tyrannie, la scélératesse et la brutalité de son père. Ce fut donc sous l'empire de ce retour à des sentiments de rémission que le pape ordonna que les accusés fussent de nouveau conduits au secret, et permit qu'on leur laissât même entrevoir l'espérance de la vie.

Rome respirait, espérant comme cette malheureuse famille, et joyeuse comme si cette grâce privée était une grâce publique, lorsque les bonnes intentions du pape s'évanouirent à la nouvelle d'un nouveau crime : la marquise de Santa-Croce venait d'être tuée, à l'âge de soixante ans, par Paul de Santa-Croce, son fils, et cela atrocement, de quinze à vingt coups de poignard, parce qu'elle ne voulait pas lui promettre de le faire son seul héritier. Le coupable avait pris la fuite.

Clément VIII s'épouvanta en voyant se dresser devant lui ces deux crimes presque jumeaux ; cependant, il était forcé, pour le moment, de se transporter à Monte Cavallo, où, dans la matinée suivante, il devait consacrer un cardinal comme titulaire de l'église de Sainte-Marie des Anges. Mais dès le lendemain, qui était le vendredi 10 septembre 1599, il fit venir vers huit heures du matin monseigneur Taverna, gouverneur de Rome, et lui dit :

— Monseigneur, nous vous remettons la cause des Cenci entre les mains, afin qu'il en soit fait par vous bonne justice, et cela le plus tôt possible.

Monseigneur Taverna quitta aussitôt Sa Sainteté, et étant rentré dans son palais, il convoqua une réunion de tous les juges criminels de la ville, réunion dans laquelle les Cenci furent condamnés à la peine de mort.

La sentence définitive fut aussitôt connue ; et, comme cette malheureuse famille inspirait un intérêt toujours croissant, beaucoup de cardinaux coururent toute la nuit, soit à cheval, soit en carrosse, pour obtenir qu'au moins l'arrêt fût exécuté secrètement et dans la prison pour les femmes, et qu'il y eût grâce accordée à Bernardino, pauvre enfant de quinze ans, qui, n'ayant pris aucune part au crime, se trouvait cependant enveloppé dans la condamnation. Et celui qui se donna le plus de peine et de travail pour cette cause fut le cardinal Sforza qui, cependant, ne put rien tirer de Sa Sainteté, pas même une vague espérance. Farinacci seul, en faisant naître un scrupule de conscience, parvint à obtenir du pape que Bernardino aurait la vie sauve, et cela seulement le samedi matin, après de longues et instantes prières.

Mais déjà, dès la veille, les congrégations des conforticri s'étaient rendues aux deux prisons de Corte Savella et de Tordinona. Cependant, comme les préparatifs de cet immense drame, qui devait se dénouer sur le pont Saint-Ange, avaient pris toute la nuit, ce ne fut que vers cinq heures du matin que le greffier entra chez Béatrix et Lucrezia Petroni pour leur lire leur sentence.

Toutes deux dormaient, sans se douter de ce qui s'était passé depuis trois jours. Le greffier les réveilla, pour leur dire que, jugées par les hommes, il fallait qu'elles se préparassent à paraître devant Dieu.

Béatrix fut d'abord écrasée du coup : elle ne trouvait ni paroles pour se plaindre, ni habits pour se vêtir, et se leva de son lit nue et chancelante comme si elle eût été ivre ; bientôt, cependant, la parole lui revint et s'échappa par des cris et des hurlements. Lucrezia écouta cette nouvelle avec plus de force et de constance, et commença de s'habiller pour se rendre à la chapelle, exhortant Béatrix à la résignation ; mais celle-ci, toujours comme insensée, allait se tordant les bras et se frappant la tête contre la muraille, s'écriant seulement : « Mourir ! mourir ! qu'il faille mourir ainsi à l'imprévu, sur un échafaud ! sur un gibet ! Mon Dieu ! mon Dieu ! » Cette crise alla croissant jusqu'à un paroxysme terrible, après lequel le corps ayant perdu toute sa force, l'âme reprit la sienne ; dès ce moment elle fut un ange d'humilité et un miroir de constance.

Ses premières paroles furent pour demander un notaire qui fît son testament. Cette demande lui fut aussitôt accordée ; et dès que l'homme de loi fut arrivé, voulant en finir d'un seul coup avec la terre, elle lui en dicta les conditions avec beaucoup de calme et de régularité. Elle termina ce testament en demandant que son corps fût déposé dans l'église de

Saint-Pierre in Montorio, que l'on voyait du palais de son père, et à laquelle elle avait une dévotion particulière. Elle laissa cinq cents écus aux religieuses des Stigmates, et ordonna que de sa dot, qui se fût montée à quinze mille écus, on mariât cinquante filles pauvres. Quant à la place où elle devait être enterrée, elle choisit le pied du maître-autel, sur lequel était le beau tableau de la Transfiguration qu'elle avait si souvent admiré pendant sa vie.

Lucrezia, édifiée par cet exemple, commença alors à son tour ses dispositions dernières : elle demanda que son corps fût porté dans l'église de Saint-Georges en Vélabre, avec trente-deux écus d'aumône, et plusieurs autres legs pieux. Ces soins suprêmes accomplis, les deux femmes se réunirent d'un seul cœur pour adorer Dieu, et, se mettant à genoux, commencèrent à réciter les psaumes, les litanies et les prières des agonisants.

Elles restèrent ainsi jusqu'à la huitième heure de la nuit, où elles demandèrent la confession et entendirent la messe, pendant laquelle elles communièrent; puis, par ces saintes préparations ramenée aux plus humbles sentiments, Béatrix fit observer à sa belle-mère qu'il n'était point convenable qu'elles parussent sur un échafaud avec des habits de fête : elle ordonna donc deux vêtements, un pour la signora Lucrezia, l'autre pour elle-même, recommandant qu'ils fussent faits à la manière des religieuses, c'est-à-dire montants jusqu'au cou et plissés, avec des manches longues et larges. Celui de la signora Lucrezia était d'étoffe de coton noir, celui de Béatrix était de taffetas. Elle avait fait faire en outre un petit turban pour poser sur sa tête. Ces différents vêtements leur furent apportés avec des cordes pour se ceindre; elles les firent alors poser près d'elles sur une chaise, et continuèrent de prier.

Le moment fixé étant venu, elles furent averties que leur heure suprême était proche. Alors Béatrix, qui était encore à genoux, se levant avec un visage calme et presque joyeux : « Madame ma mère, dit-elle, voici l'instant où notre passion va commencer; je pense donc qu'il serait temps de nous préparer, et de nous rendre l'une à l'autre le dernier service de nous habiller comme nous en avions l'habitude. » Alors elles revêtirent les robes préparées, se ceignirent le corps avec les cordes, et Béatrix ayant posé son turban sur sa tête, elles attendirent ainsi leur dernier appel.

Pendant ce temps, on avait lu la sentence à Jacques et à Bernard, et ils attendaient de leur côté aussi le moment de la mort. Vers les dix heures, la congrégation de la Miséricorde qui était florentine, arriva à la prison de Tordinona, et s'arrêta sur le seuil avec le saint crucifix, attendant les pauvres jeunes gens. Là, il manqua d'arriver un malheur grave. Comme beaucoup de personnes étaient aux fenêtres de la prison pour en voir sortir les patients, quelqu'un poussa un grand vase de fleurs plein de terre, lequel tomba dans la rue et manqua de tuer un des confrères, justement de ceux qui, tenant à la main des torches allumées, marchaient devant le crucifix. Ce vase passa si près de la flamme que le vent l'éteignit.

En ce moment les portes s'ouvrirent, et Jacques parut le premier sur le seuil : il s'agenouilla aussitôt, adorant avec une grande dévotion le saint crucifix. Il était vêtu d'une large cape de deuil qui le couvrait entièrement, et sous laquelle il avait la poitrine nue; car tout le long du chemin le bourreau le devait tenailler avec des tenailles rouges, qui attendaient dans un réchaud fixé sur la charrette. Il monta dans la voiture, où le bourreau l'accommoda à sa manière et pour sa plus grande facilité. Alors Bernardino sortit à son tour, et au moment où il parut, le fiscal de Rome dit ces paroles à haute voix :

« Seigneur Bernard Cenci, au nom de notre bienheureux Rédempteur, notre saint-père le pape vous fait grâce de la vie, se contentant d'ordonner que vous fassiez compagnie à tout votre sang jusqu'à l'échafaud et jusqu'à la mort, vous recommandant de ne point oublier de prier pour ceux avec qui vous deviez mourir. » A cette nouvelle inattendue, il se fit un grand murmure de joie dans la multitude, et les pénitents lui délièrent aussitôt la petite planche qu'il avait devant les yeux; car, à cause de la faiblesse de son âge, on avait cru devoir lui cacher la vue de l'échafaud.

Alors le bourreau, qui avait fini avec Jacques, descendit pour prendre Bernard, et, après s'être fait représenter la grâce, il lui ôta les menottes, et l'ayant placé sur la même charrette que son frère, il l'enveloppa d'un manteau magnifique tout frangé d'or; car le pauvre enfant avait déjà le cou et les épaules nus, devant avoir la tête tranchée. Quelques-uns s'étonnaient de voir entre les mains de l'exécuteur un si riche manteau; mais on leur dit que c'était le même que Béatrix avait donné à Marzio pour le décider à l'assassinat de son père, et dont le bourreau avait hérité après l'exécution du meurtrier. La vue de tout ce monde fit une telle impression sur le petit Bernard, qu'il s'évanouit.

Les chants commencèrent, et la procession se mit en route, se dirigeant vers la prison de Corte Savella. Arrivé devant la porte, le saint crucifix s'arrêta pour attendre les femmes; elles sortirent bientôt, se mirent à genoux sur le seuil, et firent à leur tour leur adoration; puis le cortége se remit en marche.

Les deux femmes venaient après la dernière file des pénitents, marchant à pied l'une après l'autre, ayant chacune la tête couverte jusqu'à la ceinture, avec cette différence que la signora Lucrezia, en sa qualité de veuve, portait un voile noir et avait des pantoufles de la même couleur, à hauts talons, avec des touffes de rubans, ainsi que c'était la mode de l'époque, tandis que Béatrix, comme jeune fille, avait un béret de soie pareille à la soubreveste, avec une panne brodée d'argent qui lui tombait sur les épaules et recouvrait sa soutanelle violette, des pantoufles blanches à hauts talons, ornées de bouffettes d'or et de franges cerise; en outre, toutes deux avaient les bras libres et seulement attachés avec une corde lâche, afin que chacune pût porter un crucifix d'une main et de l'autre son mouchoir.

Dans la nuit du samedi, un grand échafaud avait été dressé sur la place du pont Saint-Ange, et sur cet échafaud on voyait préparés la planche et le billot. Au-dessus du billot était suspendu, entre deux traverses, un large fer, qui, glissant entre deux rainures, descendait de tout son poids sur le billot au moment où l'on détendait un ressort.

Ce fut donc vers le pont Saint-Ange que s'achemina la procession. Lucrezia, qui était la plus faible des deux, pleurait amèrement; mais Béatrix avait le visage calme et ferme. Arrivées à la place du pont Saint-Ange, les femmes furent aussitôt conduites dans une chapelle, où l'on amena bientôt près d'elles Jacques et Bernard; ils y restèrent un instant réunis tous quatre; puis on vint chercher d'abord Jacques et Bernard pour les conduire sur l'échafaud, quoique l'un ne dût être exécuté que le dernier et que l'autre eût sa grâce. Mais en arrivant sur la plate-forme, Bernard s'évanouit une seconde fois; et comme le bourreau allait à lui pour lui porter secours, quelques-uns, croyant que c'était pour l'exécuter, crièrent à haute voix : « Il a sa grâce ! » Le bourreau les rassura en faisant asseoir Bernard près du billot. Jacques se mit à genoux de l'autre côté.

Alors le bourreau descendit, alla vers la chapelle et ramena d'abord la signora Lucrezia, qui devait être exécutée la première. Arrivée au pied de l'échafaud, il lui lia les mains derrière le dos, lui déchira le haut de son corsage afin de découvrir ses épaules, et lui fit faire sa réconciliation en l'invitant à baiser les plaies du Christ : cela fait, il la conduisit à l'échelle, qu'elle eut grand'peine à monter, étant fort grasse; puis, aussitôt arrivée sur la plate-forme, il lui arracha le voile qui lui couvrait la tête. Ce fut une grande honte pour la signora Lucrezia d'être vue ainsi le sein découvert, et regardant le billot, elle eut un frémissement d'épaules qui fit frissonner toute l'assemblée; alors, les larmes aux yeux et d'une voix élevée, elle dit :

« O mon Dieu! ayez pitié de moi; et vous, mes frères, priez pour mon âme. »

Puis, ces paroles dites, et comme elle ne savait de quelle façon se placer, elle se tourna vers Alexandre, le premier bourreau, et lui demanda ce qu'elle avait à faire; il lui répondit d'enjamber la planche et de s'étendre dessus : ce qu'elle fit avec une grande peine et une grande honte; mais alors, comme elle ne pouvait, à cause de son sein élevé, poser son cou sur le billot, il fallut y ajouter un morceau de bois pour le hausser; pendant tout ce temps, la pauvre femme attendait, souffrant plus encore de la honte que de la crainte de la mort : enfin, elle fut accommodée convenablement, le bourreau lâcha le ressort, et la tête, détachée du tronc, tomba sur l'échafaud, où elle fit deux ou trois bonds, au grand frémissement de la multitude ; enfin, le bourreau la saisit et la montra au peuple ; puis, l'enveloppant d'un taffetas noir, il la posa avec le corps dans une bière au bas de l'échafaud.

Pendant qu'on remettait toutes les choses en place pour Béatrix, des gradins chargés de monde s'abîmèrent : beaucoup furent tués par cet accident, et plus encore estropiés et blessés.

La machine arrangée et le sang lavé, le bourreau retourna dans la chapelle pour y prendre Béatrix, qui, ayant aperçu d'abord le saint crucifix, dit quelques prières pour son âme, et voyant venir le bourreau avec des cordes à la main, s'écria : « Dieu veuille que tu lies ce corps pour la corruption, et que tu délies cette âme pour l'immortalité. » Alors, se relevant, elle sortit sur la place, où elle baisa dévotement les plaies du Christ, puis laissant ses pantoufles au bas de l'échafaud, elle monta lestement l'échelle, et comme elle avait pris d'avance ses informations, elle enjamba vivement la planche, s'ajustant avec le plus de promptitude possible la tête sur le billot, afin qu'on ne vît pas ses épaules nues. Mais quelques précautions qu'elle eût prises pour que la chose fût promptement faite, il lui fallut attendre ; car le pape, connaissant son caractère emporté et craignant qu'elle ne commît quelque péché entre l'absolution et la mort, avait donné l'ordre qu'au moment où Béatrix serait sur l'échafaud, on tirât comme signal un coup de canon du château Saint-Ange ; ce qui fut fait, au grand étonnement de tout le monde, car personne ne s'attendait à cette détonation, pas même Béatrix, qui se leva presque debout : aussitôt le pape, qui était en prière à Monte Cavallo, donna à Béatrix l'absolution *in articulo mortis.* Cinq minutes se passèrent donc encore à peu près, pendant lesquelles la patiente attendit, le cou replacé sur le billot ; puis quand le bourreau crut l'absolution donnée, il lâcha le ressort, et le couperet tomba.

Alors on vit un effet étrange : tandis que la tête bondissait d'un côté, le corps se recula, comme marchant en arrière ; aussitôt le bourreau prit la tête et la montra au peuple ; puis il l'accommoda comme il avait fait de l'autre, et voulut mettre le corps de Béatrix avec celui de sa belle-mère; mais les confrères de la Miséricorde le lui prirent des mains, et comme l'un d'eux voulait le placer dans la bière, il lui échappa et tomba de l'échafaud à terre, et dans cette chute, tout le torse sortit de ses vêtements, de sorte qu'étant plein de poussière et de sang, il fallut perdre beaucoup de temps pour le laver : à cette vue, le pauvre Bernardino s'évanouit une troisième fois, et cela si profondément, qu'il fallut lui donner du vin pour le faire revenir.

Enfin arriva le tour de Jacques : il avait vu mourir sa mère et sa sœur, et ses habits étaient couverts de leur sang : le bourreau s'approcha de lui et lui arracha son manteau; alors on vit par toute sa poitrine les morsures des tenailles brûlantes; et il y en avait tant, que son corps en était couvert : aussitôt il se leva ainsi à moitié nu, et se tournant vers son frère :

« Bernard, lui dit-il, si dans mon interrogatoire je vous ai compromis et chargé, je l'ai fait faussement, et quoique j'aie déjà démenti cette déclaration, je répète au moment de paraître devant Dieu que vous êtes innocent, et que c'est une justice atroce, que celle qui vous a condamné à cet épouvantable spectacle. »

Alors le bourreau le fit mettre à genoux, lui attacha les jambes à une des traverses qui s'élevaient sur l'échafaud, et lui ayant bandé les yeux, il lui brisa la tête d'un coup de masse : puis au même instant et en vue de tous il coupa son corps en quatre quartiers (8).

Aussitôt cette boucherie terminée, la compagnie se retira, emmenant Bernard, et comme il avait une forte fièvre, on le saigna et on le mit au lit.

Quant aux cadavres des deux femmes, ils furent accommodés chacun dans sa bière sous la statue de Saint-Paul, au pied du pont, avec quatre torches de cire blanche, qui brûlèrent jusqu'à quatre heures de l'après-midi; puis, enlevées alors avec les morceaux du corps de Jacques, elles furent portées à Saint-Jean Décollé; enfin, vers neuf heures du soir, le corps de la jeune fille, tout couvert de fleurs, revêtu des habits dans lesquels elle avait été exécutée, fut porté à Saint-

Pierre in Montorio, avec cinquante torches allumées, et accompagné des frères des Stigmates et de tous les religieux franciscains de Rome; là elle fut, comme elle l'avait désiré, enterrée au pied du maître-autel.

Le même soir aussi, selon qu'elle l'avait recommandé, la signora Lucrezia fut portée de son côté dans l'église de Saint-Georges en Vélabre.

Au reste, on peut dire que Rome tout entière avait assisté à cette tragédie, et que les carrosses, les chevaux, les gens à pied et les charrettes étaient les uns sur les autres : par malheur, ce jour fut si chaud et si ardent, que beaucoup de personnes s'évanouirent, que beaucoup rentrèrent avec la fièvre, et que beaucoup encore moururent pendant la nuit, pour être restées au soleil pendant les trois heures que dura cette exécution.

Le mardi suivant, 14 septembre, à l'occasion de la fête de la Sainte-Croix, la compagnie de Saint-Marcel, avec privilége particulier du pape, délivra de prison le pauvre Bernard Cenci, sous l'obligation de payer dans le courant de l'année, deux mille cinq cents écus romains à la compagnie de la Très-Sainte-Trinité du Pont-Sixte, ainsi que cela se trouve encore aujourd'hui consigné dans ses archives.

Maintenant, si, après avoir vu la tombe, vous voulez vous faire de celle qui y repose une idée plus positive que vous ne pourriez la prendre en un récit, allez visiter la galerie Barberini, vous y trouverez, avec cinq autres chefs-d'œuvre, le portrait de Béatrix fait par le Guide, les uns disent pendant la nuit qui précéda l'exécution, et les autres au moment où elle marchait au supplice; c'est une délicieuse tête, coiffée d'un turban d'où retombe une draperie, avec de riches cheveux châtain clair, des yeux noirs où l'on croit voir encore la trace de larmes à peine essuyées, un nez parfait et une bouche d'enfant; quant au teint, qui était très-blanc, on en jugerait mal si l'on s'en rapportait au portrait, la peinture ayant poussé au rouge, et les chairs étant devenues couleur de brique; celle qu'elle représente paraît avoir de vingt à vingt-deux ans.

Près de ce portrait est celui de Lucrezia Petroni; on voit à la dimension de la tête qu'elle appartient à un corps plutôt petit que grand. C'est le type de la matrone romaine dans toute sa fierté, avec ses chairs colorées, ses belles lignes, son nez droit, ses sourcils noirs, et son regard à la fois impérieux et humide de volupté; on y retrouve au milieu de ses joues rondes et potelées ces fossettes charmantes dont parle le chroniqueur, et qui faisaient qu'après sa mort elle semblait encore sourire, une bouche admirable, et des cheveux bouclés sur le front, qui, retombant le long des tempes, encadraient merveilleusement son visage.

Quant à Jacques et à Bernard, comme il ne reste d'eux ni dessins ni peinture, nous sommes forcé d'emprunter leurs portraits au manuscrit où nous avons puisé tous les détails de cette sanglante histoire; les voici tels que les donne son auteur, témoin oculaire de la catastrophe où ils ont joué un rôle.

Jacques était petit, avait la barbe et les cheveux noirs, et pouvait être âgé de vingt-six ans environ, bien fait de corps et fort de sa personne.

Quant à Bernardino, le pauvre enfant était tout le portrait de sa sœur, de telle façon que, lorsqu'on le vit paraître sur l'échafaud, avec ses longs cheveux et sa figure de jeune fille, beaucoup crurent d'abord que c'était Béatrix : il pouvait avoir quatorze ou quinze ans.

Dieu leur fasse paix !

NOTES

(1) Paolo Giovo, *Vie de Léon X*, livre II, page 82. — *Vie du cardinal Pompée Colonna*, page 358. — Stendhal, *Promenades dans Rome.*

(2) Voir pour tous ces détails, et pour d'autres plus étranges encore : *La funesta Morte di Giacomo e Beatrice Cenci*, par l'abbé Angelo Maio ; et Muratori, *Annales romaines :* la Muratori constate positivement le commerce du père et de sa fille, que d'autres historiens plus pudiques donnent seulement à entendre. Voici le texte italien :

« Restò Beatrice la minore in casa, e fatta grande e bella, soggiacque alle disordinate voglie de chi l'avea procreata, giacchè fece egli credere non peccaminoso un atto di tanta iniquità : non si vergognava il perverso uomo d'abusarsi della figlia sugli occhi della stessa sua moglie, matrigna di lei. Dacchè la fanciulla avertita della brutalità del padre, comenciò a ripugnare, si passò ad exigere colle battiture, ciò che con gli inganni sulle prime era ottenuto. »

(3) « Voi adunque, o uomini che fate li bravi e furibondi, non avete coraggio di amazzare uno chi dorme ; ben pero ardireste amazzarlo quando vegliasse ; ed in questo modo si pigliano li danari ! orsù giacchè è codardia la vostra, io stessa ucciderò il padre, ma voi non camperete molto ! »

(4) Farinacci. *de Supplicio.*

(5) « Poi gli fece venire avanti la matrigna, ed i fratelli mentre stava legata alla corda. Perciò il signore Giacomo giunto insieme con la matrigna innanzi alla sorella gli disse : « Bisogna ridursi a far penitenza « per salvarsi l'anima, e sopportare di buon cuore la morte della « giustizia, e non lasciarsi ostinatamente straziare. » A questo rispose la giovane : « Dunque volete morire ? ma in questo fate un errore ; ma « perchè volete cosi, cosi sia ! » E voltandosi alli sbirri disse : « Dunque « scioglietemi, e mi sia letto l'esame, e quelle che dovrò approvare approverò, e quello che dovrò negare negarò. »

(6) Les cas prévus par les lois romaines, dans lesquels le père peut tuer l'enfant sont au nombre de treize :

Le premier. Si le fils a porté la main sur son père.

Le second. Si le fils a fait une injure atroce à son père.

Le troisième. Si le fils a accusé son père d'un crime capital, excepté le crime de lèse-majesté ou de trahison contre sa patrie.

Le quatrième. Si le fils s'associe avec des gens de mauvaises mœurs.

Le cinquième. Si le fils a dressé des embûches à la vie de son père.

Le sixième. Si le fils a commis un inceste avec la femme en secondes noces ou avec la concubine de son père.

Le septième. Si le fils a refusé de cautionner son père lorsque ce dernier a été emprisonné pour dettes.

Le huitième. Si le fils a empêché, par force ou par violence, son père de tester.

Le neuvième. Si le fils s'est associé, contre la volonté de son père, avec des gladiateurs ou des comédiens.

Le dixième. Si la fille, ayant refusé de se marier, a mené une vie déréglée.

Le onzième. Si les enfants ont refusé des soins à leur père malade.

Le douzième. Si les enfants négligent de racheter leur père ou leur mère captifs chez les infidèles.

Enfin le treizième. Si le fils a abjuré la religion catholique.

(7) Voir ce plaidoyer dans les Œuvres de Farinacci. — Consilium 66, page 396.

(8) Comme on pourrait croire que nous faisons de l'horreur à plaisir, nous rapportons ici la relation officielle; le lecteur verra que nous l'avons plutôt adoucie qu'exagérée; voici pour Lucrezia :

« Ed in ciò dire non sapendo come accommodarsi. domandò ad Alessandro primo boja, che cosa avea da fare; onde gli disse, che cavalcasse la tavola del ceppo, e che sopra di quella si stendesse; ma per essere troppo grassa e grossa, e per la vergogna durò fatica assai, a mettere una gamba a cavallo a quella tavola, e non potendo aggiustare la testa sopra il ceppo per l'elevato petto che aveva, fu necessario di fare posare il collo sopra un altro legnetto, dove doveva cadere il colpo, onde in accommodarsi, la povera signora, vi spese del tempo assai, e perchè la tavola non era più larga di un palmo, con il muoversi sele strapparono tut'e le zinne..... »

Maintenant passons à Béatrix :

« Subito, che le fu spiccata la testa, alzò ella con tanta furia le gambe, che quasi rivoltò tutti i panni a rovescio, ed il busto si ritirò addietro più di un palmo. Fù indi levata la testa e mostrata al popolo e poi accommodata come l'altra, ed avendo i confrati legato il corpo sotto le braccia con una corda, lo calarono giù per farlo mettere intrò il cataletto con la matrigna; ma sfugitta ad uno la corda da mano diede il cadavero un gran stramazzione per terra, onde le saltarono fuori tutte le zinne per questa caduta, e cosi tutta impiastrata di sangue e polvere perdere gran tempo in lavarla..... »

Vient ensuite Giacomo :

« Quindi fatto porre in ginocchioni, gli furono legate le tavolato del palco, e bendatoli gli occhi fù dal boja mazzolato, e subito morto. »

FIN

PARIS. — IMP. C. MARPON ET E. FLAMMARION, RUE RACINE, 26.